멸화군
불의 연인

멸화군

滅火軍 불의 연인

정명섭 장편소설

네오픽션

차
례

제1부

만남

어두운 동굴 안에는 분명 불이 숨어 있었다. 압도하는 어둠에 정신이 팔린 일행은 아무도 눈치채지 못했지만 그는 분명히 느꼈다. 그들이 들어선 남경(南京, 고려시대에 한양을 지칭하던 명칭) 북쪽 인왕산 중턱의 동굴은 오랫동안 사람의 발길을 거부한 곳이었다. 인근에 사는 백성들은 이곳에서 때때로 들려오는 거친 울음소리와 치솟는 불길 때문에 가까이 가지 않았다. 산짐승들조차 동굴 근처에는 오지 않았다. 오월이었지만 동굴 주변에는 풀한 포기 자라지 않았다. 음산한 기운을 뚫고 수십 명의 병사와 관리, 그리고 짐꾼들이 동굴 앞에 도착했다.

"신성한 곳이니 함부로 떠들거나 웃지 마라."

제례복을 입은 소격전(昭格殿, 고려시대 도교의 제사를 모시는 관청으로 조선시대 소격서가 된다)의 도사들은 짐꾼들이 짊어지고 온 제물을 일일이 살피며 주의를 주었다. 잠깐 휴식을 취한 후 일행은 동굴 안으로 들어갔다. 선두에 선 이성계는 쇠사슬과 철판을 엮어서 만든 경번갑에 챙이 달린 투구를 썼다. 그리고 어깨에 둘러 멘 동개(筒簡, 화살과 활을 넣는 시복과 궁대를 하나의 줄로 연결한 도구)에는 커다란 흑궁과 대우전이 꽂혀 있었다. 뒤에는 횃불을 든 가별치들과 예복을 차려입은 도사들이 뒤를 따랐고 제일 뒤에는 희생제물을 옮기는 짐꾼들이 붙었다.

그는 남들 눈에 띄지 않기 위해 두건을 푹 눌러썼다. 이제 막 스무 살을 넘긴 그는 곱상한 얼굴을 하고 있었지만 짙은 눈썹과 약간 휘어진 매부리코를 가진 덕분에 항상 남들 눈에 잘 띄었기 때문이다. 동굴 안 여기저기에 불이 보였다. 불들은 낯선 침입자들을 주시하면서 벽과 종유석 기둥을 타고 흘러갔다. 너무 은밀하게 움직인 탓에 동굴 안으로 들어간 일행은 아무도 눈치채지 못했다. 단 한 사람, 그를 제외하고는 말이다.

그는 조심스럽게 소매에 넣어둔 부적을 꺼내서 손바닥에 말아 쥐었다. 한참 들어가던 행렬이 멈추자 기다렸다는 듯 여기저기서 한숨 소리가 들려왔다. 다른 짐꾼들처럼 지게를 바닥에 내려놓고 바닥에 주저앉은 그는 고개를 빼고 앞쪽을 쳐다보았다. 천장에 물그림자가 너울거리는 게 보였다. 동굴 끝자락에 있는 연못 앞에 도달한 것이다. 예복을 차려입은 소격전의 도사들이 축문을 꺼내고 향을 피우느라 바쁘게 오갔다.

'어리석긴, 제문 따위로 막을 수 있는 존재가 아니란 말이다.'

낮게 중얼거린 그는 눈을 가늘게 뜨고 앞쪽을 바라보았다. 연못 앞 바위에 걸터앉은 이성계가 부하가 건네준 대나무 물통의 물을 들이켜며 목을 축이는 모습이 보였다. 변방인 쌍성의 무장에서 출발한 그는 친위부대라고 할 수 있는 가별치들을 이끌고 홍건적과 원나라군, 그리고 왜구들을 연전연파하면서 중앙 정계에 진출했다. 그리고 요동정벌군을 위화도에서 회군시켜서 정권을 장악했다. 왕을 폐위시키고 정적들을 귀양 보내면서 새로운 나라를 세우려고 한다는 소문이 돌았다. 하지만 그의 눈에는 싸움터를 전전하던 쉰 중반의 늙은 무장처럼 보였다. 아무리 봐도 그와 일족의 운명을 바꿔줄 만한 힘을 가진 인물로는 보이지 않았다. 그러다 자신을 향한 시선을 눈치챘는지 이성계가 이쪽으로 고개를 돌리는 모습이 보였다. 그는 얼른 고개를 숙였다. 제사 준비를 마친 도사들이 연못 앞에 자리를 펴고 향을 피웠다. 회색의 긴 턱수염을 기른 도사가 연못에 절을 하고 제문을 읽었다.

"천지만물이 소생하는 따뜻한 봄날을 맞이하여 정성껏 마련한 제물을 가지고 찾아뵈었습니다. 불의 신께서는 너그러운 마음으로 이 땅에 사람이 사는 것을 허락해주소서……."

알 수 없는 한문들이 잔뜩 들어간 제문을 한참 읽은 도사들은 짐꾼들이 가져온 제물들을 하나씩 연못 속에 던졌다. 잔뜩 긴장한 가별치들이 창을 움켜쥐고 연못을 쳐다보았다. 백지에 싸인 제물들은 잔잔한 파장을 일으켰다가 물속으로 가라앉았다. 마지막 제물까지 던져 넣은 도사들은 유심히 연못을 바라보았다. 잔뜩 굳어 있던 그들의 얼굴은 아무 일도 일어나지 않자 차츰 긴장을 풀었다. 하지만 그는 동굴 안의 울림을 느꼈다. 침입자에 대한 서슬 퍼런 분노였다. 불의 분노는 이유가 없다고 배웠던 그는 잔뜩 몰려든 사람들과 제사를 지낸답시고 법석을 떨어대는 도사들을 불안한 눈으로 바라보았다. 제사를 지켜보던 이성계의 투박한 목소리가 들렸다.

"아무 징조도 없는 걸 보니 헛소문이었나 보구나."

이성계의 말에 응답이라도 하듯 제물들을 집어삼킨 연못 바닥에서 안개가 피어올랐다. 삽시간에 동굴을 가득 메운 안개 덕분에 모두가 우왕좌왕할 때 굵직한 이성계의 목소리가 들렸다.

"당황하지 마라! 가별치들은 내 주변으로 모여라!"

가별치들이 이성계를 둘러싸고 원을 만들어서 바깥으로 창을 겨눴다. 그 안으로 소격전의 도사들과 짐꾼들이 엉금엉금 기어갔다. 그도 다른 일꾼들과 섞여서 원 안으로 들어갔다. 긴장한 병사들이 땀을 흘렸다. 조금 전 제문을 읽은 도사도 땀을 뻘뻘흘린 채 겁먹은 표정으로 동굴 안을 두리번거렸다. 그는 안개 사이를 떠돌던 작은 불꽃들이 한군데로 모이는 걸 보았다. 이성계도 불길한 징조라는 걸 느꼈는지 궁대에서 흑궁을 꺼내 왼손에 움켜쥐었다. 터질 것 같은 긴장감을 못 이긴 짐꾼 하나가 괴성을 지르며 가별치들이 만든 원 밖으로 뛰쳐나갔다.

"더는 못 견디겠어! 동굴 밖으로 나갈 거야!"

땀으로 범벅이 된 짐꾼은 안개를 헤치고 뜀박질을 하다가 뭔가에 걸려 비틀거렸다. 그리고 무심코 바로 옆의 종유석에 손을 짚었다. 그 순간 종유석에서 일어난 불길이 짐꾼을 집어삼켰다. 삽시간에 온몸에 불길이 퍼진 짐꾼이 처절한 비명을 지르면서 몸부림을 쳤다. 하지만 안개 속을 떠돌던 불꽃들은 오히려 짐꾼의 불붙은 몸에 달라붙었다. 살이 타는 끔찍한 냄새와 더불어 고통에 가득 찬 비명이 동굴 안에 울려 퍼졌다. 불에 녹은 턱이 떨어져나가면서 더는 비명을 지르지 못한 불붙은 짐꾼은 안개를 뚫고 날아온 대우전에 맞고 나서야 잠잠해졌다. 불길은 동굴 바닥에 쓰러진 짐꾼은 물론 몸통에 박힌 대우전까지 탐욕스럽게 집어삼켰다. 화살 깃까지 잿더미로 만들어버린 불길이 사라진 모습을 본 일행들은 겁에 질린 눈길로 화살이 날아온 방향을 쳐다보았다. 대우전을 쏜 이성계는 깍지를 낀 손을 털면서 말했다.

"천천히 동굴 밖으로 나간다."

가별치들이 구령을 붙이면서 걸음을 옮기려는 찰나 동굴 안에 가득 찬 안개들이 기괴한 웃음소리와 함께 연못 위로 모였다. 거대한 소용돌이로 만들어진 안개 속에서 불꽃이 확 피어나더니 거대한 불기둥으로 변했다. 그러고는 온몸에 불길을 두른 이무기의 모습으로 바뀌었다. 이무기가 불길을 날름거리면서 말했다.

"감히 여기까지 들어오다니 인간들은 예나 지금이나 어리석구나."

이무기가 인간의 말을 하자 넋이 나간 짐꾼들은 그 자리에 털썩 주저앉거나 서로 끌어안고 부들부들 떨었다. 다들 아무 말도 못하고 있는데 이성계가 앞으로 나섰다.

"나는 권지국사(權知國事, 나랏일을 임시로 맡아보는 직책으로 정식으로 책봉받지 못한 집권자가 사용했다) 이성계다. 고려가 건국된 지 오백 년에 이르렀는데 국운이 쇠하여 새로운 왕조를 세우고자 한다. 이 땅을 새로운 왕조의 도읍으로 정하려고 하는데 듣자 하니 네놈이 이곳 인왕산의 주인을 자처하며 백성들을 괴롭힌다고 들었다. 제물을 넉넉히 가져왔으니 이것을 받고 나쁜 짓을 멈춰라."

이성계의 쩌렁쩌렁한 목소리가 동굴 안에 울려 퍼졌다. 하지만 이무기는 코웃음을 쳤다.

"오호! 그러고 보니 오백 년 전에 왕건인가 하는 작자가 찾아왔다가 나한테 혼쭐이 나서 도망치고 말았지. 이 땅의 주인은 나다. 허락도 받지 않고 멋대로 들어왔으니 살아 돌아갈 생각은 말아라!"

이무기의 으름장이 끝나기가 무섭게 일행의 주변에 거대한 불기둥이 치솟았다. 푸른빛을 띤 불기둥은 언뜻 보면 대단히 아름다워 보였다. 다들 넋이 나간 가운데 그가 조용히 중얼거렸다.

"파천염(波天炎)!"

화귀들 중에 으뜸이라는 누르만이 불러낼 수 있는 화염이었다. 파천염은 거대한 소용돌이를 이루면서 일행을 둘러쌌다. 가별치 중 한 명이 불의 소용돌이를 향해서 창을 찔렀다. 그러자 불길이 삽시간에 창을 집어삼켰다. 놀란 가별치가 얼른 창에서 손을 떼었지만 손바닥은 이미 벌겋게 달아오른 채 녹아내렸다. 무릎을 꿇은 가별치가 녹아내린 손바닥을 보면서 비명을 질렀다.

"이놈!"

호통을 친 이성계가 흑궁에 대우전을 끼우고는 단숨에 발사했다. 하지만 대우전은 파천염으로 이뤄진 불의 소용돌이를 빠져나가지 못하고 녹아버렸다. 얼굴이 굳어진 이성계가 연거푸 화살을 날렸지만 소용이 없었다. 그러는 사이 불의 소용돌이는 점점 일행을 옥죄어왔다. 이무기는 한 번에 사람들을 죽일 수도 있었지만 고통에 떠는 모습을 보면서 즐기는 것 같았다. 조용히 단전에 기를 모으고 있던 그는 손으로 결계를 구성하는 수인(手印)을 그리면서 주문을 외웠다.

"빙(氷)!"

그가 주문을 외우자 파천염으로 만들어진 불의 소용돌이와 일행 사이에 두꺼운 얼음벽이 만들어졌다. 기세 좋게 타오르던 파천염은 얼음벽이 부딪히면서 기세가 한풀 꺾였다. 하지만 그가 불러낸 얼음벽 역시 군데군데 금이 가면서 녹아내렸다. 그 모습을 본 이무기가 이죽거렸다.

"술법을 쓰는 자를 데려온 모양이구나. 하지만 나를 이기지는 못할 것이다."

이무기가 괴성을 지르자 파천염이 한층 두꺼워지면서 얼음벽의 균열이 커져갔다. 그는 공력을 모아서 버텨봤지만 지켜야 할 공간이 너무 많았다.

"다른 방법을 써야겠어."

이를 악물고 버티면서 중얼거린 그는 아까 소매에서 꺼내 손바닥에 쥐고 있던 부적을 펼쳐서 허공에 띄웠다. 그리고 왼손 검지를 깨물어서 낸 피를 묻혔다. 그의 피가 묻은 부적은 붉은색으로 변하면서 허공에 펄럭거렸다. 그가 이성계에게 소리쳤다.

"저놈은 화귀라서 보통 화살로는 죽일 수 없습니다. 그러니까 저 부적을 꿴 화살로 놈을 맞춰야 합니다."

"허나 화살이 저 불을 통과하지 못하고 있어."

대우전을 흑궁의 시위에 끼운 이성계의 말에 그가 대답했다.

"제가 주문을 바꿔서 통과할 수 있게 만들겠습니다. 그때 쏘시면 됩니다."

"저 빌어먹을 불길을 통과할 수 있게만 해! 그럼 저놈을 단숨에 없애버릴 테니까."

대우전의 화살촉에 붉은색으로 변한 부적이 꽂혔다. 이성계가 부적이 꽂힌 화살을 쏠 준비를 하는 것을 본 그는 수인을 다시 맺었다. 화살이 이무기에게 날아갈 수 있도록 가운데가 텅 빈 원통형 공간을 만들면서 동시에 사람들을 보호할 얼음벽을 유지해야만 했다. 최고의 실력을 자랑하는 그라고 해도 쉽지 않은 일이었다. 공력을 조절한 그는 눈을 깜빡거리면서 숫자를 셌다. 이성계는 그의 신호를 기다리면서 묵직하게 시위를 당겼다. 셋까지 센 그는 순식간에 수인을 바꿨다. 가운데가 빈 원통 모양의 얼음벽이 파천염으로 구성된 불의 소용돌이 사이에 자리 잡았다. 그 바람에 일행을 둘러싼 얼음벽이 한순간에 약해져버렸다. 넘실거리는 불기둥이 금방이라도 얼음벽을 집어삼킬 것처럼 울어댔다. 그가 방벽을 지켜내기 위해서 안간힘을 쓰는 사이 이성계는 부적이 꽂힌 대우전을 쐈다. 원통형 얼음벽을 통과해서 날아오는 화살을 본 이무기가 불을 뿜었지만 화살촉에 꽂힌 부적이 불길을 막아냈다. 불길을 뚫고 날아간 대우전은 이무기의 왼쪽 눈에 틀어박혔다. 화살에 맞은 이무기가 고통스러운 비명을 지르면서 몸부림을 치자 파천염이 사라져버렸다. 이무기가 사방으로 토해내는 불길에 맞은 몇몇 가별치들이 흔적도 없이 녹아내렸다.

"동굴 밖으로 피해야 합니다."

겨우 한숨을 돌린 그는 맨 뒤에서 얼음벽을 전개해 불을 막아냈다. 그사이에 사람들은 젖 먹던 힘까지 다해서 동굴 밖으로 빠져나왔다. 마지막까지 버티던 그도 슬슬 물러나는데 한쪽 눈에 박힌 대우전을 앞발로 뽑은 이무기가 소리쳤다.

"이놈! 어째서 인간을 돕는 것이냐!"

그는 허리춤의 주머니에서 소멸환을 꺼내며 대답했다.

"해야 할 일이 있거든. 그러려면 힘을 보여줘야 하고 말이야."

격노한 이무기가 불을 뿜어내면서 앞발을 휘둘렀다. 번쩍거리는 발톱이 얼음벽을 단번에 부숴버렸다. 그는 얼음 파편들이 흩어지면서 시야가 가려지는 틈을 타 소멸환을 던졌다. 공력과 주술의 결정체인 소멸환을 맞은 이무기는 발버둥을 쳤지만 온몸의 불이 꺼지고 검게 변해갔다. 소멸되어가던 이무기가 마지막 힘을 쥐어짜며 말했다.

"이겼다고 기뻐하지 마라. 너희가 서로 의심하고 다투면서 약해졌을 때 반드시 돌아오겠다."

온몸이 검게 변한 이무기의 몸이 얼음처럼 굳어졌다가 차츰 금이 가면서 부서져갔다. 있는 힘껏 도망친 그는 소멸되어가던 이무기가 마지막으로 내뿜은 공력이 동굴 안을 뒤흔들어놓기 직전 간신히 밖으로 빠져나오는 데 성공했다. 공력을 쓰느라 지친 그는 동굴 밖으로 나오자마자 그대로 쓰러져버렸다. 바닥에 누운 채 헐떡거리는데 목덜미에 환도의 칼날이 닿았다. 서늘한 눈빛의 이성계가 그의 목에 환도를 들이댄 채 물었다.

"네놈의 정체는 무엇이냐?"

그는 담담하게 대답했다.

"불과 싸우는 운명을 타고난 사람입니다."

"그럼 저 안에 있던 이무기의 정체를 알고 있느냐?"

"이무기가 아니라 화귀 중의 으뜸인 누르입니다. 자유자재로 변신할 수 있는 놈이죠."

"화귀?"

"불을 지배하는 일족입니다. 아주 오래된 족속들이지요."

몸을 일으킨 그가 인왕산 아래 보이는 벌판을 보면서 덧붙였다.

"누르는 이곳을 지배하고 있었습니다. 그래서 호시탐탐 없앨 기회를 노리고 있었는데 마침 장군께서 찾아간다고 해서 짐꾼으로 위장해서 합류했던 겁니다."

"놈은 완전히 사라진 것이냐?"

이성계의 물음에 그는 애매한 표정을 지었다.

"누르는 완전히 사라지는 존재는 아닙니다. 하지만 소멸환을 맞고 없어졌으니까 당분간은 나타나지 않을 겁니다."

"장군!"

두 사람의 대화에 끼어든 소격전의 도사가 인왕산 아래 벌판을 손가락으로 가리키면서 호들갑을 떨었다.

"남경의 화기가 걷히고 있습니다."

그의 말대로 인왕산 아래 남경을 안개처럼 뒤덮고 있던 화기가 서서히 사라지는 게 보였다. 흡족한 표정의 이성계가 중얼거렸다.

"이제 이 땅에 도읍을 세울 수 있겠구나. 수백, 수천 년 동안 이어져갈 나라를 말이다."

그러고는 옆에 서 있던 그에게 물었다.

"네 이름이 무엇이냐?"

"길환이라고 합니다."

그의 대답을 들은 이성계가 악수를 청했다.

"나와 내 부하들을 구해줘서 고맙다. 앞으로도 나를 도와다오."

길환은 빙그레 웃으면서 두툼하고 거친 이성계의 손을 맞잡았다.

두 달 후, 개경의 수창궁은 관복을 입고 모여든 관리들로 가득했다. 위화도 회군 이후 정권을 장악한 이성계는 왕대비의 교지를 받아서 공양왕에게 선위를 받는 형식으로 새로운 나라를 세웠다. 그 와중에 정몽주를 비롯한 반대 세력들은 제거당했고 폐위당한 왕들 역시 죽음을 면치 못했다. 몇 달 동안 개경에는 피바람이 불었지만 수창궁 안은 새로운 나라를 세운다는 활기로 가득 찼다. 서문으로 들어온 이성계는 정전의 옥좌에 앉지 않고 기둥 사이에 서서 관리들의 인사를 받았다.

"관직에 있었을 때도 항상 주어진 일을 다하지 못할까 염려했는데 오늘 이런 일을 맞이하게 될 것이라고 생각이나 했겠는가? 내가 만약 몸이 건강하다면 말을 타고 도망쳐서라도 이 자리에 오지 않았을 것이다. 하지만 일이 이렇게 되었으니 경들은 덕이 부족한 나를 도와주기 바란다."

짧게 이야기한 이성계가 입을 다물자 정도전이 정전의 월대(月臺, 궁궐의 정전 앞에 설치된 넓은 대) 앞에 서서 두루마리를 펼쳤다.

"자고로 새 술은 새 부대에 담으라는 말이 있었소. 분위기를 일신하기 위해서 새로운 관제를 반포하도록 하겠소."

드디어 기다렸던 순간이 찾아온 것이다. 모든 관리가 주시하는 가운데 정도전이 입을 열었다.

"먼저 도평의사사를 두어서 문하부와 삼사, 그리고 중추원의 종이품 이상의 관리들이 모두 모여서 국정을 논의하는 것으로 하였소."

정도전의 입에서 새로운 관부와 그곳에서 일할 관리들의 이름이 흘러나오던 그 시각 남경의 향교동에 있는 허름한 객사에 사람들이 하나둘씩 모여들었다. 흰색 모시로 만든 백저포(白紵袍)에 검은색 두건을 쓴 평범한 차림이었다. 탁자와 의자가 갖춰진 객사 안으로 기다리고 있던 길환은 들어오는 이들을 반갑게 맞이하면서 자리를 안내했다. 그리고 제일 마지막에 지팡이를 짚고 들어온 노인에게 허리를 굽혀 인사했다.

"어르신, 먼 길을 오시게 해서 죄송합니다."

"네놈이 섣불리 움직이는 바람에 우리의 존재가 알려지고 말았다. 대체 무슨 생각으로 계율을 어긴 것이냐?"

노인이 지팡이로 객사의 바닥을 꽝 찍으며 호통을 치자 먼저 와 있던 사람들이 움찔했다. 하지만 길환은 눈 하나 깜짝하지 않고 대꾸했다.

"인왕산에 사는 누르를 없앨 좋은 기회라서 놓치고 싶지 않았습니다. 노여움을 푸십시오. 어르신."

"그놈들이 없앤다고 없어지는 존재란 말이더냐? 그런 식으로는 싸움이 끝나지 않는단 말이다."

"저는 더는 오래된 전설에 얽매이고 싶지 않습니다."

길환이 노인의 이야기에 반박하자 객사 안의 분위기는 순식간에 무거워졌다. 한 명은 지난 수십 년간 그들을 이끌어온 존재였고, 다른 한 명은 젊지만 탁월한 능력과 재능을 갖췄다. 두 사람 사이의 기 싸움은 노인이 일단 수긍하면서 끝났다. 제일 상석에 노인을 앉힌 길환은 참석자들을 둘러보면서 말했다.

"제가 오늘 이곳에서 여러분들을 청한 것은 제안할 것이 있기 때문입니다. 정확하게는 두 달 전 인왕산에서 누르를 없앨 때 함께 있던 사람으로부터 부탁을 받은 것이기도 합니다."

자신만만하게 이야기한 길환의 말에 다들 호기심을 드러냈다. 그런 시선을 느긋하게 즐기던 길환은 동갑내기 친구인 태우와 눈이 마주쳤다. 곰처럼 덩치가 크고 싸울 때는 누구보다 용감했지만 순박한 성격의 그는 길환의 친구이자 그림자로 오랫동안 지내왔다. 길환의 이야기를 들은 노인이 의자를 박차고 일어났다.

"세상에 모습을 드러내지 말라는 계율을 잊었느냐? 사람들과 어울리는 것도 모자라 그들과 일을 하다니!"

노인의 호통을 무시한 길환은 탁자 위에 놓인 두루마리를 집어 들었다.

"남경이라고 불리는 이 땅은 이제 조선의 새로운 도읍이 될 겁니다. 따라서 전국의 화귀들이 몰려올 것이 뻔합니다. 이곳에서 그들과 맞서 싸울 수만 있다면 우리는 이 싸움을 끝낼 수 있습니다."

싸움을 끝낸다는 말에 다들 술렁거렸다. 그들에게 화귀와의 싸움은 아버지의 아버지, 그리고 그 아버지 대에서부터 이어진 질긴 숙명 같은 것이었다. 사내들은 어릴 때부터 몸속의 공력을 끌어모으고 부적에 주문을 쓰는 법을 배웠다. 칼과 활을 비롯해서 각종 무기를 다루는 법과 산을 타는 법도 익혔다. 오직 하나 화귀와의 싸움에서 이기기 위해서였다. 왜 싸워야 하는지 그리고 언제까지 싸워야 하는지는 아무도 몰랐다. 오직 싸워서 소멸시키는 법만을 배웠다. 똑똑하고 눈치가 빨랐던 길환은 어릴 때부터 왜 화귀와 싸워야 하고, 언제까지 싸워야 하는지 궁금해했다. 하지만 돌아오는 대답은 한결같았다.

"때가 되면 알게 된다. 딴생각하지 말고 열심히 수련하여라."

기나긴 수련을 마친 아이들은 둘로 나뉘었다. 잘하는 쪽은 세상 밖으로 나가서 화귀들과 싸우는 일을 맡았고, 그렇지 못하는 쪽은 마을에 남아 농사를 짓고 나무를 하면서 아이들을 돌보았다. 그러면서도 마을과 그들의 존재는 철저하게 비밀에 부쳐야만 했다. 길환은 왜 싸워야 하는지도 모르는 화귀와의 싸움에 곧 질려버렸다. 그와 비슷한 나이대의 마을 사람들은 비슷한 생각을 가졌지만 촌장격인 노인을 비롯한 나이 든 사람들 때문에 다들 입을 다물고 있었다. 그가 마을로 돌아가지 않고 이곳에 사람들을 불러 모은 이유도 그것 때문이었다. 좌중이 술렁거리자 노인이 입을 열었다.

"길환아, 너의 마음을 모르는 건 아니다만 그런 식으로는 저들을 이길 수 없다. 거기다 인간들과 엮이지 말라는 계율을 잊었느냐?"

"왜 해보지도 않고 지레짐작으로 포기하는 겁니까? 제 방식대로 하면 화귀와의 싸움을 끝낼 수 있단 말입니다."

자신만만하게 이야기한 길환은 탁자에 놓인 두루마리를 집어서 펼쳐 들었다.

새로운 관제의 발표는 해가 질 때까지 이어졌다. 높은 곳부터 발표되었기 때문에 거의 끝나갈 무렵에는 다들 어서 끝나기만을 기다렸다. 드디어 새로운 도읍을 조성할 신도궁궐조성도감의 이름이 나왔다. 그리고 마지막 남은 관청의 이름이 그 아래에 있었다. 그가 마지막까지 반대했지만 이성계의 고집을 꺾을 수는 없었다. 불쾌해진 정도전은 얼굴을 찌푸린 채 입을 열었다.

"신도의 한성부에는 화재를 막을 관부를 둔다. 그 이름은……."

"멸화군(滅火軍)!"

두루마리에는 이성계가 직접 쓴 글씨가 적혀 있었다. 두루마리를 내려놓은 길환이 동료들을 바라보면서 말을 이어갔다.

"나라에서 관직을 주고 집도 준답니다. 이제 마음 놓고 싸우기만 하면 됩니다. 그래서 이 지긋지긋한 운명의 굴레를 벗어날 것이고 말입니다."

자신만만한 길환의 말에 노인이 호통을 쳤다.

"네 이놈! 감히 선대의 계율을 어길 작정이냐!"

"그 계율 때문에 평생 산짐승도 들리지 않는 산골짜기에 숨어 살거나 죄인처럼 사람들 눈을 피해서 살아야 합니까? 우리도 평범하게 살 자격이 있단 말입니다."

그의 발언에 좌중은 조용해졌다. 계율에 대한 도전은 금기 중의 금기였지만 길환은 자신이 있었다. 착 가라앉은 한숨을 쉰 노인이 의자에서 일어났다. 그리고 길환을 비롯해서 객사 안에 모인 사람들을 천천히 바라보았다.

"다들 욕심에 정신이 팔렸구나."

"시대가 바뀐 겁니다. 어르신."

길환의 이야기에 노인이 가볍게 고개를 끄덕였다.

"그럴 것이라고 믿고 있으니까 이야기를 했겠지. 너의 뜻이 그렇다면 말리지 않겠다. 하지만 너와 너의 뜻을 따르는 자들은 이제 마을에는 돌아올 수 없다."

마을에서의 추방은 화귀와의 싸움에서 동료를 버리고 혼자 도망칠 때나 내려지는 최고의 징벌이었다. 길환은 담담하게 대답했다.

"새로운 세상을 보여드리죠."

한쪽 눈을 찡그린 노인이 좌중을 둘러보면서 말했다.

"나를 따르지 않는 자는 길환의 뜻에 동조하는 것으로 알겠다."

이야기를 마친 노인은 지팡이를 집어 들고 객사 밖으로 나갔다. 주로 나이가 든 축들이 뒤따라 나갔고, 동갑인 태우와 덕창을 비롯해서 대략 오십 명쯤 되는 사람들이 길환과 함께 객사 안에 남았다. 의외였던 것은 나이가 많고 신중한 편이라는 말을 들은 군배가 남았다는 것이다. 지리산에서 화귀와 싸우다 얻은 오른쪽 뺨의 큰 상처 위로 깊은 주름살이 지나가는 바람에 나이보다 한참 들어 보였다. 노인의 뒷모습을 바라보던 태우가 떨떠름한 표정으로 말했다.

"어르신한테 너무 심한 거 아니었어?"

"아무리 좋게 이야기해도 반대했을 게 뻔했어."

대수롭지 않게 말한 길환이 활짝 웃었다.

"관직을 준다고 했고, 우리가 머물 숙소도 지어준다고 했어. 더는 죄인처럼 숨어 살 필요가 없다는 얘기지."

신도(新都), 새로운 도읍이라고 불린 한양은 궁궐과 성곽 공사가 한창이었다. 판삼사사 정도전을 위시한 대신들은 성곽과 성문의 위치를 정하고 궁궐을 비롯한 관청의 자리를 정했다. 정궁인 경복궁은 인왕산 아래 남향으로 지어졌고, 경복궁 앞에는 좌우에 관청들을 낀 넓은 육조거리가 조성되었다. 동서로 길게 이어지는 운종가 거리가 육조거리와 맞닿았다. 각도에서 징발된 수만 명의 농민이 돌을 날라서 성곽을 쌓고 궁궐을 비롯한 관청들을 세우는 광경은 장관이었다. 길환은 멸화군이 된 이들을 이끌고 기둥을 한창 세우고 있는 운종가 거리를 걸었다.

"여긴 온갖 물건을 파는 시장이 들어설 자리야."

좌우로 끝없이 이어진 행랑들을 본 태우의 눈이 휘둥그레졌다.

"대체 얼마나 긴 거야?"

"혜정교라는 다리에서 창덕궁의 동문까지 자그마치 팔백 칸인데 모두 이층짜리 기와집이야. 거기다 사람들이 몰리면 추가로 더 짓는다고 했어. 사람들이 구름처럼 모여든다고 해서 운종가(雲從街)라고 부른데."

손가락을 꼽으면서 숫자를 세던 덕창이 고개를 절레절레 저었다. 구부정하고 마른 체구의 그는 늘 바깥세상에 대한 호기심이 깊었다.

길환의 이야기를 들은 군배가 입을 열었다.

"그러니까 화귀들이 날뛰기에 가장 적합하다는 이야기군."

"맞습니다. 우리가 머물 곳도 여깁니다."

걸음을 멈춘 길환이 고개를 들어서 종루를 올려다보았다. 이층짜리 종루의 아래층은 사방으로 터서 수레와 사람들이 지나갈 수 있도록 했고, 위층에는 대종이 걸려 있었다. 길환은 압도적인 위용에 놀란 동료들을 데리고 이층으로 올라갔다. 한창 공사 중인 한양의 전경이 고스란히 눈에 들어오자 다들 입을 다물지 못했다. 길환이 동료들에게 말했다.

"이곳에서 한양에서 일어나는 불을 감시할 거야."

"멀리까지 보이니까 감시하기에는 제격이겠네."

태우가 쭉 뻗은 운종가를 바라보면서 말했다. 고개를 끄덕거린 길환이 말했다. 종루와 붙은 기와집을 가리키면서 말했다.

"그리고 저기가 바로 우리가 머물 멸화군 숙소야."

"우와! 넓은데!"

태우가 감탄사를 날리자 길환이 계단을 내려가면서 말했다.

"실제로 보면 더 놀랄 거야. 따라와 봐."

종루 바로 뒤쪽에 있는 멸화군의 숙소는 넓은 마당을 가진 세 채의 건물로 이뤄졌다. 모두 기와가 올려져 있었고, 방에는 온돌이 깔려 있었다. 개중에는 장비를 만들 수 있는 대장간도 있었다. 길환은 건물들을 하나씩 돌아보면서 설명했다. 깨끗하고 넓은 방과 창고를 둘러본 동료들에게 길환이 처마에 걸린 종을 가리켰다.

"종루에서 감시하다가 불이 나면 저 종을 울려서 신호를 보낼 거야. 그러면 장비를 챙겨서 화재 현장으로 가서 화귀들을 물리치는 거지. 그런 식으로 하나씩 물리치고 나면 우리 손으로 싸움을 끝낼 수 있어."

길환의 이야기를 들은 동료들의 얼굴에 조심스러운 웃음이 피어났다. 그런 동료들을 바라보던 길환은 창고에 들어가서 깃발과 소매가 없고 옆이 트여 있는 조끼인 녹색 반비(半臂)를 가지고 나왔다. 끝에 술이 달린 붉은색 깃발에는 금실로 '멸화군'이라는 글씨가 새겨져 있었다.

"이건 우리가 불을 끌 때 입을 반비고 요건 임금님이 하사하신 깃발이야. 불을 끄러 갈 때 이 깃발을 들고 가면 아무도 우리 앞을 가로막지 못해."

길환이 깃발을 높이 추켜들자 동료들이 주변에 모여들었다. 펄럭거리는 깃발이 바라보는 일행의 눈빛은 기대와 희망으로 가득 찼다.

그날부터 멸화군들은 바쁘게 움직였다. 화귀가 나타날 가능성이 가장 큰 운종가의 행랑 기둥에 부적을 붙이고 주술을 거는 한편 흙 담장을 세우고 불을 끄는 갈퀴와 도끼들을 준비했다. 그리고 길환은 경복궁 근정선의 모서리에 화귀를 쫓는 드므들을 가져다놓았고, 경회루를 비롯한 전각의 기와지붕에 쇠사슬을 걸어놓았다. 경복궁과 한양을 건설하는 책임을 맡은 신도궁궐 조성도감의 도제조이자 판삼사사인 정도전은 모양이 나빠진다면서 난색을 표했지만 길환의 뜻은 확고했다.

"불이 났을 때 지붕으로 올라가서 진화하려면 쇠사슬이 반드시 필요합니다."

길환이 가장 신경 쓴 것은 인왕산의 화기를 억누르는 일이었다. 그는 정도전을 비롯한 관리들이 모두 모인 자리에서 한양의 지도를 짚어가며 설명했다. 인왕산과 경복궁의 숭례문을 쭉 그은 길환의 손가락은 남쪽의 관악산까지 일직선으로 이어졌다.

"보시다시피 인왕산과 경복궁, 그리고 남쪽의 관악산까지는 일직선입니다. 인왕산의 화기가 강한 이유는 산 자체 때문이기도 하지만 남쪽에 있는 관악산 때문이기도 합니다. 관악산은 풍수상 남주작에 해당하는데 봉우리 모양이 화산혈이라서 불이 자주 일어나고 화기를 번성시키는 역할을 합니다. 따라서 이 모양을 그대로 두면 경복궁은 물론 운종가까지 화마에 시달리게 될 겁니다."

"하지만 지난번에 인왕산의 요괴를 없앴다고 하지 않았느냐?"

정도전이 마땅찮은 표정으로 묻자 길환이 고개를 저었다.

"화귀는 사라지기는 하지만 소멸하는 것들이 아니옵니다. 거기다 한양에 수십만의 백성들이 살면서 매일 불씨를 다룰 것이니 화귀들은 다시 번성할 겁니다."

"막을 대책이 있느냐?"

"있습니다."

자신만만하게 대답한 길환이 지도의 한 곳을 손가락으로 가리키면서 말했다.

"화기를 중간에 차단하면 됩니다. 바로 여기서 말이죠."

정도전을 비롯한 관리들이 고개를 내밀어서 길환이 가리킨 지도의 한 지점을 내려다보았다.

"남대문입니다. 여기 현판을 세로로 쓰면 관악산과 인왕산의 화기를 억누를 수 있습니다. 현판의 글씨에는 반드시 불 화(火) 자나 불꽃 염(炎)자가 들어가야 합니다."

다들 어리둥절해했지만 정도전만은 그 뜻을 알아차렸다.

"화기를 누르기 위해서 불을 이용하려는구나."

"맞습니다. 불기운을 누르는 데는 불이 가장 좋습니다. 그리고 남대문 앞쪽에 큰 연못을 파놓으면 화기는 단절될 것입니다."

길환의 설명을 들은 정도전이 물었다.

"이 정도면 한양과 궁궐은 화기로부터 안전할 수 있겠느냐?"

"몇 가지가 더 있습니다. 운종가를 따라 동서로 길게 개천을 파야 합니다."

"개천을? 성곽을 쌓고 궁궐을 세우기에도 바쁜데 개천까지 파란 말이냐?"

눈살을 찌푸린 정도전의 말에 길환이 고개를 저었다.

"이중, 삼중으로 준비해야 하기 때문입니다. 앞서 말씀드린 대로 북쪽의 인왕산과 남쪽의 관악산은 화기, 즉 불의 길이 이어져 있습니다. 남지를 파고 숭례문의 현판을 세로로 걸어놓는다고 해도 언제 무슨 일이 벌어질지 모릅니다."

"동서를 가로지르는 개천이라면 물로서 방벽을 치겠다 이 말이렷다?"

"맞습니다. 최악의 경우 궁궐과 운종가는 지켜야 하지 않겠습니까?"

길환의 말을 듣고 곰곰이 생각하던 정도전이 말했다.

"개천을 파는 일은 부역을 위해 올라온 백성들 말고 관리들의 하인들을 동원하도록 하마."

고개를 든 길환이 씩 웃으면서 대답했다.

"서둘러주시면 고맙겠습니다. 나머지는 우리 멸화군이 처리하겠습니다."

경복궁이 완성되기 전까지 태조 이성계는 향교동에 있는 객사를 행궁으로 삼아서 머물렀다. 신도궁궐조성도감의 회의를 마친 정도전은 행궁으로 찾아와서 태조를 알현했다. 태조의 옆에는 그의 첫째 부인 신의왕후 한 씨의 다섯 번째 아들인 이방원이 앉아 있었다. 아버지가 사냥 중 낙마를 해서 정적들의 공격을 받았을 때 정몽주를 척살하는 과감함으로 단숨에 정국을 바꿔 놓은 인물이었다. 아직 명나라의 책봉을 받지 못한 태조는 청색 곤룡포 차림이었다. 절을 하고 자리에 앉은 정도전이 궁궐의 공사에 관한 보고를 하고는 조심스럽게 입을 열었다.

"자고로 군자는 기이한 술법을 가까이하지 않는다고 했습니다. 멸화군이라는 자들은 방화를 한다는 명목으로 부적과 술수를 쓰면서 기고만장하고 있으니 심히 염려되옵니다."

"그자가 지켜주지 않았다면 과인은 이 자리에 없었을 것이야."

"무릇 한 나라의 군주는 인정에 얽매여서는 안 됩니다. 궁궐의 공사가 완료되면 멸화군을 해체하시고 고향으로 내려보내소서."

정도전의 이야기를 들은 태조가 헛기침을 했다. 그러자 옆에서 지켜보고 있던 정안대군 이방원이 끼어들었다.

"한양에 화재가 났을 때 불을 꺼야 하는 관부가 하나쯤은 있어야 하지 않겠습니까? 아닌 말로 멸화군을 해체했다가 궁궐에 큰불이라도 나면 어찌시려고요?"

태조도 같은 생각이라는 표정으로 고개를 끄덕였다. 이방원이 한 발 더 나섰다.

"한양은 화기가 많은 곳이라 다들 이주를 꺼리고 있습니다.

그런데 불을 막는 멸화군을 두었다는 말에 안심하고 이주해오고 있는 판국입니다.”

일격을 당한 정도전은 어금니를 깨물었다. 조선이 건국된 이후 노골적으로 권력을 탐하는 자들이 늘어났다. 개중에는 정안대군 같은 종친들이 가장 위험했다. 그가 꿈꾸는 조선에서는 정안대군의 자리는 없었기 때문이다. 하지만 하찮은 멸화군 때문에 지금 당장 갈등을 일으킬 수는 없는 노릇이었다. 팔은 안으로 굽는 법이고 세상의 모든 아버지는 자식 편을 들어주기 마련이었다. 정도전은 밉살스러운 이방원에게서 조심스럽게 시선을 거두었다.

“신이 망령된 말을 하였나이다. 전하의 뜻대로 하소서.”

운종가의 행랑을 따라 길게 개천을 파는 공사가 한창이었다. 관리들의 품계에 따라 하인이나 장정들을 차출해서 시작된 공사는 빠르게 진행되었다. 갑작스럽게 불려 나온 하인들은 툴툴대면서 삽으로 흙을 퍼냈다. 다들 일을 하느라 정신이 없던 탓에 삽으로 퍼낸 흙 사이에 작은 불기운이 반짝거리는 것을 눈치채지 못했다. 멸화군들이 돌아다니면서 불기운을 발견하는 대로 부적을 태운 재를 흙 위에 덮었다. 흙을 퍼내고 양쪽에 돌로 축대를 쌓는 일이 끝나자 물을 채웠다. 물이 흘러가면서 흙 속에 남아 있던 불기운들을 집어삼켰다. 밤이 되자 흩어져서 일하던 멸화군들이 숙소로 모여들었다. 숙소 주변에는 남의 눈에 띄지 않도록 나무들이 심겨 있었지만 호기심에 가득 찬 아이들은 담장에 매달려서 안쪽을 바라보았다. 멸화군들은 태어나서 처음 겪는 사람들의 관심을 은근히 즐겼다. 길환은 자연스럽게 두령이라고 불렸고, 나이가 제일 많은 군배가 부두령으로 불렸다. 옷을 비롯해서 먹을 것 모두 부족함이 없었다. 노비들이 차려준 저녁을 배불리 먹은 그들은 덕창이 있는 대장간으로 향했다. 어릴 때부터 쇠를 잘 다뤘던 그는 화귀와 싸우는 무기들을 만드는 역할을 맡았다. 진흙을 다져서 만든 노(爐)에 숯을 잔뜩 집어넣어서 열기를 높였다. 그리고 유심히 불을 들여다보다가 쇠 집게로 안에 넣어둔 진흙 덩어리를 끄집어냈다. 물에 적신 거적 위에 진흙덩어리를 조심스럽게 내려놓은 태우가 길환에게 쇠망치를 건넸다. 길환이 조심스럽게 진흙 덩어리를 부수자 청동으로 만든 용이 모습을 드러냈다. 태우가 활짝 웃으면서 말했다.

"아주 잘 만들어졌네."

그러자 길환이 장도를 꺼내 오른손 엄지손가락을 꾹 찔렀다. 그리고 흘러나오는 피 한 방울을 청동용에 떨어뜨렸다. 치익, 하는 연기와 함께 피가 청동용에게 스며들었다. 다른 멸화군들도 돌아가면서 피를 한 방울씩 떨어뜨렸다. 마지막으로 피를 떨어뜨린 군배가 결계가 그려진 부적을 떨어뜨렸다. 아직 열기가 사라지지 않은 청동용은 삽시간에 부적을 태워버렸다. 그 광경을 지켜보던 태우가 길환에게 물었다.

"경회루에 넣을 거지?"

"응. 거기랑 남대문 앞에 만들어질 연못인 남지, 그리고 개천에 넣으면 화귀가 움직일 수 있는 통로를 막아버리는 셈이지. 그러면 큰놈 대신 자잘한 놈이나 나타날 거야."

"우린 기다리고 있다가 때려잡으면 되는 거고?"

"맞아. 그러면 이 지긋지긋한 전쟁도 끝이 날 거야."

다음 날 길환은 엄숙한 표정으로 서 있는 금위군들의 곁을 지나 경회루의 연못 앞에 다다랐다. 그리고 천에 둘둘 말아놨던 청동용을 꺼내서 내려놓고는 공손히 절을 했다. 멸화군들의 피를 듬뿍 마신 청동용의 치켜든 머리와 구불구불한 등줄기를 손으로 쓰다듬으면서 마지막 공력을 불어넣었다. 그러고는 조심스럽게 경회루 연못 안에 빠트렸다. 연못 바닥에 내려앉은 청동용이 두 눈이 붉게 달아오르자 바닥에 고여 있던 화기가 순식간에 사라져버렸다.

천천히 뒷걸음질로 물러난 길환은 경회루의 누각 위에서 지켜보고 있던 태조에게 절했다. 태조가 고개를 끄덕이고는 안으로 사라지자 잔치가 시작되었다. 경회루의 완성을 축하하는 자리였다. 돌아서서 나가던 그는 곱게 차려입은 기생들의 행렬과 마주쳤다. 깃과 옷고름, 그리고 소매 끝의 색깔이 각각 다른 노란색 삼회장(三回裝)저고리에 붉은색 치마 차림이었다. 치마를 일부러 바짝 끌어 올려서 안에 입은 속곳의 끝부분이 보였다. 머리에는 가는 대나무에 기름 먹인 종이를 바른 전모(氈帽)를 썼는데 박쥐와 나비가 그려져 있었다. 확 풍겨오는 분 냄새에 본능적으로 고개를 돌린 길환의 귀에 그녀들의 웃음소리가 들려왔다. 그녀들은 허름한 무명 저고리와 바지 차림에 녹색 반비를 입은 길환에게 노골적으로 무시하는 눈길을 던졌다.

　그녀들이 지나가기만을 기다리던 길환은 행렬이 모두 끝나자 참았던 숨을 내쉬면서 고개를 들었다. 그 순간 행렬에 뒤처져서 헐레벌떡 뛰어오는 나이 어린 기생과 눈이 마주쳤다. 기생의 초롱초롱한 눈동자를 본 순간 그는 가슴이 차가워졌다. 한양에 머무르면서 많은 여자를 봤지만 한 번도 눈길이 머물렀던 적은 없었다. 하지만 그녀는 달랐다. 한 손으로는 전모를 잡고 다른 한 손으로는 치마를 움켜쥔 그녀는 눈 깜짝할 사이에 사라져버렸다. 큰일을 앞두고 있어서 그런지 그에게는 눈길조차 주지 않았다. 하지만 그는 그녀의 모습이 보이지 않을 때까지 걸음을 옮길 수 없었다. 얼음처럼 멎었던 심장이 쿵쿵거리며 다시 뛰기 시작했다. 길환은 두근거리는 가슴을 손으로 짚어보았다. 그녀가 남겨놓은 흔적이 가슴속에 남아 있는 것이 느껴졌다. 하지만 그녀를 다시 만날 길은 없어 보였다. 경회루로 가서 그녀의 이름이라도 물어볼까 고민하던 길환은 힘없이 돌아섰다. 궁궐 문을 향해 걸어가는 그의 귓가에 기생들이 연주하는 가야금과 웃음소리가 들려왔다. 먼발치에서 길환의 뒷모습을 지켜보던 그림자 하나가 희미한 미소를 머금었다.

　일상으로 돌아온 길환은 화귀와의 싸움에 열중했다. 숭례문이라는 이름이 붙은 남대문 앞의 연못이 만들어지는 게 지체되면서 자잘한 화귀들이 모습을 드러낸 것이다. 구월의 어느 날, 밤이 끝나고 새벽이 찾아올 무렵에 종루 위에 있던 덕창이 소리쳤다.

"혜정교 쪽에서 화재 발생! 멸화군 1조 출동! 2조 대기!"

몇 번의 화재 진압을 경험한 멸화군들은 발 빠르게 움직였다. 불을 끄러 나가는 1조를 대기 중인 2조가 도왔다. 수레에 도끼와 쇠갈고리, 사다리와 낡은 깃발로 만든 보자기와 멸화자라고 불리는 물에 적신 천을 붙인 장대가 차곡차곡 실렸다. 깃발을 높이 든 태우를 선두로 멸화군들이 길에 나서자 구경하던 한양의 백성들이 일제히 물러났다. 동전을 엮어서 만든 채찍을 소매에 둘둘 감고 걸어가던 군배는 따라오던 길환에게 말했다.

"어제도 꼬박 밤을 새웠잖아. 큰불 아닌 것 같으니까 들어가서 쉬어."

"괜찮습니다."

활과 화살이 든 동개를 허리에 찬 길환이 씩 웃으면서 대꾸했다. 중간에 경수소(警守所, 한양에 치안을 유지하기 위해 설치한 일종의 파출소)에 있던 순라군들이 막아섰지만 길환이 인정(人定, 조선시대 야간 통행금지의 시작 시각으로 밤 10시경이었다)이후에도 다닐 수 있는 통행증인 야행물금첩(夜行勿禁帖)을 보여주자 잠자코 물러났다. 불이 난 곳은 혜정교 옆에 있는 명주를 파는 면주전이었다. 길바닥에는 불이 난 상점의 주인과 점원들이 꺼내놓은 명주와 가구들로 가득했다. 불길은 창고로 쓰는 이층까지 집어삼킨 상태였고, 주변 상인들이 물을 뿌리고 거적으로 쳐서 불을 끄려고 했지만 역부족이었다. 멸화군 깃발을 본 상인들이 어서 오라고 손짓했다. 순라군들이 사람들을 멀찌감치 밀어내는 사이 멸화군들이 장비를 내려놨다. 그사이 두령인 길환과 부두령인 군배를 비롯한 수뇌부들이 불을 어떻게 끌지 의논했다. 팔짱을 낀 길환이 군배에게 말했다.

"양쪽의 흙 담장 때문에 다른 상점으로 불이 옮겨붙지는 않았습니다. 빨리 진압하면 피해를 줄일 수 있겠어요."

"넘어뜨릴까?"

군배의 이야기에 길환이 주변을 슬쩍 보더니 고개를 저었다.

"바람이 불어서 불똥이 멀리 날아갈지 모르겠어요."

"하긴 화귀의 소행이라면 그걸 더 바랄 수도 있겠네. 어이! 기와부터 걷어낸다. 사다리 걸쳐!"

군배의 호령에 멸화군들이 활활 타오르고 있는 면주전의 이층 처마에 사다리를 걸쳤다. 멸화군들이 끝에 갈고리가 달린 사다리를 붙잡자 힘 좋은 태우가 갈퀴를 가지고 올라가서 지붕의 기와를 걷어냈다. 기와들이 떨어지자 갇혀 있던 불길이 확 솟구쳤지만 덕분에 옆으로 번지지는 않았다. 그사이 다른 멸화군들은 상인들이 개천에서 퍼온 물을 면주전에 퍼붓고 물에 적신 멸화자로 기둥과 벽에 붙은 불을 두드려서 껐다. 뒤에 물러나 있던 멸화군 몇 명은 멀리 날아가는 불똥을 쫓아가서 발로 밟았다. 잡힐 것 같은 불길이 여전히 기세를 잃지 않자 길환이 동개에서 활을 꺼내서 움켜쥐면서 군배에게 말했다.

"불길을 보아하니 화귀가 안에 있는 것 같습니다. 들어가서 들쑤셔놓을 테니까 뒤를 부탁합니다."

"무리하지 마."

"걱정 마세요."

　군배의 이야기를 뒤로하고 불타고 있는 면주전 앞으로 뚜벅
뚜벅 걸어간 길환은 주문을 외우면서 공력을 모았다. 모여진 공
력이 몸에 열기를 차단하는 옅은 결계를 쳤다. 빈 사다리를 타
고 불타는 이층으로 들어간 길환은 시복에서 꺼낸 화살을 시위
에 끼웠다. 화살 끝에는 부적이 돌돌 말려 있었다. 불길이 거세
서 주변을 볼 수 없자 길환은 허리에 찬 주머니에서 눈을 맑게
해주는 야명주라는 작은 구슬을 꺼내 입에 물었다. 그러자 불길
과 연기에 가려졌던 것들이 보였다. 불길이 제일 맹렬하게 타오
르는 안쪽 기둥 뒤에서 뭔가 어른거리는 것을 본 길환이 활이 끼
워진 시위를 당겼다가 났다. 튕겨 나온 화살 끝의 부적이 펼쳐지
며 새겨진 붉은 글씨에서 빛이 났다. 부적이 달린 화살은 두꺼운
기둥을 뚫고 뒤에 숨어 있던 화귀에게 맞았다. 화살에 맞고 뒷벽
에 날아가서 박힌 화귀는 서서히 거대한 뱀 모양으로 변했다. 야
명주를 뱉은 길환이 호통쳤다.

　"능원신물(陵園神物)이로구나! 죽은 자나 지킬 것이지 여긴 왜
얼쩡거리느냐!"

　몸부림을 쳐서 화살을 뽑아낸 능원신물은 불붙은 이빨을 드
러낸 채 덤벼들었다. 몸을 옆으로 날려서 공격을 피한 길환은 빠
른 손놀림으로 부적이 꽂힌 화살을 쏘아댔다. 몸에 부적이 박힐
때마다 고통스러워하던 능원신물은 긴 꼬리를 채찍처럼 휘둘러
서 길환을 후려쳤다. 불의의 일격을 당한 길환은 계단이 있는 구

석까지 주르륵 미끄러졌다. 결계가 약해지면서 몸 여기저기에 불이 옮겨붙었다. 기세가 오른 능원신물이 덤벼들자 그대로 몸을 굴려서 계단 아래로 피한 길환은 천장에 연거푸 화살을 날렸다. 아래층에서 날아온 화살에 몸통이 꿰인 능원신물은 고통스러운 비명과 함께 축 늘어져버렸다. 몸에 붙은 불을 툭툭 털어내면서 한숨을 쉰 길환은 뒤에서 덤벼드는 뜨거운 기운에 본능적으로 몸을 숙였다. 뒤에서 날아온 불꽃들이 머리 위를 스쳐 지나가서 밖으로 날아갔다. 축지법을 써서 빠르게 문갑 뒤로 숨은 길환은 또 다른 능원신물이 불붙은 명주 사이에서 똬리를 틀고 있는 것을 보았다.

"한 놈 더 있었군."

부적이 달린 화살을 쏘려고 하던 길환은 똬리를 푼 능원신물이 흩어지는 것을 보고 낭패라는 표정을 지었다. 한 마리가 아니라 세 마리나 모여 있었던 것이다.

'어쩐지 불이 쉽게 안 꺼지더라.'

능원신물 중 가운데 자리 잡은 놈이 기둥을 감싸자 불길이 더욱 맹렬해졌다. 기둥들까지 불길에 집어 삼켜지면 간신히 지탱 중인 면주전이 붕괴될 위험이 컸다. 하지만 한 놈에게 화살을 쏘는 순간 다른 두 놈이 덤벼들게 뻔했다. 화살을 이리저리 겨눈 채 고민하던 그의 뒤에서 불붙은 문짝이 부서져나갔다. 그리고 동전을 엮어서 만든 채찍을 든 군배와 벼락 맞은 대추나무로 만든 목검을 든 태우가 모습을 드러냈다. 태우가 돌아보는 길환을 보고 씩 웃었다.

"우리 도움이 필요할 것 같아서 말이야."

자존심이 상한 길환이 퉁명스럽게 대답했다.

"잔소리 말고 어서 해치워. 기둥을 잡아먹고 있어."

양쪽으로 흩어진 군배와 태우가 한 놈씩 맡아서 싸우는 사이 길환은 기둥을 감싼 정면의 능원신물을 쏘아보았다. 위기를 느낀 능원신물이 기둥에서 벗어나려고 했지만 길환이 한발 빨랐다. 한 손으로 수인을 그린 길환이 나지막하게 외쳤다.

"결(結)!"

그러자 능원신물은 기둥에 붙잡히기라도 한 것처럼 꼼짝하지 못했다. 머리를 이리저리 흔들면서 불똥을 떨어뜨리던 능원신물은 길환이 쏜 화살에 머리를 맞고는 그대로 소멸해버리고 말았다. 군배는 동전으로 엮은 채찍을 휘둘러서 구석에 숨은 능원신물을 끌어내고는 소멸환을 던져서 없애버렸다. 태우는 범어가 새겨진 목검으로 덤비는 능원신물을 토막 내버렸다. 화귀들이 사라지자 맹렬하게 타오르던 불길도 누그러졌다. 세 사람이 나란히 밖으로 나오자 구경하던 상인들이 박수를 쳤다. 멸화군들이 남은 불길들을 정리하는 사이 날이 밝아왔다. 파루(罷漏, 조선시대 야간 통행금지의 해제 시각으로 새벽 4시경이었다)를 알리는 은은한 종소리가 아직 어둠이 채 가시지 않은 한양의 하늘에 울려 퍼졌다. 동전채찍을 소매에 감던 군배가 말했다.

"화귀들이 점점 약해지고 있어. 화기를 끊은 게 먹혔나 봐."

"그러게요. 남지에 청동용을 넣으면 이제 한양에 화귀는 발을 못 붙일 겁니다."

승리했다는 짜릿함을 느긋하게 이야기하던 길환은 갑자기 고개를 돌렸다. 누군가 바라보고 있다는 기분이 든 것이다. 주변에 둘러싼 사람들 모두 그를 쳐다보고 있었다. 혼란을 느낀 그는 아까 뱉은 야명주를 입에 물었다. 하지만 아무것도 보이지 않았다. 그러다 전모를 쓴 기생 무리를 발견했다. 혹시나 하는 마음에 뚫어지게 쳐다봤지만 그녀는 보이지 않았다. 그의 갑작스러운 행동에 놀란 태우가 물었다.

"왜 그래? 화귀라도 나타난 거야?"

야명주를 도로 뱉은 길환이 고개를 저었다.

"뭘 잘못 봤나 봐."

"계속 잠도 못 자고 일해서 그런 거야. 들어가서 얼른 쉬어. 여긴 나랑 부두령이 정리할게."

태우가 사람 좋은 웃음을 지으며 그의 어깨를 툭 쳤다. 길환은 고개를 끄덕였다.

인연

　겨울이 되면서 한양의 공사는 대략 마무리되어갔다. 숭례문이라고 이름 지어진 남대문은 한참 지붕의 기와를 올리고 현판을 다는 중이었다. 한참 미뤄졌던 남지도 거의 다 만들어졌다. 물을 채우고 청동용을 넣으면 인왕산부터 경복궁, 그리고 숭례문까지 불의 길을 끊어버릴 수 있었다. 이름 모를 기생 때문에 한동안 마음고생을 하던 길환은 훌훌 털어버리고 일에 열중했다. 겨울이 되면서 난방 때문에 화재가 몇 번 일어났지만 멸화군의 활약으로 크게 번지지는 않았다. 소복하게 눈이 쌓인 어느 날, 누군가 멸화군 숙소의 문을 거칠게 두드렸다. 싸리비로 숙소의 뜰을 쓸던 태우가 문을 열자 자주색 철릭에 붉은색 두건을 쓴 건장한 사내의 모습이 보였다.
　"누구십니까?"
　태우가 조심스럽게 묻자 사내는 말 없이 소매에서 밀봉된 간찰(簡札, 종이에 써서 봉투에 넣은 일종의 편지)을 꺼냈다.

"두령에게 전하시구려."

아무 말 없이 돌아간 사내의 뒷모습을 미심쩍은 눈으로 바라
보던 태우는 마침 대장간에서 나오던 길환에게 간찰을 건넸다.
선 채로 밀봉된 간찰을 열어본 길환은 언문으로 된 내용을 쭉 읽
어 내려갔다. 싸리비를 든 채 서 있던 태우가 물었다.

"누가 보낸 거야?"

"정안대군."

길환은 대수롭지 않게 이야기하고는 돌아섰다. 놀란 태우가
입을 쩍 벌렸다.

"저, 정안대군이라면 주상 전하의 아드님 중 한 분이잖아. 무
슨 일로 보자는 거야?"

"잘 모르겠어."

고개를 저은 길환은 도로 대장간 안으로 들어갔다. 덕창이 청
동용을 만들 도구들을 깨끗한 물에 정성껏 닦는 중이었다. 한양
으로의 천도가 완료된 이후 조정의 움직임이 심상치 않았다. 개
국공신이자 임금의 최측근인 삼봉 정도전은 둘째 부인인 신덕
왕후 강 씨의 막내아들인 의안대군 이방석을 세자로 삼을 계획
이었다. 하지만 첫째 부인인 신의왕후 소생의 왕자들, 특히 용맹
하기로 소문난 정안대군이 반발하고 나섰다. 조정 중신들은 물
론 하급 관리들까지 입에 올리지 않는 이가 없을 정도였다. 멸화
군이 속한 한성부 역시 마찬가지였다. 하지만 길환에게는 관심
없는 말들이었다. 대장간 구석에 앉아서 덕창이 일하던 모습을

바라보던 길환은 불현듯 가슴에 잔열이 남아 있음을 깨달았다. 잊으려고 노력했고, 그랬다고 믿었지만 허상일 뿐이었다. 그 기나긴 기다림이 믿기지 않은 길환은 씁쓸하게 웃었다.

"내가 꼭 그자를 봐야겠느냐?"

비단 보료 위에 비스듬히 앉은 이방원이 불만스러운 표정을 감추지 않았다. 그가 팔을 기댄 작은 궤 모양의 베개인 퇴침에 손가락을 톡톡 두드리는 소리가 사랑채 안에 울려 퍼지자 모여 있던 측근들 모두 긴장했다. 하지만 그의 시선을 받은 남자는 태연한 표정이었다.

"지금 상황을 반전시킬 좋은 기회입니다."

"멸화군의 두령 따위를 우리 편으로 끌어들이는 게 무슨 기회라는 뜻인가?"

맞은편에 앉아 있던 이방원의 처남 민무구가 물었다. 그러자 그가 공손하게 대답했다.

"원래 튼튼한 뚝도 작은 구멍으로부터 붕괴가 시작됩니다."

"거참. 알다가도 모를 이야기만 하는구먼."

민무구가 코웃음을 치자 듣고 있던 이방원이 끼어들었다.

"멸화군이 그 구멍이란 말이냐?"

"그렇습니다. 대군께서 저를 거두실 때 묻지도 따지지도 않고 제 계책대로 움직이겠다고 하시지 않았습니까?"

이방원은 대답 대신 고개를 끄덕였다. 불쑥 초라한 몰골로 불쑥 나타난 그는 이방원이 마음속을 꿰뚫어 보고 있는 것처럼 고민을 짚어냈다. 허세가 가득한 유세객이라고 생각했던 이방원은 그의 이야기를 듣고는 측근으로 삼았다. 그는 이방원의 처남인 민무구와 무질형제나 홍달손처럼 힘만 쓸 줄 아는 부하들과 달리 상황을 냉철하게 꿰뚫어 볼 줄 알았다. 궁궐에서의 암투에 지쳐 있던 이방원은 그의 이야기만 들으면 식사조차 건너뛰기 일쑤였다. 덕분에 이방원의 집 하인들은 그를 국물 식히는 손님이라고 불렀다. 서른 후반으로 보였지만 넓적한 얼굴에 주먹코라 외모는 볼품이 없었다. 하지만 사태를 꿰뚫어 보는 명철한 두뇌를 가지고 있었기 때문에 아무도 그를 무시하지 못했다. 한참을 고민하던 이방원이 입을 열었다.

"가마를 대령하여라. 내가 직접 만나보겠다."

겨울 해가 뉘엿뉘엿 질 무렵 아까 간찰을 건넨 건장한 사내가 다시 찾아왔다. 솜을 누빈 저고리를 휘항(揮項, 조선시대 방한모로 풍뎅이나 남바위, 이엄이라고도 불렀다)을 머리에 쓴 길환이 사내의 뒤를 따랐다. 길가의 백성들이 길환을 알아보고 반갑게 인사했다. 사내가 길환을 데려간 곳은 경복궁 근처 벽장동(碧粧洞, 지금의 서울 중학동과 송현동 일대로 기생집이 많았다고 한다)에 있는 월선루라는 기생집이었다. 길환을 안내한 사내는 익숙한 발걸음으로 뒤뜰에 있는 별채로 이끌고 갔다. 괴석과 이름 모를 꽃나무로 잘 치장된 정원으로 불이 환하게 밝혀진 안채의 웃음소리가 넘실거렸다. 야트막한 담장으로 가려진 뒤뜰에는 솜을 누빈 붉은색 도포에 발립(鉢笠, 고려 후기와 조선 초기에 선비들이 쓴 모자로 갓과 달리 윗부분이 둥글었다)을 쓰고 환도와 철퇴로 무장한 무사들이 곳곳에 서 있었다. 불이 환하게 밝혀진 별채 앞에 선 사내가 허리를 굽힌 채 말했다.

"멸화군 두령을 데려왔사옵니다."

잠시 후 별채 안에서 굵고 차가운 목소리가 들려왔다.

"들라 이르라."

옆으로 물러난 사내는 길환에게 안으로 들어가라는 손짓을 하면서 낮게 말했다.

"지켜보는 눈들이 많으니까 허튼 생각은 꿈도 꾸지 말게. 그리고 오늘 만남은 저승에 갈 때까지 입을 다물어야 할 것이야."

가볍게 고개를 끄덕거린 길환은 신고 온 미투리를 벗었다. 문 앞을 지키고 있던 무사가 팔각세살문을 열자 황금색 보료에 걸터앉은 정안대군 이방원이 보였다. 가끔 궁궐에 들어갔을 때 임금 옆에 있는 것은 봤지만 이야기를 나눈 적은 없었다. 길환이 대청에서 무릎을 꿇고 절을 하자 이방원이 말했다.

"날이 춥다. 안으로 들어오너라."

잠깐 고민하던 길환은 조심스럽게 안으로 들어갔다. 온돌 바닥은 발바닥이 녹아내릴 만큼 따뜻했고, 방 안에는 난생처음 본 진수성찬으로 가득한 상이 놓여 있었다. 안으로 들어온 길환이 털방석 위에 무릎을 꿇고 앉자 이방원이 술병을 집어 들었다.

"한양의 화재를 막기 위해 멸화군이 밤낮으로 고생을 한다고 들어서 격려차 불렀느니라."

공손하게 대답한 길환이 사기로 만든 작은 술잔을 내밀어서 술을 받았다.

"마땅히 해야 할 일을 한 것뿐이옵니다."

"자네같이 묵묵히 할 일을 하는 관리들 덕분에 나라가 돌아가고 있네."

"무슨 일로 소인을 불렀는지 여쭤도 되겠습니까?"

술잔을 내려놓은 길환의 물음에 이방원의 표정이 굳어졌다.

"어떤 자는 그림을 모으고 어떤 자는 재물을 모으지만 나는 인재를 모은다네. 조정의 유학자들은 멸화군이 기이한 술법을 부린다고 꺼리고 있지만 말이다. 네 너를 곁에 두고자 한다."

조용히 말을 들은 길환이 대답했다.

"자고로 오얏나무 아래에서는 갓끈을 고쳐 매지 말라고 했습니다. 소인은 품계도 없는 잡직의 하급 관리이지만 나라의 녹을 먹고 있습니다. 몸가짐을 바르게 하고 좌우를 살펴야 하는 것은 당연하지 않겠습니까?"

방 안의 온기를 집어삼킬 것 같은 싸늘함이 밀려왔지만 길환은 꿋꿋하게 버텼다. 그런 길환을 무섭게 쏘아보던 이방원이 너털웃음을 지었다.

"삼봉이 멸화군을 없애자고 주상 전하께 아뢴 것을 알고 있느냐? 나에게 오면 삼봉도 멸화군을 함부로 없애지는 못할 것이다. 재물이나 여자가 필요하다면 원하는 대로 줄 수 있다."

"구중궁궐에서 일어나는 일을 소인이 어찌 알겠습니까? 소인은 오직 임금님만을 모실 뿐입니다. 달리 하문하실 일이 없으면 소인은 물러나겠습니다."

궁궐의 일에는 선을 그어야 한다고 애초부터 마음을 먹고 있던 그는 담담하게 대답하고는 자리에서 일어났다. 세살문을 열고 나서자 아까 문을 열어준 무사가 칼자루에 손을 댄 채 서 있는 것이 보였다. 이방원의 명령이 떨어지면 지체 없이 칼을 뽑을 것이 틀림없었다. 길환이 알고 있는 주술과 술법들은 화귀들과 싸우기 위한 것이라 사람을 상대로는 별로 효과가 없었다. 칼자루를 움켜잡은 무사가 이방원을 바라보았다. 이방원이 퇴침 위에 올려놨던 손을 들어서 보내라는 손짓을 했다. 무사는 칼자루를 잡은 손을 놓고 뒤로 물러났다. 댓돌에 놓인 짚신을 신은 길환이 허리를 펴는 순간 그녀와 눈이 마주쳤다. 지난번 경회루 앞에서 봤을 때와 똑같은 차림새였다. 허리를 잔뜩 부풀리게 한 치마에 노란 저고리를 맵시 있게 차려입은 그녀는 별채에서 나온 길환을 보고 깜짝 놀랐다.

　"소, 소녀가 너무 늦어서 떠나시는 것이옵니까?"

　그녀가 울상이 된 채 묻자 길환은 당황한 채 손사래를 쳤다.

　"아! 아니오. 급한 일이 있어서 대군께 고하고 자리를 뜨는 것이니 너무 심려치 마시구려."

　"다행입니다. 어미한테 자꾸 실수한다고 혼이 났던 터라 많이 걱정했거든요."

　어깨를 축 늘어뜨린 그녀가 말에서 지친 속내가 엿보여서 길환은 안타까운 생각이 들었다.

　"세상에 쉬운 일이 어디 있겠느냐? 부디 기운을 내거라."

　이야기를 건네고 걸어가는데 뒤에서 그녀의 목소리가 들려왔다.

"혹시 지난 가을에 궁궐에서 뵈었던 분이 아니온지요?"

그녀가 기억하고 있을 것이라고는 상상도 못 했던 길환은 우뚝 걸음을 멈췄다. 길환이 돌아서자 그녀가 환하게 웃었다.

"듣자 하니 멸화군의 두령이라고 하시던데요."

"그렇소."

"불을 끄던 모습을 먼발치서 본 적이 있습니다. 이런 데서 만나다니 참으로 기이한 인연입니다."

활짝 웃는 그녀의 모습을 본 길환은 잔잔해졌던 가슴이 다시 뛰는 걸 느꼈다. 길환을 바라보며 한없이 웃던 그녀는 뒤따라오는 늙은 기생의 헛기침 소리를 듣고는 화들짝 놀랐다. 종종걸음으로 멀어져간 그녀를 바라보던 길환은 이름조차 묻지 못했다는 사실을 깨달았다. 뒤따라가서 물어보려고 했지만 늙은 기생이 쏘아보는 바람에 다가가지 못했다. 돌아서는 그의 발길은 아쉬움과 안타까움에 한없이 무거워졌다.

며칠 후, 숭례문 앞의 연못인 남지에 청동용을 넣게 되었다. 경회루와는 오가는 사람들이 많은 숭례문 앞이었던 탓에 구경꾼들로 가득했다. 원래 날이 풀리면 넣을 생각이었지만 겨울철이라 화재가 자주 일어나는 바람에 서둘러 넣기로 한 것이다. 청동용은 태우가 쇠망치로 깬 구멍 안으로 서서히 잠겼다. 뭔가 대단한 일이 일어날 것이라고 믿은 구경꾼들은 낙심한 표정으로 돌아섰다. 추위에 곱은 손을 호호 분 군배가 말했다.

"이제 저 녀석까지 넣었으니까 한양에 화귀는 얼씬도 못 하겠네."

"아무렴요. 나타나면 박살을 내면 그만이죠."

쇠망치를 어깨에 걸친 태우가 큰 소리를 쳤다. 멸화군들은 다들 행복해했다. 사람들의 관심과 존경을 받았고, 먹을 것도 풍족했다. 그사이에 한양에 사는 여인과 혼례를 치르고 가정을 꾸린 멸화군들도 있었다. 숨어 지내지 않고 평범하게 사는 것이 진정 행복이라고 믿었던 길환은 웃고 떠드는 동료들 사이에서 외로움을 느꼈다. 머리가 복잡해진 길환은 문득 술 생각이 간절했다. 속에 담긴 답답함을 한숨으로 털어내려는 찰나, 종루 쪽에서 화재를 알리는 종소리가 들렸다.

"어느 쪽이야?"

길환은 어리둥절해하는 동료들과 구경꾼들을 헤치고 숭례문의 문루로 올라갔다. 가회동쪽에서 얼어붙은 하늘 위로 검은 연기가 치솟는 것이 보였다. 길환은 아래쪽을 향해 소리쳤다.

"벽장동쪽이다! 숙소 들려서 장비 챙기고 가자."

계단을 성큼성큼 뛰어내려온 그는 숙소로 달려가는 동료들의 뒤를 따랐다. 마음속의 허전함과 외로움을 잊기에는 일을 하는 게 제격이었다. 숙소에 도착하자 쉬고 있던 멸화군들이 수레에 장비를 싣고 출발하는 모습이 보였다. 길환은 얼른 그들과 합류했다. 세밑이라 세배를 가던 한양 백성들이 깃발을 앞세운 멸화군을 보고는 조심스럽게 옆으로 물러났다. 운종가를 지나자 연기가 점점 가까이 보였다. 궁궐도 가깝고 양반들이 많이 사는 북촌이라 조심스럽게 걷는데 어쩐지 거리가 낯이 익었다.

"저쪽이야!"

깃발을 들고 앞장서 가던 태우가 길가에 쓰러진 사람들을 보고는 소리쳤다. 평범한 여염집의 아낙들이 아니라 화려하게 차려입은 기생들의 모습을 본 순간 길환은 불이 난 곳이 지난번 이방원을 만났던 월선루임을 깨달았다. 멸화군들이 속곳 차림의 기생들을 쳐다보느라 정신이 없는 사이 군배가 중얼거렸다.

"담장이 높은 동네라 불이 옮겨붙을 염려는 없겠네."

안심하는 듯한 군배의 말을 뒤로한 그는 문을 박차고 안으로 들어갔다. 며칠 전 휘황찬란한 불빛과 웃음소리가 흘러나왔던 안채가 활활 타고 있었다. 기생집의 노비 몇 명이 연못에서 퍼낸 물을 뿌리고 거적으로 덮어서 불길을 잡느라고 애를 썼다. 깔끔하던 정원은 여기저기 떨어진 불똥과 재로 얼룩진 상태였다. 넓은 마당으로 들어선 멸화군들이 서둘러 불을 끌 준비를 했다. 길환은 야명주를 입에 물고 화귀를 찾았다.

"있어?"

태우의 물음에 길환이 고개를 저었다.

"안 보여."

"그냥 불만 끄면 되겠네."

신이 난 태우가 말했다. 그사이 상황을 살펴본 군배가 지시를 내렸다.

"화귀도 안 보이고 주변에 다른 건물이 없으니까 그냥 넘어뜨리는 게 좋겠어."

"좋습니다."

태우가 장비를 신고 온 수레에서 굵은 동아줄을 꺼내면서 동료들에게 소리쳤다.

"넘어뜨릴 준비들 해."

일사불란하게 움직인 멸화군들이 안채의 모서리 기둥에 동아줄을 걸었다. 불이 너무 크게 난 상태라면 기둥을 넘어뜨려서 건물을 주저앉히는 방법이 가장 효과적이었다. 굵은 동아줄로 기둥을 당겨서 넘어뜨리면서 대나무 다발로 만든 장대로 지붕을 들어 올리면 나무끼리 짜 맞춘 기둥과 대들보가 떨어져나가면서 주저앉게 된다. 문제는 기둥을 당기는 것과 지붕을 들어 올리는 적기를 잘 맞춰야 한다는 점이었다. 오랫동안 호흡을 맞춘 멸화군만 해낼 수 있는 일이었다. 군배가 돌아다니면서 동아줄을 걸 기둥을 찍는 사이 누군가 길환의 팔에 매달렸다.

"아이고! 홍연이가 저 안에 있어요."

지난번 그녀와 만났을 때 뒤따르던 늙은 기생이었다. 반쯤 넋이 나간 그녀는 길환에게 매달린 채 더듬더듬 말했다.

"갑자기 화로에서 불길이 치솟아서 사방에 불이 붙었답니다. 분명 불씨가 없던 화로였는데……"

"저 안에 누가 있다고요?"

길환이 불타는 안채를 가리키면서 묻자 늙은 기생은 바닥에 주저앉으면서 통곡을 했다.

"내 딸년 홍연이요. 안채에서 잠을 자고 있던 걸 모르고 저만 빠져나왔지 뭡니까."

"어디 있습니까?"

"저기 끝 방이요. 툇마루 쪽을 막아놔서 나올 수가 없어요."

비로소 돌아가는 사태를 파악한 길환은 기둥을 당기려는 멸화군들에게 소리쳤다.

"멈춰! 안에 사람이 있어!"

수레에서 가죽으로 된 보자기를 꺼낸 길환이 연못에서 퍼온 물을 몸에 뿌렸다. 한기가 온몸에 퍼졌지만 그것을 느낄 틈조차 없었다. 가죽으로 만든 보자기를 머리에 뒤집어쓴 그에게 태우가 불붙은 문짝을 걷어낼 때 쓰는 짧은 갈고리를 던져주었다. 갈고리를 움켜쥔 길환은 불붙은 대청을 훌쩍 뛰어넘었다. 이미 지붕까지 옮겨붙은 불길은 기세 좋게 울어대면서 집 안을 집어삼키고 연기를 토해냈다. 후끈한 열기와 눈앞을 가리는 매운 연기 때문에 숨을 쉴 때마다 목이 따끔거렸다. 보자기로 입을 막은 길환은 짧은 갈고리로 불붙은 세살문을 뜯어냈다. 값비싼 비단으로 만든 보료와 병풍이 흉물스럽게 타들어가는 중이었지만 사람은 보이지 않았다. 길게 이어진 좁은 복도를 걸으면서 길환은 목이 터져라 외쳤다.

"어디 있소! 살아 있으면 소리를 지르시오!"

정신없이 외치면서 걷는데 나무가 뒤틀리는 소리가 들려왔다. 불을 먹은 기둥과 대들보가 중심부까지 타들어간 것이다. 마음이 급해진 길환은 불붙은 문짝을 발로 걷어찼다. 하지만 어디에도 그녀는 보이지 않았다. 급기야 머리에 쓰고 있던 보자기에 불이 옮겨붙었다. 머리카락이 타들어가면서 매캐한 노린내가 풍겼다. 불붙은 보자기를 던져버린 길환은 복도 끝에 있는 마지막 방의 문짝을 걷어찼다. 자욱한 연기 너머로 꿈틀거리는 그림자를 본 길환이 외쳤다.

"홍연 낭자!"

그러자 속곳 차림으로 이불을 뒤집어쓰고 있던 그녀가 고개를 들었다. 공포에 질린 그녀는 길환을 보자 왈칵 울었다.

"곤히 자다가 눈을 뜨니까 사방이 불바다였습니다."

길환은 울면서 이야기하다가 연기 때문에 콜록거리는 그녀를 감싸 안았다. 그의 품에 안긴 홍연이 오들오들 떨면서 말했다.

"너무 무서워요."

"나랑 같이 여기를 나갑시다."

그녀를 일으켜 세운 길환은 주변을 살폈다. 원래대로라면 바깥으로 통하는 문으로 나가면 그만이었지만 은밀한 연회를 열어야 했던 탓에 바깥으로 통하는 문들은 전부 가구로 막아놨거나 벽으로 막아버린 상태였다. 대청까지 나가서 밖으로 나가는 방법밖에는 없었지만 조금 전 지나온 복도는 이미 불바다로 변했다. 그녀를 데리고 불붙은 복도를 지나는 건 불가능했다. 술법을 쓰고 싶었지만 급하게 오느라 부적을 모두 놔두고 온 상태였다. 낭패감에 빠진 그의 눈에 불타고 있는 벽이 보였다. 보통 벽은 갈대나 대나무로 기둥을 세우고 황토를 발라서 불에 타지는 않았다. 뭔가 집히는 게 있던 길환은 들고 있던 갈고리로 힘껏 벽을 찍었다. 예상대로 작은 구멍 너머로 정원이 보였다. 문을 없애고 벽을 만들면서 널빤지로만 막아놓은 것이다. 길환은 떨고 있는 그녀를 옆에 두고 갈고리로 미친 듯이 벽을 찍어댔다. 불똥이 손등과 얼굴로 튀었지만 그는 쉬지 않고 내리찍었다. 구멍이 손이 하나 나갈 정도로 커질 즈음, 머리 위에서 대들보가 불길에 못 이겨 갈라지는 소리가 들렸다. 손길을 멈춘 그는 윙윙거리는 불길 사이로 들려오는 대들보의 비명에 귀를 기울였다. 벽을 뜯어낼 시간이 없었다. 갈고리를 내팽개친 그는 엎드려서 흐느껴 우는 그녀를 끌어안았다.

"정신 차리고 날 꽉 잡아요."

울고 있던 그녀가 아랫입술을 깨물고는 고개를 끄덕거렸다. 길환은 한 손으로 그녀를 끌어안고 다른 한 손으로는 얼굴을 가렸다. 대들보가 더는 버티지 못하겠다는 듯 굉음을 냈다. 심호흡을 한 길환은 방금 전까지 갈고리로 부수던 벽을 향해 몸을 던졌다. 우지끈 소리와 함께 불타는 널빤지가 쪼개졌다. 거의 동시에 두 사람이 있던 방의 대들보가 내려앉았다.

바닥에 떨어진 충격으로 숨도 제대로 쉬지 못하고 있던 길환은 태우의 손에 질질 끌려갔다. 간신히 눈을 뜬 그는 불붙은 안채가 주저앉는 것을 보았다. 자욱한 연기와 불길이 사방으로 바람처럼 퍼져나갔다. 깨진 기와들과 불붙은 나무 조각 들이 멀찌감치 서 있던 멸화군에게 날아들었다. 하지만 지붕의 흙과 기와 덕분에 불길은 급격하게 쪼그라들었다. 기다리고 있던 멸화군들이 물에 적신 보자기와 멸화자로 흩어진 불길들을 잡았다. 연못 근처까지 길환을 끌고 온 태우가 연신 뺨을 두드리면서 소리쳤다.

"괜찮아?"

정신을 차린 길환은 그녀부터 찾았다. 늙은 기생을 비롯한 속
곳 바람의 기생들이 둥그렇게 모여서 쓰러져 있는 그녀를 내려
다보는 것이 보였다. 벌떡 일어난 그는 기생들을 헤치고 엎드려
있는 그녀를 보았다. 온몸이 뜨거웠지만 큰 상처를 입은 것 같지
는 않았다. 안도의 한숨을 내쉬던 그는 그녀를 토닥거렸다.

"다행입……."

그 순간, 고개를 든 그녀가 흉측하게 녹아버린 오른쪽 뺨을 부
여잡은 채 처절한 비명을 질렀다. 길환은 가슴이 철렁 내려앉았
다. 널빤지를 부수면서 불붙은 조각이 얼굴에 달라붙은 것이다.
늙은 기생을 비롯한 동료 기생들이 통곡하면서 울음바다로 변
해버렸다. 당황한 길환은 뒷걸음질로 물러났다. 무너진 안채의
잔불을 잡던 태우가 입을 삐죽 내밀었다.

"기껏 목숨을 걸고 구해줬는데 고맙다는 말 한마디 안 하고
말이야."

하지만 그의 귀에는 아무 말도 들려오지 않았다. 그녀를 지켜
주지 못했다는 자책감에 주먹을 쥔 채 우두커니 서 있던 길환은
누군가 지켜보는 듯한 기분에 주변을 둘러보았다. 대문 밖과 담
장 위로 구경꾼들이 가득했다. 그중 백저포에 삿갓을 쓴 구경꾼
이 보였다. 그가 바라보자 구경꾼은 삿갓을 푹 눌러쓰고는 황급
히 사라져버렸다. 길환은 서둘러 대문 밖으로 나갔지만 그는 온
데간데없이 사라져버린 상태였다.

보고를 받은 이방원이 그에게 말했다.

"꼭 그렇게까지 해서 그자를 내 편으로 만들어야겠는가?"

"그런 자를 어디에다 쓸 것인가 궁금하신 겁니까?"

이번에도 핵심을 찌르는 이야기에 머쓱해진 이방원은 보료 옆에 놓인 곱돌화로를 바라보았다.

"지금 조정에서는 세자를 지지하는 판삼사사 편에 서는 자와 대군마마를 지지하는 쪽으로 나뉘고 있습니다. 눈에 보이는 쪽은 대략 정리가 된 셈이지요."

"그래서 잔챙이들한테까지 손을 뻗친 것이냐?"

이방원의 질문에 잠자코 있던 그는 갑자기 무릎걸음으로 다가갔다. 그러고는 부젓가락으로 곱돌화로를 뒤적거리다 작은 숯을 하나 집어 들었다. 피처럼 붉게 달아오른 작은 숯을 황홀한 눈으로 바라보던 그가 입을 열었다.

"이 작은 숯의 불씨 하나만 있으면 고랫등 같은 이 사랑채 하나는 너끈하게 태우고도 남지요."

"하지만 그자는 멸화군 두령에 불과하네."

"두고 보십시오. 제가 그 잔챙이를 활활 타오르는 불씨로 만들어보겠습니다."

능글맞게 웃은 그는 입을 모아서 숯을 향해 바람을 불었다. 숯이 피처럼 붉게 타올랐다.

"두령! 누가 찾아왔어."

종루에서 불을 감시하던 덕창이 길환에게 소리쳤다. 정월 대보름이라 다들 쉬면서 궁궐에서 내려준 귀밝이술을 주고받으면서 쉬는 중이었다. 창고에서 장비들을 살펴보던 길환이 누구냐고 묻자 덕창은 낄낄거리기만 했다. 숙소 대문을 열고 밖으로 나가자 녹색 장옷에 검은색 비단으로 만든 아얌을 머리에 쓴 그녀가 고개를 푹 숙인 채 기다리고 있었다. 뜻밖의 방문에 놀란 길환이 물었다.

"무슨 일이십니까?"

"목숨을 걸고 저를 구해주셨는데 응당 인사를 해야 할 것 같아서요. 먹을 걸 좀 챙겨왔습니다."

쑥스러운 표정으로 말한 그녀가 손에 든 붉은 보따리를 건넸다. 보따리를 건네받은 길환은 고맙다고 인사를 하자 그녀는 머뭇거리다가 고개를 숙여 인사를 하고는 돌아섰다. 그녀가 돌아서면서 오른쪽 뺨이 보였다. 한 달이나 지났는데 아직도 아물지 않은 것은 둘째 치고 상처는 오히려 더 커진 듯했다. 그녀는 길환이 자신의 오른쪽 뺨을 바라보고 있다는 사실을 눈치챘는지 손으로 가리고는 걸음을 빨리했다. 운종가 쪽으로 걸어가는 그녀의 뒷모습에서 안타까움을 느낀 길환이 외쳤다.

"낭자."

그녀가 걸음을 멈추고 돌아보았다. 이번에는 오른쪽 뺨을 가리지 않았다. 홍연의 처연한 눈빛을 본 길환은 한걸음에 달려갔다.

"오늘이 정월 대보름이니. 나랑 같이 다리밟기하러 갑시다."

"다리밟기요?"

그녀의 반문에 길환이 씩 웃었다.

"정월 대보름에 한양의 다리를 밟으면서 소원을 빌면 들어준 다고 하던데요. 나랑 같이 갑시다."

길환은 얼떨떨해하는 그녀의 손목을 잡고 앞장서서 걸어갔 다. 그리고 살짝 돌아서서 덕창에게 손짓했다. 덕창이 잘 다녀오 라는 듯 손을 흔들어주었다. 거리에는 설빔을 차려입은 아이들 이 연과 팽이를 들고 뛰어다녔다. 어른들도 새 옷을 입고 삼삼오 오 모여서 다리밟기를 하러 가는 중이었다.

"광통교를 먼저 갑시다."

난생처음 여자 손을 잡아본 길환은 얼굴이 화끈거리는 것을 애 써 참으면서 말했다. 그러자 고개를 푹 숙인 그녀가 끄덕거렸다. 들뜬 어른과 아이들에게 휩쓸린 두 사람은 광통교로 향했다. 다 리 위와 주변은 온통 사람들로 가득했다. 그들이 가져온 등불이 설익은 어둠 사이에서 별처럼 반짝거렸다. 다리 주변에는 투호와 윷놀이 판이 벌어졌고, 엿과 떡을 파는 장사치들이 흥을 돋웠다.

"사람들이 다들 행복해 보여요."

그의 손에 이끌려온 홍연이 다소곳한 목소리로 말하자 그녀 의 손을 꼭 잡은 길환이 대답했다.

"그러게요. 지난 한 해의 어려움을 모두 잊고 새로운 한 해를 즐겁게 맞이하기 위해서 그런가 봅니다."

다리 위에서는 발립에 백저포 차림의 선비와 장옷을 입은 여인 이 뒤섞여서 오가는 중이었다. 길환도 그녀의 손목을 잡고 다리 에 올라가서 그 대열에 합류했다. 저절로 어깨춤이 나온 그가 흥 겹게 덩실거리자 그녀가 한쪽 손으로 입을 가리고 웃었다. 수많은 이야기와 웃음이 오가는 다리 한복판에서 두 사람은 아무 말 없이도 서로의 마음을 받아들였다. 그녀를 좋아하면서도 어떻게 말하고 표현해야 할지 걱정했던 길환은 비로소 안도했다. 그럴 필요가 전혀 없었던 것이다. 두 사람이 아무 말 없이 서 있는데 술에 취한 선비 하나가 지나가다가 어깨를 건드렸다. 두 사람이 고깝게 보였는지 선비가 혀 꼬부라진 목소리로 시비를 걸었다.

"천한 것들이 어디서 감히 앞길을 가로막느냐!"

때아닌 시비에 길환이 발끈했지만 그녀가 손을 꾹 잡으면서 참으라는 신호를 보냈다. 분을 삭인 길환이 고개를 숙여 미안하다고 말하고는 지나치려는데 선비가 그와 함께 있는 그녀를 알아보았다.

"너는 월선루의 홍연이 아니냐? 불에 타서 병신이 됐다고 하던데 멀쩡하구나."

선비의 희롱에 홍연이 뒷걸음질을 치면서 물러났다. 그 바람에 불에 탄 오른쪽 뺨이 드러나고 말았다. 선비가 홍연의 턱을 붙잡고는 얼굴을 가까이 들이댔다.

"오호라. 얼굴이 병신이 됐구나. 아이고 이제 기생 노릇 못하겠구먼."

피해야겠다는 생각에 서둘러 빠져나오려고 했지만 선비는 길을 가로막았다.

"내가 청했을 때는 바쁘다고 퇴짜를 놓더니 얼굴이 그 모양이 되니까 천한 것이랑 어울려서 달구경을 나왔구나."

그녀는 어떻게든 빠져나가려고 했지만 선비는 그 앞을 막아서면서 계속 희롱했다. 구경거리가 난 줄 알고 주변에 사람들도 모여들었다. 그럴수록 홍연의 표정이 파랗게 질려버렸다. 더는 참을 수 없게 된 길환은 소매에 넣어둔 부적을 살짝 손에 쥐고 손으로 수인을 맺었다.

"빙!"

그러자 다리 위에 하얗게 얼음이 얼었다. 길환이 홍연의 손목을 낚아채서 달아나자 술 취한 선비가 따라오려다가 미끄러지고 말았다. 뒤로 벌렁 넘어진 선비의 모습을 본 백성들이 손가락질하며 웃어댔다. 그 틈을 타서 광통교를 벗어난 길환은 홍연을 데리고 정처 없이 뛰었다. 어디든 사람이 없는 곳으로 가고 싶었다. 하지만 거리는 정월 대보름을 맞아 달구경을 하기 위해 나온 백성들로 가득했다. 혜정교에 도달할 즈음 그녀가 길환의 손을 뿌리치고 멈췄다. 담벼락에 기댄 홍연이 손으로 얼굴을 가린 채 울었다. 슬퍼하는 그녀를 위해 아무것도 해줄 수 없다는 사실에 가슴이 아팠다. 사람에게는 술법을 쓰면 안 된다는 금기를 어겼다는 사실조차 떠오르지 않았다. 애꿎은 길바닥의 돌부리를 툭툭 걷어차던 길환은 궁궐 쪽에서 들려오는 요란한 소리에 고개를 돌렸다. 궁궐 담장 너머로 환한 불꽃이 어둠을 뚫고 치솟는 중이었다. 너무나 아름다운 광경에 그는 넋을 잃고 바라보았다.

"화산대를 베풀었나 봅니다."

어느덧 눈물을 그친 홍연의 말에 길환이 반문했다.

"화산대라니요?"

"화약으로 불꽃을 터트리는 걸 말합니다. 보통 제야(除夜, 섣달

그믐밤을 지칭하는 것으로 음력으로 12월 30일 정도에 해당된다)에 하는
데 이번에는 조금 늦었나 봅니다."

타닥거리며 타오르는 불꽃 때문에 궁궐 쪽은 마치 대낮처럼
환했다. 길을 가던 백성들도 걸음을 멈추고 바라보았다.

"기생 어미는 늘 기생의 삶은 불꽃 같다고 했답니다. 환하게
타오를 때 누구나 경탄해 마지않지만 불꽃이 사라지면 아무도
기억하지 않는다고 말이죠."

환한 불꽃이 올라오는 대궐 쪽을 바라보던 그녀의 눈에 눈물
이 맺혔다. 길환은 그녀의 어깨를 움켜잡았다.

"내가 기억하리다. 그 불꽃이 얼마나 아름답고 장엄했는지 말
이요."

"철이 들기 전부터 남자를 봐왔습니다. 한양에 올라와서도 수
많은 남자가 곁에 있었지만 어디에도 제 짝이 있을 거라는 생각
은 하지 못했답니다. 그런데 얼굴이 흉하게 변한 다음에야 당신
을 만났군요. 조금만 일찍 만났더라면……."

그녀가 말을 끝맺지 못하고 울음을 터트렸다. 길환은 홍연을
와락 끌어안으면서 말했다.

"어릴 때 스승님께서 늦은 것은 없다고 하셨습니다."

"그럼 저도 늦지 않은 것인가요?"

그녀의 물음에 길환은 대답 대신 천천히 입을 맞췄다. 입술이
포개지는 순간 그녀의 마음이 느껴졌다. 그 순간 그는 무슨 수를
쓰더라도 그녀를 지켜주기로 결심했다.

상처

저녁 무렵, 갑자기 비가 내리기 시작했다. 봄 가뭄을 걱정할 찰나에 내리는 비라 길가의 행인들은 비에 맞으면서도 흐뭇해했다. 불과 싸우는 멸화군 역시 봄비를 반겼다. 이제는 제법 한양에 익숙해진 멸화군들은 저녁때 나가서 술을 한잔 걸치자는 이야기를 주고받으며 왁자하게 웃었다. 대청에 걸터앉아 이런저런 소리를 듣던 길환은 대문 쪽으로 걸어갔다. 그러다 뒤에서 태우가 부르는 소리에 걸음을 멈췄다. 대장간에서 나온 태우가 그에게 도롱이와 삿갓을 건넸다.

"비가 제법 내릴 모양이야. 쓰고 가."

"고마워."

뭔가 말을 하려던 태우는 길환의 무거운 표정을 보고는 입을 다물었다. 지난 몇 달 동안 길환은 마치 딴사람이 된 것처럼 보였다. 화귀와 싸우고 불을 다스리는 일에 더는 열정을 보이지 않왔다. 걱정스럽기는 했지만 딱히 어떻게 말해야 할지 몰랐다. 태우는 도롱이를 걸치고 삿갓을 쓴 길환의 뒷모습을 물끄러미 바라보았다.

태우의 걱정스러운 눈길을 뒤로한 그는 운종가 거리로 향했다. 정월 대보름의 외출 이후 그녀의 상태는 나날이 악화되었다. 아문 것처럼 보인 상태는 계속 곪았고, 그것 때문인지 그녀도 나날이 쇠약해졌다. 고통스러워하는 그녀를 보면서 길환은 일이 손에 잡히지 않았다. 어떻게든 그녀를 고칠 방법을 찾고 싶었지만 쉽지 않았다. 한숨을 내쉬고 그는 운종가 거리로 들어섰다. 비가 심하게 내리시 않은 탓인지 상섬 주인들은 아직 퇴청이라고 불리는 작은 방에서 방석을 깔고 앉아서 손님을 기다리고 있었다. 퇴청 앞 처마에는 상점의 이름과 파는 물건을 그려놓은 판자가 걸려 있었다. 상점 앞에는 물건을 사려는 사람과 상인들 사이를 중계해주는 여리꾼들이 진을 치고 있었다. 남들 눈에 띠어야 하기 때문에 화려하게 차려입은 그들은 변어(邊語, 손님이 알아들을 수 없게 하고자 여리꾼과 상점 주인끼리 미리 약속한 은어)를 써가며 상점 주인과 이야기를 주고받았다. 바쁘게 오가는 여리꾼들 사이를 지나친 그는 뒷골목에 있는 약방으로 들어갔다. 대나무로 만든 발을 헤치고 안으로 들어가자 톡 쏘는 한약 냄새가 코를 찔렀다. 안방에서 작두로 약재를 썰던 늙은 약방 주인은 길환을 보고 아는 척을 했다.

"어째 또 왔어?"

남은 약 뭉치를 주인 앞에 던진 길환이 짜증을 냈다.

"지난번 준 약이 전혀 효과가 없소이다."

그러자 약방 주인이 혀를 찼다.

"화상이라는 게 원래 그런 법이야. 안 낫다가도 낫고, 나을 것 같다가도 그대로고 말이야. 내가 소용없다고 했는데 계속 약을 지어달라고 고집한 건 자넬세."

"방법이 없을까요? 환자가 계속 고통을 호소하고 있어서 말입니다."

길환의 호소에 약방 주인이 고개를 저었다.

"꿀을 바르고 약을 먹었는데도 상처에서 계속 진물이 나오고 두통이 있다는 이야기는 화기가 이미 골수에 미쳤다는 뜻일세."

길환이 차마 말을 끝맺지 못했다.

"그렇다면……."

"안타깝지만 고칠 수 있는 방도가 없네."

말을 마친 약방 주인은 다시 작두를 잡고 약초를 썰었다. 미쳐버릴 것만 같은 길환은 분노를 꾹 누른 채 애원했다.

"아직 앞길이 창창한 처자요. 달리 방도가 없겠습니까?"

"화타가 환생한다면 모를까 어림도 없어. 그동안 든 약값만 해도 적지 않은 것 같은데 자네도 그만 포기하게. 안 되는 건 안 되는 거야."

길환은 냉랭하게 대꾸하는 약방 주인에게 말했다.

"불을 끌 때는 말입니다. 마지막까지 절대 포기하지 말아야 한다고 배웠습니다. 하물며 사람을 살리는 일인데 어찌 이리 무정하십니까?"

"불을 끄는 것과 사람 살리는 일이 어찌 같은가? 정 그렇다면
어의를 찾아가보게."

"어의라고요?"

길환의 반문에 약방 주인이 작두질한 약초를 쓸어 모으며 말
했다.

"그래, 임금님의 옥체를 돌보는 의원 말이야. 이두형이라고
하던데 화상을 잘 다루기로 소문난 자이지."

"고맙소."

지푸라기라도 잡는 심정이었던 그는 짧은 인사말을 남기고
약방을 뛰쳐나갔다. 허둥지둥 나가는 그의 뒷모습을 본 약방 주
인이 혀를 차면서 작두질을 했다.

약방을 나온 그는 도롱이를 바짝 조이고는 서둘러 경복궁의
영추문으로 향했다. 주로 하급 관리들이 입궐과 퇴궐할 때 드나
드는 문이어서 어의도 분명 이곳을 이용할 것이기 때문이었다.
영추문 앞에는 퇴궐하는 관리들을 기다리는 하인들이 처마 아
래에 삼삼오오 모여서 잡담을 하는 중이었다. 멀찌감치 서서 기
다리고 있던 길환은 퇴궐하는 관리들을 한 명씩 붙잡고 어의인
지 물어보았다. 그러다가 키가 크고 멀끔하게 생긴 관리가 대답
했다.

"내가 내의원 어의 이두형이 맞네만……."

"저는 멸화군 두령 길환이라고 합니다. 어의께서 화상 치료에

도통하시다 들었습니다. 제가 아는 낭자가 얼굴에 심한 화상을 입었는데 치료해주실 수 있으신지요. 그렇게만 해주신다면 평생 은혜를 잊지 않겠습니다."

길환은 연신 고개를 숙이면서 부탁했지만 어의는 차갑게 거절했다.

"사정이 딱하지만, 어의는 옥체를 보존하는 일 외에는 다른 환자를 볼 수가 없는 법이네."

"환자가 고통스러워하고 있습니다. 부디 한 번만이라도……."

"어허, 안 된다고 하지 않았는가! 물러가게."

옷자락을 붙잡는 길환에게 호통을 친 어의는 기다리고 있던 하인을 앞세우고 사라졌다. 낙담한 그의 귀에 주인을 기다리던 노비의 목소리가 들렸다.

"아이고, 그렇게 무작정 부탁한다고 들어줄 것 같습니까? 재물을 한가득 가져오거나 권세 있는 사람의 부탁을 받지 않으면 어림도 없답니다."

퇴궐 행렬이 이어지면서 어느덧 영추문 앞도 텅 비어버렸다. 쏟아지는 비를 주룩주룩 맞고 있던 그는 힘없이 발걸음을 옮겼다.

길환은 주룩주룩 쏟아지는 비를 맞으면서 월선루로 향했다. 기름을 칠한 종이로 만든 우산을 들고 손님을 배웅하던 늙은 기생이 터덜터덜 걸어오는 길환을 보고 입을 삐죽 내밀었다.

"아이고, 또 오셨네요."

"홍연이는 좀 어떤가요?"

"어떻긴요. 매일 거울을 붙잡고 울다가 자진한다고 악을 쓰다가 울다가 웃다가 그럽니다."

여전히 차도가 없다는 이야기에 별다른 반응을 보이지 않고 들어서는데 늙은 기생이 이죽거리는 소리가 들렸다.

"하루 이틀도 아니고 이제 결단을 내려야 할 때가 아닌가 싶네요."

"결단이라니요?"

걸음을 멈추고 돌아선 그의 물음에 늙은 기생이 대답했다.

"원래 잘 나가던 일패 기생도 나이가 들면 은근짜가 되는 법이지요. 얼굴이 저 모양이니 찾는 손님도 없고 성질까지 더러워져서 다들 힘들어합니다요."

분노가 목구멍까지 치밀어 올랐지만 꾹 참아야 했다. 석 달전, 불에 탔던 안채는 두 달 만에 새로 지어져 있었다. 모르는 사람이 보면 불이 났는지도 모를 정도로 말끔했다. 안채를 지나 뒤뜰의 작은 별채 앞에 도착한 그는 조심스럽게 헛기침을 했다.

"낭자. 들어가도 되겠소?"

안에서는 아무 대답도 들리지 않았다. 다시 헛기침 소리를 내는데 불길한 예감이 머릿속을 스치고 지나갔다. 짚신을 벗을 틈도 없이 문을 열고 안으로 들어갔다. 불이 꺼진 어두운 방 한가운데에는 하얀색 속곳 차림의 그녀가 서 있었다. 허공에 뜬 채로 말이다. 대들보에 걸어놓은 명주 천에 목을 매단 그녀의 버선발이 희미하게 꿈틀거리는 것을 본 길환은 한걸음에 달려가 그녀를 받쳐 들었다. 도움을 요청해야 했지만 절망감에 막힌 목구멍에서는 아무 말도 나오지 않았다.

 저녁 식사를 가지고 온 어린 기생이 소리를 지르자 사람들이 몰려왔다. 대들보에 걸려 있는 명주 천을 걷어낸다고 법석을 떨어대는 사이 조용히 있던 길환은 그녀를 이불에 눕혔다. 뒤늦게 달려온 늙은 기생은 한숨을 푹 쉬었다.

 "손님한테 웃음을 팔아야 하는 기생집에서 이게 웬 난리인지 모르겠네."

 "지금 사람이 죽어가는 판국인데 그런 말이 나옵니까?"

 "사람이라니요? 기생이 어디 사람 취급을 받는다고 그러십니까?"

 코웃음을 친 늙은 기생이 치맛자락을 움켜잡고 돌아서면서 말했다.

 "이제 저도 할 만큼 했습니다. 홍연이가 깨어나는 대로 고향으로 내려보내겠습니다."

 "고향이라니요?"

 "홍연이는 본래 청주의 관기의 딸입니다. 자연스럽게 어미처럼 기생이 된 것이지요. 어린 시절 미모가 출중하고 가야금 솜씨가 좋다 하여 한양으로 불러서 임시로 장예원(掌隸院, 노비에 관한 업무를 맡아보던 관청)에 소속시킨 겁니다. 이제 이곳에 있을 일이 없으니까 돌아가는 게 마땅하지요."

 냉랭한 말을 남긴 채 그녀가 사라지자 가슴속이 와르르 무너지는 느낌이 들어 길환은 바닥에 주저앉았다. 둘의 대화를 듣던 사람들도 슬금슬금 사라졌다. 그녀는 여전히 의식이 없는 상태였다. 그녀가 청주로 내려가면 다시는 못 만날 게 뻔했다. 유일한 방법은 속전을 내고 그녀를 기생 호적에서 빼내는 것이다. 하지만 막대한 비용이 드는 것은 둘째 치고 그걸 낸다고 나라에서 그녀를 자유롭게 풀어준다는 보장도 없었다. 그녀의 치료부터 신분 문제까지 해결할 수 있는 방향은 한군데로 모아졌다. 어찌할 바를 모르고 우두커니 앉아 있는데 그녀의 신음 소리가 들려왔다. 마음을 다잡은 그는 조심스럽게 옆으로 다가갔다.

"정신이 드오?"

"여, 여긴……."

멍한 눈으로 천장을 바라보던 그녀가 왈칵 눈물을 터트렸다. 화귀와 싸우고 불을 다스리는 법은 배웠지만 여자의 아픈 마음을 달래주는 법은 배우지 못했던 길환은 우왕좌왕하다가 이불 밖으로 삐져나온 그녀의 왼손을 살짝 잡았다. 오른손으로 오른쪽 뺨을 만져본 홍연은 그 손으로 두 눈을 가렸다. 손가락 사이로 빠져나온 눈물이 뺨으로 흘러내렸다.

"낭자. 왜 그런 짓을 저지른 것이오."

"그럼 제가 이 얼굴로 뭘 어찌해야 합니까? 어미가 저를 청주로 보낸다고 하였습니다. 그곳에 가면 사또와 아전의 수청을 드는 천침기(薦枕妓) 노릇을 해야 합니다. 제 친어미처럼 말입니다. 그렇게는 살기 싫습니다."

그녀의 말 한 마디 한 마디가 길환의 가슴에 상처를 냈다. 연모한다고 말해놓고서는 정작 가장 필요한 순간에 아무런 도움이 될 수 없었다. 참담한 심정이 된 길환은 울고 있는 그녀를 말 없이 내려다보았다. 갑자기 그녀가 저고리를 벗었다. 놀란 길환이 바라보자 홍연이 그의 손을 잡아 자신의 가슴에 갔다 댔다.

"처음으로 제가 원하는 사람 품에 안기고 싶습니다."

길환은 울고 있는 그녀를 힘껏 끌어안았다. 문밖의 빗소리는 한창 거세졌다.

그녀가 잠든 것을 확인한 길환은 조심스럽게 몸을 일으켰다. 세살문을 열고 밖으로 나온 그는 쪽마루에 있던 도롱이를 입고 삿갓을 썼다. 손님맞이에 한창인 월선루를 나온 그는 비에 젖은 거리를 걸었다. 그사이 빗줄기는 더더욱 심해져서 입고 있는 도롱이 사이로 빗물이 스며들었다. 걸어가면서 결심한 길환은 빗줄기 사이를 미친 듯이 뛰었다. 가기로 결심하자 한시라도 빨리 가야 할 것만 같았다. 이방원의 사저로 뛰어가던 길환은 바퀴 달린 가마인 초헌을 타고 집으로 들어서는 그를 먼발치에서 바라보았다. 집에 들어가면 보지 못할 거라는 생각에 길환은 큰소리로 외치면서 달려갔다.

"대군 나리! 대군 나리!"

갑작스럽게 나타난 그를 보고는 이방원 휘하의 무사들이 일제히 검을 뽑아 들고 앞을 막아섰다. 숨이 턱까지 차오른 길환은 비에 젖은 땅에 무릎을 꿇고 고개를 숙였다.

"멸화군 두령 길환이옵니다. 청이 있어서 찾아왔사옵니다."

손짓으로 무사들을 물린 이방원이 길환을 내려다보았다.

"누군가 했더니 자네였군. 그래 무슨 일로 날 찾아왔느냐?"

"화상을 입은 환자가 있는데 어의 이두형만이 고칠 수 있다 하옵니다. 그런데 어의가 임금님 외에 다른 환자를 볼 수 없다면서 매몰차게 거절했습니다."

"그거야 당연한 일이지. 어의는 오직 전하의 옥체만 보살필 뿐이니라."

냉담하게 대꾸한 이방원이 출발하라는 손짓을 했다. 초헌 바퀴가 움직였다. 고개를 숙인 채 몸속의 공력을 모으던 길환은 부적을 움켜쥔 손으로 수인을 맺으면서 외쳤다.

"결!"

그러자 초헌 바퀴가 땅에 달라붙은 것처럼 꼼짝도 하지 않았다. 가마꾼들이 놀라서 우왕좌왕하는 사이 천천히 몸을 일으킨 길환이 앞을 막아섰다.

"어의로 하여금 제가 아는 환자를 고치도록 해주십시오. 그리하면……."

"그리하면?"

이방원이 흥미롭다는 표정으로 되묻자 길환이 어금니를 질끈 깨물었다가 입을 열었다.

"대군 나리가 시키는 대로 하겠습니다."

"허, 몇 달 사이에 무슨 바람이 분 것이냐? 오늘은 날이 저물었으니 내일 저녁에 다시 찾아오너라."

길환이 수인을 풀자 땅에 못 박힌 듯 꼼짝도 하지 않던 초헌 바퀴가 스르륵 굴러갔다. 가마꾼들이 서둘러 가운데 지붕이 높은 솟을대문 안으로 초헌을 밀고 들어갔다. 칼을 뽑아 든 호위무사들이 길환을 바라보며 안으로 들어가자 두꺼운 소나무로 만든 대문이 닫혔다. 다리에 힘이 풀린 그는 땅바닥에 털썩 주저앉았다. 빗줄기는 더욱 거세졌다.

비는 다음 날까지 이어지다가 해가 질 무렵에야 그쳤다. 해가 떨어지기만을 기다리던 길환은 멸화군이 교대를 하는 것도 지켜보지 않고 이방원의 집으로 향했다. 대문 앞에는 지난번 간찰을 가져온 사내가 기다리고 있었다. 그를 본 사내는 아무 말 없이 돌아섰다. 그를 따라 집 안으로 들어선 길환은 뜻밖에도 하인이나 손님이 머무는 행랑채로 안내되었다. 제일 구석진 방으로 안내된 길환은 들어가라는 사내의 눈짓에 떠밀려 안으로 들어갔다. 불이 꺼진 어두컴컴한 방 안에는 누군가 먼저 와서 앉아 있었지만 빛이 없는 탓에 얼굴이 보이지 않았다. 이상하다고 느낀 길환에게 기다리고 있던 자가 말했다.

"자네가 멸화군 두령 길환인가?"

"그렇습니다만 뉘신지요?"

"나는 정안대군 나리의 일을 돕고 있는 임모수라고 하네."

낮지만 카랑카랑한 목소리의 주인공이 자신을 소개했다.

"사정이 있어서 얼굴을 드러내지 못한다네. 대군께서 명나라 사신의 접대 문제로 바쁘셔서 나한테 대신 챙겨달라고 하명하셨지."

길환이 미심쩍어하자 임모수가 껄껄거렸다.

"못 미더우면 돌아가도 좋네."

그 이야기를 들은 길환은 정신이 번쩍 들었다. 그러자 임모수가 입을 열었다.

"어의는 본래 전하의 옥체만을 돌보게 되어 있네. 하지만 종친이 진료를 부탁하면 감히 거절하지는 못할 것이야."

"부탁드리옵니다. 대군 나리께 잘 말씀드려주소서."

"그 대가로 자네는 뭘 해줄 수 있겠나?"

뜻밖의 물음에 길환은 침을 꿀꺽 삼켰다.

"제가 뭘 해드리면 되겠습니까?"

"일단 대군 나리의 지시에 따른다고 약조한다면 어의에게 환자를 진료하라고 청을 넣도록 하겠네."

"무슨 지시를 들어야 한단 말입니까?"

길환의 질문에 임모수가 피식 웃었다. 처음에는 작게 웃었다가 마침내는 방안이 떠나가라 웃어댔다.

"질문은 동등한 관계에서나 하는 것일세. 자네나 나처럼 납작 엎드려야 하는 처지에 있는 자들에게는 어울리지 않아. 할 수 있을지 없을지만 결정하고 대답을 하면 그만이야. 싫다면 이 방에서 나가도 좋네. 하지만 여기서 나가면 다시는 대군 나리 곁에는 얼씬도 하지 못할 것이야."

이야기를 마친 임모수는 소매에서 쥘부채를 꺼내서 펼친 다음 느긋하게 부채질을 했다. 침을 꿀꺽 삼킨 길환이 고개를 끄덕거렸다.

"시키는 대로 하겠습니다."

"알겠네. 가서 기다리면 어의를 보내라 청하겠네."

분위기에 짓눌린 길환은 더는 이야기하지 못하고 밖으로 나왔다. 짚신을 신은 다음에야 환자가 누구고 어디에 있는지 말하지 않았다는 사실을 깨달았다. 다시 들어가서 이야기를 하려던 찰나 그를 안내한 사내가 나타났다.

"돌아가 있으면 사람이 갈 것이다."

"어디로 말입니까?"

길환의 물음에 사내는 아무 대답도 하지 않고 그를 밖으로 데리고 나갔다. 등 뒤에서 대문이 닫히는 묵직한 소리가 들렸다. 길환은 어깨를 축 늘어뜨린 채 월선루로 향했다. 이제는 기다리는 수밖에 없었다. 늙은 기생은 대놓고 눈치를 줬지만 길환은 개의치 않고 홍연이 있는 별채로 향했다. 불이 꺼진 어두운 방 안에 홀로 누워 있던 홍연은 길환이 문을 열고 들어서자 고개를 들었다. 계속 울었는지 눈이 퉁퉁 부어 있었다.

"곧 어의가 올 것이오. 그러니 조금만 참고 기다리시구려."

"어의라니요? 임금님을 돌보는 자가 어찌 미천한 저를 살핀단 말입니까?"

놀란 홍연의 반문에 길환이 애써 웃었다.

"정안대군께 청을 넣었다오."

"어찌 그렇게까지……."

그녀는 눈물을 글썽거리면서 길환의 손을 잡았다. 그는 자신의 손을 잡은 그녀의 손등에 다른 손을 포갰다.

"하나씩 문제를 해결합시다. 그럼 끝이 보일 겁니다."

"궁금한 게 있습니다. 멸화군이라고 불리는 분들은 어디서 오셨습니까? 제 동무 이야기로는 불요괴들과 싸운다고 들었는데 사실입니까?"

홍연의 물음에 길환은 잠시 옛 생각에 빠져들었다.

어릴 때부터 고향이 세상의 전부인 줄만 알았다. 그리고 주어진 사명이 세상 그 무엇보다 중요한 것이라고 믿었다. 세상에 나온 후 그동안 배우고 믿어왔던 것들이 와르르 무너졌다.

보통 사람들과는 너무나 다른 삶을 살아왔던 고향 사람들은 변화를 거부하고 자신의 운명을 받아들였다. 하지만 그는 자신이 왜 불과 싸우는 운명을 타고나야 했는지 받아들이기 어려웠다. 고향에 관한 이야기를 외부에 발설하는 것은 화귀가 아닌 인간에게 술법을 쓰는 것과 더불어 강력한 금기 사항이었다. 주저하던 그는 홍연에게 이야기를 들려주었다.

"아주 먼 옛날에 하늘에서 환웅이 3천 명의 무리를 이끌고 태백산의 신단수로 내려왔다오. 그리고 백일 동안 동굴에서 쑥과 마늘을 먹고 사람이 된 웅녀와 결혼을 해서 아들 단군왕검을 낳았지요."

"그 이야기는 저도 알고 있습니다."

홍연이 대답하자 길환이 가볍게 고개를 끄덕였다.

"왕검은 아사달로 도읍을 옮겼고, 그곳에서 아들 환검을 낳았지요. 환검도 부루와 부소라는 두 아들을 두었는데 첫째 아들 부루에게는 물을 다스리게 했고, 둘째 아들 부소에게는 불을 다스리게 했다오. 부루는 인간들에게 제방을 쌓아 물이 범람하지 못하게 하고 우물을 파서 깨끗한 물을 마시도록 하였소. 부소는 음식을 데울 길이 없어서 쩔쩔매는 인간들을 위해서 금정산에 사는 용에게서 부싯돌을 얻어서 나눠주었답니다."

"부싯돌을요?"

"그렇소. 그렇게 불과 물을 모두 얻게 된 인간은 윤택한 삶을 살면서 날로 교만해졌답니다. 그래서 단군을 잊고 불을 주었다고 믿은 금정산의 용을 숭배하였지요. 그러다가 농사 지을 땅을 얻기 위해 산과 들에 불을 놨는데 그만 태백산의 신단수를 태워버리고 말았답니다. 화가 머리끝까지 치밀어 오른 부루는 큰 홍수를 일으켜서 인간들을 멸망시키려 했지만 그들을 불쌍하게 여긴 부소가 미리 알려주는 바람에 재앙을 면하게 되었지요. 이 사실을 안 부루는 부소를 먼 곳으로 추방시켜버렸지요. 그런데 인간들이 용과 함께 부루에게 대적하기 위해서 어리석은 짓을 저질렀다오."

"어리석인 짓이라니요?"

홍연의 물음에 길환이 씁쓸하게 웃었다.

"하늘까지 태울 심산으로 장작을 산더미처럼 쌓아놓고 불을 지른 것이오."

"저런!"

홍연이 혀를 찼다.

"크게 분노한 부루가 큰 홍수를 일으켜서 인간이 쌓은 제방을 무너뜨려 불을 끄고 어리석은 인간들을 벌하였다오. 그리고 금정산의 용과 그를 따르던 무리를 금정산으로 쫓아버렸답니다. 금정산으로 쫓겨난 용과 그의 무리는 복수를 다짐하면서 불 속에 스스로 몸을 던져서 불의 요괴, 즉 화귀가 되었어요. 정신을 차린 인간들은 그들을 멀리하고 다시 부루를 섬겼지요. 하지만 인간들이 언제 다시 배반할지 모른다는 생각에 부루는 멀리 추방했던 동생 부소를 도로 불러서 감시하라고 명합니다. 부소와 그의 후손들은 인간이 불과 지나치게 가까워지는 것을 막았습니다. 하지만 시간이 흘러 단군이 사라지고, 인간들이 늘어나면서 불이 번성하기 시작했고 멀리 추방되었던 불의 요괴들은 다시 힘을 얻었지요. 결국 부소의 후손들은 인간 세상에서 밀려나게 되었고, 깊은 산속에 은거하면서 대대로 화귀와 싸우게 되었답니다."

"언제까지 그렇게 싸워야 하는 것입니까?"

"부루가 부소에게 불의 요괴들이 모두 사라지는 날 너와 너의 후손들도 굴레를 벗을 것이라고 말했답니다. 그리하여 부소는 불의 요괴들을 제압하는 강력한 주술인 대폭풍을 만들었지요. 하지만 부소는 절대로 그 주술을 쓰지 말라는 유언을 남겼답니다."

"왜요?"

길환은 그녀의 물음에 잠깐 고민하다가 대답했다.

"불을 잃은 인간이 불행해지는 것을 두려워했기 때문이지요. 그래서 우리는 화귀들과 영원히 끝나지 않는 싸움을 하는 중입니다. 나중에 가야의 허 황후와 함께 들어온 밀교의 승려들이 힘을 보태주고 있지만 불이 날로 번성하고 있으니 언제 싸움이 끝날지는 아무도 모른답니다."

길환의 기나긴 이야기를 들은 홍연은 애써 몸을 일으켰다. 그리고 두 팔을 벌려서 그를 끌어안았다.

"저는 세상에서 제가 가장 불행한 줄로만 알았습니다. 하지만 저보다 더 힘든 삶이 있었네요. 그런 줄도 모르고 투정 부린 게 부끄러워요."

"남들이 쉽게 이해할 수 있는 삶은 아니니까요. 난 큰 걸 바라지는 않아요. 그저 연모하는 정인과 마음 편하고 떳떳하게 살기를 바랄 뿐입니다."

"그랬으면 좋겠습니다. 정말 그랬으면 좋겠어요."

눈을 질끈 감은 홍연이 말했지만 두 사람이 함께하기에는 너무나 많은 장애물이 있었다. 가장 큰 문제는 그녀의 신분이었다. 마음이 한없이 무거워진 그의 귓가에 늙은 기생의 헛기침 소리가 들렸다.

"안에 있소? 누가 찾아왔구먼."

혹시나 하는 마음에 방문을 열자 늙은 기생 뒤에 어의 이두형이 서 있는 것이 보였다. 겸연쩍은 표정으로 서 있던 그가 길환에게 말했다.

"정안대군께서 특별히 환자를 봐달라는 부탁을 하였네."

"들어오십시오. 안에 있습니다."

환하게 웃은 길환이 문을 활짝 열면서 대답했다. 의원을 맞이하기 위해 일어나려던 그의 소맷자락이 그녀에게 붙잡혔다. 돌아본 길환에게 홍연이 말했다.

"당신의 정인이 되어서 행복하게 오래오래 살고 싶어요."

길환은 가만히 고개를 끄덕였다.

툇마루에 놓인 바둑판을 앞에 두고 이방원과 임모수가 나란히 앉아 있었다. 둘 다 바둑판을 응시하고 있었지만 바둑을 두고 있지는 않았다. 이방원은 검은색 도포에 납작한 평정건을 썼고 임모수는 모시로 만든 철릭에 끝이 뾰족한 발립을 썼다. 바둑판을 내려다보던 이방원이 입을 열었다.

"조정이 몹시 어지럽게 돌아가고 있네."

"그곳이야 늘 그런 법 아닙니까?"

하얀색 바둑알 하나를 바둑판 위에 던진 이방원이 퉁명스럽게 대꾸했다.

"그렇기야 하지만 점점 시간이 없어진다는 느낌일세."

"서두르지 마십시오."

"조정의 병권이 모두 삼봉에게 돌아간 지 오래일세. 거기다 요동을 정벌한다면서 사병들까지 없애려고 나서고 있고 말이야."

바둑판을 내려다보던 임모수가 짧게 대답했다.

"기다리소서."

"언제까지 말인가?"

이방원이 못마땅한 표정을 지으며 묻자 임모수는 대답 대신 뜰을 바라보았다. 때마침 불어온 강한 봄바람에 잎사귀들이 후드득 떨어져서 데굴데굴 굴러갔다. 바람에 쓸려가는 나뭇잎을 바라보던 임모수의 얼굴에 미소가 피어났다.

"때가 다 되었습니다."

겨울에서 봄으로 넘어갈 때 화재 위험이 가장 컸다. 따라서 그 시기가 되면 멸화군들은 조족등(照足燈, 댓개비로 만든 틀에 기름종이를 발라서 만든 박 모양의 등으로 포졸이나 순라군이 사용했다)을 들고 야간 순찰을 나섰다. 대기조를 뺀 나머지 멸화군들이 맡았다. 두세 명씩 조를 짠 멸화군들은 밤거리를 돌면서 불조심을 외쳤다. 길환도 태우와 함께 밤거리를 돌았다. 둘만 남게 되자 태우가 조심스럽게 물었다.

"무슨 일 있어?"

"아냐. 괜찮아."

거의 반사적으로 대답을 한 길환이 고개를 저었다.

"힘든 일 있으면 이야기해. 내가 도와줄게."

"괜찮다고 했잖아!"

태우의 거듭된 물음에 길환이 왈칵 짜증을 냈다. 어의가 돌봐준 이후 그녀의 상태는 점점 나아졌다. 하지만 월선루에서 더는 지낼 수가 없어서 돈의문 쪽에 있는 작은 주막집으로 거처를 옮겼다. 예전에 불을 꺼줬던 인연으로 주인은 선선히 방 한 칸을 내주었지만 약값을 비롯해서 들어가는 비용이 눈덩이처럼 불어났다. 거기에다 그녀가 완치된다고 해도 문제였다. 상처가 다 나으면 그녀는 다시 기생 노릇을 해야만 했다. 그것이 아니라면 고향인 청주로 내려갈 처지였다. 홍연은 더는 기생 노릇을 하고 싶지 않다고 했다. 길환은 어떻게든 방법을 찾아보겠다고 했지만 막대한 속전을 감당할 길이 막막했다. 자연스럽게 일에 소홀해지는 것은 물론 짜증이 늘어나면서 동료들과도 서먹해지고 말았다. 소리를 지른 길환은 태우의 먹먹한 표정을 보고는 곧바로 사과했다.

"미안해. 요즘 잠을 통 못 자서."

"군배 아저씨가 그러는데 홍연인가 하는 기생을 돌봐주고 있다면서?"

길환은 아무 대답도 하지 않고 입을 꾹 다물었다. 어색해진 둘은 아무 말 없이 거리를 걸었다. 기나긴 침묵은 모전교 앞에서 끝났다. 다리 앞의 사방등을 든 선비를 본 태우가 중얼거렸다.

"보아하니 선비인 것 같은데 아랫것도 없이 혼자서 등불을 들고 있네?"

어차피 모전교를 건너야 했기 때문에 두 사람은 잠자코 그쪽으로 걸어갔다. 종이를 바른 사방등을 들고 있던 선비는 곁을 스쳐 지나가는 두 사람에게 물었다.

"길을 잃었는데 종루 쪽으로 가려면 어디로 가야 하느냐?"

"이쪽으로 쭉 가시면 됩니다. 근데 조금 있으면 파루라 야행 물금첩이 없으면 순라군들에게 잡혀갑니다."

"고맙네."

귀에 익은 목소리를 듣는 순간 길환은 온몸에 소름이 돋았다. 두 사람이 다리로 접어들려는 찰나 사방등을 든 선비가 다시 입을 열었다.

"내가 한양이 처음이라 그런데 종루까지 데려다줄 수 있겠는가? 하인 놈도 어디로 사라져버리고 참으로 난처해서 그러네."

"하오나 소인들도 공무 중이라서……."

태우가 굽신거리면서 이야기하는데 길환이 끼어들었다.

"제가 안내해드리겠습니다."

어리둥절해하는 태우를 뒤로 한 길환은 선비의 사방등을 빼앗아 들고 앞장섰다. 어떻게든 이 난처하고 애매한 상황을 벗어나고 싶었던 탓이다. 태우와 멀찌감치 떨어진 것을 확인한 길환이 낮은 목소리로 따져 물었다.

"어찌 이런 곳에 나타난 것입니까?"

그러자 임모수가 씩 웃었다.

"내가 못 올 곳이라도 온 건가?"

"그게 아니오라……."

길환이 머뭇거리며 대답하자 임모수는 소매에서 간찰을 꺼내서 건넸다.

"대군 나리의 지시라네. 한 치의 어긋남이 없이 이행하게."

간찰을 넘겨받은 길환이 고개를 끄덕이자 임모수는 사방등을 넘겨받고는 어둠 속으로 사라졌다.

야간 순찰을 끝낸 길환은 잠시 눈을 붙이라는 말을 뿌리치고 돈의문 앞 주막집으로 향했다. 주막집은 아침에 열린 돈의문으로 들어온 나무꾼들과 장사꾼들을 상대로 한참 국밥을 파느라 정신이 없었다. 주인장과 눈인사를 나눈 길환은 부엌 옆에 있는 작은 방으로 들어갔다. 원래 주인 부부가 쓰던 방을 홍연을 위해서 내준 것이다. 하지만 방 안에는 그녀가 보이지 않았다. 불길한 마음이 든 그는 깜짝 놀라 문을 박차고 나오다가 부엌에서 나온 홍연과 마주쳤다. 머릿수건을 푹 눌러써서 화상의 흔적이 있는 뺨을 가린 그녀는 능숙한 솜씨로 국밥을 날랐다. 그러고는 멍한 눈길로 자신을 바라보는 길환에게 말했다.

"가만히 누워 있기 뭐해서 일을 도와드리고 있어요."

"그래도……."

"이렇게 움직이니까 잡생각도 사라지고 시간도 잘 갑니다. 의원님께서도 움직여도 좋다고 하시지 않았습니까."

환하게 웃은 그녀가 얼른 국밥을 달라고 채근하는 손님들에게 향했다. 쪽마루에 걸터앉은 길환은 그녀가 일하는 모습을 지켜보았다. 기생이었던 시절과는 딴판이었지만 여전히 아름다웠다. 그런 모습을 보면서 길환은 품속에 넣어둔 간찰을 떠올렸다. 오면서 내내 어떻게 거절해야 하는지 고민했지만 그녀를 보면서 마음이 변했다.

며칠 후, 야간 순찰을 핑계로 혼자서 멸화군 숙소를 나온 길환은 경복궁으로 향했다. 영추문 앞에 도착한 그는 고민에 잠겼다. 어젯밤 그는 임모수에게 받은 간찰을 가지고 이방원의 집을 찾아갔다. 그리고 지난번처럼 어두운 방 안에서 기다리고 있던 임모수 앞에 간찰을 내동댕이쳤다.

"무슨 의도로 이런 일을 시키는 것이오?"

"대군 나리의 지시는 그냥 지시일 뿐이야. 따르는 자들은 그걸 알거나 이해할 필요가 없지."

"하지만……."

임모수의 냉담함에 주눅이 든 길환이 말을 끝맺지 못했다.

"지금 궁궐의 숙위 문제로 삼봉 대감과 대군 나리께서 신경전을 벌이고 있다네."

"네?"

"대군께서는 궁궐의 숙위는 마땅히 종친이 맡아야 한다고 아뢰었네. 하지만 삼봉은 그럴 수 없다면서 버티는 중이라 이 말이야. 그런데 지금 이 상황에서 궁궐에서 작은 변괴라도 벌어진다면 어찌 되겠는가? 대군 나리의 주장에 힘이 실리게 될 것 아닌가?"

"그렇다고 그런 일을 저지르면 어찌합니까?"

"어의가 치료가 잘되고 있다고 하던데 말이야. 이제 그녀의 상처가 다 나으면 어찌할 건가? 결국은 청주로 내려가서 관기 노릇을 해야 할 것이야. 이번 일을 잘 처리하면 대군께서 두 사람을 함께 있도록 할 걸세."

"그게 정말입니까?"

저도 모르게 침을 꿀꺽 삼킨 길환의 물음에 임모수가 껄껄 웃었다.

"솔축(率蓄, 관기를 호적에서 빼내서 첩으로 삼는 일) 시키는 것쯤이야 대군 나리한테는 크게 힘든 일도 아니야. 어떤가?"

주먹을 불끈 쥔 길환이 아무 말도 하지 못하자 임모수는 뜨거운 눈으로 쏘아보았다.

"그러니 주어진 일을 잘 처리하게."

85

그걸로 대화는 끝이 났다. 아무 말 없이 물러나는 그에게 임모수는 내일이라고 말했다.

어둠 속에서 경복궁을 노려보던 길환은 준비해온 복면을 꺼내서 얼굴을 가렸다. 그리고 검은색 부적을 꺼내어 손에 쥔 길환은 손으로 수인을 그리면서 주문을 외쳤다.

"암(暗)!"

잠시 후 경복궁 하늘에 먹구름이 몰려들었다. 그리고 천천히 내려앉았다. 너무나 강력한 주술이었기 때문에 사람들은 전혀 눈치채지 못했다. 길환은 어둠이 내려앉은 틈을 타서 담장을 넘어 궁궐 안으로 들어갔다. 금천교를 지나자 곧 경회루가 보였다. 연못 주변의 숲에 엎드려서 숨을 고른 그는 야명주를 입에 물고 곧장 물속으로 들어갔다. 물속은 바깥만큼이나 어두웠지만 야명주 덕분에 어렵지 않게 바닥에 가라앉은 청동용을 찾을 수 있었다. 손을 뻗어서 청동용을 끌어안은 길환은 마지막 숨을 몰아쉬면서 수면으로 올라왔다. 술법이 아직 위력을 발휘하고 있는 탓에 아무도 그의 존재를 눈치채지 못했다. 준비해온 보자기에 청동용을 집어넣은 길환은 서둘러 궁궐을 빠져나왔다. 금천교를 건널 때 영추문을 지키는 금위군이 쳐다봤지만 어둠으로 둘러싼 그를 보지는 못했다. 자신을 바라보는 눈길이 사라질 때까지 기다리던 길환은 단숨에 담장을 넘었다. 오직 하늘에 뜬 보름달 밖에는 보지 못했다고 안심하려는 찰나 칼날 같은 시선이 느껴졌다. 아직 야명주를 뱉지 않은 상태였기 때문에 어둠을 꿰뚫어 볼 수 있었다. 어두운 골목길에서 백저포에 삿갓을 푹 눌러쓴 사람이 보였다. 화귀가 틀림없다고 생각한 길환이 부적을 꺼내려는 순간 귀에 익은 목소리가 들렸다.

"지금 무슨 짓을 한 것이냐?"

천천히 삿갓을 벗은 노인의 일갈에 길환은 깜짝 놀라고 말했다.

"어, 어르신."

"지금이라도 늦지 않았다. 나와 함께 고향으로 돌아가자."

오랫동안 잊었던 고향을 떠올린 길환의 눈에서는 눈물이 핑 돌았다. 하지만 그는 아랫입술을 꽉 깨문 그는 고개를 저었다.

"너무 멀리 왔습니다."

"잘못된 길이다. 더 늦기 전에 지금이라도 돌아오너라."

"그녀를 두고 떠날 수는 없습니다. 죄송합니다."

후들거리는 무릎을 애써 지탱한 그는 단호하게 말했다. 돌아가기에는 너무나 멀리 와버렸다. 그런 길환을 물끄러미 바라보던 노인은 삿갓을 눌러쓰고 어둠 속으로 사라져버렸다. 노인이 사라지자 참았던 눈물을 흘린 길환은 순라군을 피해 이방원의 사저로 갔다. 대문 앞에서 부하들과 함께 기다리고 있던 임모수는 그가 다가오는 것을 보고는 부채를 펴서 얼굴을 가렸다.

"일은 처리했느냐?"

길환이 고개를 끄덕이자 임모수는 손짓을 했다. 길환이 어깨에 둘러메고 있던 보따리를 건넸다. 부하가 보따리를 열어서 청동용을 확인하고는 임모수에게 말했다.

"맞습니다."

부하가 청동용을 챙기는 것을 본 임모수가 소매에서 종이 뭉
치를 꺼냈다.

"홍연이의 호적일세."

길환은 떨리는 손으로 종이 뭉치를 움켜쥐고 돌아섰다.

음모

며칠 후, 궁궐에서 명나라 사신을 위한 연회가 베풀어졌다. 큰 연회가 열리면 조찬소(造饌所)라고 하는 임시 요리소가 세워졌는데 불을 다루기 때문에 멸화군은 조찬소가 세워지는 연회가 벌어지면 궁궐 밖에서 대기해야만 했다. 장비들이 담긴 수레를 옆에 두고 길가에 서 있던 덕창이 투덜거렸다.

"이럴 거면 차라리 궁궐 안에서 기다리라고 하든가."

그 말을 들은 군배가 이죽거렸다.

"높은 사람들이 우리 같은 것들이랑 같이 있고 싶겠어?"

동료들의 이야기를 듣던 길환은 여러모로 마음이 복잡했다.

"그나저나 태우는 많이 아프대?"

군배의 물음에 길환이 퍼뜩 정신을 차리고 대답했다.

"속이 좀 안 좋다고 반나절만 누워있겠답니다."

시작은 연못 바닥부터였다. 청동용이 사라진 직후 연못에 고이기 시작한 화기는 슬금슬금 밖으로 나와서 경회루의 기둥을 타고 위로 올라갔다. 기둥 안쪽에 붙인 부적이 잠깐 저항을 했지만 곧 찢어지고 말았다. 기둥을 뱀처럼 휘감으며 올라간 화기는 마침내 경회루에 닿았다. 명나라 사신을 맞이할 준비를 하느라 분주하게 오가는 사람들의 발밑에서 연기처럼 피어오른 화기는 적당한 목표물을 찾아 어슬렁거렸다. 그러다가 기둥에 걸어놓은 휘장에 들러붙었다. 비단으로 만든 휘장에 들러붙은 화기는 잠시 후 번쩍거리는 불꽃으로 변하며 서서히 커져갔다. 하지만 연회 준비에 정신이 없던 관원들은 아무도 신경 쓰지 못했다. 음식을 가지고 올라온 사옹원 잡직 관리인 팽부가 뒤늦게 발견하고 소리를 질렀지만 이미 때는 늦고 말았다. 맹렬한 기세로 타오른 불길이 휘장들을 차례로 집어삼켰다. 불이 붙은 채 끊어진 휘장이 너풀너풀 날아서 조찬소로 떨어지면서 불길은 더 거세졌다. 사옹원의 관리들과 내관들이 서둘러 불을 끄려고 했지만 때마침 불어온 거센 바람 덕분에 사방으로 번져나가는 걸 막지 못했다. 무료한 시간을 보내고 있던 멸화군들은 경회루 쪽에서 연기가 치솟는 걸 발견한다. 맨 처음 발견한 군배가 고개를 갸우뚱거렸다.

　"연못에 용이 있는데 저기서 왜 불이 나지?"

　잠시 후 내관이 영추문 앞에 나타나서는 얼른 들어오라고 소리쳤다. 수레를 앞세운 멸화군들이 우르르 궁궐 안으로 들어갔다. 금천교를 지나서 경회루에 도달했을 무렵에는 불이 제법 커진 상태였다. 멸화자를 집어 든 군배를 선두로 멸화군들이 흩어졌다. 불은 이리저리 도망쳤지만 주술을 쓴 멸화군들을 이겨낼 수는 없었다. 삽시간에 불길을 잡은 동료들을 보면서 알 수 없는 불안감에 지쳐 있던 길환은 안도의 한숨을 쉬었다. 하지만 경회루에 있던 이방원이 외쳤다.

"대역무도한 멸화군들을 당장 포박하라!"

"저게 뭔 소리야?"

당황한 덕창이 길환에게 물었다. 함정에 빠졌다는 생각이 드는 순간 창검으로 무장한 금위군들이 나타나 멸화군들을 붙잡아다가 경회루 앞에 무릎을 꿇렸다. 다들 무슨 일인가 싶어 눈치를 보고 있는데 경회루에서 이방원이 임금을 모시고 내려왔다. 길환은 고개를 들고 두 사람에게 말했다.

"무슨 일입니까?"

이방원은 대답 대신 금위군들에게 눈짓을 했다. 금위군들은 멸화군들이 끌고 궁궐 안으로 가지고 들어온 수레를 밀어서 뒤집었다. 그러자 수레 바닥에 숨겨져 있던 창과 검들이 우수수 쏟아졌다.

"저게 왜 저기 있어?"

놀란 군배가 물었지만 길환은 아무 대답도 할 수 없었다. 아직도 상황이 파악되지 않았는지 덕창은 어쩐지 수레가 무거웠다면서 투덜거렸다. 길환의 귀에 이방원이 임금에게 말하는 소리가 들렸다.

"멸화군들은 불이 난 것을 핑계 삼아 궁 안으로 은밀히 무기를 가지고 들어왔습니다. 이것이 역모가 아니고 무엇이겠습니까?"

역모라는 이야기에 놀란 길환이 황급히 변명을 하려고 했지만 금위군의 발길질에 막히고 말았다.

"분명 배후가 있습니다. 저들을 엄히 문초하셔서 역모를 뿌리 뽑아야 합니다."

카랑카랑한 이방원의 목소리에 눌린 멸화군들은 고개를 들지 못했다. 길환은 겨우 고개를 들어서 임금을 바라보았다. 그의 간절한 눈길을 말없이 바라보던 임금이 나지막하게 말했다.

"저들을 모두 끌고 가라."

절망한 길환은 두 눈을 질끈 감았다. 끌려가는 그의 등 뒤로 이방원의 차가운 눈길이 닿았다.

의금부로 끌려간 멸화군들은 배후를 대라면서 혹독한 고문을 받았다. 하지만 다들 영문을 모른 채 매를 맞았다. 끌려가면서 지니고 있던 부적들을 모두 빼앗기고 손을 결박당한 상태라 주술을 쓸 수 없었다. 길환은 억울하다고 거듭 이야기했지만 심문을 맡은 의금부의 관리들은 들은 척도 하지 않았다. 밤늦게까지 이어진 혹독한 고문이 끝나고 머리에 칼이 씌워진 멸화군들은 지하 감옥에 갇혔다. 초주검이 된 멸화군들은 짚이 깔린 바닥에 누워서 신음소리를 냈다. 길환은 나졸을 붙잡고 사정했다.

"대군 나리를 뵙게 해주시오. 제발 대군 나리를 만나게 해달란 말이오."

"이놈아! 저승에 가서 염라대왕이나 만나."

누런 이를 드러낸 나졸이 길환을 떼어내며 말했다. 절망에 빠진 길환은 감옥 문만 바라보았다. 해가 떨어지고 고통에 지친 동료들이 하나둘씩 잠에 빠져들 무렵 발소리가 들려왔다. 혹시나 하는 마음에 밖을 내다보았다. 그리고 충격에 빠져서 말을 잃어버렸다.

"자, 자네……."

태우는 놀란 길환 앞에 한쪽 무릎을 굽히고 앉았다.

"다 끝났어. 그러니까 살 방도를 찾아봐야지."

어이가 없어진 길환이 태우에게 말했다.

"살 방도라니?"

태우는 대답 대신 뒤쪽을 돌아보았다. 벙립을 푹 눌러쓰고 어둠 속에 서 있는 임모수의 모습이 보였다. 그제야 돌아가는 사정을 짐작한 길환이 그의 옷깃을 움켜잡으면서 짐승처럼 울부짖었다.

"이 배신자!"

"배신은 네가 한 거지. 너 때문에 우리 모두가 곤경에 빠졌다는 걸 잊지 마."

하나둘씩 잠에서 깨어난 멸화군들이 두 사람을 바라보았다. 구겨진 옷깃을 편 태우가 말했다.

"제가 꺼내드리도록 하겠습니다. 그러니까 시키는 대로만 하세요. 그럼 더는 고문은 없을 겁니다."

"방법이 뭔가?"

곁으로 다가온 군배의 물음에 태우가 임모수를 바라보았다.

임모수가 고개를 끄덕이자 태우가 입을 열었다.

"간단합니다. 아주 쉬운 일이에요."

다음 날, 경복궁으로 입궐한 정도전은 근정전의 용상에 앉아 있는 태조 앞에 고개를 조아렸다.

"괴이한 일이 벌어졌다고 들었습니다. 옥체는 편안하신지요."

"어제 멸화군이 불을 끈다는 핑계로 궁궐 안으로 몰래 무기를 가지고 들어오려고 했느니라."

태조의 말을 들은 정도전이 혀를 찼다.

"신은 애초부터 그자들을 믿지 않았습니다. 철저하게 조사해서 역모의 뿌리를 뽑아야 합니다."

흥분한 정도전의 대답에 태조는 아무 대답도 하지 않았다. 그리고 용상 뒤에 서 있던 이방원이 모습을 드러냈다. 손에 두루마리를 움켜쥔 이방원이 말했다.

"멸화군들이 자백한 추안급국안(推案及鞫案, 의금부에서 죄인을 심문하고 판결을 내린 문서)이오."

정도전은 이방원이 건넨 두루마리를 펼쳐서 읽었다. 그러고는 믿을 수 없다는 표정으로 태조에게 말했다.

"모함입니다. 신이 멸화군의 배후라니, 신이 어찌 그런 짓을 저지르겠습니까?"

고개를 돌린 정도전은 이방원을 쏘아보았다. 하지만 섣불리 입을 열었다가는 일이 더 커질 우려가 있었다. 옥좌에 앉은 채 한숨을 쉰 태조가 말했다.

"짐도 그대의 충심을 믿지 못하는 것은 아니다. 하지만 일이 이렇게 되었으니 삼봉은 잠시 물러가 쉬는 게 좋겠네."

완고한 태조의 말에 정도전은 감사하다는 말과 함께 물러났다.

"삼봉이 역모를 꾸밀 리 없어. 멸화군들이 누군가의 조종을 받고 있는 것이 분명해. 안 그러고서야 어찌 입을 맞춘 것처럼 삼봉이 배후라고 이야기를 하겠느냐."

"신도 그렇게 생각합니다. 하지만 오해를 풀기 위해서라도 일단 조정 일에서 손을 떼는 것이 좋지 않겠습니까?"

이방원의 말에 태조가 고개를 끄덕거렸다.

"그렇긴 하지. 그런데 너는 어떻게 멸화군들이 무기를 숨겨서 들여온다는 사실을 알았던 것이냐?"

태조의 질문에 이방원은 정도전이 놓고 간 추안급국안을 집어 들면서 대답했다.

"멸화군 중 한 명이 고변했습니다."

"이번 일은 너에게 맡기겠다. 철저하게 조사해서 삼봉의 억울함을 풀도록 하여라."

"알겠습니다."

추안급국안을 챙겨 든 이방원이 절을 하고는 물러났다.

"대체 왜 고문을 계속하는 거지? 시키는 대로 자백했는데 말이야."

압슬형을 당해서 엉망이 된 무릎을 내려다본 덕창이 원망스러운 말투로 말했다. 태우가 시키는 대로 정도전이 배후라고 자백했지만 고문은 오히려 더 심해졌다. 그럴수록 길환에 대한 원망 역시 깊어만 갔다. 동료들과 떨어진 구석에 홀로 앉아있던 길환은 창밖의 달을 바라보았다. 옥문이 열리는 소리가 들리자 다들 겁먹은 표정으로 그쪽을 바라보았다. 뾰족한 고깔모자를 쓴 나졸이 길환의 목에 채워진 칼을 벗기면서 말했다.

"따라와."

엉거주춤 옥문을 나선 길환은 주리가 틀려져서 뒤틀린 무릎을 힘겹게 움직였다. 감옥 밖으로 그를 데리고 나온 나졸이 그늘진 구석을 가리켰다.

"저쪽이다. 여기서 지켜보고 있으니까 어리석은 짓은 하지 말라고."

길환이 절룩거리며 다가가자 구석진 그늘 속에 있던 홍연이 모습을 드러냈다. 망가진 그의 모습을 본 홍연이 안타까움에 부르르 떨었다.

"어찌 이리 상처가 나셨답니까? 대체 무슨 죄를 지었기에……."

상처 난 그의 몸을 살펴보던 홍연을 힘껏 끌어안은 길환은 뒤따라 나온 태우를 바라보았다. 태우가 주변에 아무도 없다는 눈짓을 하자 길환이 홍연에게 속삭였다.

"당신이 묵던 주막집 주인한테 당신 호적을 맡겨놨어요. 그것만 있으면 어디 가서도 살 수 있으니까 한양에서 멀리 떠나요."

"당신을 두고는 아무 데도 안 갈 거예요."

부르르 떠는 홍연을 꼭 끌어안은 길환이 차분하게 말했다.

"내 걱정은 말고, 안전한 곳으로 떠나요. 우리는 나중에 꼭 만날 수 있을 거요."

홍연이 길환의 손을 움켜쥐고는 자신의 배로 가져갔다. 영문을 몰라 하던 그는 손바닥을 통해 전해지는 진동을 느꼈다. 홍연이 그의 귓가에 속삭였다.

"당신 아이예요. 그러니까 무슨 일이 있어도 살아남으세요. 제발."

"그러리다."

애써 평정을 유지하면서 그녀를 떼어낸 길환은 몇 발자국 뒤에 서 있던 태우를 불렀다. 그가 다가오자 길환이 말했다.

"미안하다. 나 때문에 다른 동료들까지 이 꼴로 만들었어."

"임모수에게서 네 이야기를 들었지만 설마 했어. 그러다 그날 밤 청동용을 가져다주는 걸 봤지."

태우의 말을 들은 길환은 쓸쓸하게 웃었다.

"너랑 나 모두에게 작업을 걸었군. 속세의 일에 개입하지 말라고 하셨던 스승님의 말씀을 어긴 게 실수였어. 어쨌든 난 여기서 죽을 거야. 하지만 다른 동료들은 살려야만 해."

"그래서 시키는 대로 했는데 갑자기 딴청을 피워."

태우가 난감한 표정으로 말하자 길환이 고개를 끄덕거렸다.

"시간을 끌려는 속셈이겠지. 우리가 자백한다고 해도 삼봉이 역모를 꾸몄다고 믿을 사람이 누가 있겠어. 그냥 그의 손발을 묶어두려는 것이지."

"하긴, 덕분에 삼봉은 모든 관직에서 물러나서 저택에서 칩거 중이야."

그 이야기를 들은 길환이 이제야 알겠다는 듯 말했다.

"그러니까 이 상황을 오래 끌고 가겠지. 원하는 것을 이룰 때까지는 말이야. 임모수에게 내가 만나고 싶다고 전해줘."

"들은 척도 하지 않을걸."

태우가 고개를 젓자 길환이 그의 팔을 잡고 귓속말을 했다. 놀란 태우가 쳐다보자 길환이 고개를 끄덕거렸다.

"다른 동료들은 죄가 없어. 어떻게든 그들을 살려야 해. 그리고……."

주저하던 길환이 뒤에 서 있는 홍연을 바라보면서 마저 이야기했다.

"그녀를 안전한 곳으로 데려다줘."

"솔직히 자신이 없어."

눈을 내리깐 그가 말하자 길환이 너털웃음을 지었다.

"하긴, 우리 둘 다 이런 건 배운 적이 없었지. 자넨 잘 해낼 거야. 그러니까 그녀와 내 아이를 지켜준다고 약속해줘."

길환의 간절한 부탁에 태우가 고개를 끄덕거렸다.

"알았어. 오늘 밤에 임모수를 만나 볼게."

말을 마친 길환은 눈물짓고 있는 홍연을 뒤로하고 감옥으로 돌아갔다.

임모수는 다음 날 밤에 찾아왔다. 나졸에서 끌려 온 길환을 본 임모수가 이죽거렸다.

"그래, 무슨 일로 날 보자고 했느냐?"

"원하는 걸 들어주겠소. 그러니 내 동료들을 풀어주시오."

"이런, 아직도 상황이 파악하지 못한 모양이군. 자네들은 여기에서 가급적 오랫동안 있게 될 거야. 몇 사람쯤은 고문에 못 이겨 죽거나 반병신이 되겠지만 신경 쓰는 사람은 아무도 없을 것이고 말이야."

길환은 터져버린 입술을 조심스럽게 움직였다.

"감옥에 갇혀서 곰곰이 생각해봤는데 당신의 정체를 알 것 같아."

그의 말을 들은 임모수가 껄껄거렸다.

"그 이야기를 듣고 내가 겁이라도 먹을 줄 알았느냐? 안됐지만 이미 늦었어. 경회루의 청동용은 사라졌고, 숭례문 앞 남지에 있던 청동용도 이미 꺼냈다. 연못도 메워질 것이야."

"당신한테 준 청동용은 가짜야."

길환의 말에 임모수가 움찔했다.

"네놈이 직접 만지지 않고 부하를 시킨 걸 보고 미심쩍어했지."

분을 못 이긴 임모수가 펄펄 뛰었다.

"그럴 리가 없어. 그럴 리가……."

"내 동료들을 풀어준다고 약속하고 홍연과 태우를 건드리지 않는다고 약속하면 청동용을 넘겨주겠다. 그렇지 않으면 그게 언제 네놈 곁에 나타날지 몰라."

길환을 노려보던 임모수가 어금니를 깨물었다.

"대군께 고하겠다. 대신 약속을 어길 시에는 네놈과 동료들 모두 살아남지 못할 것이야."

임모수가 사라지고 길환은 참았던 숨을 내쉬었다. 이제 태우에게 맡기는 수밖에 없었다.

의금부 밖으로 나온 임모수는 이방원의 저택에 돌아왔다. 처남인 민무구 형제와 함께 갑옷 차림으로 말에 올라탄 이방원이 그를 보더니 얼굴을 찌푸렸다.

"대체 어디 갔던 것이냐?"

"일이 있어서 잠깐 자리를 비웠습니다. 출정하십니까?"

"그래. 자네가 족집게처럼 잘 짚었네. 삼봉과 그의 무리가 돈의문 밖에 있는 첩의 집에서 술을 마시는 중이라고 하더군."

호탕하게 웃은 이방원에게 임모수가 공손하게 고개를 숙였다.

"제가 한 게 뭐가 있겠습니까? 대군께서는 불측한 무리를 없애고 조정을 평안케 하소서."

"그래야지. 이 씨의 나라를 눈 뜨고 빼앗길 수는 없지 않겠느냐."

"참, 감옥에 갇혀 있는 멸화군들 말입니다. 없애지는 마시고, 곁에 두고 쓰소서."

"멸화군 말인가? 어제까지는 모조리 처형하고 싶어 하더니 마음이 바뀌었나?"

말고삐를 잡은 이방원이 빙그레 웃으면서 묻자 임모수가 대답했다.

"한양에 불을 끌 자들이 있어야 하지 않겠습니까? 주모자만 처형하시고 나머지는 거두어 쓰시옵소서."

"그쯤이야 뭐가 어렵겠나? 어차피 오늘 밤이 지나면 조선이 모두 내 것이 될 텐데 말이야."

말고삐를 잡은 이방원이 호통하게 웃으며 앞장서자 대기하고 있던 사병들이 뒤를 따랐다. 저들은 임금이 와병 중인 틈을 타서 궁궐을 장악하고 관직을 내놓고 시름에 잠겨 있을 정도전과 휘하 세력들을 처단할 것이다. 그리고 그사이에 그는 주어진 일을 마무리 지을 생각이었다.

밤새 세상이 바뀌었다는 말은 감옥까지 흘러들어왔다. 정안대군과 그의 세력들이 불시에 들이닥쳐서 궁궐을 장악하고 정도전을 비롯한 반대 세력들을 모조리 제거했다는 것이다. 감옥의 벽에 기댄 채 그 이야기를 들은 길환은 씁쓸하게 웃었다. 바뀐 세상에서 역적이 된 관리들과 그 가족들이 줄줄이 의금부로 끌려오면서 길환을 비롯한 멸화군들은 뒷전으로 밀려났다.

"이제 우린 어떻게 되는 거야? 태우 녀석은 왜 코빼기도 안 비치는 거지?"

울상이 된 덕창의 물음에 길환은 아무 대답도 할 수 없었다. 와병 중에 정변 소식을 들은 태조가 길길이 날뛰었지만 어쩔 수 없었다. 결국 신덕왕후 강 씨의 아들이자 세자인 이방석과 그의 형 이방번이 죽는 것을 지켜볼 수밖에 없었다. 하룻밤 사이에 반대파를 제거하고 조정을 장악한 이방원은 죽여야 할 자와 살려야 할 자를 정했다. 새로 임명된 한성판윤이 관원들의 명단을 바쳤다. 한 장씩 넘겨보던 이방원은 죽여야 할 자의 이름에는 붉은

101

색 먹을 찍었고, 귀양을 보낼 자는 검은색 먹을 찍었다. 그러다 제일 마지막에 있는 멸화군의 명단을 보았다. 그의 시선을 느낀 한성판윤이 조심스럽게 물었다.

"역모 죄로 죄다 의금부에 갇혀 있는 중입니다. 역적 정도전의 지시를 받았다고 자백을 했으니 처형시켜버리고 멸화군도 없애버리심이⋯⋯."

"그자들이 없으면 한양의 화재는 누가 다스리겠느냐?"

이방원의 질문에 한성판윤이 움찔했다. 코웃음을 친 이방원이 명단을 내려놓았다.

"주모자는 처형하고 나머지 자들은 모두 노비로 삼아서 종신토록 멸화군의 일을 하도록 만든다. 살아남은 자들에게 모두 역적의 징표로 이마에다가 화자 낙인을 찍어놓아라."

"그리하겠나이다."

명단을 받아든 한성판윤이 고개를 숙였다.

종말, 혹은 새로운 시작

정변이 벌어지고 며칠이 지난 후 형조로부터 갑작스러운 석방 명령이 떨어졌다. 불안해하던 멸화군들은 모두 기뻐했지만 뒤이어 내려온 청천벽력 같은 선고에 다들 할 말을 잊었다.

"…… 그리하여 멸화군들은 모두 노비의 신분으로 강등시키고 영구히 불을 끄는 일을 한다. 아울러 역모에 가담했다는 것을 남기기 위해 이마에 낙인을 찍는다."

형조의 관리는 자신을 향해 울부짖는 멸화군들을 향해 싸늘한 표정으로 말했다.

"반항하는 자는 주모자와 함께 참할 것이며, 그 가족들 모두 장예원의 노비로 삼는다. 멸화군 중에 만약 탈주하는 자가 있으면 그자의 가족들은 물론이고 다른 멸화군들도 모두 참형으로 다스릴 것이다."

형조의 관리가 물러나고 멸화군들의 시선은 모두 길환에게 향했다. 주동자로 지목된 그는 군기시 앞에서 처형한다는 판결을 받았던 것이다. 길환은 홀가분한 표정으로 가만히 동료들을 바라보았다. 잠시 후 의금부의 노비들이 감옥 앞으로 시뻘건 숯이 가득 든 화로와 낙인과 의자를 가져왔다. 나졸들이 옥문을 열고 제일 가까이에 있던 덕창을 끌어냈다. 끌려가지 않기 위해 버티던 덕창은 나졸들에게 목을 잡힌 채 개처럼 질질 끌려갔다. 의자에 앉혀진 그는 밧줄로 꽁꽁 묶인 다음 상투가 잡힌 채 고개가 뒤로 꺾였다. 시뻘겋게 달아오른 낙인을 화로에서 꺼낸 나졸이 덕창의 이마에 꾹 눌렀다. 살이 타들어가는 연기 사이로 덕창의 처절한 비명소리가 들려왔다. 나졸들이 기절한 덕창을 질질 끌고 감옥 안에 집어넣은 다음 다른 멸화군을 끌고 나갔다. 동료들이 끌려나가 이마에 낙인이 찍히는 광경을 지켜보던 길환은 더는 참지 못하고 눈을 질끈 감아버렸다.

"멸화군의 두령을 말인가?"

이방원이 의외라는 표정으로 묻자 임모수가 고개를 조아렸다.

"그러하옵니다. 여죄를 추궁할 게 있으니 처형을 며칠만 연기해주십시오."

임모수의 이야기를 들은 이방원이 얼굴을 찌푸렸다.

"여죄라니? 그들이 죄가 있단 말이냐?"

"개인적으로 알아볼 것이 있습니다."

이방원은 고개를 숙인 임모수를 한참이나 바라보다가 대답했다.

"사흘의 말미를 주겠다."

"감사하옵니다."

인사를 하고 사랑채를 나온 임모수는 뒷문으로 나갔다. 조족등을 들고 큰 나무 아래에서 기다리고 있던 부하가 종종걸음으로 다가왔다. 주변을 살핀 그가 물었다.

"태우와 그 기생년은?"

"사람을 풀어서 찾는 중입니다."

부하의 이야기를 들은 임모수가 혀를 찼다.

"서둘러라. 한양을 벗어나기 전에 찾아야만 한다."

"사대문은 물론 작은 문들까지 빈틈없이 지키고 있으니 빠져나가지는 못했을 겁니다."

부하에게 이런저런 지시를 내리던 임모수가 향한 곳은 운종가 뒤편의 대장간이었다. 웃통을 벗은 장인들이 다른 부하들의 감시를 받으며 시뻘건 불길을 내뿜고 있는 노 주변에 몰려 있었다. 임모수는 멀리서 걸음을 멈췄다. 불은 황홀했지만 가까이 가서는 안 될 존재가 있었기 때문이다. 걸음을 멈춘 임모수가 외쳤다.

"아직도 녹이지 못했느냐?"

그러자 늙은 장인이 고개를 절레절레 저으면서 대답했다.

"그, 그게 아무리 숯을 붓고 불을 올려도 좀처럼 녹지를 않습니다."

늙은 장인의 눈짓에 젊은 장인이 기다란 쇠 집게로 숯 더미 속을 헤집어서 청동용을 꺼냈다. 시뻘겋게 달아오른 청동용을 내려다본 그가 말했다.

"아무래도 신물이라서 그런 것 같습니다."

늙은 장인의 이야기를 들은 임모수가 부하에게 속삭였다. 고개를 끄덕인 부하가 대장간 안으로 들어가서는 늙은 장인에게 다가갔다. 그리고 허리춤에서 짧은 단검을 뽑아서 늙은 장인의 목을 베었다. 마른 비명을 지르며 앞으로 꼬꾸라지는 늙은 장인의 상투를 잡았다. 목을 베인 장인이 컥컥거리며 눈동자를 굴렸다. 잘린 목에서 떨어진 피가 시뻘겋게 달아오른 청동용 위로 비처럼 떨어지자 하얀 수증기가 피어올랐다. 갑작스러운 죽음에 놀란 장인들이 아우성을 쳤지만 다른 부하들이 검을 뽑아 들자 입을 다물었다. 늙은 장인의 핏물을 잔뜩 뒤집어쓴 청동용이 차츰 식어가면서 자그마한 금들이 가기 시작했다. 흡족한 표정으로 지켜보던 임모수가 다른 장인들에게 말했다.

"오늘 밤 안으로 청동용을 부수든지 아니면 녹이지 못하면 네놈들 모두 저 꼴이 될 거다."

공포에 질린 장인들이 입을 벌린 채 고개를 끄덕거렸다. 부하에게 잘 감시하라는 지시를 내린 그는 어둠 속으로 휘적휘적 사라졌다.

이마에 낙인이 찍힌 멸화군은 다음 날 저녁에 석방되었다. 홀로 남은 길환은 보름달을 올려다보면서 기다렸다. 한참 동안 기다리던 그의 앞에 임모수가 홀로 나타났다. 미리 언질을 받았는지 나졸들도 자취를 감췄다. 칼을 쓴 길환 앞으로 다가온 임모수가 씩 웃으면서 말했다.

"이제 청동용을 내놓아라."

"그걸 얻는 순간 동료들을 죽이겠지. 너는 약속이라는 걸 모르는 존재잖아."

"나는 인간들과 약속 같은 것은 맺지 않는다!"

분을 참지 못한 임모수가 이빨을 드러내면서 외쳤다. 눈가와 입속에서는 그동안 꾹 눌러뒀던 불길이 일렁였다. 길환이 가볍게 웃었다.

"드디어 모습을 드러냈군. 누르여."

"이제 더는 감출 필요가 없잖아. 너희들이 잔챙이 화귀들을 없애고 좋아하는 사이 나는 나약한 인간의 마음속으로 파고들었지."

"화살에 맞은 눈은 괜찮아? 오른쪽이었던가? 아니면 왼쪽?"

길환의 조롱을 참지 못한 임모수가 감옥의 기둥을 움켜잡았다. 그의 손에 닿은 나무에서 하얀 연기가 피어올랐다.

"그 잘난 척도 이제 끝이다. 그 기생년과 네 친구 놈은 곧 잡혀 올 것이다. 그들이 네놈 앞에서 목이 달아나는 꼴을 보기 싫으면 얼른 청동용이 어디 있는지 말하는 게 좋을 거야."

"그들은 이미 한양을 빠져나갔어. 청동용이 언제 나타날 줄 모르면 발을 뻗고 자기 힘들겠지?"

"네놈의 그 잘난 척이 얼마나 오래 갈지 두고 보자."

임모수의 이야기는 멀리서 들려오는 발자국 소리 때문에 잠깐 끊겼다. 고개를 돌린 임모수는 어둠 속에서 걸어오는 두 사내를 보고는 눈가와 입속의 불을 잠재웠다.

"의금부에서도 가장 잔인한 나졸들이지. 이들이 네놈의 손톱과 발톱을 하나씩 뽑아버리고 머리통을 부숴놓을 거야."

길환이 침묵을 지키자 임모수는 두 나졸에게 다가갔다.

"오늘 밤 안에 자백을 받으면 약속한 돈의 두 배를 주겠다."

"맡겨만 주십시오."

오른쪽에 선 나졸이 씩 웃었다. 그러자 임모수가 덧붙였다.

"나중에 말을 해야 하니까 혓바닥은 남겨놓아라."

바위 뒤에 몸을 숨긴 태우는 고개를 살짝 들고 숙정문을 살폈다. 문루는 물론이고 주변에도 횃불을 든 병사들이 보였다. 보따리를 품에 안은 채 뒤따라온 홍연이 물었다.

"여기도 그렇습니까?"

"경계가 삼엄합니다."

머물고 있던 주막에서 아슬아슬하게 빠져나온 이후 며칠 동안 계속 쫓긴 홍연은 낙담했다. 어깨에 걸머진 봇짐을 추스른 태우가 그녀에게 말했다.

"그래도 이쪽이 경계가 가장 약한 편입니다. 이 문으로 빠져나가는 게 좋겠습니다."

"창검으로 무장한 군사가 십여 명입니다. 어찌 뚫고 나가시려고요."

그러자 태우가 소매에서 검은 부적 한 장을 꺼냈다.

"이걸로요."

부적을 손에 구겨 쥔 태우가 벌떡 일어났다. 놀란 홍연이 숨으

108

라고 손짓을 했지만 태우는 숨을 고르면서 천천히 손을 풀었다. 잠시 후 숙정문의 문루 쪽에서 누구냐는 외침이 들려왔다. 태우가 아무 대답도 없이 손을 움직이자 문을 지키고 있던 군사 몇 명이 횃불을 들고 다가왔다. 바위 뒤에 숨은 채 어찌할 바를 모르고 있던 홍연을 보고 씩 웃은 태우가 손으로 수인을 그리면서 외쳤다.

"암!"

그러자 두 사람 주변에 어둠보다 더 짙은 어둠이 내려앉았다. 기세등등하게 다가오던 군사들은 갑자기 장님이라도 된 것처럼 두리번거렸다. 태우가 홍연을 돌아보았다.

"길환이처럼 오래 끌지는 못해요. 내 뒤에 바짝 붙어서 천천히 따라와요."

두 사람은 사방을 두리번거리는 군사들 사이를 지나쳐 숙정문까지 갔다. 문에는 어른 팔뚝 크기의 두꺼운 빗장이 걸려 있었다.

"힘을 합해서 문을 열어야 해요."

고개를 끄덕인 홍연이 빗장에 달라붙었다. 두 사람이 힘을 합해서 빗장을 들어 올렸다. 무심코 뒤를 돌아본 홍연이 두 사람 주위를 둘러싼 어둠이 조금씩 사라지고 있는 것을 보고는 그에게 말했다.

"어, 어둠이 줄어들고 있어요."

"집중하지 않으면 술법이 약해져요. 암흑의 주술은 시야는 가리지만 소리는 감추지 못합니다. 그러니까 빗장을 조심스럽게 내려놔야 해요."

빗장을 옆에 기대놓은 두 사람은 조심스럽게 성문을 열었다. 삐걱거리는 소리가 어둠 속으로 퍼져나가자 창을 들고 두리번거리던 병사들이 돌아보았다. 홍연이 놀라서 비명을 지르려는 찰나 태우의 손이 입을 막았다. 성문 쪽을 돌아보던 병사들은 다시 고개를 돌렸다. 살짝 열어놓은 성문을 빠져나가던 태우가 돌부리에 걸려서 넘어지고 말았다. 집중력이 사라지면서 두 사람을 감싸고 있던 어둠은 순식간에 사라져버렸다. 성문이 살짝 열린 것을 발견한 군사들이 고함을 쳤다. 어깨로 성문을 막은 태우가 소리쳤다.

"뛰어요!"

보따리를 움켜쥔 홍연이 어둠 속을 내달렸다. 어깨로 성문을 막고 있던 태우도 그녀가 충분히 멀어진 것을 확인하자 뛰기 시작했다. 문루에 선 군사가 화살을 쏘았지만 어둠 탓에 제대로 맞추지 못했다. 부리나케 달린 태우는 홍연이 몸을 숨긴 커다란 소나무 뒤로 몸을 날렸다. 문루에서 쏜 화살이 어지럽게 날아왔지만 성문을 열고 쫓아 나올 기미는 보이지 않았다. 안도의 한숨을 내쉬던 홍연이 그를 보고는 비명을 질렀다.

"드, 등에 화살이······."

태우는 고개를 돌려서 등에 둘러맨 봇짐에 박혀 있는 화살들을 뽑아냈다. 길환이 빼돌린 청동용을 넣어둔 탓에 화살들이 전부 빗겨나가면서 살짝 박혔다. 하지만 화살을 뽑아낸 자리에서 피가 배어 나왔다. 태우는 안절부절못하는 홍연에게 말했다.

"괜찮으니까 어서 갑시다. 갈 길이 멀어요."

헐레벌떡 달려온 부하에게 보고를 받은 임모수는 혀를 찼다.

"숙정문으로 나갔다고? 지키고 있던 놈들은 대체 뭘 했단 말이냐?"

"안개가 내려앉은 틈에 성문을 열고 나갔답니다."

"주술을 썼군. 계집이 있으니 멀리 가진 못했을 것이다. 부하들을 데리고 숙정문으로 나가서 그 연놈을 잡아서 청동용을 뺏어와!"

지시를 받은 부하가 떠나는 것을 지켜보던 임모수는 고문을 당하고 있던 길환에게 다가갔다. 주리가 틀린 무릎뼈는 살 밖으로 튀어나왔고, 손톱과 발톱은 모두 뽑힌 상태였다. 쇠촛매로 얻어맞은 머리와 얼굴도 퉁퉁 부어 있었다. 그의 몸에서 나온 피가 의자를 타고 바닥에 흘러내렸다. 발톱이 뽑힌 발가락 사이에 종이를 끼우고 불을 붙이던 나졸들은 임모수가 손짓하자 뒤로 물러났다. 퉁퉁 부은 길환의 눈을 바라보던 임모수가 입을 열었다.

"네 친구와 기생년이 한양을 빠져나간 모양이야. 하지만 기뻐하긴 일러. 내 부하들이 뒤를 쫓고 있으니까 곧 두 연놈의 모가지를 가져올 거야. 그리고 말이야……."

옆에서 듣고 있던 나졸들에게 더 물러나라고 손짓한 임모수가 덧붙였다.

"며칠 동안 두 사람이 붙어 다녔겠지. 그리고 앞으로도 며칠 동안은 함께 있을 거야. 혈기왕성한 남녀가 생사를 넘나들면 자연스럽게 정이 들겠지. 안 그래?"

통통 부은 눈으로 임모수를 올려다본 길환이 물었다.

"그 몸의 주인도 그런 식으로 유혹해서 차지했겠지?"

"이 작자? 형편없었지. 자기 머리가 나쁜 건 생각도 안하고 과거 시험에 자꾸 떨어지는 걸 원망하다가 인왕산으로 올라왔어. 아마 스스로 목숨을 끊으려고 했던 모양이야. 그래서 이야기했지. 존경받고 주목받게 해주겠다고 말이야. 그랬더니 금방 마음을 열더군. 사실은 이자를 통해서 이방원이나 태조, 아니면 정도전에게 옮겨가려고 했지. 하지만 다들 파고들 틈이 없었어. 권력에 대한 욕구나 꿈을 실현시키려고 하는 생각들로 가득 차 있어서 말이야."

"나약한 자에게만 들러붙을 수 있다는 말이 사실이었군."

"맞아. 그게 아니면 복수심에 불타는 자에게도 옮겨갈 수 있지. 한 가지밖에 생각하지 않는 마음이 얼마나 다가가기 쉬운 줄 알아?"

피범벅이 된 길환의 뺨을 툭툭 친 임모수가 혀를 찼다.

"네놈이 최고라고 들었다. 술법에도 능하고 공력도 강해서 대폭풍도 쓸 줄 안다지? 하지만 지금은 사랑하는 여인에게 배신당하고 동료들에게 미움을 받는 가련한 자만 남았군. 최고가 되고 싶었지? 그래서 존경과 숭배를 받고 싶었을 거야. 이 몸의 주인처럼 말이야."

"그런 식으로 유혹한다고 내가 넘어갈 것 같아?"

"다들 처음에는 그런 식으로 저항하지."

키득거린 임모수가 뒷짐을 지고 물러났다.

"청동용을 찾을 수 있을 것 같으니까 고통에서 벗어나게 해주지. 네놈은 내일 낮에 군기시(軍器寺, 조선시대 무기를 만드는 관청으로 지금의 서울시청 자리에 있었다) 앞에서 목이 잘릴 거야. 잘 가게나."

나졸들에게 길환을 풀어주라는 지시를 내린 임모수가 갑자기 생각났다는 듯 말했다.

"죽기 전에 내가 주는 선물을 볼 수 있을 걸세."

임모수가 껄껄거리는 웃음을 남기고 사라지자 두 나졸이 축 늘어진 길환을 질질 끌어다가 감옥 안에 집어넣었다. 그리고 칼을 씌우는 것을 잊은 채 술이나 마시러 가자면서 서둘러 자리를 떴다. 한참 만에 눈을 뜬 길환은 허공에 뜬 보름달을 보고는 쓴 웃음을 지었다. 그러고는 누운 채 공력을 모으기 시작했다. 뼈와 살이 모두 망가진 상태였지만 안간힘을 쓰자 조금씩 힘이 모였다. 그리고 바닥에 깔린 지푸라기를 더듬거려서 며칠 전 고문을 받다가 몰래 숨겨온 돌조각을 집어서 이마에 가져갔다. 눈을 질끈 감은 그가 손톱이 모두 빠진 손을 움직이자 한줄기 피가 이마를 타고 흘러내렸다.

숙정문을 빠져나온 두 사람은 황해도 쪽으로 움직였다. 누군가 쫓아올지 몰라서 산속의 오솔길을 탔고, 잠도 길가의 주막이 아니라 화전민들의 오두막집을 빌렸다. 두 사람은 한양에 사는 양반의 심부름으로 고향으로 내려가는 노비 부부 행세를 했다. 숙정문에서 그의 능력을 본 이후 홍연은 이것저것 캐물었다. 처음에는 외부인에게 침묵해야 한다는 고향의 계율을 지키던 그도 차츰 비밀을 털어놓기 시작했다.

"술법을 발휘하기 위해서는 몸속의 공력, 즉 힘을 집중시켜서 수인을 맺어야 합니다. 그때 술법에 맞는 부적을 가지고 있어야 하죠."

"공력이라는 건 어떻게 쌓이는 건데요?"

"어린 시절부터 어른들이 지어준 약과 음식을 먹고 수양을 합니다. 그럼 공력을 모을 수 있는데 사람마다 달라요. 길환이는 또래는 물론이고 지난 백 년 동안의 그 누구보다 공력이 강했답니다. 심지어는 최고 어른이신 스승님조차 인정했으니까요."

"그분은 살아 계시겠죠?"

길환의 말이 나오자 홍연이 왈칵 눈물을 지었다. 그와 마지막 만났을 때 나눴던 이야기를 떠올린 태우는 애써 태연한 척했다.

"그럼요. 그 녀석은 여덟 살 때 마을 뒤에 있는 수십 척 높이의 폭포에서 뛰어내리고도 멀쩡했던 놈입니다."

잠시 어색한 침묵이 흘렀다. 부부 행세를 하느라 방을 따로 잡을 수가 없던 탓에 두 사람은 매일 밤을 같이 지내야만 했다. 구석 자리로 물러난 태우가 목침을 베고 등을 보인 채 드러누운 것을 본 홍연도 눈을 붙였다.

날이 밝아오자 나졸들이 문을 열고 들어왔다가 고개를 갸우뚱했다.

"칼을 언제 벗긴 거야?"

그러자 다른 한 명이 바닥에 누워 있는 길환의 맥을 짚어보고는 혀를 찼다.

"어제 두 놈이 고문하고 깜빡 잊었겠지. 어차피 죽을 놈인데 뭘 이렇게 만들어놔. 이놈 일으켜야 하니까 좀 도와줘."

살아 있는 것을 확인한 나졸들은 길환을 부축해서 밖에 있는 수레에 눕혔다. 길환을 눕힌 나졸들이 손짓하자 대문이 열리고 빛이 쏟아져 들어왔다. 수레에 눕혀져 있던 길환은 가늘게 눈을 떴다. 그리고 조심스럽게 손바닥을 펼쳐서 움켜쥔 옷 조각을 바라보았다.

그 시각, 임모수는 사람들로 오가는 운종가를 걸어갔다. 여리꾼 몇 명이 말을 걸었지만 임모수는 아무 반응도 보이지 않았다. 여리꾼들을 털어낸 그는 땀을 비 오듯 흘렸다. 초여름이긴 했지만 아직 날이 덥지 않은 상태였다. 한참 동안을 왔다 갔다 하던 그는 걸음을 멈추고 고개를 들었다. 상점의 처마에는 지전(紙廛)이라는 한문과 종이 그림이 함께 그려진 판자가 매달려 있었다. 상점 주인은 퇴청에 앉은 채 꾸벅꾸벅 졸고 있었고, 상점 안에서는 열 살 남짓한 어린 사내아이가 떡을 입에 물고 팽이를 치는 중이었다. 빙글빙글 돌던 팽이가 상점 안으로 들어선 그의 발끝에 닿아서 쓰러졌다. 팽이를 집어 들려던 아이가 우뚝 서 있는 임모수를 올려다보았다. 팽이를 집어 든 아이가 물었다.

"종이 사러 오셨어요?"

아이는 임모수가 대답 대신 땀을 줄줄 흘려대자 퇴청 안에서 졸고 있던 아버지를 불렀다.

"아부지! 손님이요."

잠에서 깬 주인이 눈을 비비면서 엉거주춤 일어났다.

"아이구! 선비님. 어서 오십시오. 원하시는 종이는 무엇인지 말씀만 하십시오."

굽실거리는 아버지에게 쪼르르 달려간 아이가 말했다.

"아부지. 그런데 이 사람 이상해요."

"이놈이 손님한테 못하는 소리가 없어."

상점 주인이 아이를 쥐어박으면서 꾸중을 하는 사이 상점 안에 가득 찬 종이를 바라보던 임모수는 흡족한 표정을 지으면서 돌아섰다.

"여기 있는 종이를 전부 다 사겠네."

"저, 전부 다 말씀이십니까? 이래 봬도 비싼 종이들이 제법⋯⋯."

기뻐하면서도 반신반의한 주인이 산목(算木, 주판이 사용되기 전 숫자를 셀 때 사용한 대나무 막대)으로 종이 값을 셈하기 시작했다. 그러는 사이 임모수의 내면에서 다른 목소리가 들려왔다. 그 뜨거운 울림에 못 이긴 임모수는 안에서부터 녹아내리기 시작했다. 모든 것이 허물어지기 시작하자 사라졌던 기억들이 잠깐 돌아왔다. 이번에도 낙방하면 돌아올 생각을 하지 말라고 하던 아내와 이번에도 시험을 치느냐며 노골적으로 비웃던 동료 선비들이 생각났다. 과거 합격자 명단이 뚫어져라 쳐다봐도 보이지 않는 이름에 한탄하며 술에 취한 그는 생을 마감할 생각으로 인왕산에 올랐다. 대궐이 보이는 곳에서 떨어져 죽을 생각이었던 것이다. 유혹하는 목소리가 들린 것은 절벽 끝에 서서 한양을 내려다볼 때였다.

—모두가 너를 외면했어. 심지어 죽을 때도 옆에 아무도 없군.

—대체 넌 누구냐?

—네 마음이 보이는군. 온통 활활 타오르는 증오와 원망뿐이야. 어때, 제대로 불살라 보지 않겠나?

—뭐라고? 대체 어떻게?

—간단히 그냥 마음을 열고 나를 받아들여.

그게 끝이었다. 절벽 끝에서 물러난 임모수는 과거를 마치고 돌아가던 동료 선비들을 뒤따라가서 죽지 않을 만큼 두들겨 패고는 노자를 빼앗았다. 그리고 한양에 머물면서 돌아가는 정세를 귀동냥했다. 그리고 어느 날 저녁 이방원의 저택으로 가서 문을 두드린 것이 시작이었다.

"손님? 무엇으로 계산하시겠습니까? 저희는 오승포(五升布, 중급 품질의 베나 무명)나 삼승포(三升布, 하급 품질의 베나 무명)만 받고 저화(楮貨, 조선 초기에 조정에서 유통하려고 했던 종이돈으로 닥나무 껍질로 만들었다)는 받지 않사옵니다."

산목으로 이리저리 계산한 주인이 묻자 눈이 붉게 달아오른 임모수가 씩 웃으면서 대답했다.

"불로 셈을 치르겠다."

"네?"

그제야 심상치 않다는 것을 느낀 주인이 바짝 마른 목소리로 물었다. 눈과 입에서 붉은빛을 토해내던 임모수의 살갗이 옷과

117

함께 녹아내렸다. 자욱한 연기가 피어나자 주인이 손으로 휘휘 내저으며 비명을 질렀다.

"다, 당신 뭐야!"

옷과 살갖이 녹아내린 임모수는 시뻘건 불로 변했다. 그리고 입으로 불을 뿜어서 지전 안의 종이들을 태웠다. 맹렬한 불길에 종이들은 삽시간에 타올랐다. 반쯤 탄 종이들이 상점 밖으로 날아갔다. 주인이 비명을 지르면서 문밖에 있던 아들을 끌어안았다. 길을 가던 행인들이 호기심에 못 이겨 상점 안을 들여다보는 순간 불길에 일렁거리던 임모수의 몸이 폭발해버렸다. 사방으로 날아간 불꽃들은 마치 살아 있는 것처럼 사람과 물건에 들러붙었다. 몸에 불이 붙은 사람들이 몸부림을 치자 또다시 불이 옮겨붙었다. 거기다 불붙은 종이들이 바람을 타고 사방으로 날아가다가 상점 앞에 쳐놓은 천막에 불을 옮겼다. 운종가는 삽시간에 불바다로 변했다. 여기저기서 멸화군을 부르라는 외침이 들려왔다.

수레가 군기시 앞에 도달하자 나졸들이 길환을 잡아 일으켰다. 군기시 앞에는 처형을 보러 온 구경꾼들이 제법 보였다. 무릎뼈가 모두 으스러져서 걸을 수가 없는 길환의 겨드랑이를 잡은 나졸 중에 한 명이 혀를 찼다.

"이놈은 제 발로 죽으러 가지도 못하네."

"근데 타는 냄새 안 나?"

반대쪽 겨드랑이를 잡은 나졸이 운종가 쪽을 쳐다보면서 물었다. 구경꾼들도 모두 운종가 쪽을 바라보았다. 검은 연기가 하늘 높이 치솟는 것이 보였다. 그 광경을 보고 넋이 나간 옥졸들이 손에 힘을 빼자 길환의 몸은 바닥으로 널브러졌다.

멸화군들이 상처 입은 몸을 이끌고 도달했을 때에는 이미 손쓰기 어려울 정도로 불이 번져나가는 중이었다. 때마침 불어오는 거센 바람에 사방으로 불꽃들이 날아갔다.

"운종가는 둘째 치고 불길이 한양 전체로 번져가고 있어요."

매운 연기 때문에 제대로 눈을 뜨지 못한 덕창이 군배에게 고래고래 소리를 질렀다. 아닌 게 아니라 한양에서 멸화군 노릇을 하면서 이렇게 큰불은 다들 처음이라 우왕좌왕하기만 했다. 이럴 때 길환이 있었다면 그나마 일사불란하게 움직였겠지만 다들 어찌할 바를 몰랐다. 군배는 머리 위로 어지럽게 날아다니는 불꽃들을 보면서 소리쳤다.

"남쪽은 개천을 넘어가지 못하게 해야 하고 북쪽은 궁궐까지 가는 걸 막아야 해. 여긴 내가 맡을 테니까 2조 애들을 데리고 개천 쪽을 막아."

"우리만 가지고는 어림도 없어요. 이 불들을 보세요. 화기를 다 막아놨는데 어떻게 이런 큰불이 난 거죠?"

"일단 그건 불을 끄는 게 우선이야. 어서어서 움직여!"

덕창이 멸화군들을 이끌고 남쪽으로 가는 걸 본 군배가 지시를 내렸다.

"불을 끄는 건 포기하고 더는 번지는 걸 막는다. 저기랑 저쪽 상점을 허문다. 서둘러라. 불이 넘어가면 끝장이다."

군배의 명령을 받은 멸화군들이 운종가 중간에 있는 상점들을 허물기 시작했다. 기둥에 밧줄을 걸어서 당기자 이층짜리 상점이 주저앉았다. 그러자 갈고리를 든 멸화군들이 달려들어서 기둥과 널빤지를 비롯해서 불에 탈 만한 것들을 끌어냈다. 졸지에 삶의 터전과 가족들을 잃은 사람들의 울부짖음이 멀리서 들려왔다.

지붕을 타 넘던 불길이 연달아 상점을 두 채나 허물어뜨린 멸화군 앞에서 멈췄다. 그러자 갈고리를 든 멸화군 한 명이 환하게 웃으면서 소리쳤다.

"부두령! 불길이 끊겼습니다."

군배가 안도의 한숨을 쉬는 순간 처마 끝에 모였던 불길이 마치 살아 있는 것처럼 훌쩍 날아갔다. 그리고 멸화군이 허물어뜨린 상점들을 가볍게 건너뛰어서 그다음 상점의 지붕에 들러붙었다. 기와에 막힌 불길이 꿈틀거리면서 처마를 타고 상점 안으로 스며드는 것을 본 군배가 외쳤다.

"화귀다!"

화귀라는 이야기를 들은 멸화군 몇 명이 부적을 움켜쥐고 무기를 꺼내 들었다. 군배도 소매에 감고 있던 동전채찍을 풀었다. 이리저리 뛰면서 불길을 옮기던 화귀가 멸화군을 조롱하듯 그들의 눈앞에 있는 잡곡전의 지붕 위에 쪼그리고 앉았다. 팔과 다리가 달린 사람 모양이었다. 멸화군 세 명이 무기를 움켜쥔 채 날아올랐다.

"너희들은 양쪽을 맡아. 내가 뒤로 돌아갈게."

처마에 앉아 있던 화귀는 양손으로 옆에서 덤비던 두 멸화군의 멱살을 움켜잡았다. 그 틈에 뒤로 돌아간 멸화군 한 명이 화귀의 아랫배에 목검을 깊숙하게 찔러 넣었다.

"해치웠다!"

목검을 쥔 멸화군이 의기양양하게 외쳤다. 하지만 잠시 후 표정이 변했다.

"모, 목검이 탄다. 손이 안 떨어져!"

화귀의 아랫배를 뚫은 목검은 순식간에 재로 변했고 세 멸화군 역시 불덩어리로 변해버렸다. 고통에 찬 비명을 지르며 몸부림을 치던 멸화군들이 축 늘어지자 화귀는 이들을 군배의 발 앞에 한 명씩 던졌다. 숨이 끊어진 멸화군의 몸에서 자욱한 연기가 피어올랐다. 한 걸음 뒤로 물러난 군배가 소리쳤다.

"누르다! 다들 조심해!"

멸화군들을 떨쳐낸 화귀가 훌쩍 몸을 날려서 다른 상점 지붕 위로 건너갔다. 누르가 움직일 때마다 불꽃들이 떨어지면서 불이 붙었다. 정신없이 달리면서 쫓아가던 군배는 동전채찍을 휘둘렀다. 동전채찍은 허공을 가로질러가던 누르의 발목에 감겼다.

"옳거니!"

한 손으로 동전채찍을 꽉 움켜잡은 군배는 다른 손으로 부적을 움켜쥔 채 외쳤다.

"빙!"

그의 손에서 뻗어나간 냉기가 동전채찍을 타고 누르의 발목까지 이어졌다. 하얗게 얼어붙은 냉기가 누르의 발목을 감싸자 군배는 희망을 품었다. 하지만 다음 순간 발목에서 번진 불길이 냉기를 누르고 동전채찍을 거슬러왔다. 손에 쥐고 있던 부적이 잿더미가 되어서 부스러지는 것을 본 군배는 양손으로 동전채찍을 움켜잡고 공력을 최대한 끌어모았다. 하지만 불길은 순식간에 그의 손까지 옮겨붙었다. 고통을 견디지 못한 군배가 동전채찍을 놓치고 말았다. 풀려난 동전채찍은 순식간에 불타버렸다. 열기에 녹아내린 두 손을 내려다보던 군배가 정신을 차렸을 때는 누르는 온데간데없어져버렸다. 불은 이제 한양 전체로 번져나갔다. 덕창이 개천 쪽에서 막는 것도 실패로 돌아간 모양이었다. 허공으로 치솟은 불길이 쉭쉭거리는 소리를 내면서 맹렬하게 타올랐다. 이제 운종가 쪽은 숨을 쉬기에도 힘들 정도가 되어버렸다. 군배는 허둥지둥하던 멸화군에게 외쳤다.

"철수한다. 다들 물러나!"

운종가에서 큰불이 났다는 소식에 군기시 앞의 군중들이 하나둘씩 자리를 떴다. 사형을 집행하기 위해 와 있던 형조의 관리들도 서둘러 궁궐로 돌아가면서 군기시 앞은 순식간에 텅 비어버렸다. 옥졸들도 가족들을 피난시켜야겠다면서 사라지자 남은 것은 술에 취한 망나니와 길환 뿐이었다. 사람들이 모두 사라지자 망나니는 딸꾹질을 하면서 길환이 누워 있는 곳으로 다가왔다. 그리고는 길환을 내려다보면서 말했다.

"일이 이상하게 돌아가긴 하지만 내가 할 일은 해야지. 다음에는 양반으로 태어나슈."

손바닥에 침을 뱉은 망나니가 언월도처럼 생긴 큰 칼을 추켜
들었다. 그 순간 누워서 계속 공력을 모으고 있던 길환이 벌떡
일어났다. 무릎뼈가 으스러지고 발가락뼈가 드러날 정도로 상
처가 심한 그가 일어난 것을 본 망나니는 깜짝 놀라서 주저앉았
다. 그런 망나니를 쓱 쳐다본 길환은 경복궁 쪽으로 성큼성큼 걸
어갔다. 움직일 때마다 발바닥의 피가 바닥에 도장처럼 찍혔다.

"궁궐이 위험하다니! 멸화군은 대체 뭘 하고 있고, 한성부는
어찌하고 있단 말이냐!"

근정전에서 한성판윤의 보고를 받은 이방원은 발을 동동 구
르면서 분노했다. 아버지를 상왕으로 물러나게 하고 허수아비
세자로 앉혔던 둘째 형 영안군 이방과에게 양위하는 일을 마무
리하려는 찰나 일이 터진 것이다. 만류하는 내관들을 뿌리친 이
방원은 근정전의 문을 열어젖혔다. 그의 눈에 불타는 한양이 보
였다. 금위군과 내관들이 궁궐의 담장과 문에 물을 뿌리는 중이
었다. 예상보다 화재의 규모가 크다는 생각에 머리가 복잡해졌
다. 그런 그의 눈가에 재가 달라붙었다. 그걸 시작으로 근정전
주변에 회색 재가 눈처럼 날렸다. 내관들이 서둘러 인정전의 문
을 닫았다. 씨근덕거리며 돌아선 이방원이 어쩔 줄 몰라 하는 한
성판윤에게 소리쳤다.

"무슨 일이 있어도 궁궐과 종묘는 지켜야 한다. 멸화군을 비
롯해서 모든 인력을 끌어모아라."

"그, 그럼 한양은 어찌합니까?"

울상이 된 한성판윤이 어쩔 줄 몰라 하자 성큼성큼 다가간 이방원이 멱살을 움켜잡았다.

"만약 종묘와 궁궐에 불이 옮겨붙는다면 네놈은 물론 삼족을 불구덩이에 처넣어버리겠다. 잔말 말고 명대로 시행하라!"

내동댕이쳐진 한성판윤은 수없이 절을 하면서 물러났다.

길환은 비틀거리면서 경복궁 영추문으로 다가갔다. 시시각각 커져가는 불길은 어느새 궁궐의 코앞까지 다가왔다. 초가지붕의 짚과 기둥, 그리고 문짝들을 집어삼킨 불은 기세 좋게 타올랐다. 다들 정신이 없었는지 피투성이가 된 길환을 눈여겨보지 않았다. 굳게 닫힌 영추문 앞에 선 길환은 오른손에 쥐고 있던 피묻은 옷 조각을 펼쳤다. 어젯밤 감옥에서 자신의 피로 그린 부적이었다. 온몸의 공력을 끌어모은 길환은 부적을 움켜쥔 손으로 수인을 그리면서 외쳤다.

"파(破)!"

그러자 빗장이 걸려 있던 영추문이 산산이 조각났다. 갑작스럽게 문이 부서지자 주변에 있던 금위군들이 쓰러졌다. 길환은 부서진 문을 지나 궁궐 안으로 들어갔다. 오른쪽 눈에 부서진 나무 조각을 맞은 금위군이 환도를 뽑아 들고 앞을 가로막았다가 기세에 눌려 제풀에 넘어지고 말았다. 다른 금위군들도 피를 흠뻑 뒤집어쓴 것 같은 그의 모습을 보고 비명을 지르며 뿔뿔이 흩어졌다. 걸을 때마다 관절에서 빠져나온 무릎뼈가 덜렁거렸다.

정상적이라면 걷는 것은 둘째 치고 서 있을 수도 없는 몸이었지만 어젯밤부터 필사적으로 끌어모은 공력을 가지고 버티는 중이었다.

'조금만 더!'

그는 필사적으로 부르짖으면서 한 걸음 한 걸음씩 나아갔다. 침입자가 있음을 알리는 북소리가 다급하게 울려 퍼졌다.

아침 일찍 화전민 마을을 떠난 두 사람은 마을 사람들이 알려 준 대로 산길을 더듬어가면서 나아갔다. 숨이 턱까지 차오른 그녀를 부축하며 걷던 태우는 발아래 펼쳐진 계곡을 보고는 한숨을 돌렸다.

"이제 고향에 거의 다 왔어요. 조금만 힘을 내세요."

조심스럽게 계곡으로 내려간 태우는 작은 개울에 손을 담가서 물을 퍼마셨다. 그러고는 넓은 바위 위에 털썩 주저앉았다. 그리고 작게 중얼거렸다.

"돌아왔다. 고향에."

눈물을 글썽이며 주위를 돌아보던 태우는 갑자기 그녀의 손을 움켜잡고 끌어당겼다. 놀란 홍연이 그의 손을 뿌리쳤다.

"무슨 짓이에요."

다시 그녀의 팔을 잡은 태우가 턱으로 방금 내려왔던 계곡 위쪽을 가리켰다. 패랭이를 쓰고 쪽지게를 짊어진 보부상들이 내려오는 것이 보였다.

"저 사람들이 왜요?"

"이곳은 보부상들이 오지 않아요."

홍연의 손을 거칠게 움켜쥔 태우가 뛰기 시작했다. 그들을 발견한 보부상들은 짊어지고 있던 쪽지게를 내동댕이치고 쫓아왔다. 개울을 지나친 태우는 계곡을 따라 내려갔다. 하지만 오랜여행에 지친 그녀의 발걸음은 무거웠다. 결국 계곡이 끝나갈 즈음 따라잡히고 말았다. 지팡이 안에 숨겨진 창포검(菖蒲劍, 칼날이창포 잎처럼 좁은 검)을 뽑아 든 보부상들이 사방에서 죄어들어왔다. 그중 두목으로 보이는 자가 말했다.

"쥐새끼처럼 잘도 도망 다녔지만 결국 꼬리를 밟혔군. 청동용을 넘겨주면 고이 보내주겠다."

태우는 대답 대신 소매에서 꺼낸 부적을 손에 움켜쥐었다. 하지만 상대방은 여섯이었다. 한두 명은 술법으로 해치운다고 해도 나머지가 덤벼들면 방법이 없었다. 태우가 아무 대답이 없자두목이 부하들에게 눈짓을 했다. 태우는 오른쪽에서 덤벼드는자를 향해 술법을 걸었다.

"화(火)!"

그러자 그의 몸에 갑자기 불이 붙었다. 놀란 그가 불을 끄기위해 창포검을 버리고 몸부림을 치는 사이 태우는 왼쪽에서 다가오는 자를 향해 돌아섰다. 하지만 상대방이 한발 빨랐다. 칼이번쩍하는 것을 보고는 본능적으로 몸을 피했지만 왼쪽 무릎이깊게 베이는 것을 막지 못했다. 피가 허공에 흩뿌려지고 균형을잃은 그는 그대로 쓰러지고 말았다. 지켜보던 홍연이 비명을 지르면서 태우를 감쌌다. 그런 모습을 본 두목이 코웃음을 쳤다.

"이것들이 며칠 동안 같이 도망쳐 다니더니 정분이 났군. 녀석을 죽이고 청동용을 챙겨."

"계집은 어찌합니까?"

태우의 피가 묻은 창포검을 든 부하가 물었다.

"계집은 끌고 가서 재미를 좀 봐야겠어. 며칠 동안 우리를 고생시킨 값을 톡톡히 받아야지."

부하들이 반항하는 홍연을 붙잡는 것을 보고 웃고 있던 두목은 발밑에서 불길이 피어나자 비명을 질렀다. 두목의 비명을 들은 부하들의 몸에도 하나둘씩 불이 붙었다. 피가 나는 왼쪽 무릎을 움켜쥔 길환은 영문을 모르는 홍연에게 속삭였다.

"그들이 왔어요."

계곡 끝에서 그들이 나타났다. 지팡이를 든 노인을 선두로 십여 명의 사내들이 똑같은 자세로 손을 움직이면서 외쳤다.

"수(水)!"

그러자 두목과 부하들의 몸 위로 물이 쏟아지면서 몸에 붙은 불이 꺼졌다. 지팡이를 든 노인이 바닥에 누운 채 신음하고 있는 그들에게 말했다.

"썩 물러가거라. 다시 내 눈앞에 보이면 그때는 불벼락을 내려줄 것이야."

홍연의 부축을 받으며 일어난 태우가 지팡이를 든 노인에게 고개를 숙였다.

"스승님."

"걸을 수 있겠느냐?"

노인의 물음에 태우가 얼굴을 찡그린 채 고개를 끄덕거렸다. 노인이 아무 말 없이 앞장서서 걷자 다른 사내들이 뒤를 따랐고, 홍연의 부축을 받은 태우도 따라갔다.

북소리를 듣고 달려온 금위군들은 처참한 길환의 모습을 보고는 감히 다가올 엄두를 내지 못하고 멀찌감치 서서 화살을 쏘아댔다. 그의 몸 앞뒤로 화살들이 박히면서 피가 뿌려졌다. 하마터면 손에 쥔 부적을 놓칠 뻔했던 길환은 이를 악물고 걸어갔다. 드디어 목표가 보였다. 희미하게 웃는 순간 섬뜩한 바람이 아랫배를 치고 지나갔다. 월도를 든 털복숭이 금위군이 보였다. 그가 든 월도에는 길환의 몸에서 나온 피가 묻어 있었다. 길환이 아무 저항을 하지 않자 털복숭이 금위군은 월도를 붕붕 휘두르면서 접근해왔다. 목이나 다리를 노릴 게 뻔했다. 길환은 조용히 오른손에 쥔 피 묻은 옷 조각을 힘껏 움켜쥐고는 피가 뚝뚝 떨어지는 손가락을 움직였다. 그러고는 의기양양하게 다가오는 상대방을 향해 외쳤다.

"파!"

길환을 향해 덤벼들던 털복숭이 금위군은 글자 그대로 터져버렸다. 떨어져나간 팔다리가 우수수 떨어지자 멀리서 지켜보던 다른 금위군들이 경악했다. 그러는 사이 길환은 화살에 맞고 월도에 베인 몸을 이끌고 경회루 쪽으로 다가갔다. 보이지는 않았지만 한양의 불길은 점점 거세지고 있었다. 막을 수 있는 방법은 하나뿐이었다.

경복궁의 광화문 앞까지 물러난 군배는 다치고 지친 멸화군들을 향해 소리쳤다.

"궁궐을 지키지 못하면 우리들은 물론 가족들까지 살아남지 못한다. 무슨 수를 써서라도 막아라!"

멸화군들이 건물들을 허물고 날아드는 불씨를 멸화자로 덮어서 껐다. 눈에 보이는 모든 것들이 온통 불타고 있었다. 하늘로 올라간 불은 작은 불씨들을 비처럼 떨어뜨렸고, 그것들이 다시 거대한 불로 변했다. 한양 전체가 뜨겁게 달아오르면서 멀쩡하던 초가지붕과 쌓아둔 장작더미에서 갑자기 불이 나기도 했다. 거대해진 불을 피해 이리저리 도망 다니던 백성들은 막다른 길목에서 불길에 휩싸이거나 갑자기 무너진 집에 깔렸다. 부모를 잃은 아이의 처량한 울음소리가 살려달라는 절규 속에 파묻혀버렸다. 다행스럽게도 궁궐과 종묘는 담장들이 높은데다 미리 물을 뿌려둔 상태여서 쉽게 불이 넘어가지 못했다. 안도의 한숨을 내쉬던 군배의 귀에 어느 멸화군의 절망적인 외침이 들려왔다.

"화귀다!"

두리번거리던 군배의 눈에 육조거리를 당당하게 걸어오는 사람 모양의 화귀가 보였다. 불타오르는 모든 것의 고통을 등에 업은 화귀를 본 군배는 저도 모르게 중얼거렸다.

"누르야."

누르를 본 멸화군 몇 명이 복수심이 불타서 다가가는 걸 본 군배가 외쳤다.

"안 돼! 돌아와!"

멸화군들이 물과 얼음의 주술을 썼지만 누르를 막지는 못했다. 술법이 먹히지 않자 당황해하던 멸화군들은 누르의 입과 손에서 뿜어져 나오는 불길에 삽시간에 녹아내렸다. 말로만 듣던 파천염이 틀림없었다. 막을 방법은 한 가지였다.

"전부 모여! 힘을 합해서 놈을 막는다."

군배의 외침에 남아 있던 멸화군들이 전부 그의 뒤에 모여들었다. 군배가 입으로 손끝을 물어뜯어서 낸 피로 부적을 적시자 다른 멸화군들도 똑같이 부적에 피를 묻혔다. 군배가 피 묻은 부적을 손에 움켜쥔 채 다른 손으로 수인을 그리면서 외쳤다.

"결(結)!"

그러자 다른 멸화군들도 같은 부적을 꺼내 들고 똑같은 술법을 썼다. 그러자 다가오던 누르의 걸음이 느려졌다. 멸화군들이 막았다며 기뻐하는 것도 찰나였다. 씩 웃는 누르의 모습이 보였다. 두 발을 벌리고 선 누르를 본 군배가 소리쳤다.

"모두 공력을 모아서 결계를 쳐라!"

군배와 멸화군들이 수인을 바꾸자 윙윙대는 소리와 함께 옷자락들이 부풀어 오르고 땅이 흔들리면서 주변에 희뿌연 결계가 생겨났다. 누르가 입에서 거센 화염을 뿌렸다. 화염의 기세에 멸화군 몇 명이 피를 토하며 나뒹굴었다. 버티고 선 멸화군의 옷자락과 머리카락이 타들어가면서 고통에 찬 비명이 흘러나왔다.

"버텨!"

군배의 외침에 다들 정신을 집중해서 공력을 끌어모았다. 그러자 당장이라도 녹아내릴 것 같던 결계가 강해지면서 화염을 막아냈다. 걷어붙인 팔뚝이 익어가는 냄새가 났지만 군배는 이를 악물고 버텼다. 그러자 누르가 고개를 들면서 결계를 두들기던 화염이 차츰 위로 솟구쳤다. 결계 위로 날아간 화염은 궁궐 지붕에 비처럼 떨어졌다.

"이, 이런."

머리 위를 지나쳐 궁궐로 떨어지는 화염을 본 군배가 낭패라는 표정을 지었다.

길환에게 접근하던 금위군들은 위에서 쏟아지는 불의 비에 놀라 흩어져버렸다. 경회루의 연못 앞에 선 그는 마지막 남은 힘을 쥐어짜서 고개를 돌렸다. 화염으로 얼룩진 한양의 하늘이 보였다. 허탈하게 웃은 그는 연못 안으로 몸을 떨어뜨렸다. 풍덩하는 소리와 함께 차가운 물이 상처 난 그의 몸을 반겼다. 연못 안은 이미 핏빛 화기로 가득했다. 가라앉던 길환은 오른손으로 헝클어진 이마의 머리카락을 쓸어 올렸다. 밤새 날카로운 돌조각으로 이마에 새긴 문신이 드러났다. 마지막이라고 생각하자 이상하게 마음이 편안해졌다. 몸이 바닥에 닿을 무렵 그는 금지된 주문을 외웠다. 그러자 이마에 새긴 문신에서 빛이 났다. 순백의 빛은 연못에 고여 있던 붉은 화기를 단숨에 집어삼켰다. 연못에 빠진 길환을 찾기 위해 근처에서 서성거리던 금위군들은 연못이 부글거리며 끓어오르자 기겁을 했다. 의식이 차츰 사라져가던 것을 느끼던 길환은 잊어버렸던 존재가 떠올랐다.

'내 아이⋯⋯.'

누르가 잠깐 공격을 멈추자 온몸에 상처를 입은 멸화군들이 하나둘씩 쓰러졌다. 마지막으로 남은 군배도 더는 버티지 못하고 주저앉았다. 누르의 입에서 괴성이 흘러나왔다. 그러자 차츰 누르의 머리 위로 화염이 모이기 시작했다. 마치 소용돌이처럼 휘감긴 불길들은 차츰 거대해졌다. 숨을 헐떡거리던 군배는 광화문 너머의 궁궐을 바라보았다. 누르가 모은 화염이 한꺼번에 덮친다면 멸화군들은 물론 경복궁도 무사하지는 못할 것 같았다. 최후를 예감한 그는 눈을 감았다.

부글거리던 경회루의 연못을 꿰뚫은 새하얀 빛이 번쩍하고 허공으로 사라져버렸다. 빛이 사라진 하늘을 쳐다보던 내관이 중얼거렸다.

"구름, 먹구름이다. 먹구름이 몰려온다."

인왕산 쪽에서 나타난 먹구름은 삽시간에 한양을 뒤덮었다. 그리고 굵은 빗줄기를 쏟아냈다. 갑작스러운 비는 불에 신음하고 있던 한양을 구원했다. 맹렬하게 타오르던 불길은 빗줄기에 얻어맞고 삽시간에 꺼져버렸다. 불을 피해서 개천에 뛰어들었던 백성들은 가족들을 끌어안고 환호했다. 누르가 만들어낸 소용돌이 모양의 불 구름도 빗줄기를 이겨내지 못했다. 원망 어린 표정으로 하늘을 올려다보던 누르는 허공에 화염을 뿜었지만 아무 소용이 없었다.

"대폭풍이야. 대폭풍!"

군배가 하늘을 올려다보면서 소리쳤다.

피신하라는 주위의 권고를 물리치고 인정전을 지키고 있던 이방원은 쏟아져 내리는 비를 보면서 무릎에 힘이 풀렸다. 문짝을 잡고 간신히 버틴 그는 불이 사라져가는 한양을 무뚝뚝한 눈으로 바라보다가 기뻐서 어쩔 줄 몰라 하던 한성판윤에게 명령했다.

"피해 상황을 즉시 조사해서 보고하고, 어디서 불이 맨 처음 시작되었는지 알아내라."

한성판윤이 물러나자 이방원은 차츰 불길이 차츰 잡혀가는 한양을 바라보았다.

마을로 들어선 그녀를 제일 먼저 맞이한 것은 폭포였다. 산을 따라 내려온 물줄기가 절벽을 타고 내려오면서 우렁찬 소리를 냈다. 계곡 끝의 절벽 사이에 난 작은 길을 걸어갈 때만 해도 이런 첩첩산중에 무슨 마을이 있을까 하고 의심하던 그녀는 수십 개의 초가집과 너와집들이 옹기종기 모여 있는 마을을 보고는 할 말을 잊었다. 폭포 앞 연못을 지나 마을로 들어서자 더 이상한 광경이 그녀를 반겼다. 보통은 마을 입구에 있어야 할 서낭당이 한복판에 자리 잡고 있었고, 주변에는 이제 막 걸음마를 뗀 아이부터 열 살 정도 되는 사내아이들이 느릿하게 춤을 추는 중이었다. 홍연이 눈을 떼지 못하자 태우가 설명했다.

"춤을 추는 게 아니라 공력을 모으기 위한 기공법을 수련하는 겁니다."

지팡이를 든 노인은 공터 한쪽에 자리 잡은 커다란 너와집으로 들어갔다. 태우는 절뚝거리며 너와집으로 들어가면서 홍연에게 말했다.

"여기서 잠깐만 기다려요. 금방 나올게요."

비는 불이 꺼지자마자 감쪽같이 그쳤다. 불과 비가 한 차례씩 겪은 한양의 하늘은 다시 햇빛이 차지했다. 불에 그을린 처마를 따라 빗물이 뚝뚝 떨어졌다. 정신을 차린 백성들은 가족들을 찾아 헤맸다. 그러다가 불탄 집에 깔린 가족들의 잔해 앞에서 넋을 잃었다. 특히 피해가 심했던 상인들은 주춧돌만 남고 모조리 타버린 상점 앞에서 눈물을 쏟았다. 쓰러진 채 비를 맞던 군배는 멀리서 달려오는 덕창의 목소리에 정신을 차렸다. 온몸이 상처투성이인 덕창은 군배를 힘껏 끌어안았다.

"괜찮소? 부두령!"

"난 괜찮아. 인명 피해는?"

"둘이 죽고 셋이 크게 다쳤습니다. 막아보려고 했지만 불이 마치 살아 있는 것처럼 개천을 뛰어넘었습니다."

"누르였어."

군배의 이야기를 들은 덕창이 깜짝 놀랐다.

"누르라니요? 인왕산의 누르는 길환이 없애지 않았습니까?"

덕창의 부축을 받으며 일어난 군배가 대답했다.

"부활한 것 같아."

"맙소사. 그나저나 이 비는 대체 어디서 온 겁니까?"

"누군가 비를 불렀어."

"그럼 대폭풍의 주술이 부른 거란 말입니까? 하지만 그 주술은 두령 밖에는……."

덕창은 차마 말을 이어가지 못했다.

"우리 중에 그걸 쓸 수 있는 사람은 두령밖에는 없어."

"어쨌든 때맞춰 오지 않았으면 한양이 다 타버렸을 겁니다."

덕창의 말대로 궁궐과 종묘만 무사했을 뿐 성한 건물은 보이지 않았다. 특히 운종가의 피해가 극심해 보였다. 활기차고 번성했던 한양이 한순간에 잿더미로 변한 것이다. 허탈해하던 군배에게 덕창이 위로의 말을 건넸다.

"그래도 이 정도로 그친 게 어딥니까?"

"이 정도라니? 최소한 한양의 절반이 잿더미로 변했어."

두 사람이 이야기를 주고받는 사이 백성들이 하나둘씩 멸화군 주변으로 모여들었다. 그들을 본 덕창이 군배에게 이야기했다.

"그래도 우리가 그놈을 막지 않았다면 더 큰 피해가 났을 겁니다. 백성들도 분명 고마움을……."

덕창의 이야기는 발치에 떨어진 돌 때문에 멈췄다. 덕창이 고개를 돌리자 맨발에 오들오들 떨고 있던 열 살 남짓한 계집아이가 자기 주먹만 한 돌을 던지는 게 보였다. 그걸 시작으로 백성들이 멸화군들에게 돌을 던지기 시작했다. 어안이 벙벙해진 그들에게 백성들의 저주에 찬 목소리가 들려왔다.

"네놈들 때문에 우리 집이 불탔어!"

"내 어머니! 내 딸!"

"너희들 때문에 내 전 재산이 사라졌어!"

금방 나온다고 하던 태우는 해가 떨어질 무렵에야 밖으로 나왔다. 담장 앞에서 쪼그리고 있다가 저도 모르게 잠이 들었던 그녀는 발소리를 듣고는 눈을 떴다. 그사이 치료를 했는지 왼쪽 무릎은 두꺼운 천이 감겨 있었다.

"스승님께서 당신이 여기 머무는 걸 허락했어요. 이제 아무도 당신을 해치지 못할 것이오."

안도감과 서글픔이 동시에 밀려왔다. 저도 모르게 흘러나오려는 눈물을 꾹 참은 홍연이 물었다.

"여기서 기다리면 그가 돌아오는 거죠? 그렇죠?"

"그럼요. 한다면 하는 친구니까 반드시 돌아올 겁니다. 그렇고 말고요."

연신 고개를 끄덕거리는 그의 목소리가 푹 잠겨 있었다.

이방원은 손에 들고 있던 두루마리를 발치에 엎드린 한성판윤에게 집어 던졌다.

"불탄 집이 이천 채에, 운종가의 행랑 팔백 칸은 죄다 잿더미로 변해버렸고, 전옥서와 경시서도 큰 피해를 보았다니, 대체 한성판윤은 이렇게 큰불이 나는 걸 왜 막지 못한 것이냐?"

"그, 그것이 운종가에서 난 불이 때마침 불어온 바람을 타고 사방으로 급하게 퍼져나갔습니다. 멸화군을 출동시켜서 불을 잡아보려고 했지만 워낙 불이 빠르게 번진 탓에 손을 쓰지 못했습니다. 죽을죄를 지었습니다."

"죽은 자는 얼마나 되느냐?"

"불에 타 죽은 자가 오십 명 정도 되는데 행방을 알 수 없는 자들이 수백입니다. 아마 불을 피하지 못하고 화를 당한 것 같습니다."

불을 끄던 멸화군도 십여 명이 죽거나 크게 다친 상태라는 건 입 밖에도 꺼내지 못한 한성판윤이 덜덜 떨면서 말했다.

"즉시 구율미를 풀어서 집과 가족을 잃은 자들을 먹이고, 혜민서와 제생원에서는 다친 백성들을 돌봐주도록 해라."

"그리하겠나이다."

"불을 낸 놈은?"

"운종가 상인들이 고하기를 지전에서 맨 처음 불이 났다고 합니다. 지전 주인을 잡아서 의금부에서 조사 중입니다."

"도대체 어떤 짓을 했기에 그리 큰불이 났단 말이냐?"

한성판윤의 보고를 받은 이방원이 분을 못 이긴 표정으로 물었다. 그러자 주저하던 한성판윤이 대답했다.

"그것이, 손님이 한 명 들어와서는 갑자기 불로 변했다고 하옵니다."

"뭐라고?"

어이가 없어진 이방원이 되묻자 한성판윤이 고개를 푹 숙였다.

"미친 척하고 죄를 면하려는 게 아닌가 싶어서 매를 치면서 심문했는데……."

"내일 날이 밝는 대로 직접 친국하겠다."

"알겠사옵니다."

한숨 돌린 한성판윤이 나가려고 하자 잠시 생각에 잠겨 있던 이방원이 입을 열었다.

"아니다. 조용히 심문할 터이니 밤중에 춘생문으로 들여라."

그녀는 마을에서 조금 떨어진 폭포 근처의 외딴집에서 살게
되었다. 산기슭의 좁은 평지에는 방 두 칸에 부엌이 딸린 작은
집 앞에 도착한 태우가 홍연에게 말했다.

"길환이랑 어머니가 살던 집입니다."

"아버지는요?"

"길환이가 다섯 살 때 화귀와 싸우러 나갔다가 돌아오지 못했
습니다. 그 후로는 그 친구와 어머니 둘이 살았죠."

쪽마루에 힘없이 걸터앉은 홍연은 기둥에 머리를 기댄 채 하
늘을 올려다보았다. 깊은 산속이라 그런지 해가 빨리 저물었다.
그녀 옆에 앉은 태우가 말했다.

"이제 힘든 날은 끝났어요. 불을 때 줄 테니까 들어가서 좀 누
워요."

태우의 강권에 그녀는 안방으로 들어갔다. 이불을 펴고 눕자
마자 잠이 스르륵 찾아왔다. 꿈속에서 처참하게 죽어가는 길환
을 본 홍연은 야트막한 비명을 지르며 눈을 떴다. 한참을 잤는지
바깥은 빛 한 점 없이 어두웠다. 꿈이라는 사실에 안도한 그녀는
문밖에서 들려오는 인기척에 흠칫 놀라고 말았다.

"누구세요?"

"나요. 일어났습니까?"

굵직한 태우의 목소리를 들은 홍연은 와락 이불자락을 움켜
잡았다. 두 사람은 며칠 동안 함께 도망치면서 가까이 지내는 일

이 많아졌다. 처음에는 조심하던 태우가 나중에 친근하게 굴었던 것이 내심 마음에 걸렸던 기억이 났던 것이다. 홍연이 아무대답도 하지 않자 태우는 여닫이문을 열고 들어섰다. 그녀는 옷고름에 차고 있던 은장도를 뽑아 들었다.

"제가 아무리 기녀 출신이라고는 하지만 엄연히 정인이 있는 몸입니다. 구해주신 것은 감사합니다만 어찌 이리 무례하십니까?"

태우는 홍연의 일갈에 얼떨떨한 표정을 지으면서 손에 든 옷가지를 문가에 내려놨다.

"마을 아낙네들한테 얻은 옷이요. 사실 외부인이 이 마을에서 살려면 혼인하는 방법 밖에는 없소이다. 내가 자처했지만 그걸 이유로 나쁜 마음을 품을 생각은 아니었소."

"오해해서 미안해요."

은장도를 내려놓은 그녀의 말에 태우가 가볍게 웃었다.

"너무 신경 쓰지 마시구려. 앞으로 나는 저 방에서 지낼 것이외다."

턱으로 건너편 방을 가리킨 태우가 몸을 일으켰다.

"악몽을 꾼 것 같던데 정 무서우면 등불을 켜놓고 잠을 청해보구려."

긴장이 풀린 그녀가 고개를 끄덕거리자 태우는 문을 닫았다.

의금부에 갇혀 있던 지전의 주인은 한밤중에 갑자기 끌려 나오자 처형당하는 줄 알고 바지에 오줌을 싸고 말았다. 임금 앞에서 오줌을 지린 모습을 보일 수 없다며 내관들이 바지를 갈아입히느라 법석을 떨었다. 바지를 갈아입은 지전의 주인은 춘생문을 통해 경복궁의 후원으로 끌려들어 갔다. 달빛이 비치는 정자에서 기다리고 있던 이방원을 본 지전의 주인이 납작 엎드렸다.

"주, 죽을죄를 지었습니다. 저는 죽어도 좋으니까 제 아들놈만 살려주시면 죽어도 은혜를 잊지 않겠습니다."

그의 상점에서 불이 났다는 사실이 알려지면서 그에게 집과 가족을 잃은 백성들의 험악한 눈길이 쏟아졌다. 전 재산을 잃은 상태였지만 어디 가서 하소연을 하지도 못했다. 오히려 불을 냈다는 죄목으로 의금부에 끌려가고 말았다. 피해 규모가 워낙 어마어마해서 살아남는 것은 꿈도 꾸지 않았다. 다만 늘그막에 낳은 외아들이 무사하기만을 바랐다. 바닥에 엎드린 채 횡설수설하던 그의 이야기를 듣던 이방원이 입을 열었다.

"그날 있었던 일을 사실대로 고한다면 목숨만은 살려주겠다."

"그, 그러니까 손님을 기다리고 있다가 깜빡 잠이 들었는데 어떤 선비님이 안으로 들어와 있지 않겠습니까. 그래서 어떤 종이를 사실 거냐고 여쭈니까 몽땅 사겠다고 해서 산목으로 셈을 하고 있는데 갑자기……."

벌벌 떨면서 이야기를 하던 지전의 주인은 더는 이야기를 하지 못하고 울먹거렸다. 그 모습을 내려다보던 이방원이 추안급국안에서 봤던 내용을 이야기했다.

"그자의 몸이 녹으면서 입과 눈에서 불을 뿜으며 미쳐 날뛰다가 터져버렸다고 했으렷다."

"맞사옵니다. 불로 셈을 치르겠다는 헛소리를 했을 때 쫓아냈어야 했는데 억울하옵니다."

지전의 주인을 끌고 온 내관이 소매에서 종이 한 장을 꺼내서 이방원에게 바쳤다. 다른 내관이 들고 있던 사방등의 불빛에 의지해서 종이를 뚫어지게 바라보던 이방원이 종이를 접으면서 물었다.

"이 종이에 그려진 자가 네가 말한 자가 틀림없느냐?"

"소인이 어찌 그자의 얼굴을 잊어버리겠사옵니까."

이방원은 발밑에 엎드려서 울고 있던 지전의 주인을 끌고 가라는 손짓을 했다. 양팔이 붙잡혀 끌려나가던 그는 제발 아들만은 살려달라고 애원했다. 지전의 주인이 사라지자 이방원은 방금 접었던 종이를 다시 폈다. 불로 변해서 화재를 일으켰다는 정체불명의 선비가 보였다. 얼굴을 찌푸린 그는 종이를 도로 접어서 사방등을 든 내관에게 건넸다.

"없애라."

종이를 받아든 내관이 사방등 안의 등불에 붙인 다음에 허공에 던졌다. 재로 변한 종이가 어둠 속으로 내려앉았다. 한참 동안 생각에 잠겨 있던 이방원이 고개를 들자 곁에 있던 내관이 고개를 숙였다.

"저자가 자백한 내용을 전부 없애버리고 함경도 단천으로 귀양을 보내라. 자식 놈도 함께. 그리고 근본 없이 한양으로 흘러들어온 떠돌이 중에 죄가 있는 자들을 몇 놈 골라서 방화범으로 처벌하여라."

들고 복종하는데 익숙한 내관은 대답 대신 고개를 더욱 깊이 숙였다. 입맛을 다신 이방원은 다시 생각에 잠겼다. 불타버린 한양은 시간이 지나면 알아서 재건될 것이다. 심복과 아들을 죽인 것에 화가 나서 전국을 떠도는 아버지와도 언젠가는 화해할 자신이 있었다. 둘째 형인 이방과를 대신 앉힌 옥좌도 얼마 안 있으면 손에 넣을 수 있다. 하지만 한양의 절반이 잿더미로 변한 화재의 시작이 그의 측근인 임모수라는 사실이 알려진다면 좋을 것이 없었다. 무슨 일이 있어도 은폐시켜야만 했다. 문제는 과연 이런 일이 또 벌어질 수도 있다는 것이다. 몇 년 전 아버지에게 인왕산에 살던 화귀에 관해서 들었던 것을 떠올렸다.

'그 이야기가 사실일 줄이야.'

고개를 절레절레 저은 그는 어둠에 잠긴 인왕산을 말없이 바라보았다.

한양 백성들의 냉대를 받은 멸화군들은 지친 몸을 이끌고 숙소로 돌아왔다. 숙소는 이방원의 명령으로 안팎으로 삼엄한 경계가 세워진 상태였다. 그리고 멸화군의 가족들도 모두 한성부의 노비들로 끌려간 이후였다. 방구석에 우두커니 앉아 있던 군배는 문이 열리는 소리를 들었다. 덕창과 몇몇 멸화군이 들어서는 것을 본 군배가 물었다.

"다들 지쳤을 텐데 얼른 잠들 자."

"부두령도 아까 백성들이 우리를 모두 잡아먹으려고 들려는 것을 봤잖수."

낙인이 찍힌 이마가 욱신거린 군배는 이마를 만지작거리면서 대꾸했다.

"하루아침에 가족이랑 재산을 잃은 사람들이야. 흥분하는 것이 당연하지 않겠어."

"그동안 우리가 해준 것은 뭐랍니까? 그때는 멸화군이 최고니 어쩌니 하더니 이제 와서 죄인 취급을 하는 게 너무 분합니다. 거기다 영문도 모르는 역모 때문에 이마에 낙인이 찍히고 노비로 만들어버리지 않았습니까?"

"그래서 어쩌고 싶은데?"

군배의 물음에 덕창이 낮은 목소리로 말했다.

"지금이 기회요. 불이 나서 정신이 없는 틈을 타서 도망칩시다. 밖에 있는 군졸 나부랭이쯤이야 술법을 써서 제압하면 그만이고요."

"너처럼 가족이 없으면 상관없다만 가족들이 노비로 끌려간 사람들은 어쩌고? 거기다 도망을 쳐서 어디로 숨게? 평생 관군에게 쫓기면서 숨어 살 거야?"

"고향으로 돌아갑시다. 이렇게는 못 살 것 같단 말입니다."

덕창이 필사적으로 매달렸지만 군배는 냉담하게 대꾸했다.

"어르신께서 고향에는 얼씬도 하지 말라고 했던 거 벌써 잊었어? 우린 죽으나 사나 여기서 멸화군으로 살아야만 해. 그게 고향을 등지고 어르신의 명을 거역한 우리들의 운명이야."

"대체 언제까지 그래야 한단 말입니까?"

덕창의 물음에 군배는 고개를 저었다.

"누군가 우리를 도와줄 때까지 말이다."

그해 겨울, 홍연은 오랜 진통 끝에 아들을 낳았다. 눈이 쌓인 마당에서 서성거리던 태우는 방에서 아기 울음소리가 들려오자 반색을 했다. 산파 역할을 한 달래 할멈이 여닫이문을 열고서는 외쳤다.

"고추다! 고추!"

"산모는 괜찮습니까?"

"멀쩡하니까 염려 말아. 누가 아내밖에 모르는 팔불출 아니랄까봐 그러네."

달래 할멈이 몇 개 남지 않는 이빨을 드러내며 환하게 웃었다. 혹시나 하고 걱정했던 태우는 긴 한숨을 내쉬었다.

달래 할멈이 돌아가자 태우는 그녀가 누워 있는 방으로 들어갔다. 아랫목에 누운 그녀가 수줍게 웃으면서 옆에 누운 아이를 바라보았다.

"고생 많았소. 부인."

"아닙니다. 걱정 많으셨지요?"

"아이랑 당신이 모두 무사해서 다행이요. 군불을 땠으니까 며칠 동안은 푹 쉬시구려."

"고맙습니다."

때마침 아이가 울었다. 그러자 고개를 옆으로 돌린 홍연이 말했다.

"이 아이의 이름을 지었습니다."

"뭐라고 지었소?"

"길우라고 하려고요. 당신과 그분의 이름에서 한 글자씩 땄습니다."

그 이야기를 듣는 순간 태우는 그때의 일들을 떠올렸다. 불과 몇 달 전의 일이었지만 벌써 수십 년은 지난 것처럼 느껴졌다. 태우의 얼굴이 굳어지자 홍연이 눈길을 돌렸다.

"괜히 이야기했나 보네요."

"아니요. 반드시 기억해야 할 일이잖소. 쉬시구려."

그녀와 아이가 있는 방을 나온 태우는 마당에 서 있는 노인을 보았다. 그가 황급히 다가가 고개를 숙이자 노인이 물었다.

"사내아이라고 들었다."

"그렇습니다."

태우의 대답을 들은 노인은 안타까움이 스며 있는 얼굴로 안방을 바라보았다. 그러고는 아무 말 없이 돌아섰다. 배웅하기 위해 사립문까지 따라 나오던 태우는 노인이 중얼거리던 소리를 들었다.

"아비의 길을 가야 할 운명이로구나."

제2부

이십 년 후 인연

따뜻한 봄날이었다. 활짝 열린 숭례문으로 사람과 수레, 가마들이 쉴 새 없이 드나들었다. 짚신이 달린 괴나리봇짐을 짊어진 떠꺼머리총각은 끝없이 이어진 성벽과 그 안에 오밀조밀 모여 있는 집들을 보면서 벌린 입을 다물지 못했다. 운종가에 접어든 그는 종이를 꺼내서 이리저리 살피다가 주변을 돌아보았다. 그러고는 다시 종이를 쳐다보다가 머리를 벅벅 긁었다.

"여기가 맞는데?"

주변을 서성거리던 그는 찾는 것을 포기하고 지나가는 백성을 붙잡았다.

"실례지만 멸화군들이 있는 데가 어딥니까? 분명 여기라고 들었는데요."

"멸화군? 아! 그놈들은 저기 황토마루(오늘날의 세종로와 신문로, 종로가 교차하는 세종로 사거리에 있던 야트막한 언덕으로 황토현이라고도 불렸다) 너머 종루 옆쪽에 있어."

"감사합니다."

공손하게 인사를 한 그는 사람들을 헤치고 수십 척 높이의 황
토마루를 넘어갔다. 그러자 노인의 말대로 큰 종이 걸려 있는 누
각이 보였다. 그는 사람들에게 다시 물어서 멸화군들이 머문다
는 숙소 앞에 도착했다. 담장 너머의 다 쓰러져가는 기와집들을
본 떠꺼머리총각은 고개를 갸웃거렸다. 그러자 대문을 지키고
있던 군졸이 그를 불렀다.

"어이! 너 이리 와봐."

전립에 더그레 차림에 창을 든 군졸이 물었다.

"뭐 하는 놈인데 얼쩡거려?"

"저요? 아버지 심부름 왔어요."

"심부름? 뭔지 모르겠지만 여긴 죄인들이 있는 곳이니까 썩
꺼져. 안 그러면 포도청으로 끌고 가서 혼쭐을 낼 거야."

"포도청이 뭔데요?"

뒤통수를 긁적거린 떠꺼머리총각이 묻자 군졸은 피식 웃고
말았다.

"말하는 걸 보아하니 시골 촌구석에서 올라온 모양이구나. 포
도청은 말이다. 죄인들을 잡아 가두는 곳이야. 한 번 들어가면 절
대로 두 발로는 걸어 나오지 못하는 곳이지. 그러니까 얼른 꺼져."

"아버지가 꼭 전해줘야 한다고 했단 말이에요."

"어허, 이놈이 그래도 말귀를 못 알아듣네."

군졸이 버럭 화를 내는데 삐걱거리며 대문이 열렸다. 이마에

두건을 푹 눌러쓴 군배가 군졸에게 조심스럽게 물었다.

"무슨 일입니까?"

"알 거 없으니까 얼른 문 닫고 들어가."

군졸의 다그침에 움찔한 군배는 문 앞에 서 있는 떠꺼머리총 각을 보았다. 스무 살 정도 되어 보이는 어수룩한 청년의 모습을 본 그가 고개를 갸웃거렸다.

"전주에 관노로 내려간 멸화군의 안사람이 보낸 심부름꾼인 모양입니다. 사정을 좀 봐주십시오."

군배가 굽실거리면서 애원하자 군졸은 두 사람을 번갈아 보 다가 선심 쓰는 표정으로 말했다.

"얼른 데리고 들어가."

"감사합니다."

고개를 숙여 인사한 군배가 얼른 그의 손목을 잡아끌고 안으 로 들어갔다.

"어디서 왔느냐?"

군배의 물음에 떠꺼머리총각이 대답했다.

"마을에서요. 폭포가 있는 곳이라고 하면 안다고 하셨는데요."

"폭포? 계곡 안에 있는 그곳 말이냐?"

눈이 휘둥그레진 군배가 묻자 그가 고개를 끄덕거렸다.

"네. 계곡 끝에 있는 병풍바위를 지나면 우리 마을이 나옵니다."

"아이고. 드디어 왔구나."

마당에 털썩 주저앉은 군배가 떠꺼머리총각의 손을 붙잡고 통곡을 했다. 그의 울음소리가 퍼지자 낡은 초가집 여기저기에서 멸화군들이 하나둘씩 모습을 드러냈다. 하나같이 피와 검댕으로 얼룩진 낡은 저고리와 바지 차림이었다.

"무슨 일입니까?"

숫돌에 도끼날을 갈던 덕창이 다가와서 묻자 군배가 울음을 멈추고 말했다.

"고향에서 사람이 왔어."

"뭐라고요? 이 아이가 말입니까."

놀란 덕창이 손에 들고 있던 도끼를 떨어뜨렸다. 그러자 군배가 고개를 끄덕였다.

"맞아. 고향에서 왔데."

고향이라는 말에 늙고 꾀죄죄한 몰골의 멸화군들이 하나둘씩 다가왔다. 길우는 그들의 이마에 화자 낙인이 찍혀 있는 걸 보고는 소름이 돋았다. 그들이 주변에 모여들어서 울기 시작하자 당황한 길우는 군배에게 말했다.

"저, 저는 그냥 아버지께서 간찰이랑 물건을 전해주라고 하셔서 왔을 뿐입니다."

겨우 눈물을 그친 군배가 엉덩이를 털고 일어나면서 말했다.

"일단 방으로 들어가자. 참! 이름이 뭐냐?"

"길우라고 합니다."

방으로 들어간 길우가 봇짐을 구석에 내려놓고 품에서 꺼낸 간찰을 건넸다. 떨리는 손으로 간찰을 받은 군배가 읽는 사이 덕창이 봇짐을 가리키면서 물었다.

"저건 뭐냐?"

"청동용이요. 어찌나 무거웠던지 어깨가 빠지는 줄 알았습니다."

"뭐? 청동용?"

덕창이 봇짐을 풀자 안에 천으로 싸인 청동용이 보였다. 천을 벗긴 청동용을 손에 든 덕창이 이빨로 오른손 검지를 깨물었다. 그리고 손끝에 맺힌 피를 조심스럽게 떨어뜨렸다. 그러자 청동용은 피를 단숨에 빨아들였다. 핏방울이 흔적도 없이 사라진 것을 확인한 덕창이 중얼거렸다.

"이게 왜?"

그사이 간찰을 다 읽은 군배가 길우에게 물었다.

"다른 말씀은 없으셨고?"

"간찰을 읽은 후에 뭔가를 물으면 그때 대답하라고 하셨습니다."

"뭐라고 적혀 있습니까?"

청동용을 내려놓은 덕창이 묻자 군배가 떨리는 목소리로 말했다.

"스승님께서 우릴 용서해주기로 하셨단다."

그러자 다들 어안이 벙벙한 표정으로 서로를 바라보았다. 덕창이 믿기지 않는다는 투로 되물었다.

"용서라면 고향으로 돌아와도 된다는 얘깁니까?"

"못 믿겠으면 직접 읽어보게."

군배에게서 빼앗듯이 간찰을 가져가서 읽은 덕창이 동료들에게 말했다.

"부두령 말이 맞아. 고향으로 돌아갈 길이 생겼어."

"그, 그게 정말이야?"

다른 멸화군들이 서로의 얼굴을 바라보면서 감격에 찬 표정을 지었다. 길우는 도통 영문을 모르겠다는 표정으로 그들을 바라보았다. 한두 명씩 눈물을 보이기 시작한 멸화군들은 급기야 어린아이처럼 울었다. 코끝이 빨개진 군배가 서럽게 우는 멸화군에게 말했다.

"고향에 가기 전에 해야 할 일이 있어. 그걸 끝내야 돌아올 수 있다고 어르신께서 말씀하셨어."

"그게 뭐랍니까?"

덕창의 물음에 군배가 길우를 가리키면서 말했다.

"저 아이가 알려줄 거라고 하는군."

자신에게 수십 개의 눈동자가 쏟아지자 길우는 어쩔 줄 몰라 했다. 군배가 조심스럽게 물었다.

"어르신이 뭐라고 하셨느냐?"

"그, 그러니까 다섯 개의 길을 막고 용이 제자리를 찾아서 한양의 화귀가 사라지면 돌아와도 된다고 하셨습니다."

길우의 이야기를 듣던 군배가 가만히 생각에 잠겨 있자 덕창이 고개를 갸웃거렸다.

"이게 무슨 소립니까? 길을 막고 용이 제자리를 찾아가면 화귀가 사라지다니요?"

"옛날에 두령이 했던 것과 어떤 연관이 있는 것 같아."

두령이라는 말이 그의 입에서 나오자 멸화군들의 표정이 어두워졌다. 길우가 영문을 모르겠다는 표정으로 바라보자 군배가 물었다.

"다른 말씀은 없으셨고?"

"붉은 달이 떴으니 조심하라고 하셨습니다."

길우의 이야기를 듣고 가만히 고개를 끄덕거린 군배가 주변에 몰려든 다른 멸화군들에게 말했다.

"내일 한성부 판관(漢城府判官, 조선시대 서울의 사법과 행정을 맡은 관아의 정오품 벼슬)께서 오신다고 했잖아. 지난번처럼 꼬투리 잡혀서 매질 당하고 싶지 않으면 얼른 준비들 해."

"장비도 없고 먹을 것도 없고 할 게 뭐가 있다고요."

시무룩해진 덕창의 대구에 군배가 따라서 한숨을 쉬었다.

"이번에 묵은 곡식이라도 좋으니까 달라고 말해보마. 그리고 멸화군도 새로 충원해준다고 했으니까 조금만 참아."

"와봤자 금방 도망칠 텐데요. 뭘."

덕창의 이야기에 군배는 아무 말도 하지 못했다. 덕창이 물러나자 군배가 구석에 앉아 있던 길우를 물끄러미 바라보았다.

"올해 몇 살이냐?"

"열아홉입니다."

길우의 대답을 들은 군배가 허망하게 웃었다.

"벌써 세월이 그렇게 흘렀구나. 고향에서 술법이랑 부적 쓰는 법은 배웠느냐?"

"네. 할아버지께서 직접 가르쳐주셨습니다."

"일단 우리랑 같이 여기 머물면서 지내도록 하자."

조심스러운 군배의 말에 길우가 싱글벙글 웃으면서 대답했다.

"네. 안 그래도 한양 구경하고 싶었는데 잘됐네요."

빈방에서 하룻밤을 보낸 길우는 다음 날 새벽에 밖에서 들려오는 소란스러운 소리에 눈을 떴다. 문을 열자 멸화군들이 마당에 사다리와 갈고리를 비롯한 갖가지 장비를 늘어놓는 것이 보였다. 군배는 이리저리 돌아다니면서 잔소리를 하는 중이었고, 늙고 초라한 멸화군들은 느릿하게 움직였다. 이리저리 살펴보던 군배는 문을 열고 지켜보던 길우에게 말했다.

"일어났느냐? 조금 있으면 한성부에서 높은 분이 오시니까 너도 대열 끝에 서라."

짚신을 신고 밖으로 나온 길우는 장비들을 앞에 두고 도열한 멸화군들 뒤에 섰다. 잠시 후, 대문 밖이 소란스러워졌다. 삐걱대는 소리와 함께 대문이 열리고 관복을 입은 관리들과 서리들이 줄줄이 들어섰다. 그들의 출현과 함께 멸화군 사이에서는 무거운 긴장감이 흘렀다. 옆에 선 덕창이 관리의 이름이 조치곤이라고 알려줬다. 도열한 멸화군 앞에 선 조치곤은 갈고리를 비롯한 장비들을 살펴보고는 언짢은 표정을 지었다.

"장비들이 죄다 녹이 슬어 있군. 관리를 제대로 하지 못하니 자꾸 불이 나는 것 아니겠느냐?"

"쓴 지 십 년이 넘은 것들이라 그렇습니다."

뻣뻣하게 선 군배의 말에 조치곤은 얼굴을 찌푸렸다. 그러고는 멸화군의 복장부터 숙소의 청소 상태까지 돌아보면서 잔소리를 늘어놨다. 하지만 군배를 비롯한 멸화군들은 그런 일에 익숙하다는 듯 담담하게 받아들였다. 한바탕 일장 연설을 늘어놓은 관리가 손짓하자 밖에서 몇 명이 쭈뼛거리며 들어왔다. 조치곤이 그들을 쓱 바라보고는 군배에게 말했다.

"네가 부탁한 새로운 멸화군들이다. 이제 사람이 부족해서 불을 끄지 못했다는 핑계를 대면 가만두지 않겠다."

"녹봉이 벌써 몇 달치나 밀렸습니다. 이번에도 주시지 않으면 새로운 대원들을 받지 않겠습니다."

"네 이놈! 미천한 멸화군 주제에 감히 누구를 협박하는 것이냐!"

눈을 부릅뜬 조치곤의 말에 군배가 담담하게 말했다.

"굶주린 채 불을 끌 수는 없습니다. 먹을 것이 없는데 입만 늘릴 수는 없는 노릇이고요."

둘 사이의 팽팽한 긴장감은 조치곤이 헛기침을 하면서 돌아서는 것으로 끝났다.

"오늘 밤까지 밀린 녹봉을 보내마."

조치곤이 떠나자 군배는 잔뜩 추어올린 어깨를 늘어뜨리고 한숨을 쉬었다. 다른 멸화군들은 녹봉을 보내준다는 이야기에 기뻐했다. 정신을 차린 군배가 조치곤이 남겨놓고 간 세 사람을 방으로 따로 불렀다. 안으로 들어온 세 사람이 차례로 앉자 군배가 물었다.

"어쩌다가 멸화군에 들어오게 되었느냐?"

그러자 제일 오른쪽에 앉은 사내가 먼저 입을 열었다. 상투를 튼 서른 정도의 나이에 광대뼈가 툭 튀어나왔다.

"저, 저는 본래 개성에서 은그릇을 파는 상점에서 일하다가 어찌어찌해서 한양까지 흘러들어와서 여리꾼 노릇을 했습지요. 김천복이라고 합니다."

연신 굽실거리면서 눈치를 살피던 김천복의 이야기가 끝나자 옆에 앉은 사내가 입을 열었다.

"달성이라고 합니다. 본래 부처님의 제자였지만 사정이 있어 속세로 내려오게 되었습니다."

다 자라지 않은 머리를 두건으로 가린 달성이 공손하게 합장을 했다. 두툼한 얼굴에 주먹코라서 순박해 보였다. 왼쪽에 앉은 사내는 주눅 든 표정으로 자기소개를 했다.

"저는 석환이라고 합니다. 수성동에 있는 마님 댁에서 일했는데 갑자기 돌림병이 드는 바람에 저만 살아남았습니다. 오갈 데가 없어서 헤매다가 멸화군을 모집한다는 소식을 듣고 왔습니다요."

활짝 열린 문밖에서 이야기를 듣던 덕창이 투덜거렸다.

"장사하던 놈에, 파계한 땡추중에, 시키지 않으면 아무것도 못 하는 종놈까지 멀쩡한 놈이 하나도 없군."

세 사람과 이야기를 나눈 군배가 밖으로 나와서 덕창을 비롯한 멸화군들에게 말했다.

"새로 온 사람들 잠자리 챙겨주고 내일부터 함께 순라를 돈다."

"손발을 맞추기도 전에 순라를 돌린다고요?"

덕창의 반문에 군배가 어두운 표정으로 말했다.

"다들 지치고 피곤하잖아. 손발을 맞추는 건 차차 하도록 하지. 일단 장비 쓰는 법부터 가르쳐."

오가는 대화를 듣던 길우는 무엇을 해도 끝을 볼 수 없다는 짙은 피로감을 느꼈다. 새로 온 사람들을 구경하던 멸화군들은 길우를 포함해서 새로 온 이들에게 장비 사용법과 그걸 이용해서 불을 끄는 법을 가르쳤다. 길우는 고향에서 다루던 것이라 익숙했지만 세 사람은 신기한지 입을 벌린 채 바라보았다. 군배가 길우에게 다가와 말했다.

"내일부터 나랑 같이 순라를 돌자구나. 저녁을 일찍 챙겨 먹고 준비하거라."

가마꾼들의 거친 숨소리가 귀에 거슬린 조치곤이 인상을 쓰자 갈도(喝道, 벼슬아치가 타고 가는 말이나 가마 앞에서 호령을 해서 사람들을 물리치던 사람)를 맡은 청지기가 혀를 차서 주의를 주었다. 대사헌까지 지낸 아버지와 개국공신인 할아버지 덕분에 과거를 보지 않고 음직(蔭職)으로 벼슬길에 오른 그는 스물다섯이라는 젊은 나이에 한성부 판관에 이르렀지만 아직도 성에 차지 않았다. 넓적한 사각형의 얼굴에 볼품없이 난 콧수염 덕분에 기방에서도 종종 놀림거리가 되었다. 과거를 보지 않은 주제에 건방지다는 평을 받은 덕분에 동기들 사이에서 무시를 당한 조치곤은 이를 갈았다. 그런 그에게 손길을 내민 이가 바로 오늘 모임의 주선자였다. 인왕산의 매끈한 절벽이 올려다보이는 무계동의

오르막길을 올라가던 가마는 기린교를 지나 말 바위 앞에서 멈춰 섰다. 기진맥진한 가마꾼들이 땅바닥에 주저앉아서 헐떡거리는 가운데 가마에서 내린 조치곤은 좁은 산길을 따라 올라갔다. 올라갈수록 경치는 아름다워졌지만 걷는 것에 익숙하지 않던 그에게는 고역이었다.

"젠장, 조용히 만날 거면 사랑채에서 만나면 되잖아."

머리에 쓴 발립을 살짝 젖히고 걸어 올라가던 조치곤이 나지막하게 투덜거렸다. 어제 접고한 멸화군 두령이 고개를 추켜들고 대든 것을 생각하니 아직도 화가 났다. 혼쭐을 내줄까 했지만 그들의 녹봉을 떼어먹은 것이 들통날까봐 꾹 참아야 했다. 그러는 사이 인왕산 중턱의 수정루가 보였다. 산에서 흘러 내려오는 시냇물이 커다란 바위를 만나서 작은 폭포를 이뤘고, 정자는 그 폭포가 내려다보이는 절벽 위에 자리 잡았다. 시냇가에는 숙수(熟手, 요리사)들이 한창 음식을 만드는 중이었고, 그 옆의 작은 천막에서는 기생들이 몸단장을 하는 중이었다. 그들을 지나쳐서 나무 계단을 올라가자 절벽 끝에 자리 잡은 수정루가 보였다.

다른 사람들은 모두 도착해서 자리를 잡은 상태였다. 고개를 숙여 인사를 한 그는 섬돌에 신을 벗고 올라섰다. 절벽과 접한 쪽에는 오늘 모임을 만든 한성부 판윤 심원이 앉아 있었고, 그 옆에는 이번에 병조판서에 임명된 장황서가 있었다. 키가 크고 홀쭉한 그는 시골의 변변치 않은 집안 출신에 직선적인 성격이었다. 그럼에도 불구하고 병조판서까지 올라갈 수 있었던 것은 심원의 후원 덕분이었다. 나머지 자리들은 심원의 이런저런 측근들이 제각각 자리를 잡은 상태였다. 그들과 간단하게 눈인사를 나눈 조치곤은 심원의 맞은편에 놓인 비단 방석 위에 앉았다. 이제 막 마흔에 접어든 심원은 무성한 턱수염을 가볍게 쓰다듬고는 입을 열었다.

"다들 바쁘실 텐데 초대에 응해주셔서 감사하오. 따뜻한 봄날에 좋은 벗들과 함께하고 싶어서 자리를 마련했습니다."

심원의 말에 다들 안 그래도 기다리고 있었다며 맞장구를 쳤다. 조치곤은 한심한 눈길로 그들을 바라보았다. 심원이 정자 아래를 향해 손짓하자 화사하게 차려입은 기생들이 들어왔다. 달짝지근한 송로주를 한 잔 마시고 기생이 집어 준 명태전을 안주 삼아 삼킨 조치곤은 잔치에 온 다른 손님들을 살펴보았다. 장황서를 제외하고는 다들 줄을 못 잡고 빌빌대는 인간들뿐이었다. 말석에 앉은 선비는 처음 왔는지 연신 주변을 두리번거리며 눈알을 굴리기 바빴다. 덕담들이 오가는 와중에 누군가 심원의 사위 이야기를 꺼냈다.

"대군께서 학문에 열중하시는 걸 보고 주상 전하께서 크게 칭찬하셨다 들었습니다."

"대군이야 어릴 때부터 공붓벌레 아니었는가. 주상 전하께서도 전조에 과거에 합격한 적이 있었으니 아끼는 마음이 드시는 건 당연한 거지."

심원이 푸근한 미소와 함께 입을 열었다. 한담들이 오가고 기생들의 춤사위가 한바탕 펼쳐지는 것으로 대략 잔치가 끝났다.

해가 질 기미가 보이자 참석자들은 하나둘씩 일어났다. 곱게 차려입은 기생들의 배웅을 받은 참석자들이 언덕 아래로 떠나고 남은 것은 심원과 장황서, 조치곤과 말석에 남은 허름한 차림의 선비였다. 조치곤이 그 선비를 바라보면서 의아한 표정을 짓자 심원이 그를 소개했다.

"외가 쪽의 친척일세. 우리 집에 잠시 머물면서 과거 공부를 하고 있네."

"김가라고 합니다."

소개를 받은 그가 고개를 숙여 인사를 했다. 짙고 부리부리한 눈과 굵고 거친 턱수염 때문에 나이를 짐작하기 어려웠다. 기생들을 물린 심원이 자리에서 일어났다.

"술도 취하고 배도 부르니 잠깐 산보나 합시다."

이것이 잔치를 연 진짜 목적이라고 생각한 조치곤은 잠자코 일어나서 뒤를 따랐다. 폭포 위쪽의 개울가에는 아랫것들이 널빤지로 만들어놓은 다리가 놓여 있었다. 앞장서서 다리를 건넌 심원은 바둑판처럼 생긴 바위 쪽으로 걸어갔다. 바위 위에는 화문석 돗자리가 펼쳐져 있었다. 돗자리 위에 앉은 심원의 주변으로 조치곤을 비롯한 세 사람이 빙 둘러앉았다. 남들 눈에 띄게 떠들썩한 잔치를 열었다가 파한 직후에 이런 식으로 자리를 가지면 의심의 눈길이 덜했다. 미소를 잃지 않던 아까의 모습과는 전혀 다른 심각한 표정을 지은 심원이 세 명을 둘러보았다.

"내가 자네들을 따로 본 이유는 말을 안 해도 알 것일세."

"충녕대군 마마를 왕위에 올리시고자 하심입니까?"

거침없는 성격인 장황서의 굵직한 목소리에 조치곤은 저도 모르게 얼굴을 찌푸렸다. 심원은 살짝 미소를 지었다.

"내가 그리하고 싶다 해서 그게 내 마음대로 되겠는가? 확실한 건 세자마마께서 학문을 멀리하고 여색에 빠져 있다는 점일세. 전하께서 어떤 분이신가? 피바람을 일으키면서 왕조를 굳건하게 세우셨네. 그분 눈에는 제멋대로인 세자 저하가 차지 않을 것이야. 그리고 그런 분이 왕위에 오르는 건 나라에 도움이 되지 않을 것이고 말이야."

항상 모호하게 이야기하고 상대의 반응을 기다리던 심원답지 않게 딱 부러지는 이야기에 조치곤은 적지 않게 놀랐다. 심원의 말에 장황서가 맞장구를 쳤다.

"맞습니다. 지금 주상 전하께서는 나라의 기틀을 잡으신 분입니다. 다음번 임금은 이 나라를 반석에 올려놓으실 분이어야 합니다. 그렇다면 단연코 학문이 깊고 효성이 지극한 충녕대군이 제격이지요."

"하오나 임금께서 이미 세자 저하를 책봉하셨습니다. 섣불리 나설 수는 없는 노릇입니다."

두 사람의 이야기를 듣던 조치곤은 서둘러 제동을 걸었다. 그가 심원에게 붙은 것은 출세하기 위해서였다. 그가 원하는 것은 더 많은 권세와 재물이었지 삼대가 멸족될 수 있는 역모를 꾸미는 것은 아니었다. 조치곤의 이야기가 끝나자 지금껏 아무 말도 하지 않고 있던 김가가 낮은 목소리로 키득거렸다. 마치 흐느끼는 것 같은 그 불안한 웃음에 조치곤은 날 선 반응을 보였다.

"내 이야기가 우스운가?"

그러자 김가는 수염 속에 감춰진 한쪽 입술을 묘하게 비틀어 올렸다.

"세자로 책봉이 되었다고 해서 다 임금의 자리에 오르는 것은 아니지요. 하다못해 지금의 임금께서도 세자라서 왕위에 오른 것은 아니지 않습니까?"

조치곤이 아무 대꾸도 하지 못하자 김가가 나서서 이야기를 시작했다.

"임금이 되지 못하는 대군들은 늘 의심의 눈초리를 받아야 했습니다. 지금이야 주상 전하가 계셔서 아무도 이빨을 드러내지 않지만 나중에 세자가 왕위에 오르고 나서도 그러겠습니까? 그렇게 되면 대군만 곤란해지는 건 아닙니다. 외척인 심 대감을 비롯한 측근들인 여러분들도 위험에 빠질 수 있습니다."

듣기 거슬리는 소리였지만 틀린 이야기는 아니었다. 김가가 계속 말을 이어갔다.

"그러니까 우리를 위해서라도 충녕대군을 왕위에 올려야만 합니다."

못을 박는 것 같은 그의 이야기에 다들 침묵을 지켰다. 한참 후에 심원이 입을 열었다.

"자네 뜻은 잘 알겠네만 조정의 공론이라는 것이 있네. 비록 학문을 멀리하고 방탕하다고는 하나 그것만으로는 세자를 물러나게 할 수는 없음이야."

"그렇다면 우리가 그렇게 만들어야지요. 아주 조금씩 은밀하게 움직여서 말입니다.”

“어떻게 말인가?”

무릎을 바짝 당긴 심원의 물음에 김가가 굵은 목소리로 대답했다.

“일단 세자마마를 가르치는 세자시강원(世子侍講院) 쪽에서 안 좋은 이야기들이 나올 수 있도록 해야 합니다. 그러면 주상 전하께서도 흔들리시겠지요. 그다음에 조정의 공론을 만들어내서 세자 책봉을 다시 하도록 해야만 합니다.”

“그걸 주도하는 게 우리라는 사실이 알려지면 끝장입니다.”

이야기를 듣던 장황서가 조심스럽게 말했다. 그러자 김가가 당연하다는 듯 고개를 끄덕였다.

“그러니 조심스럽고 은밀하게 움직여야 합니다.”

“오늘은 대충 여기까지 하고 자세한 건 다음에 우리 집 사랑채에서 이야기를 나누세.”

심원의 이야기를 끝으로 모임은 자연스럽게 끝이 났다.

붉은 달

녹봉으로 들어온 곡식으로 오랜만에 배를 채운 별화군들 사이에서 웃음꽃이 피었다. 해가 떨어질 기미를 보이자 덕창이 순라를 돌기 위해서 검은색 종이를 둥근 박처럼 만들어놓고 나무 막대기를 달아놓은 조족등을 챙겼다. 덕창이 새끼손가락만큼 남은 초를 가져와서 조심스럽게 불을 붙인 다음에 조족등 안쪽에 꽂았다.

"이건 박처럼 생겼다고 해서 박등이라고도 불러. 안쪽에 있는 쇠로 된 꽂이가 빙빙 돌아서 기울여도 초는 똑바로 선단다."

툇마루에 앉아서 시범을 보인 덕창은 때마침 야행물금첩을 목에 걸고 나온 군배에게 말했다.

"저도 따라갈까요?"

그러자 손사래를 친 군배가 말했다.

"며칠 동안 눈도 제대로 못 붙였잖아. 걱정하지 말고 좀 쉬어."

166

그러고는 길우를 돌아보았다.

"준비됐지? 따라오너라."

"네."

짚신을 신고 덕창이 건네준 녹색 반비를 저고리 위에 껴입은 길우는 부적을 챙기고 조족등을 집어 들었다. 잔기침을 한 군배가 대문을 힘겹게 열어젖혔다. 바깥을 지키고 있던 군졸이 길우를 보더니 군배에게 물었다.

"저놈은 며칠 전에 심부름 온 녀석이 아니냐?"

"사정이 생겨서 당분간은 여기 머물면서 멸화군으로 일하게 됐습니다."

군배의 대답을 들은 군졸은 몇 가지를 더 물어보고는 옆으로 비켜섰다. 큰길로 나설 무렵 어두운 밤하늘에 우렁찬 종소리가 울렸다. 종소리를 들은 군배가 중얼거렸다.

"인정인가 보구나."

"인정이요?"

길우의 물음에 군배가 웃으면서 대답했다.

"밤이 되면 종루의 종을 서른세 번 울려서 성문을 닫고 통행을 금지시킨단다. 다음 날 새벽에 종을 스물여덟 번 칠 때까지 야행물금첩이 없으면 돌아다닐 수 없지."

"밤에 다니면서 불단속을 하는 겁니까?"

"그렇지. 밤에 등불을 켜놓는 집도 있고, 따로 아궁이를 지키는 사람이 없어서 조금만 잘못하면 불이 난단다. 한양은 사람들도 많고 집도 많아서 자칫하다가는 큰불이 날 수 있지."

인적이 끊긴 큰길로 나온 군배가 쓸쓸한 표정으로 좌우의 집들을 살펴보았다. 어슴푸레한 달빛이 사람들이 잠들어 있는 집의 지붕 위를 덮었다. 군배는 순라를 돌아야 할 거리와 살펴봐야 할 곳들을 일러주었다. 고향 밖을 나와본 적이 없었던 길우는 가도 가도 끝이 없는 길과 계속해서 이어지는 집들을 보면서 입을 다물지 못했다. 그런 길우를 한동안 바라보던 군배가 물었다.

"너를 보내면서 스승님이나 태우가 무슨 이야기를 하지는 않더냐?"

"이곳에 제 운명이 기다리고 있다고 하셨습니다. 그게 뭐냐고 물었지만 끝끝내 가르쳐주지 않으셨어요."

"그랬구나."

담담한 말투로 이야기한 군배가 처연한 눈으로 달빛 아래 숨을 죽인 거리를 바라보았다. 광통교 다리를 지나자 길이 제법 넓어졌다. 조족등을 들고 걷던 길우가 군배에게 물었다.

"그런데 아저씨들은 왜 고향으로 돌아오지 않고 여기서 지내시는 건가요?"

"큰 죄를 저질러서 그랬단다. 네가 우리를 도와주면 그 죄를 씻고 고향으로 돌아갈 수 있을 거야."

"아버지도 그 이야길 하셨어요. 꼭 모시고 돌아오라고 말이죠."

"아버지……."

군배가 조용히 중얼거리며 걸어갔다. 광통교 남쪽에 움막집 같은 것이 보였고, 두 사람이 다가가자 안에서 누군가 불쑥 튀어나왔다.

"누구냐! 풍수!"

"멸화군입니다."

길우의 조족등을 뺏어든 군배가 목에 걸고 있던 야행물금첩을 비추면서 대답했다. 그러자 엉거주춤 다가온 군졸이 물금패를 확인하고는 입을 열었다.

"오늘 군호는 풍수와 바람일세."

"감사합니다."

군졸에게 고개를 숙인 군배는 움막 안으로 들어가서 구석에 놓인 판자에 숯으로 금을 하나 그었다. 그러고는 밖에서 기다리고 있던 길우와 함께 계속 길을 갔다. 두 사람은 곧 운종가로 접어들었다. 이십 년 전의 큰 화재 이후 새로 지어진 운종가의 상점들은 불이 번지는 것을 막기 위해서 중간중간에 높다란 돌담장을 세우고 물을 채워놓은 항아리들과 불을 끌 수 있는 도끼와 갈고리들을 가져다놓았다. 그 이후 지금까지 크게 불이 난 적은 없었지만 불탄 상점들을 다시 지을 때 기둥에 부적을 붙이지 못한 것이 못내 마음에 걸렸다. 멸화군 때문에 하루아침에 전 재산을 잃었다고 생각하는 상점 주인들이 격렬하게 거부한 탓이다. 갑자기 나타난 길우 때문에 잊고 있었던 옛 기억들이 생각난 군배는 저도 모르게 낙인이 찍힌 이마를 쓰다듬었다. 살이 돋아나면서 이제는 희미해졌지만 뼛속까지 파고들었던 아픔은 여전했다. 그 오래된 아픔들을 없애줄 수 있으리라는 희망을 품고 앞장서 걷던 길우의 뒷모습을 바라보던 군배는 섬뜩한 기분에 고개를 들었다. 조금 전까지 회색이었던 달이 어느덧 핏빛으로 변해 있는 것이 보였다.

"맙소사."

입을 딱 벌린 군배가 중얼거리자 앞장서 걷던 길우가 뒤를 돌아보았다.

"무슨 일이십니까?"

정신을 차린 군배가 애써 태연한 표정을 지으며 말했다.

"아, 아무것도 아니다."

다시 하늘을 올려다보자 달은 다시 회색으로 변해 있었다. 세차게 가슴이 뛴 군배는 무릎이 후들거렸다.

순라를 마치고 돌아온 길우는 기진맥진한 채 방으로 돌아와 뻗어버리고 말았다. 고향을 떠나올 때 다시는 보지 못할 것처럼 눈물짓던 부모님과 간찰을 건네주던 어르신의 얼굴이 떠올랐다. 갑갑한 산속 마을을 떠나 한양 구경을 할 수 있다는 사실에 다들 부러워했고 그도 내심 반가웠다. 하지만 평생 지내왔던 고향을 떠나서 낯선 한양에 오고, 뭔가 비밀을 가진 멸화군들을 만나면서 하루하루가 정신없이 돌아갔다. 목침을 베고 누운 길우가 그대로 눈을 붙이려고 하는데 뒤뜰 쪽에서 덕창과 군배의 말소리가 들려왔다.

"그게 정말입니까?"

"그렇다네. 잠깐이었지만 분명 달이 붉게 달아올랐었네. 이십년 만에 처음으로 말이야."

덕창의 물음이나 군배의 대답 모두 심상치 않아 보였다.

"불길한 징조가 틀림없습니다. 하지만 지금 우리만 가지고는 그들을 막을 수 없습니다."

한숨을 쉰 덕창의 말에 군배가 입을 여는 소리가 들렸다.

"어르신께서 간찰에 적었던 말 기억나나?"

"다섯 개의 길을 막고 청동용이 제자리를 찾아가게 하라는 것 말입니까?"

"맞아. 생각해봤는데 그걸 해내면 달이 붉어진 흉조를 막을 수 있을 것 같아."

군배의 이야기를 들은 덕창이 긴 한숨을 내쉬는 게 들려왔다.

"도통 무슨 이야기인지 모르겠습니다. 게다가 청동용이 있던 자리는 궁궐 안에 있는 경회루였고요. 거길 무슨 수로 들어가서 청동용을 넣습니까?"

"그러니까 방법을 찾아봐야지. 일단 나는 길우를 데리고 다섯 개의 길을 찾아보겠네. 자네는 새로 들어온 멸화군들을 얼른 훈련시키게."

"그렇게 하겠습니다."

이야기를 마친 두 사람의 멀어져가는 발자국 소리를 들은 길우는 목침에 머리를 대고 중얼거렸다.

"다섯 개의 길과 청동용의 자리라……."

다음 날부터 길우는 새로 들어온 세 명과 함께 불 끄는 연습을 했다. 숙소의 초가지붕에 사다리를 걸치고 올라가서 지붕의 불을 끄는 법과 갈고리와 도끼를 쓰는 법, 그리고 밧줄을 기둥에 걸고 당겨서 넘어뜨리는 법을 배웠다. 구령에 맞춰서 달려 나간 네 사람은 처마에 사다리를 걸었다. 한 명이 올라가면 나머지 세 사람은 밑에서 사다리를 붙잡았다. 하지만 너무 급하게 걸쳐 놓은 나머지 사다리는 옆으로 넘어지기 일쑤였고, 그들의 서투른 도끼질은 지켜보던 이들의 웃음거리가 되었다. 길우는 낮 동안의 연습을 마치고 다른 동료들이 쉬는 저녁에도 군배와 따로 부적과 술법을 쓰는 법을 배워만 했다. 늘 푸근한 웃음과 함께 다독거리던 군배는 이때만큼은 다른 사람이 되었다.

"화귀들과 싸우기 위해서는 부적과 술법을 모두 잘 써야만 한다. 고향에서처럼 누가 옆에서 뭘 쓰라고 말해주지 않는단 말이다."

조금이라도 손이 늦으면 호통부터 날아들었다. 고향에 있을 때는 제법 솜씨가 좋다는 이야기를 들었지만 이곳에서는 통하지 않았다. 그가 힘들 때 챙겨준 것은 덕창이었다. 한참 꾸지람을 듣고 의기소침해진 채 툇마루에 걸터앉은 그의 옆에 슬그머니 앉은 덕창은 소금을 친 주먹밥을 하나 건네면서 다독거렸다.

"너도 잘 알지만 화귀와의 싸움은 우리의 숙명이다. 놈들은 사라졌다가도 금방 나타나고, 약해졌다가도 어느새 강해진단다. 그러니까 한 번 이겼다고 방심할 수 없단다."

"붉은 달은 무슨 얘긴가요?"

주먹밥을 한 움큼 집어삼킨 길우의 물음에 덕창이 깊은 한숨과 함께 이야기했다.

"달이 타오른다는 것은 화귀가 날뛸 징조란다. 이십 년 만에 처음 있는 일이지."

"이십 년 전에 무슨 일이 있었는데요?"

"그, 그게 말이다⋯⋯."

머뭇거리며 이야기를 하려던 덕창은 방문을 열고 나오는 군배를 보고 입을 다물었다. 물금패를 목에 건 군배는 동전으로 엮은 채찍을 소매에 둘둘 감고 있었다. 짚신을 신은 군배가 덕창 옆에 앉아 있던 길우에게 말했다.

"순라 돌 시간이다."

일어나려는 길우의 어깨를 누른 덕창이 대신 대답했다.

"제가 대신 갈게요. 부두령."

"나랑 네가 한꺼번에 자리를 비우면 어떡해? 어서 일어나라. 부적들 좀 챙기고."

반쯤 먹은 주먹밥을 내려놓은 길우가 조족등을 챙기러 간 사이 덕창이 조심스럽게 말을 건넸다.

"애를 너무 다그치는 거 아닙니까?"

"나라고 그러고 싶겠어? 시간이 없어서 그렇지. 화귀들이 다시 준동하면 우리로서는 막을 도리가 없네. 그전에 스승님께서 이야기한 다섯 개의 길을 찾고 청동용을 제자리에 가져다놔야만 해."

"그건 그렇지만⋯⋯."

뭔가 말을 하려던 덕창은 조족등을 챙겨 나온 길우를 보고 입을 다물었다. 앞장선 군배를 뒤따른 길우는 침울한 표정으로 뒤를 따랐다. 큰길로 나와 경수소에 들린 군배는 군호를 알아내고는 운종가로 향했다. 그리고 뒤따라오는 길우에게 나지막하게 물었다.

"힘드냐?"

"아, 아닙니다."

고된 연습과 다그침 때문에 시무룩해 있던 길우가 애써 태연한 척 대답했다.

"그나저나 스승님께서 다섯 개의 길이 어디인지는 알려주었느냐?"

질문을 받은 길우는 얼굴을 찌푸린 채 대답했다.

"출발하기 전에 여쭤봤더니 그곳에 가면 알게 될 것이라고만 말씀하셨습니다."

길우의 이야기를 들은 군배는 말없이 고개를 끄덕거리고는 발걸음을 재촉했다. 그러다 운종가 한복판에 있는 면주전 앞에서 걸음을 멈췄다. 긴장한 표정으로 좌우를 둘러보던 군배가 길우에게 나지막한 목소리로 말했다.

"드디어 시작인 모양이다."

"네?"

어리둥절한 길우가 묻는 사이 군배는 소매에 감아두었던 동전으로 엮은 채찍을 풀어서 양손에 쥔 채 어둠 속을 쏘아보았다. 엉거주춤 부적을 챙긴 길우도 주변을 두리번거렸지만 아무것도 보이지 않았다. 그런 길우에게 군배가 작은 구슬을 건넸다.

"야명주다. 입에 물고 보면 보일 게다."

허겁지겁 구슬을 건네받은 길우는 입안에 집어넣었다. 그러자 군배의 말대로 어둠이 한 꺼풀 걷힌 느낌이 들었다. 정신없이 주변을 두리번거리는데 상점 사이로 뭔가가 쓱 지나가는 게 보였다.

"저, 저기!"

길우가 어쩔 줄 몰라 하는 사이 군배가 뛰쳐나갔다. 늙고 앙상한 몸이라고는 믿어지지 않을 만큼 빠른 걸음으로 달려간 군배는 혜정교로 이어지는 좁은 골목의 초입에 멈췄다. 뒤늦게 숨을 헐떡거리면서 달려온 길우에게 손가락을 들어서 골목 두번째 상점을 가리켰다.

"저쪽을 살펴봐라."

"어, 어디요?"

고향에서 화귀와 싸우는 것을 수없이 배우고 연습했지만 막상 실제 상황이 되자 어찌해야 할지 갈피를 잡을 수가 없었다. 그런 길우에게 군배가 호통을 쳤다.

"정신을 집중해! 안 그러면 야명주를 물고 있어도 볼 수가 없다."

그러는 사이 골목길의 안쪽에서 번쩍하는 섬광이 보였다. 갑작스러운 빛에 놀란 길우는 저도 모르게 엉덩방아를 찧었다. 그리고 골목길의 상점 이층의 광창을 뚫고 나온 불꽃을 보았다. 어둠 속에서 뿜어 나온 불꽃은 삽시간에 이층짜리 상점을 감싸버렸다. 길우가 그대로 얼어버린 사이 군배는 불이 난 상점 바로 옆 돌담장으로 뛰어갔다. 그리고 그곳에 세워져 있던 보자기를 집어 들고는 바닥에 떨어진 불들을 껐다. 그리고는 길우에게 소리쳤다.

"유기전이다. 안에 사람 있는지 살펴봐!"

퍼뜩 정신을 차린 길우는 허겁지겁 상점으로 달려갔다. 그리고 굳게 닫혀 있던 문 앞에서 부적을 움켜쥐고 주술을 외웠다.

"파!"

그러자 안쪽의 빗장이 부러져나가면서 문이 열렸다. 문이 열리는 순간 안에 숨어 있던 불길과 연기가 밀려 나왔다. 그때 안쪽에서 살려달라는 가느다란 외침이 들려왔다. 군배를 돌아봤지만 옆으로 번지려는 불을 막느라 안간힘을 쓰는 중이었다. 긴장 탓인지 숨이 턱까지 차오른 길우는 아버지에게 배웠던 대로 스스로를 진정시켰다.

'침착하게, 침착하게 한 발씩 앞으로.'

다행스럽게도 불은 이층에만 붙었는지 일층은 연기만 자욱할 뿐 불은 없었다. 안도의 한숨을 쉰 길우는 목청 높여 외쳤다.

"안에 아무도 없어요? 불이 났으니까 얼른 나오세요."

연거푸 외치는 사이 길우는 계속 안으로 들어갔다. 상점 뒤쪽은 작은 마당으로 꾸며져 있었다. 평상에는 놋그릇들이 가득 쌓여 있었고, 지붕은 천막으로 가려져 있었다. 마당에도 사람의 모습은 보이지 않았다. 하지만 살려달라는 목소리는 끊어질 듯 이어졌다. 소리가 나는 곳을 찾아 두리번거리던 길우는 한참 불길이 치솟는 이층 다락에서 들려오는 것을 알아차렸다. 나무로 만든 계단으로 올라간 그는 다가오는 불꽃을 손으로 휘휘 저어서 뿌리치면서 외쳤다.

"거기 있어요?"

"여, 여기에요. 여기."

화르륵거리는 불길 너머에서 사라질 것만 같은 목소리가 들려왔다. 맹렬한 불길에 저고리의 끝자락이 타들어갔지만 길우는 개의치 않고 앞으로 나아갔다. 그 순간 뒤에서 뻗어온 손이 그의 어깨를 움켜잡았다.

"잠깐!"

뒤를 돌아보자 군배가 보였다. 길우는 넘실거리는 불길을 바라보면서 소리쳤다.

"저쪽에서 도와달라는 목소리가 들렸습니다. 빨리 구해야 해요."

길우의 이야기를 무시하고 뒤로 밀어버린 군배가 손에 쥐고 있던 소멸환을 불길 너머로 던졌다. 우르릉하는 굉음과 함께 불길이 더 치솟았다. 격분한 길우가 군배에게 따졌다.

"안에 사람이 있다고 했잖아요!"

"위험해!"

길우의 외침은 아랑곳하지 않고 불길 너머를 바라보던 군배가 갑자기 그를 덮치면서 외쳤다. 거의 동시에 불길 너머에서 뭔가가 쏜살같이 튀어나왔다. 엎드린 두 사람의 머리 위를 스쳐 지나간 불덩어리는 건너편 상점의 지붕으로 날아갔다. 갑자기 스쳐지나간 열기에 놀란 길우가 엎드린 채 고개를 들어서 건너편 지붕 위에 올라선 불덩어리를 바라보았다. 횃불처럼 타오르던 불덩어리는 차츰 작아지면서 여우 모양으로 변했다.

"화, 화귀!"

길우가 떨리는 목소리로 말하자 군배가 침착하게 이야기했다.

"저것이 사람 목소리를 내서 널 현혹시킨 게다. 여긴 나한테 맡기고 밖으로 나가서 멸화군들이 오는 걸 기다려라."

동전채찍을 단단히 움켜쥔 채 일어난 군배는 짧은 기합과 함께 허공으로 날아올랐다. 그리고 불여우를 향해 힘껏 채찍을 내리쳤다. 불여우가 훌쩍 옆으로 피하면서 채찍은 기와를 박살 냈다. 지붕에 올라선 군배는 동전채찍을 머리 위로 빙빙 돌리면서 공격할 기회를 노렸다. 놀란 눈으로 지켜보던 길우는 바깥에서 들려오는 소리에 정신을 차렸다. 서둘러 밖으로 나오자 맨발로 뛰어나온 상인들이 걱정스러운 눈으로 바라보는 게 보였다. 그리고 그들을 제치고 멸화군들이 나타났다. 안도의 한숨을 쉰 길우는 땀으로 흠뻑 젖은 덕창에게 속삭였다.

"유기전에 화귀가 나타났습니다. 군배 아저씨가 안에서 싸우고 있어요."

"알았다."

새로 들어온 멸화군들을 비롯한 열 명 정도를 바깥에 남겨놓은 덕창은 나머지 멸화군들을 데리고 안으로 들어갔다. 높이 치솟는 연기와 불길 때문에 지붕에서 벌어지고 있는 싸움은 보이지 않았다. 모여든 구경꾼들 사이에서 멸화군에 대한 욕설이 터져 나오는 것이 들렸다. 뭘 해야 할지 듣지 못했던 길우는 우왕좌왕하다가 불타는 상점 안으로 들어갔다. 군배와 불여우는 아직도 지붕 위에서 대치 중이었고, 마당과 이층 다락에 흩어진 멸화군들은 무기를 꺼내 들고 공격할 기회를 노리는 중이었다. 군배가 몇 차례 동전채찍을 휘둘렀지만 불여우는 능숙하게 피했다. 불여우가 가까이 다가오자 멸화군 한 명이 창으로 찔렀다. 하지만 몸을 뒤틀어서 피한 불여우는 꼬리로 창을 휘감아버렸다. 그리고 창을 든 멸화군까지 번쩍 들어 올려서 허공에 집어던졌다. 날아간 멸화군은 불타는 기둥에 부딪친 다음 마당으로 떨어졌지만 거뜬히 균형을 잡았다. 그사이 틈을 노린 군배가 동전채찍을 휘둘러서 불여우의 꼬리 절반을 싹둑 잘라버렸다. 기이한 비명을 지른 불여우는 군배의 동전채찍을 피해서 옆 상점의 지붕으로 뛰어넘어갔다. 그 광경을 본 군배가 소리쳤다.

"쫓아! 놓치면 큰일 난다."

그 소리를 들은 길우는 밖으로 나와서 불여우가 넘어간 쪽으로 달려갔다. 하지만 짙은 어둠뿐 아무런 흔적도 찾을 수 없었다. 오히려 이리저리 뛰다가 길을 잃어버렸다. 두리번거리던 그의 귀에 날 선 목소리가 들렸다.

"웬 놈이야! 산수!"

놀란 길우가 쳐다보자 어둠 속에서 창을 겨눈 군졸이 다가오는 게 보였다. 근처 경수소에서 온 군졸 같았다. 그제야 오늘 밤의 군호가 무언지 군배에게 듣지 못했다는 사실을 깨달았다. 할 수 없이 다가오는 군졸에게 사정을 설명하려는 찰나, 알 수 없는 서늘함이 느껴졌다. 군호를 물으면서 다가오던 군졸이 한순간에 불여우로 변해서 덤벼들었다. 너무 가까워서 주술을 쓰거나 부적을 쓸 여유가 없었다. 목을 노리고 덤벼드는 불여우의 붉은 이빨이 눈앞에서 번뜩이는 순간 길우는 몸을 비틀어서 옆으로 피했다. 불여우가 스쳐 지나가면서 흘린 열기에 눈앞이 화끈 거렸다. 간신히 피한 길우는 몸을 일으키면서 부적을 움켜쥐었다. 하지만 불여우는 틈을 주지 않고 덤벼들었다. 이번에도 피하기 틀렸다고 생각한 길우가 눈을 감으려는 찰나 어둠 속에서 날아든 동전채찍이 불여우를 후려쳤다. 몸을 둥글게 만 불여우는 고통스러운 비명을 지르며 바닥을 뒹굴었다. 동전채찍을 거둬 들인 군배가 소리쳤다.

"화귀가 도망치지 못하게 결 주문을 외워!"

길우는 부적을 쥔 채 손가락으로 수인을 맺고는 불여우를 향해 외쳤다.

"결!"

하지만 불여우가 한발 빨랐다. 몸을 뒤틀어서 벌떡 일어나더니 달려오는 군배에게 덤벼들었다. 군배는 덤벼드는 불여우를 피하지 못하고 그대로 뒤엉키고 말았다. 불여우와 뒤엉킨 군배의 몸에 불이 붙었다. 어찌할 바를 모르고 있던 길우는 우두커니 서서 쳐다보기만 했다. 그때 멀리서 멸화군들의 목소리가 들려오자 군배를 공격하던 불여우는 훌쩍 몸을 돌려서 어둠 속으로 사라져버렸다. 그때까지 꼼짝 못 하고 있던 길우는 누워서 신음하고 있던 군배에게 달려갔다. 살이 익은 끔찍한 냄새가 훅 풍겨왔다.

"괜찮으세요?"

눈앞에서 펼쳐진 일이 믿어지지 않은 길우가 두 손을 떨면서 신음 소리를 내고 있던 군배에게 물었다. 그사이 헐레벌떡 뛰어온 덕창이 그를 떠밀어버렸다.

"아이고, 형님. 같이 가자고 했잖아요."

뒤따라온 다른 멸화군들이 길우를 부축해서 돌아갔다. 남아 있던 덕창이 넋이 나가 서 있던 길우를 쏘아붙였다.

"네놈을 돕는다고 혼자서 왔다가 저렇게 당했는데 손가락만 빨면서 쳐다봐?"

언제나 다정다감했던 덕창의 말이라 더 충격적으로 다가왔다. 넋이 나간 길우는 그를 따라서 화재 현장으로 돌아왔다. 다행히 불을 일찍 발견해서 다른 상점들까지 불이 옮겨붙지는 않았다. 하지만 불이 난 상점 주인은 불을 끄고 있는 멸화군에게 일을 제대로 못 해서 자기 재산을 지키지 못했다면서 욕설을 퍼부었다. 멸화군들은 익숙한 상황이라는 듯 덤덤한 얼굴로 잔불을 정리했다. 아무나 붙잡고 화풀이를 하던 상점 주인은 크게 다친 군배를 보고는 목소리를 높였다.

"아니! 불은 여기서 났는데 어디서 뒹굴어 먹다가 다친 척하는 거야! 내 재산 물어내! 물어내란 말이야."

부축하고 있던 멸화군들을 밀쳐낸 상점 주인이 군배의 멱살을 잡았다. 지켜보던 길우는 더는 참지 못하고 달려들었다.

"불을 끄다가 다쳤습니다. 고맙다고는 못할망정 이게 무슨 행패입니까?"

길우가 끼어들자 상점 주인은 팔을 걷어붙이면서 이를 갈았다.

"이놈이 뭘 잘했다고 큰 소리야!"

울컥한 길우는 더는 참지 못하고 주술을 쓰려고 했다. 하지만

181

중간에 덕창이 끼어들었다. 상점 주인의 주먹질을 등으로 맞고 버틴 그가 길우에게 엄한 목소리로 말했다.

"여기서도 말썽을 부릴 셈이냐. 어서 부두령을 모시고 숙소로 돌아가라."

연거푸 질책을 들은 길우는 풀이 죽은 채 군배를 부축하고 현장을 빠져나왔다. 돌아가는데 저절로 눈물이 흘러나왔다. 가느다란 신음 소리를 내던 군배가 길우에게 물었다.

"너무 자책하지 마라. 나도 처음에 화귀에 싸울 때는 바지에 오줌을 쌌었지."

"저 때문에 돌아가실 뻔했습니다. 화귀를 눈앞에 두고서도 아무것도 못 했고요."

"언젠가 자신의 실력을 증명할 기회가 올 것이다."

숙소로 부축해온 군배를 방에 눕힌 길우는 툇마루에 걸터앉아 무력감과 두려움으로 뒤범벅이 된 눈물을 흘렸다. 그러다가 반쯤 열린 대문 밖으로 나갔다. 지키고 있던 군졸은 그가 다시 화재 현장으로 간다고 생각했는지 쳐다보기만 했다. 그렇게 어둠 속을 무작정 걷는데 뒤에서 군배의 목소리가 들려왔다.

"나도 너처럼 이 운명에서 벗어나고 싶었던 적이 있었단다."

뒤를 돌아보자 갈고리를 지팡이 삼아 절뚝거리면서 다가오는 군배가 보였다. 길우는 힘없는 목소리로 대꾸했다.

"스승님이랑 아버지, 그리고 마을 사람들 모두 제가 큰일을 할 것이라고 늘 이야기했어요. 저도 그럴 수 있을 거라고 믿었지만 오늘 보니까 전 그냥 평범하고 못난 사람이었습니다."

182

"우리는 모두 특별한 운명을 가지고 태어났단다. 오늘 너와 내가 겪은 것도 그것 때문이지."

"왜 그래야만 합니까?"

길우의 물음에 군배는 쓴웃음을 지으며 말했다.

"누군가는 해야 하니까, 그것밖에는 해줄 말이 없구나."

"두렵습니다."

"이해한다. 나도 그랬으니까. 그런데 말이다, 도망쳤다고 생각했는데 어느덧 여기에 와 있더구나. 도망친다고 두려움이 사라지지는 않더구나."

이야기를 마친 군배는 숙소로 돌아갔다. 비틀비틀 걸어가는 그를 보던 길우는 아랫입술을 질끈 깨물었다. 그러고는 발걸음을 돌려서 군배를 부축했다. 군배가 말없이 그의 어깨를 토닥거렸다.

불이 난 상점 주변은 잿더미로 변해버렸다. 쓸 만한 물건을 찾기 위해 상점 안을 뒤지던 주인은 흉측하게 녹아버린 놋그릇들을 내려다보면서 한숨을 내쉬었다. 결국 구석에 쭈그리고 앉은 상점 주인은 섬돌에 걸터앉은 채 그나마 멀쩡한 놋그릇들을 볏짚으로 닦아냈다. 하지만 아무래 문질러도 검댕이 지워지지 않자 결국 분통을 터트리고 말았다.

"이 멸화군 놈들을 그냥……."

"여기 주인 되시오?"

갑자기 끼어든 굵직한 목소리에 놀란 주인이 입을 벌린 채 고개를 들었다. 관리들이 신는 목이 긴 목화(木靴, 나무나 가죽으로 바닥을 대고 사슴 가죽 등으로 목을 길게 만든 장화처럼 생긴 신발)와 붉은색 철릭이 눈에 들어왔다. 이제 막 스무 살 정도로 보이는 목소리의 주인공은 혈색 좋은 얼굴에 서글서글한 눈매를 가졌다. 본능적으로 기가 꺾인 상점 주인이 기어들어가는 목소리로 물었다. 한양에서 불을 내는 것은 실화든 방화든 크게 처벌받게 되어 있기 때문이다.

"마, 맞습니다만 뉘신지요?"

"나는 궁궐에서 일하는 성중애마(成衆愛馬, 궁궐 안에서 일하는 하급관리들과 내관들의 총칭)인 문도현이라고 하네."

"소인이 낸 불이 아닙니다."

궁궐이라는 말에 머릿속이 하얗게 변해버린 상점 주인은 애지중지하던 놋그릇을 내팽개친 채 엎드려서 애원했다. 문도현은 그런 상점 주인에게 부드러운 목소리로 말했다.

"왜 불이 났는지 알아보려고 한 것이니 너무 겁먹지 말게나."

처벌하지 않겠다는 문도현의 말에 안심이 된 상점 주인이 방금 내동댕이친 놋그릇을 슬그머니 집어 들면서 말했다.

"이게 다 멸화군 놈들 탓입니다. 불을 꺼야 할 놈들이 제 할 일을 안 하니까 이런 일이 일어난 거 아니겠습니까?"

"그자들이야 불이 난 다음에 왔고, 그 전에 불이 왜 났는지 알고 싶어서 온 것이네."

혀를 찬 문도현의 말에 상점 주인은 고개를 들어서 까맣게 타버린 이층 다락을 바라보았다.

"저기서 불이 시작됐다고 합니다. 아버지 제사가 있어서 자리만 비우지 않았어도 불이 이렇게 커지지는 않았을 텐데 말입니다. 절대 제 잘못이 아닙니다."

상점 주인의 애원에 문도현이 잿더미로 변한 이층 다락을 바라보면서 물었다.

"저기에 불이 날 만한 것이 있느냐?"

"보시다시피 놋그릇을 파는 곳이라 불을 놓을 이유가 없습니다. 상점 뒤 칸에서 살림을 하면 불을 쓰지만 보시다시피 저희는 뒤 칸도 그냥 창고로 쓰고 있습지요."

"알겠네."

연신 억울하다는 이야기를 하는 상점 주인을 뒤로 한 문도현은 이층 다락으로 올라갔다. 불에 탄 나무 계단은 밟을 때마다 당장이라도 부러질 것처럼 삐걱거렸다. 조심스럽게 이층 다락으로 올라간 문도현은 조심스럽게 주변을 둘러보았다. 숯으로 변한 기둥과 앙상하게 타버린 바닥을 꼼꼼하게 살펴보던 그는 손가락으로 검댕을 문질러서 냄새를 맡았다. 그러고는 눈살을 찌푸린 채 불에 탄 다락 전체를 돌아보면서 혼잣말을 중얼거린다.

'불씨가 없었는데 마치 한꺼번에 불이 났군. 화로도 없고 괘등(掛燈, 전각의 기둥이나 벽에 걸어두는 등잔)도 없는데 말이야.'

꼼꼼하게 살펴보던 문도현은 길거리에서 들려오는 물러나라는 갈도 소리에 고개를 들었다.

한성부 판관 조치곤이 가마를 타고 나타난 것을 본 문도현은

185

황급히 계단을 내려와서는 뒷문을 통해 밖으로 사라졌다. 섬돌에 걸터앉아서 놋그릇에 묻은 검댕을 닦아내던 상점 주인은 조치곤이 시장을 감독하는 관청인 경시서의 주부(主簿, 종육품의 하급관리로 경시서에는 두 명이 배치되었다)와 군졸들을 대동하고 나타나자 그 앞에 엎드렸다.

"나, 나으리."

"실화든 방화든 운종가에서 불을 내면 어떤 처벌을 받는지 모르지는 않을 터. 긴말하지 않겠다. 전옥서에 끌려가겠느냐? 아니면 속전(贖錢, 죄를 면하기 위해 바치는 돈. 오늘날의 벌금 제도와 유사하다)을 내겠느냐?"

"아이고, 전 재산이 잿더미로 변했는데 무슨 수로 속전을 내겠습니까? 한 번만 봐주십시오."

애원하는 상점 주인을 싸늘한 눈길로 내려다보던 조치곤은 옆에 서 있던 경시서의 주부에게 귓속말로 지시를 내리고는 가마에 올라탔다. 방향을 돌린 가마가 벌어지자 경시서의 주부가 군졸들에게 말했다.

"뭣들 하느냐? 저자를 당장 전옥서로 끌고 가거라."

두 손을 싹싹 빌면서 애원하던 상점 주인은 군졸들에게 끌려가면서 악담을 퍼부었다.

"제가 그동안 바친 뇌물이 얼마인데 이리 대할 수 있습니까!"

문도현은 몇 걸음 떨어진 골목길에 숨어서 이 광경을 지켜보았다.

불의 길

뜬눈으로 밤을 지새운 길우는 덕창과 군배의 방으로 들어갔다. 어깨와 팔에 흰 천을 감은 군배는 걱정스러워하는 길우에게 웃으면서 말했다.

"한두 번 겪는 일이 아니니까 너무 걱정하지 말아라. 두 사람을 부른 건 다른 게 아니라 앞으로의 일을 논의하기 위해서다."

"화귀가 계속 출몰할 거라는 말씀이지요?"

조용히 듣고 있던 덕창의 물음에 군배가 고개를 끄덕거렸다.

"징조가 아주 좋지 않아. 거기다 화귀들은 우리를 보고도 피할 생각을 하지 않았어."

덕창이 우울한 표정으로 맞장구를 쳤다.

"힘도 엄청 세진 것 같았습니다."

"누르가 활동을 다시 시작한 것 같다."

군배의 이야기에 덕창의 얼굴이 굳어졌다. 이야기를 듣고 있던 길우가 두 사람을 번갈아 바라보면서 물었다.

"누르라면 화귀들의 우두머리 아닙니까?"

그러자 한숨을 쉰 군배가 대답했다.

"맞다. 이십 년 전에 한양을 불바다로 만들고 사라졌지."

고개를 갸웃거린 덕창이 말했다.

"생각해봤는데 도통 불의 길이 무언지 모르겠습니다. 한양을 만들 때 이미 화귀가 다닐 만한 길은 다 끊어놓지 않았습니까? 남지가 없어지긴 했지만 개천이랑 숭례문은 아직 멀쩡한데요."

군배는 통증을 애써 참으며 걱정스러운 얼굴로 입을 열었다.

"놈들은 다른 길을 만들어놓은 게 틀림없어. 한시바삐 그걸 찾아야만 한다."

그러고는 길우에게 시선을 돌렸다.

"보시다시피 나는 이런 상태라 당분간은 움직이기 힘들 것 같다. 덕창은 멸화군들을 통솔해야 하니 움직이기가 곤란하다. 네가 나서서 불의 길을 찾아야만 한다."

"하지만 전 한양 지리도 잘 모르는데요."

길우가 손사래치면서 이야기하자 군배가 대답했다.

"새로 들어온 김천복이라는 자가 한양 지리를 잘 알고 있다고 하니 그자와 동행하여라. 일단 불이 난 곳을 시작으로 주변을 살펴야 할 것이야."

길우가 아무 말도 못 하자 군배가 다시 입을 열었다.

"일이 급박하게 돌아가고 있다. 글은 읽을 줄 알지?"

"네."

"예전에 멸화군이 만들어졌을 때 한양에서 화귀가 준동하는 것을 막기 위해 여러 가지 조치를 취했다. 그걸 남겨놓은 것들이 있으니까 천천히 살펴보고 어찌해야 할지 생각해보아라."

"알겠습니다."

대답을 하고 나온 길우는 툇마루 끝자락에 앉아 있던 김천복을 보았다. 툇마루의 기둥에 기대서 졸고 있던 김천복은 길우를 보고는 애매한 표정으로 웃었다.

"전하, 충용위(忠勇衛, 궁궐과 도성의 수비를 맡은 친위부대) 문도현이 뵙기를 청하옵니다."

도승지에게 내릴 비망기를 쓰던 태종 이방원은 고개를 들었다.

"들라 이르라."

잠시 후 네 칸으로 된 분합문이 열리면서 철릭에 전립을 쓴 문도현이 안으로 들어왔다. 붓을 내려놓은 태종이 물었다.

"불이 어떻게 났느냐?"

"마치 기름을 뿌리고 불을 지른 것처럼 한꺼번에 타버렸습니다."

"원인은?"

"상점 주인은 다락에는 불이 날 만한 것이 없었다고 했고, 사실인 것처럼 보였습니다."

문도현의 이야기를 들은 태종은 눈을 감고 생각에 잠겼다. 머리에 쓴 익선관이 그 어느 때 보다 무거웠다.

"불이 날 만한 곳이 아닌데 갑자기 큰불이 일어났다 이 말이렷다?"

"그러하옵니다. 신이 직접 불에 탄 기둥의 살펴봤는데 기름 냄새는 나지 않았습니다. 아무래도 불을 끈 멸화군들의 이야기를 들어봐야겠습니다."

"그럴 필요 없다. 수고했으니 물러가도 좋다."

딱 잘라서 지시를 내린 태종이 다시 붓을 잡았다. 잠깐 기다리고 있던 문도현이 절을 하고 사정전을 빠져나가자 한숨을 쉰 그는 붓을 도로 내려놓고 문밖을 향해 말했다.

"후원으로 행차할 것이니라. 채비를 갖추거라."

"예."

밖에 서 있던 상선(尙膳, 조선시대 환관의 종이품 벼슬) 정용진이 길게 대답을 했다. 수염 한 오라기 나지 않은 곱고 매끈한 얼굴이었지만 두툼한 사각 턱에 부리부리한 눈매를 가지고 있었다.

경복궁 북쪽의 신무문을 나선 태종은 후원으로 들어서면서 중얼거렸다.

"어떻게 차지한 자린데……."

피와 살육으로 차지한 자리를 이제는 후계자에게 잘 넘겨줘야만 했다. 하지만 큰아들인 세자는 여러모로 눈에 차지 않았다. 그렇다고 섣불리 세자를 바꿨다가는 나라 전체가 흔들릴 것이 뻔했다. 이렇게 골치 아픈 상황에서 화재까지 일어났다. 이십 년 전 어떤 일이 있었는지 똑똑하게 기억하고 있던 그로서는 신경을 쓰지 않을 수 없었다. 야트막한 언덕을 오르자 멀리 취병(翠

屛, 나뭇가지로 만든 울타리로 주로 정원을 장식하는 용도로 쓰였다)으로 둘러싸인 전각이 보였다. 걸음을 멈춘 태종이 뒤따라오던 상선 정용진을 바라보았다. 고개를 숙인 정용진이 뒤따르던 환관들을 돌려보냈다. 홀가분해진 태종은 취병 쪽으로 걸어갔다. 환도를 들고 취병 주변에서 경계를 서고 있던 젊은 환관들이 태종을 향해 고개를 숙였다. 정용진은 앞으로 나서서 전각의 문에 잠긴 자물쇠를 열쇠로 열었다. 취병에 둘러싸인 전각은 널빤지로 벽체를 썼고 문도 두꺼운 나무로 만들었다. 정용진이 자물쇠를 풀고 문을 열자 젊은 환관이 안쪽을 살펴보고는 뒤로 물러났다. 그 사이 다른 환관에게 사방등과 환도를 넘겨받은 정용진이 앞장서 전각 안으로 들어갔다. 대낮임에도 어두컴컴한 전각 안은 사방등의 초에서 나오는 흐릿한 불빛만이 일렁거렸다. 붉은색으로 칠한 기둥 사이를 지나 안으로 들어가자 앞장선 정용진이 기둥의 괘등에 불을 붙였다. 출렁거리던 빛이 제자리를 찾아가자 기둥 사이에 굵은 쇠사슬에 묶여 있는 그림자가 보였다. 치렁치렁한 머리카락은 어깨를 타고 흘러내렸고, 얼굴에는 커다란 철가면이 씌워져 있었다. 발소리를 들은 철가면은 마치 잠에서 깨어난 것처럼 고개를 들었다. 정용진이 가져온 작은 의자에 앉은 태종은 자신을 바라보는 철가면에게 말했다.

"어제저녁에 운종가에서 불이 났다. 여러 가지 정황상 화귀의 짓이 분명해 보인다."

"놈들이 움직이기 시작한 거요."

쇠를 긁어대는 것 같은 차가운 목소리로 말한 철가면이 낮은 목소리로 웃었다. 그런 철가면을 쏘아본 태종이 물었다.

"방도를 말해보아라."

"도읍을 옮기시오. 그러면 안전해질 거요."

철가면의 말이 끝나기가 무섭게 태종이 의자를 박차고 일어났다. 그리고 쇠사슬에 묶여 있던 그에게 다가갔다. 제등을 내려놓은 정용진이 환도의 칼자루로 손을 가져갔다. 이글거리는 눈으로 철가면을 바라본 태종이 말했다.

"지금 과인에게 화귀를 피해서 도읍을 옮기라는 말이냐? 요괴 따위를 피해서 도읍을 옮긴다면 어느 누가 과인을 우러러보고 따르겠느냐?"

"어쩌면 그걸 노리고 이렇게 오랫동안 잠자코 있었던 것인지도 모르겠소이다. 앞으로 화귀들이 준동하고 누르까지 나타나면 도성이 불바다가 되는 건 시간문제요."

음산한 철가면의 말에 태종이 부들부들 떨었다.

"지난번처럼 당하지는 않을 것이다. 무슨 수를 써서라도 지켜낼 것이다."

"두려워하시는구려. 떨고 있는 게 느껴진다오."

비웃는 것 같은 철가면의 말에 태종은 애써 분노를 씹어 삼켰다. 그러자 낮은 목소리로 웃던 철가면이 말했다.

"하늘에 붉은 달이 뜨고 불이 나는 것은 거대한 불의 폭풍이 몰려온다는 징조요."

"그렇게 하면 막을 수 있느냐?"

"불은 막을 수 있는 존재가 아니외다. 단지 늦추고 약하게만 할 수 있다오."

태종은 철가면을 잡아먹을 것 같은 눈빛으로 노려보았다. 그러다 돌아서서 전각 밖으로 나왔다. 밖에서 기다리고 있던 젊은 환관이 재빨리 자물쇠를 채웠다. 정용진과 함께 신무문 쪽으로 걸어가던 태종이 조용히 중얼거렸다.

"이제 시작인가?"

그날 저녁 군배는 멸화군들을 모두 마당에 불러 모았다. 그리고 덕창과 길우의 부축을 받으면서 그들 앞에 섰다.

"어제저녁에 운종가에서 난 불은 너희들 덕분에 큰 피해 없이 끌 수 있었다. 하지만 몇 년 만에 한양에 화귀가 나타났고, 잠깐이지만 달이 붉게 변했었다. 앞으로 무슨 일이 일어날지 모르니 다들 정신 바짝 차려야 한다."

"화귀라는 게 뭡니까?"

조용히 듣고 있던 김천복이 손을 번쩍 들고 물었다. 그러자 군배가 대답했다.

"불을 지르는 악귀 같은 것이다."

"처녀귀신 같은 거지."

덕창이 재빨리 덧붙이자 김천복이 가만히 고개를 끄덕거렸다. 잔기침을 쏟아낸 군배가 말을 이어갔다.

"당분간 종루에서 불을 감시하는 인원을 늘리고 야간 순라도 더 자주 돌 것이다. 힘들겠지만 우리의 사명이 무엇인지 잊지 말아야 할 것이다."

군배의 말에 멸화군들은 다들 긴장한 얼굴로 고개를 끄덕거렸다. 그들이 흩어지고 나자 군배는 참았던 신음 소리를 냈다. 옆에서 부축하던 길우가 조심스럽게 물었다.

　"괜찮으세요."

　"견딜 만하다. 방으로 돌아가자."

　아침 해가 뜨자마자 경복궁 유화문 옆에 있는 기별청은 지방 관청에서 한양으로 올려 보낸 향리인 경저리들이 보낸 기별서리들로 북적거렸다. 승정원 주서 조인경이 종이를 들고 그들 앞에 나타났다.

　"오늘 자 조보(朝報, 조선시대에 발행된 관보)요."

　말이 떨어지기가 무섭게 기별서리들이 우르르 몰려왔다. 승정원 서리가 기별청 안에 있는 커다란 나무 탁자 위에 조보를 펼쳐놓자 기별서리들은 서둘러 붓통에서 붓을 꺼내서 옮겨 적었다. 입으로는 연신 조보 내용을 말하면서 손이 보이지 않을 정도로 빠르게 붓을 놀렸다. 제일 먼저 붓을 놓은 것은 공주 경저리의 기별서리인 노태보였다. 기별서리들이 법석을 떨면서 조보를 베껴 쓰던 것을 지켜보던 조인경이 개중에서 가장 빨리 붓을 내려놓은 노태보에게 농담을 건넸다.

　"팔이 무쇠도 아닌데 어찌 그리 빨리 쓰나?"

　조인경의 이야기에 아무 대답 없이 웃기만 하던 노태보는 종이의 먹이 마르자 둘둘 말아서 옆에 있던 대나무 통에 넣고 급히 보내야 한다는 표시인 방울 세 개를 달았다. 그리고 조인경에게 웃으며 말을 건넸다.

"저 먼저 갑니다. 오늘도 제가 제일 먼저 썼으니까 주서 나으리께서 아침밥을 사셔야 합니다."

"그럼세. 장통교 국밥집으로 가 있으면 여기 정리하고 뒤따라가겠네."

노태보는 품속에 대나무 통을 넣고 궁궐 내에 관청들이 모여 있는 궐내각사를 가로질러 경방자(京房子, 한양의 경저리가 지방으로 내려보내는 서찰이나 조보를 전달하는 심부름꾼)가 기다리고 있는 영추문 밖으로 나왔다. 기다리고 있던 경방자에게 조보가 든 대나무 통을 넘겨준 노태보는 홀가분한 표정으로 장통교로 향했다. 큰길이 있었지만 아침에 입궐하는 관리들의 가마와 마주치기라도 하면 꼼짝도 못 하고 엎드려 있어야 하기 때문에 좁고 구불구불한 골목길로 갔다. 새벽이슬에 젖은 축축한 바닥을 지나가느라 앞을 보지 못했던 그는 누군가 앞을 가로막고 있다는 느낌에 걸음을 멈추고 고개를 들었다. 그의 앞에는 얼굴을 거의 가릴 정도로 커다란 삿갓에 하얀 모시로 만든 겉옷인 백저포를 입은 사내가 서 있었다. 한 사람이 겨우 지나갈 만한 길이라 누군가 한 명은 비켜야만 했다. 노태보가 조금만 비켜달라고 부탁하려는 찰나 삿갓을 쓴 사내의 손이 번개처럼 움직였다. 차가운 얼음빛을 머금은 환도의 칼날이 노태보의 목덜미를 스쳐지나갔다. 놀란 눈으로 바라보던 노태보의 머리가 어깨에서 바닥으로 먼저 굴러떨어졌고, 머리가 사라진 몸통이 뒤늦게 진흙탕 위로 넘어졌다. 목이 잘렸지만 피는 한 방울도 흘러나오지 않았다. 단숨에 노태보의 목을 자른 사내는 조용히 사라져버렸다. 부릅뜨고 있던 노태보의 두 눈에서 붉은 섬광이 일렁거렸다가 사라지면서 눈이 검게 타버렸다. 잠시 후 노태보처럼 관리들을 피해 골목길로 오던 조인경이 시신을 발견했다. 너무 놀란 그는 그 자리에 주저앉아서 발버둥을 치다가 잘린 노태보의 목을 걷어차고 말았다.

해가 떨어질 기미를 보이자 행인들의 발걸음이 바빠졌다. 일찌감치 저녁을 먹은 길우는 녹색 반비를 입고 김천복과 함께 화재를 감시하는 종루로 향했다. 행인들과 수레가 오가도록 사방으로 트인 종루 일층에 도착한 길우는 구석에 있는 나무 계단을 밟고 이층으로 올라갔다. 큰 종이 걸린 구석에는 널빤지로 만든 작은 의자 두 개가 놓여 있었다. 그중 하나를 차지한 길우는 눈 아래 펼쳐진 한양을 물끄러미 바라보았다. 사방이 산으로 둘러싸인 넓은 평지에 지어진 한양은 화귀가 탐을 낼 만한 곳이었다. 하지만 다섯 개의 길을 막고 청동용을 제자리에 넣어야만 한다는 이야기는 도무지 이해가 가지 않았다. 복잡함과 두려움으로 가득한 그의 속마음을 아는지 모르는지 김천복은 물이 든 대나무 물통을 건네며 말을 걸었다.

"그나저나 고향이 어디야?"

"멀리 떨어져 있어요. 아저씨는요?"

길우는 고향에 관한 이야기를 피하기 위해 슬쩍 말꼬리를 돌렸다. 그러자 김천복이 침을 튀기면서 자기 이야기를 했다. 개성에서 은그릇을 파는 상점에서 일하던 시절과 물건을 잘 팔아서 주인의 이쁨을 받았지만 다른 동료들의 모함으로 도둑의 누명을 쓰고 쫓겨났고, 한양으로 흘러들어와 운종가에서 여리꾼 노릇을 했다고 말했다.

구리개(仇里介, 지금의 을지로1가와 을지로2가 사이에 있는 언덕으로 동현이라고도 불렸다. 구릿빛 진흙이 많아서 구리개라는 이름을 얻었다) 중턱에 있는 작고 허름한 초가집 부엌에서 치마를 두른 여인이 설거지한 물을 버리러 나왔다. 그녀는 바가지에 담긴 물을 길가에 휙 뿌렸다. 군데군데 자갈이 박혀 있는 진흙 위에 떨어진 물은 아래로 주르륵 흘러내려 갔다. 깊은 한숨을 내쉬고 돌아서려던 그녀를 나막신을 신은 채 언덕을 올라오던 한 남자가 불러 세웠다. 삿갓을 푹 눌러쓴 백저포 차림의 사내였다. 종종 구리개 언덕을 넘어서 흥인문으로 나가는 행인들이 길을 물어보며 귀찮게 하는 경우가 많았다.

"무슨 일이세요?"

"지나가는 과객인데 목이 말라서 물 한 잔 청하려고 하오."

그녀는 이맛살을 찌푸리면서 대꾸했다.

"비가 안 온 지 한 달이 넘어서 물이 귀해요. 죄송하지만 드릴 수가 없네요."

그녀가 돌아서려는데 손님이 불러 세웠다. 그리고 저화 한 장을 꺼냈다.

"이거면 되겠소?"

눈이 휘둥그레진 그녀는 얼른 저화를 챙겼다. 그리고 간드러진 웃음과 함께 말했다.

"들어와서 잠시 앉아 계시면 금방 가져다드리겠습니다."

하지만 삿갓을 쓴 사내는 싸리문 밖에서 들어오지 않았다.

"성문이 닫히기 전에 나가야 한다네. 얼른 가져다주게."

"알겠습니다. 뒤뜰에 있는 우물에서 금방 퍼드릴게요."

치마꼬리를 움켜쥔 그녀가 부엌으로 들어가자 사내는 조심스럽게 싸리문 안쪽을 바라보았다. 문 양쪽의 싸리 담장에는 붉은 글씨가 빼곡하게 적혀 있는 부적이 한 장씩 붙어 있었다.

잠시 후 그녀는 뒤뜰에 있는 우물에서 넘치도록 물을 담아온 바가지를 손님에게 공손히 내밀었다. 물을 절반쯤 마신 손님은 고맙다는 말을 남기고 구리개 고갯길을 올라갔다. 멀어져가는 그의 뒤에 몇 번이나 고개를 숙이며 인사한 그녀는 소매에 쑤셔넣은 저화를 꺼내서 만지작거렸다. 이렇게 비싼 것을 물 한 바가지 값으로 내놓다니, 틀림없이 세상 물정 모르는 시골 사람이 분명하다고 속으로 비웃었다. 매일 놀러 다니는 남편과 아프다고 방에만 틀어박혀 있는 시어머니 사이에서 혼자 살림을 하느라 웃을 일이 없었던 터라 신이 난 그녀가 저화를 만지작거리는데, 작은 방의 문이 털컥 열렸다. 문가에 기댄 시어머니가 잔기침을 콜록거리면서 그녀에게 물었다.

"누가 왔었느냐?"

얼른 저화를 숨긴 그녀가 텅 빈 싸리문 쪽을 바라보면서 대답했다.

"지나가던 나그네가 물 한 모금 달라고 해서 줬어요."

젊은 시절 이름깨나 날린 무당이었던 시어머니는 어쩐지 가까워지기 어려웠다. 어물쩍 인사를 하고 부엌으로 들어간 그녀의 뒷모습을 물끄러미 보던 시어머니는 억지로 몸을 일으켜서 싸리문 쪽으로 걸어갔다. 목침을 베고 낮잠을 자고 있는데 뭔가 불길한 기운이 스쳐지나가면서 눈을 떴다. 문 양쪽의 싸리 담장에 붙은 부적들이 그대로 있는 것을 보고서는 안도의 한숨을 내쉬었다.

"나도 이제 늙었나 보구나."

한숨을 쉰 시어머니는 손님을 찾아봤지만 그새 구리개 고개를 넘어갔는지 진흙 위에 찍힌 나막신 자국만 보였다. 방으로 돌아가는 시어머니의 침침한 눈에는 나막신 발자국에서 살짝 일렁거리던 불길이 보이지 않았다.

부엌에서 남은 설거지를 하던 그녀는 찬장에 올려놓은 저화를 보고는 흐뭇한 표정을 지었다.

"이걸로 치마를 하나 새로 사고 남은 돈으로는 분을 사야겠어."

갑자기 찾아온 행운이 욕심으로 변하는 순간, 그녀의 마음속으로 저화에 묻어 있던 뜨거운 기운이 스며들었다. 눈동자 속으로 불길이 한번 일렁거렸다가 사라졌다. 잠시 주춤거리던 그녀는 애지중지하던 뚝배기를 탁 내려놨다. 그리고 뒤로 돌아서서 부엌의 벽에 붙어 있는 그림 앞으로 다가갔다. 구름처럼 생긴 불길에 올라탄 덩치 큰 신령이 그려진 낡은 그림은 시어머니가 애지중지하는 것으로 매일 한 번씩 제사를 지냈다. 시어머니는 다른 사람은 절대 손을 대지 못하게 해서 그녀는 가끔 바라보기만 할 뿐이었다. 하지만 불에 사로잡힌 그녀에게 그것은 제거 대상이었다. 그녀가 벽에 붙은 그림을 떼기 위해 손을 대는 순간 파지직하는 소리와 함께 작은 불꽃이 튀었다. 놀란 그녀는 얼른 손을 뗐다. 며칠 전 시어머니가 그림의 모서리마다 붙여놓은 부적들 때문인 것 같았다. 몇 번이나 그림을 떼려고 시도했지만 번번이 실패하고 말았다. 아랫입술을 지그시 깨문 그녀는 그림에 얼굴을 바짝 들이댔다. 얼굴 주변에 작은 불꽃들이 타다닥 튀었지만 개의치 않고 나지막한 목소리로 주문을 외웠다. 그러자 그림 속에 그려진 신령의 눈동자가 데구루루 굴러서 그녀를 바라보았다. 신령과 눈길이 마주친 그녀가 희미하게 웃자 눈동자 속의 불길이 거세게 일렁거렸다.

　김천복은 이것저것 계속 캐물었지만 길우는 은근슬쩍 넘어가거나 이야기를 다른 방향으로 돌렸다. 그러는 사이 인정을 알리는 종이 울리고 거리에는 인적이 끊겼다. 김천복의 이야기를 들으면서 어둠에 잠긴 한양을 내려다보던 길우는 어둠 너머에서 보이는 붉은 연기를 보고는 벌떡 일어났다.
　"저기가 어디예요?"
　길우의 물음에 엉거주춤 일어난 김천복이 대답했다.
　"저기면 구리개 같은데?"

김천복의 대답이 끝나자마자 길우는 처마에 걸린 종을 치면서 바로 옆에 있던 멸화군 숙소를 향해 외쳤다.

"구리개에 불! 구리개에 불!"

잠시 후 문이 열리는 소리가 들려왔다. 허겁지겁 저고리를 입은 덕창이 대문을 박차고 나와서 종루 위로 뛰어 올라왔다. 길우는 불길이 보이는 쪽을 가리키면서 말했다.

"조금 전부터 보였어요."

가늘게 뜬눈으로 길우가 가리킨 곳을 바라본 덕창이 말했다.

"구리개 언덕에 있는 집들 중 하나에서 난 것 같네. 얼른 내려와라. 사람이 모자라서 같이 가야겠다."

"알겠습니다."

서둘러서 계단을 내려간 길우는 불을 끌 준비를 끝내고 출발한 멸화군들과 합류했다. 덕창이 깃발을 들고 선두에 섰고, 갈고리와 도끼를 비롯한 장비를 손수레에 실은 멸화군들이 뒤를 따랐다. 새로 멸화군에 들어온 달성과 석환도 졸린 눈을 비비면서 뒤를 따랐다. 길우는 깃발을 든 덕창에게 따라붙었다. 그러자 그가 불안한 표정으로 말했다.

"누가 창고에서 내가 쓰던 대추나무로 만든 목검을 훔쳐갔어."

"누구 짓일까요?"

길우의 물음에 뒤쪽의 행렬을 슬쩍 쳐다본 덕창이 대꾸했다.

"너랑 같이 종루에 올라간 김천복이 제일 의심스러웠는데 저 놈은 아닌 것 같고 말이야."

그러는 사이 멸화군들은 구리개에 도착했다. 진흙이 덮여 있는 언덕길이라 발걸음이 한참 느려졌다. 다들 손수레에 매달려서 위로 밀어 올리는 사이 점점 불이 선명하게 보였다. 놀라서 밖으로 나온 주민들이 멸화군들을 보고 어서 오라고 손짓을 했다. 불이 난 곳은 구리개 중턱에 있는 작은 초가집이었다. 처마가 맞닿은 초가집들은 모두 시뻘건 불길에 싸여 있었다. 이마에 흐르는 땀을 닦아낸 덕창이 주변을 둘러보고는 말했다.

"다행히 주변에 집들이 없어서 옮겨붙지는 않겠군."

"화귀는요?"

길우의 물음에 덕창이 불길을 잠시 쏘아보고는 고개를 저었다.

"기운이 안 느껴져."

오랫동안 손발을 맞춰온 멸화군들은 능숙하게 불을 끌 준비를 했다. 물에 적신 보자기로 밖으로 날아간 불씨를 잡은 다음 초가집 쪽으로 다가갔다. 덕창이 멸화군들에게 외쳤다.

"불길이 너무 거세서 집을 무너뜨려야 한다. 일하는 놈들 빼고는 다 뒤로 물러나!"

그러자 맨발에 바지만 입은 사내가 두 손을 휘저으면서 멸화군 앞을 가로막았다.

"아이고, 안 된다! 우리 어머니가 안에 있단 말이야!"

그 이야기를 들은 덕창은 난감한 표정을 지었다. 집 안에서 새어 나오는 불길이 너무 거세서 들어갈 수가 없었던 데다가 보는 사람들이 너무 많아서 주술을 쓸 수도 없었기 때문이다. 옆에서 지켜보던 길우는 때마침 이웃 주민이 들고 온 물이 담긴 바가지를 뺏어 들고는 몸에 부었다. 그리고 사내에게 물었다.

"어머니는 어디 계세요?"

"저, 저쪽!"

놀란 사내가 손가락을 들어서 불타고 있는 방을 가르쳤다. 길우는 부적을 손에 쥐고 불붙은 툇마루로 올라섰다. 할머니가 있다는 방은 툇마루와 바로 연결되어 있었지만 연기와 불길이 워낙 거세서 안이 보이지 않았다. 한 손으로 입을 가리고 안으로 들어가자 천장을 맴돌던 거센 불길이 우르릉거리는 소리를 내며 그를 맞이했다. 몸을 바짝 낮춘 길우는 방 안을 둘러봤지만 어디에도 할머니의 모습은 보이지 않았다.

"안에 아무도 없어요?"

목청껏 외치던 길우는 부엌과 연결된 작은 쪽문에서 사람 그림자가 어른거리는 것을 보았다. 허리를 잔뜩 굽힌 채 위에서 떨어지는 불들을 피해 쪽문으로 나갔다. 부엌 역시 아궁이를 비롯한 널빤지로 만든 벽과 문짝 모두 거센 불길에 휩싸인 상태였다. 불길에 익은 열기 때문에 숨을 쉬기가 힘들었다. 초가지붕에서 떨어진 작은 불똥들이 그가 입고 있던 저고리와 바지에 떨어져서 작은 구멍들을 냈다. 모기처럼 물어뜯는 불똥들을 피해 부엌으로 들어선 길우는 벽 앞에 우두커니 서 있는 노파를 보았다. 주변에 휘몰아치는 불길 따위는 아랑곳하지 않은 채 작은 방울을 흔드는 중이었다. 기가 찬 길우가 노파의 허리를 휘감으면서 소리쳤다.

"정신 차리세요. 어서 나가야 합니다."

"이거 놔! 화덕 벼락장군이 빠져나가려고 한다."

길우의 손길을 뿌리친 할머니가 벽을 향해 방울을 흔들면서 주문 같은 것을 외웠다. 할머니가 마주 보고 있는 벽에는 무시무시한 장군이 그려진 그림이 붙어 있었다. 널빤지로 만든 다른 벽은 온통 불길에 휩싸여 있는데 그곳만 불이 옮겨붙지 않았다. 할머니랑 옥신각신하던 길우는 할머니를 번쩍 들어서 문 쪽으로 움직였다. 그때 할머니가 새된 비명을 질렀다.

"벼락장군님! 가지 마소서."

길우가 뒤를 돌아보자 불길이 그림을 삽시간에 집어삼키는 것이 보였다. 재로 변한 그림은 달궈진 열기 사이로 산산이 흩어져버렸다. 길우는 발버둥 치는 할머니를 꼭 붙잡고는 문 쪽으로 걸어갔다. 문도 불길에 휩싸여 있었지만 파괴의 주술을 쓰면 부수고 나갈 수 있을 것 같았다. 부적을 손에 꼭 쥔 채 주술을 외울 준비를 했다. 그런데 부엌문의 불길이 꿈틀거렸다. 잘못 본 건가 싶어서 바라보는데 출렁거린 불길이 길우를 향해 손을 뻗었다. 위로 치솟아야 하는 불길이 자신을 향해 다가오자 놀란 길우는 뒷걸음쳤다. 길게 뻗은 불길은 마치 갈고리처럼 변해서 길우를 낚아채려고 했다. 겨우 피했지만 그 바람에 손에 쥐고 있던 부적을 떨어뜨렸다. 바닥에 떨어진 부적은 갈고리로 변한 불길이 낚아채고는 재로 만들어버렸다.

"화, 화귀?"

이런 형태의 화귀를 처음 본 길우는 당황했다. 갈고리 모양의 불길은 다시 뿔이 달린 괴물의 얼굴로 변해서 다가왔다. 뒤로 물러나던 길우는 거의 벽에 닿아버렸다. 부적이 없는 상황에서 할머니까지 데리고 불길 속을 빠져나갈 방도는 없었다. 점점 다가오는 불길을 보고 절망에 빠진 순간, 귓가에 누군가 속삭이는 소리가 들려왔다.

—엎드려.

길우는 할머니를 감싸 안은 채 바닥에 엎드렸다. 화귀가 바로 코앞까지 다가왔는지 머리카락이 바스락거리며 타들어갔다. 징조는 바닥에서부터 찾아왔다. 지진이 난 것 같은 떨림과 함께 화귀의 얼굴에 금이 가기 시작했다. 고통스러워하던 화귀는 처절한 비명과 함께 산산조각이 나버렸다. 터져 나온 불티와 부서진 문짝의 파편들이 엎드린 길우의 머리 위로 흩어졌다. 천천히 고개를 든 그는 부서진 문짝 너머에 서 있는 그를 보았다. 대추나무로 만든 칼을 든 달성이 소리쳤다.

"어서 나오시오."

정신을 차리고 부서진 문을 통해 할머니를 데리고 밖으로 나온 길우는 참았던 숨을 내쉬었다. 두 사람이 나오자마자 불길에 못 이긴 대들보가 굉음을 내며 주저앉았다. 불붙은 지붕의 이엉들이 타닥거리며 사방으로 퍼져나갔다. 정신을 차린 길우는 자신을 구한 사람을 바라보았다. 대추나무 목검을 손에 쥔 달성은 우두커니 서서 초가집을 집어삼킨 불길을 응시했다. 그러다 길우의 시선을 느꼈는지 머쓱한 표정을 지었다. 불 끄는 걸 감독하던 덕창이 달성에게 다가와서는 거친 목소리로 물었다.

"너 정체가 뭐야?"

"죄송합니다. 옛 기억이 나서 그만 쓸데없이 손을 썼습니다."

공손하게 대답한 달성이 목검을 건넸다. 그러자 덕창이 손사래를 쳤다.

"술법을 배웠다면 이건 나보다 너한테 더 잘 어울리겠다."

달성과 이야기를 마친 덕창이 길우를 보고는 혀를 찼다.

"욕봤다. 그런데 안에 화귀가 있었던 게냐?"

주변을 살펴본 그가 고개를 끄덕거렸다.

"불덩어리가 괴물 얼굴로 변했습니다. 그런 화귀가 있다는 이야기는 처음 들어봤어요."

"그것도 그렇지만 화귀가 나타나는 낌새를 채지도 못했어. 일이 심상치 않게 돌아가고 있는 게 분명해."

덕창의 이야기를 듣고 걱정스러운 얼굴로 초가집의 잔해를 바라보던 길우의 귀에 할머니의 목소리가 들려왔다.

"아이고, 큰일 났다. 화덕 벼락장군이 깨어나셨어. 이제 한양은 불바다가 되고 말 거야. 불바다 말이야!"

"저놈의 할망구는 구해줬으면 고맙다고는 못할망정 어디서 재수 없게……."

바닥에 침을 뱉은 덕창이 잔불을 정리하던 다른 멸화군들 쪽으로 걸어갔다. 할머니는 여전히 한양이 불바다가 된다고 외쳤다. 그 광경을 물끄러미 바라보던 길우는 문득 생각이 떠올랐다.

"그들에게 물어보면 되겠다."

해가 떨어지고 한성부에서 나온 조치곤이 심원의 사랑채에 들어서자 미리 와 있던 장황서와 김가의 모습이 보였다. 보료에 앉아 있던 심원이 자리를 권했다. 장황서는 그렇다 치고 김가 다음 자리라서 기분이 언짢아진 조치곤은 헛기침을 길게 하고는 방석 위에 앉았다. 그가 앉자마자 심원이 장황서에게 시선을 돌렸다.

"요즘 세자 쪽은 어떤가?"

"세자는 여전히 글공부를 멀리하고 매 사냥과 여색에 빠져 있답니다."

장황서의 이야기를 들은 심원이 흡족한 표정을 지었다.

"계성군이 머리깨나 아프겠구먼."

조용히 이야기를 듣던 김가가 나섰다.

"이제 우리가 움직일 차례입니다."

"섣불리 나섰다가는 꼬리를 잡힐 수 있네."

조치곤이 눈살을 찌푸리면서 끼어들었다. 하지만 김가는 개의치 않고 심원을 향해 말했다.

"세자에게 여자를 붙여주는 겁니다."

"여자라면 지금도 줄을 서 있지 않은가? 고작 그것으로 세자를 흔들 수는 없네."

장황서가 어림도 없다는 표정으로 고개를 저었다. 하지만 김가는 자신만만하게 말했다.

"그냥 여자가 아니라면 이야기가 달라질 겁니다. 일단 세자에게 오입쟁이들을 붙이십시오."

"그다음은?"

심원의 물음에 김가가 씩 웃으면서 말했다.

"그리고 그자들에게 은근슬쩍 바람을 넣는 겁니다. 세자에게 다른 사람의 첩이 예쁘다는 식으로 말이죠."

"옳거니, 임자가 있는 여자를 건드린다면 세자라고 해도 반드시 말이 나올 것이야."

이야기를 듣던 장황서가 끼어들자 김가가 고개를 끄덕거렸다.

"주변 사람들은 죄다 세자의 비행을 감추기 위해 안간힘을 쓸 겁니다. 그러다 발각되면 임금께서 진노하실 것은 뻔합니다. 거기다 세자는 물불을 안 가리는 성격이니까 분명 뉘우치지 않고 반항을 할 겁니다."

"적당한 자들이 있는가?"

이야기를 듣던 심원의 물음에 김가가 희미하게 웃었다.

"점찍은 자가 있습니다. 악공인 이오방과 하급 관리인 구종수라는 자인데 둘 다 술과 여자를 좋아하는 편이죠. 이자들을 세자와 가깝게 지내도록 손을 써주십시오."

김가의 말에 심원이 장황서를 바라보았다. 곰곰이 생각하던 장황서가 말했다.

"악공이라면 연회 때 슬쩍 끼워 넣으면 될 듯하고 하급 관리는 시강원에 배속시키는 쪽으로 해보겠습니다."

"딴사람들은 물론 당사자들도 절대 눈치채면 안 되네."

"염려 마십시오."

이야기에서 소외되고 있다고 느낀 조치곤은 불편한 심기가 담긴 헛기침을 했다. 그러자 김가가 고개를 돌렸다.

"판관께서도 중요한 일을 해주셔야 합니다."

조치곤은 김가 대신 심원을 바라보았다. 그러나 심원은 김가를 쳐다보는 것으로 대답을 대신했다. 속으로 화를 꾹 누른 조치곤이 김가를 바라보았다.

"내가 뭘 해주면 되겠느냐?"

누런 이를 드러낸 김가가 씩 웃으면서 말했다.

"멸화군을 잘 지켜봐주십시오."

"그자들은 왜?"

"자세한 건 때가 되면 알려드리겠습니다."

한쪽 눈을 치켜뜬 조치곤의 물음에 김가는 낮고 음산한 목소리로 대답했다.

"그자들이 우리 계획에 큰 역할을 맡을 것이기 때문이죠."

"사람을 심어놨으니 그쪽 일은 신경 쓰지 말게."

불쾌함이 고스란히 실린 그의 목소리를 들은 심원이 끼어들었다.

"대충 이야기가 끝났으면 술이나 한잔들 하세."

조치곤이 입을 다물자 심원은 밖을 향해 술상을 들여오라고 외쳤다.

"불의 정령들과 이야기를 나눠보겠다고?"

잔불을 정리하고 숙소로 돌아온 길우의 이야기에 군배가 되물었다. 함께 있던 덕창도 고개를 갸웃거렸다.

"하지만 그들이 우리에게 사실대로 이야기를 해줄까? 싸우지 않는다 뿐이지 적이나 다름없는데 말이야."

"오늘 밤도 그렇고 지난번 화귀도 다른 때와는 달랐습니다. 분명 그들도 혼란스러워하지 않겠습니까?"

"그렇긴 하다만……."

군배가 수염을 쓰다듬으면서 중얼거리자 덕창이 끼어들었다.

"우리야 맨날 치고받고 했으니까 싫어하겠지만 길우는 그런 적도 없으니까 뭔가 알아낼 수 있을지도 모릅니다."

덕창의 말을 들은 군배는 잠시 생각에 잠겼다가 길우에게 말했다.

"일이 심상치 않게 돌아가고 있다. 네 방법대로 하는 것도 나쁘진 않겠지."

고개를 숙인 길우는 그렇게 하겠다고 대답하고는 방을 나왔다. 마당 구석에는 달성이 기다리고 있었다. 길우는 달성과 쪽마루에 걸터앉아서 이야기를 나눴다.

"나를 도와줬으면 좋겠어."

"내가 누군지도 모르잖아."

씩 웃은 달성의 말에 길우는 고개를 저었다.

"날 도와준 거로 충분해."

"어떻게 할 건데?"

달성의 물음에 길우가 아까 방에서 나눴던 이야기들을 들려줬다. 잠자코 듣고 있던 달성이 좋은 방법이라며 맞장구를 쳤다. 그러자 길우가 조심스럽게 물었다.

"그런데 술법과 주술은 어디서 배운 거야?"

달성은 낮게 웃으면서 대답했다.

"세상에는 멸화군들만 불과 싸우는 건 아니야. 때가 되면 알려줄게."

길우는 고개를 끄덕거렸다. 그때 구석진 어둠 속에서 부스럭거리는 소리가 들려왔다. 놀란 길우가 그쪽을 바라보며 소리쳤다.

"누구냐!"

그러자 어둠 속에서 김천복이 누런 이를 드러내고 멋쩍게 웃으면서 나타났다.

"미안, 측간에 가다가 말소리가 들려서 말이야."

은근슬쩍 자리에 끼어든 김천복이 입을 열었다.

"긴가민가했는데 멸화군들이 불을 지르는 요괴들이랑 싸우는 퇴마사들이 맞지? 개성 흥륜사에서 밤중에 불덩어리랑 싸우는 사람을 본 적이 있어."

김천복이 다 알고 있다는 듯이 이야기하자 길우는 간략하게 상황을 설명했다. 그러자 김천복이 자기도 끼워달라고 말했다. 두 사람이 곤란하다는 표정을 짓자 그는 혀를 찼다.

"두 사람이 불요괴랑은 잘 싸울지 몰라도 사람들 상대하는 건 나보다 못할걸? 그 사람들한테 불요괴니 뭐니 하면 당장 미친놈 소리밖에 더 듣겠냐 이거야."

"하긴……."

조용히 듣던 달성이 고개를 끄덕거리자 김천복이 가슴을 치면서 말했다.

"사람을 구워삶는 건 이 김천복이를 따라올 사람이 없다니까."

달성을 잠시 바라보던 길우가 김천복에게 말했다.

"그럼 내일부터 같이 다녀요."

"알았어. 나만 믿으라고."

큰소리를 친 김천복이 방으로 들어가자 달성도 뒤따라 들어가려고 했다. 머뭇거리던 길우가 그에게 물었다.

"넌 왜 화귀와 싸우게 된 거야?"

그러자 걸음을 멈춘 달성이 돌아서서 입을 열었다.

"너도 물어봤었니?"

길우가 대답 대신 고개를 끄덕거리자 달성이 희미하게 웃으면서 대답했다.

"선사님께서 이게 나의 운명이라고 그러셨어. 너는?"

"해야 할 일이라고 말씀하셨어."

먹먹함 앞에서 길우는 아무 말도 할 수 없었다. 겨우 잘 자라는 인사말을 남기고 돌아서는데 달성이 말했다.

"달이 다시 붉어졌어."

길우가 고개를 돌리자 회색빛 구름을 막 털어낸 붉은 달이 보였다.

다음 날 길우와 달성과 김천복은 맨 처음 불이 났던 유기전으로 찾아갔다. 잿더미가 된 상점을 정리하고 있던 상점 주인은 멸화군을 상징하는 녹색 반비를 입은 그들을 보자마자 욕설을 퍼부었다.

"이놈들이 무슨 염치로 나타난 게야! 내 눈앞에서 썩 꺼지지 못해!"

그러자 김천복이 능글맞게 웃으면서 상점 주인에게 말을 걸었다.

"아이고, 이렇게 좋은 놋그릇들이 죄다 검댕이 묻었네. 근데 이거 생석회를 푼 물로 씻으면 잘 지워집니다."

"그게 정말이야?"

눈이 번쩍 상점 주인의 말에 김천복이 맞장구를 쳤다.

"제가 멸화군에 들어오기 전에 여리꾼 노릇을 해서 이것저것 보고 들은 게 많지요. 생석회를 구할 데 있습니까?"

"있지. 있다마다."

상점 주인이 생석회를 구하러 허둥지둥 자리를 뜬 사이 김천복이 두 사람에게 얼른 들어가라는 손짓을 했다. 길우와 달성은 거적으로 가려놓은 상점 입구를 지나 안으로 들어갔다. 상점 안은 여전히 잿더미로 가득했다. 반쯤 불탄 기둥에서 묻어나오는 매캐한 냄새 때문에 살짝 코끝을 찡그린 길우는 이층 다락을 가리켰다.

"저쪽으로 가 보자."

불에 타서 뼈대만 앙상하게 남은 나무 계단을 조심스럽게 밟고 올라간 두 사람은 제일 심하게 탄 기둥 앞에 한쪽 무릎을 굽히고 앉았다. 소매에서 작은 주머니를 꺼낸 길우가 안에 담긴 부적을 태운 재를 조심스럽게 기둥 주변에 뿌렸다. 기둥에 닿은 재들이 반짝거리면서 녹아내리자 길우는 눈을 감고 소환 주문을 외웠다. 잠시 후 기둥이 부르르 떨리며 잿빛 연기는 서서히 노인의 모습으로 변했다. 지켜보던 달성이 조용히 말했다.

"성공이야. 불의 정령이 나타났어."

조심스럽게 눈을 뜬 길우가 말했다.

"불의 정령이시여. 부소의 후손이 영접합니다."

불의 정령인 노인이 성난 목소리로 말했다.

"부소의 후손이라니, 왜 나를 불러냈느냐?"

"저는 당신을 해치기 위해서 온 것이 아닙니다. 단지 여쭤보기 위해서 불러냈을 뿐입니다."

"불을 막는 자들에게 저주가 있으리라."

저주의 말을 내뱉은 노인이 사라지려고 하자 길우가 얼굴빛을 바꿨다.

"지금 사라지면 상점 주인에게 이야기해서 이 땅의 모든 잔해를 치우고 화기들도 없애버리라고 할 겁니다."

불을 내고 다니는 화귀와는 달리 불이 난 곳에 들러붙어야 하는 불의 정령들에게는 가장 두려운 이야기였다. 움찔한 노인이 천천히 입을 열었다.

"무엇을 물으려고 하느냐?"

"당신을 불러낸 화귀들은 어디에서 왔습니까? 왜 우리를 두려워하지 않습니까?"

"그분의 명령 때문이지. 너희들보다 그분이 더 무섭거든."

노인의 대답을 들은 길우와 달성은 서로의 얼굴을 쳐다보았다. 길우가 다시 물었다.

"그분은 누굽니까?"

"감히 그 이름을 언급하는 것만으로도 저주를 받게 될 것이야."

"누르입니까?"

길우가 재차 묻자 부르르 떤 노인이 대답했다.

"불을 지배하는 자. 이 땅의 주인이야. 그분이 곧 오실 거야. 그럼 네놈들도 이 세상도 모두 끝이 나고 말겠지."

이야기를 마친 노인은 순식간에 연기로 변해서 불탄 나무 기둥의 갈라진 틈으로 빨려 들어갔다. 달성이 믿기지 않는다는 표정으로 말했다.

"불의 정령이 화귀를 두려워하고 있어."

때마침 생석회를 구해온 상점 주인이 돌아왔다. 김천복이 상점 주인을 붙잡고 있는 사이 뒷문으로 빠져나온 두 사람은 어제 불이 났던 구리개의 초가집으로 향했다. 잠시 후 김천복이 헐레벌떡 따라붙으면서 물었다.

"뭐 나온 거 있어?"

두 사람은 약속한 것처럼 고개를 저었다. 그리고 아무 말 없이 구리개의 초가집까지 걸어갔다. 그나마 무너지지 않았던 유기전과는 달리 구리개의 초가집은 모두 주저앉아버렸다. 그곳에서도 주인 부부가 하염없이 불탄 잔해들을 뒤적거리는 중이었다. 다행히 길우가 할머니를 구해준 탓인지 상점 주인처럼 노골적으로 구박하지는 않았다. 김천복이 남자와 이야기를 하는 사이 길우는 여인에게 불이 날 당시의 정황을 물었다.

"시어머니가 몸이 안 좋으셔서 군불을 좀 때려고 했는데 아궁이에서 갑자기 불길이 확 치솟았어요. 불이 마치 살아 있는 것처럼 활활 타올랐어요."

"살아 있는 것처럼……."

그녀의 말을 곱씹으며 길우는 부엌을 살펴보았다. 다행스럽게도 부엌 쪽 기둥이 버텨준 덕분에 부엌이 주저앉지는 않았다. 제일 먼저 불길이 치솟았다는 아궁이를 살펴봤지만 이상한 점은 보이지 않았다. 허리를 편 길우는 부엌 주변을 살펴보았다. 널빤지로 만든 벽들은 모두 불타서 사라져버렸고, 방과 붙어 있던 부뚜막 쪽의 흙벽만 남아 있었다. 불의 정령을 불러낼 만한 장소를 찾던 길우의 눈에 조왕신(竈王神, 부엌을 관장하는 신)을 위한 제비집 모양의 작은 받침대와 놋그릇을 만든 주발이 보였다. 그 아래쪽 흙벽에는 타다 남은 종이가 붙어 있었다. 뚫어지게 들여다본 길우는 그것이 무언지 깨닫고는 저도 모르게 중얼거렸다.

"이건."

"화(火)자 부적을 거꾸로 붙였군."

문가에 선 달성의 말에 길우가 고개를 끄덕거렸다. 안으로 들어온 달성이 길우 옆에 서서 벽을 바라보았다.

"조왕신을 모신 위치도 그렇고 거꾸로 붙인 부적을 보면 예사 집은 아닌 게 분명해."

달성의 이야기를 들은 길우는 도로 밖으로 나와서 며느리에게 물었다.

"부뚜막 쪽 벽에 뭐가 있었습니까?"

"시어머니가 붙여놓은 탱화요."

"시어머니는 지금 어디 계십니까?"

길우의 물음에 며느리는 가볍게 한숨을 쉬었다.

"신당에 계세요."

"신당이요?"

"젊은 시절에 만덕이라는 이름으로 무당 노릇을 하셨다는데 신기가 아직 남아 있어서 가끔 신당에 가서 며칠씩 지내다 오시곤 하세요."

"그 신당은 어디에 있습니까?"

며느리는 구리개 고갯길 꼭대기를 가리켰다.

"저 고개 너머 서낭당 있는 데에 있어요."

이야기를 들은 길우는 달성을 쳐다보았다.

"가 보는 게 좋겠어."

세 사람이 주인 부부에게 인사하고 초가집을 떠나자마자 문도현이 들이닥쳤다. 철릭 차림에 전립을 쓰고 환도까지 찬 문도현을 본 초가집 주인 부부는 덜컥 겁을 집어먹었다. 문도현도 길우처럼 불이 난 장소인 부엌을 확인하고 이것저것 물어본 후에 의미심장한 표정으로 돌아섰다.

진흙으로 범벅이 된 짚신을 털고 한숨을 돌린 길우 일행은 서낭당 옆에 자리 잡은 신당을 발견했다. 말이 신당이지 허름한 움막집이나 다름없었다. 하지만 가까이 다가갈수록 알 수 없는 음산함이 안개처럼 세 사람을 휘감았다. 신당 앞에는 작은 샘이 있었는데 구리개에 있는 샘물이라서 그런지 뿌연 색이었다. 길우는 달성과 김천복과 함께 신당 안으로 들어갔다. 문에 걸어놓은 거적을 들추고 안으로 들어가자 곳곳에 피워놓은 등잔불들이 어지럽게 토해내는 불빛이 보였다. 젊은 시절 무당이었다는 며느리의 말대로 그녀의 몸에서 풍기는 기운은 예사롭지 않았다. 조심스럽게 다가간 길우가 거적이 깔린 바닥에 앉으면서 입을 열었다.

"할머니, 접니다. 어제 왔던 멸화군이요."

"썩 물러가!"

가래 낀 만덕 할멈의 쇳소리에 길우는 움찔했다.

"몇 가지 물어볼 게 있어서 왔습니다."

"큰불이, 회오리 같은 불이 일어날 거야. 모두 잿더미가 되고 말 거라고."

신이 들린 것처럼 몸을 부르르 떨던 만덕 할멈이 고개를 돌렸다. 뒤에 서 있던 김천복은 만덕 할멈의 뺨과 이마에 아로새겨진 핏자국을 보고는 흠칫 놀랐다. 만덕 할멈은 피투성이가 된 손가락으로 길우를 가리키면서 말했다.

"막을 생각을 하고 있구나. 이십 년 전처럼 아무도 막지 못할 거야. 아무도."

뒤에서 지켜보던 김천복이 길우에게 말했다.

"이봐. 아무래도 실성한 것 같아. 좋은 꼴 못 볼 것 같으니까 그냥 돌아가자고."

김천복의 이야기를 무시한 길우는 만덕 할멈에게 물었다.

"무슨 신을 모시고 있었던 겁니까?"

"화덕 벼락장군을 모셨지. 그분을 잘 보살피는 게 내 일이었어."

"다섯 개의 길이 뭡니까?"

그러자 흠칫 놀란 만덕 할멈이 입을 열었다.

"그곳을 막으면 더 큰 재앙이 밀어닥칠 거야. 이십 년 전 한양을 쑥대밭으로 만든 화재처럼 말이야."

"이미 재앙은 시작되고 있어요. 사람들이 죽는 걸 그냥 보라는 말입니까?"

격분한 길우의 말에 만덕 할멈이 조용히 말했다.

"네가 할 수 있는 것은 아무것도 없어. 그러니 멀리 도망쳐. 그래야만 살 수 있어."

이야기를 마친 만덕 할멈이 방울을 흔들면서 몸을 좌우로 흔들었다. 달성이 길우의 어깨에 손을 올렸다.

"신을 부르고 있나 봐. 이만 돌아가는 게 좋겠어."

몸을 일으킨 길우는 두 사람과 함께 밖으로 나왔다. 더운 햇살 덕분에 두건을 쓴 이마에는 땀이 송골송골 맺혔다. 힘겹게 올라왔던 구리개 언덕을 내려가는데 김천복이 고개를 갸웃거렸다.

"아까 들렸던 집에 군졸들이 들이닥쳤는데?"

내내 생각에 잠겨서 내려오다가 이야기를 들은 길우는 김천복의 말대로 군졸들이 여인을 끌고 나가는 것을 보았다.

한걸음에 달려간 길우는 군졸들을 뜯어말렸다.

"무슨 짓이오? 이 여인이 무슨 잘못이 있다고 이렇게 끌고 가는 겁니까?"

"네놈은 누구냐?"

뒤에서 들려온 굵직한 목소리에 길우는 고개를 돌렸다. 붉은 철릭 차림에 전립을 쓴 젊은 사내였다. 길우는 그의 앞에 서서 말했다.

"멸화군 길우라고 합니다. 어제 이 집에서 난 불을 껐습지요."

"충용위의 문도현이라고 하네. 주상 전하의 명으로 이번 화재들을 조사하고 있는 중일세."

"그런데 이 집 며느리가 불을 냈다는 건 무슨 말씀이십니까?"

길우의 반박에 문도현은 턱으로 부엌 쪽을 가리키면서 말했다.

"따라오게. 직접 보여주겠네."

앞장서서 부엌에 도착한 문도현은 아궁이와 부뚜막을 쳐다보면서 말했다.

"이 집 며느리는 부엌의 아궁이에서 불이 시작되었다고 했네. 그런데 말이야."

이어서 불에 탄 문설주를 가리켰다.

"문설주 안쪽도 불에 탄 흔적이 역력해. 저기 아궁이에서 여기까지는 불에 탈 만한 것이 없다 이 말일세."

"하, 하오나."

화귀 때문이라고 차마 이야기하지 못한 길우가 머뭇거리자 문도현이 군졸들에게 붙잡혀 있는 며느리를 힐끔 쳐다보았다.

"거기다 부엌과 연결된 방이 바로 시어머니가 거처하던 방이라고 하더군. 동네 사람들 말로는 며느리가 시어머니를 아주 미워했다고 하고 말이야."

"말도 안 됩니다."

길우의 물음에 문도현이 냉혹한 표정으로 말했다.

"문초를 해보면 알겠지."

"시어머니를 죽이자고 자기 집에 불을 냈단 말입니까?"

길우의 반박에 문도현이 차갑게 웃었다.

"죄가 없으면 풀려날 것이니 걱정마라."

길우를 스쳐 지나간 문도현이 손짓을 하자 군졸들이 며느리를 끌고 갔다. 억울하다고 외치면서 끌려가는 며느리를 지켜보던 길우가 주먹을 불끈 쥐었다.

의금부로 끌려온 며느리는 옥졸들에게 넘겨져서 의자에 묶였다. 끌려오는 내내 그녀는 억울하다는 말만 계속했다. 묵묵히 듣고 있던 문도현은 꼬치꼬치 캐물었다.

"아궁이에서 처음 불이 일어났다고 하였는데 거리가 제법 떨어진 문설주까지 불에 탄 흔적이 보였다. 어찌 된 일이냐?"

"저는 아무것도 모릅니다. 그냥 불이 갑자기 커져서 놀라서 도망친 게 전부입니다."

"술만 마시면 동네 사람들한테 시어머니를 원망하는 패악한 말을 늘어놨다고 들었다. 사실이냐?"

문도현의 엄한 문초에 며느리는 고개를 저었다.

"술에 취하면 무슨 말인들 못 하겠습니까? 시어머니가 워낙 괴팍하고 엄하셔서 술김에 헛된 말을 했던 것뿐입니다."

그 후로도 문도현은 거듭 추궁했지만 며느리는 모른다는 말만 되풀이했다. 팔짱을 끼고 지켜보던 옥졸이 나섰다.

"매를 몇 대 칠깝쇼?"

"일단 차꼬를 채워서 옥에 가둬두어라. 궁궐에 갔다 와서 다시 문초하겠다."

문도현이 옥문을 열고 나가자 옥졸들이 의자에 묶여 있던 그녀를 풀어서 차꼬를 채워서 감방 안에 밀어 넣었다. 넋이 나가 있던 그녀는 옥문이 닫히고 자물쇠가 채워질 때까지 하염없이 눈물만 흘렸다. 옥졸들이 모두 밖으로 나가자 그녀는 겨우 몸을 추슬러서 흙벽에 기댔다. 무릎 사이에 고개를 파묻은 그녀는 어깨를 떨면서 울었다. 그러다 닫혔던 옥문이 열리는 소리에 고개를 들었다. 감옥에 들어온 것은 백저포를 입고 삿갓을 깊게 눌러쓴 사내였다. 그녀가 갇혀 있는 곳까지 걸어온 사내는 한쪽 무릎을 굽혔다. 며느리는 엉금엉금 다가와서 하소연을 했다.

"뉘신지는 모르겠지만 저 좀 풀어주십시오. 아무 죄도 없는데 이게 무슨 날벼락인지 모르겠습니다요."

그러자 사내는 비릿한 웃음을 남겼다.

"완벽하군. 보통 사람은 물론이고 그들도 몰라봤겠어."

"그게 무슨 말씀이십니까?"

며느리가 영문을 모르겠다는 표정으로 엉거주춤 물러났다. 삿갓을 쓴 사내는 품에서 부적 한 장을 꺼냈다. 노란 종이에 붉은 글씨로 새겨진 부적을 본 며느리는 비명을 지르며 손으로 얼굴을 가렸다. 짧게 주문을 외운 사내가 부적을 놨다. 그러자 부적은 마치 살아 있는 새처럼 팔랑거리면서 며느리에게 날아갔

222

다. 구석까지 기어간 며느리는 날아오는 부적을 피하려고 안간
힘을 썼다. 그러는 사이 사내는 주문을 외우면서 자물쇠를 비틀
었다. 그러자 주먹만 한 자물쇠가 우두둑 부서져나갔다. 옥문을
열고 안으로 들어간 사내는 손에 들고 있던 환도의 칼자루를 오
른손으로 움켜잡았다. 부적을 피해서 발버둥을 치던 며느리의
손과 발이 검게 타들어가면서 온몸에서 연기가 치솟았다. 꿈틀
거리던 며느리가 검게 탄 손으로 허공에 뜬 부적을 움켜잡았다.
부적은 삽시간에 타들어가면서 부스러지고 말았다. 손과 발에
채워진 차꼬를 손쉽게 뜯어낸 며느리는 천천히 몸을 일으켰다.
얼굴도 검게 타들어갔고, 눈동자는 피처럼 붉어졌다. 흙벽에 기
댄 채 일어선 며느리가 음산한 목소리로 말했다.

"용케 내 정체를 알아차렸구나."

"물론이지."

환도를 천천히 뽑아 든 그가 다가오자 며느리가 이를 드러내
면서 덤벼들었다. 옆으로 슬쩍 피한 사내가 환도를 휘둘렀다. 손
으로 환도의 칼날을 움켜잡은 며느리는 흠칫 놀라고 말았다. 칼
날을 놓은 며느리가 냉기에 사로잡힌 손을 내려다보면서 중얼
거렸다.

"얼음으로 칼날을 만들었군!"

사내는 얼음 칼날로 된 환도를 휘둘러서 며느리의 목을 단번
에 잘라버렸다. 지푸라기가 깔린 바닥에 굴러떨어진 머리는 구
석까지 데굴데굴 굴러갔다. 떨리던 입술에서 작은 말소리가 흘
러나왔다.

"그분이 곧 오신다. 그분이……."

붉게 달아오른 눈동자는 지글거리는 불을 뿜어냈다가 차츰 꺼져가면서 검게 변했다. 반쯤 녹은 환도의 얼음 칼날을 칼집에 집어넣은 사내는 곧장 밖으로 사라졌다.

목이 잘린 며느리의 시신을 발견한 사람은 궁궐에서 돌아온 문도현이었다. 어처구니없는 광경을 본 그는 당장 옥졸들을 불러다가 캐물었지만 아무도 들어온 사람이 없었다고 대답했다. 옥졸들의 한결같은 대답에 문도현은 망연자실한 눈으로 감옥 안을 바라보았다. 마치 불에 탄 것처럼 검게 그을린 며느리의 몸통과 잘린 머리를 우두커니 내려다보던 그가 문득 중얼거렸다.

'피가 한 방울도 보이지 않아.'

며칠 전 피맛골에서 피 한 방울 흘리지 않고 목이 잘린 시체가 발견되었다는 사실을 기억하고 있던 그는 서둘러 궁궐로 돌아갔다. 의금부를 빠져나와 경복궁으로 향하는 그의 발걸음 뒤로 어느덧 해가 저물어갔다.

방울을 흔들면서 치성을 드리던 만덕 할멈은 등 뒤에서 밀려오는 뜨거운 열기에 손을 멈췄다. 해가 저물었는지 부엉이가 우는 소리가 들려왔다. 입구 역할을 하던 거적에서 연기가 피어나더니 삽시간에 불타버렸다. 그리고 달빛을 등진 그림자가 신당 안으로 발을 들여놨다. 방울을 내려놓은 만덕 할멈은 품에서 둘둘 말린 종이를 꺼내서 촛불이 켜진 탁자 밑에 조심스럽게 밀어

넣었다. 그리고 공손하게 말했다.

"생각보다 늦으셨습니다."

아무 대답이 들리지 않자 빙그레 웃은 만덕 할멈은 두 손으로 합장을 했다. 거의 동시에 불의 검이 만덕 할멈의 목을 잘랐다. 허공을 날아간 목은 벽에 부딪힌 다음 바닥에 떨어졌다. 단숨에 목을 자른 침입자는 말없이 돌아서서 신당 밖으로 나갔다. 그가 내디뎠던 발자국에서 모락모락 연기가 피어나면서 불길이 치솟았다. 삽시간에 커진 불길은 자그마한 신당을 순식간에 집어삼켰다.

태종은 조강(朝講, 이른 아침에 강연관이 임금에게 학문을 강의하는 것)을 마치고 곧바로 사정전에서 조회를 열었다. 봄부터 시작된 가뭄이 계속 이어진 탓에 분위기는 몹시 무거웠다. 태종의 눈치를 살피던 영의정이 조심스럽게 입을 열었다.

"전하, 곡우 때부터 지금까지 한 달이 넘도록 비가 내리지 않아서 가뭄이 이어지고 있습니다. 아무래도 기우제를 지내어 민심을 달래는 게 좋겠습니다."

호조판서가 영의정의 이야기를 거들었다.

"신의 뜻도 그렇습니다. 올해같이 지독한 가뭄은 근래에 보기 드문 일입니다. 기우제를 지내고 시장을 옮겨서 비를 기다려야 할 것입니다."

신하들이 이구동성으로 말했지만 태종은 묵묵부답이었다. 그러다가 고개를 돌려서 심원을 바라보았다.

"한성판윤의 생각은 어떠한가?"

갑자기 지목을 당한 심원은 담담한 목소리로 말했다.

"예전에도 가뭄이 심해지면 기우제를 지내서 하늘을 달랬습니다. 올해도 전례를 따르는 것이 좋겠습니다."

이야기를 마치고 고개 숙인 심원을 바라보던 태종이 입을 열었다.

"백성들이 고통을 받고 있다고 하니 과인의 마음이 애통하기 그지없도다. 하지만 기우제를 지낸다고 꼭 비가 오는 것은 아니니 좀 더 지켜보고 결정하도록 하겠다."

그리고 곧장 심원을 향해 말했다.

"근래 한양에서 괴이하고 참혹한 살인이 연달아 벌어지고 그것도 모자라 불까지 빈번하게 일어난다고 들었다. 판윤은 대체 무엇을 하고 있기에 그런 일들을 못 막는 것이냐?"

"송구하옵니다. 멸화군에게 순라를 돌고 철저히 대비하라고 이르겠습니다."

심원의 이야기를 유심히 들은 태종은 영의정과 여진족 문제를 논의했다. 조회가 끝나고 신하들이 물러난 후 태종은 골똘히 생각에 잠겼다. 그러다가 차를 가지고 들어온 상선 정용진에게 물었다.

"한성판윤이 요즘 누굴 만나고 있느냐?"

차를 따른 심원이 대답했다.

"측근인 한성부 판관 조치곤과 병조판서 장황서 정도입니다."

차를 한 모금 마신 태종이 고개를 갸웃거렸다.

"아무리 생각해도 이상해."

"무엇이 말입니까?"

"납작 엎드리기로는 둘째가라면 서러운 인물인데 오늘은 그러지 않았어. 사직하겠다는 말이 나올 줄 알았는데 말이야."

"주변을 좀 더 철저히 조사하라고 이르겠습니다. 그리고 충용위 문도현이 밖에서 기다리고 있습니다."

"들라 이르라."

정용진이 밖으로 나가자 문도현이 모습을 드러냈다. 안으로 들어선 그는 절을 하자마자 말했다.

"도성에서 이상한 사건들이 연달아 벌어지고 있습니다."

"호들갑 떨 필요 없다. 확실한 것만 아뢰어라."

차가운 질책에 침을 삼킨 문도현이 입을 열었다.

"며칠 전 기별서리 노태보가 피맛골에서 목이 잘렸고, 어제는 의금부 감옥 안에서 취조 중이던 여인이 목이 잘려 죽었습니다. 두 사람 모두 목이 잘렸지만 피는 한 방울도 나지 않았고, 여인의 경우에는 목이 불에 탄 것처럼 그을렸습니다. 참으로 괴이한 일입니다."

그것을 시작으로 문도현은 조사한 내용을 차례대로 말했다. 가만히 듣고 있던 태종이 물었다.

"그 일들이 왜 일어난 것 같으냐?"

태종의 질문에 문도현은 아무 대답도 하지 못했다. 말없이 일어난 임금이 엎드려 있는 문도현을 지나서 사정전 밖으로 나갔다. 분합문을 열고 밖으로 나가자 환관들이 일제히 허리를 굽혔

227

다. 태종이 고개를 돌려 문도현에게 짧게 말했다.

"따르라."

태종이 허겁지겁 일어선 문도현을 데리고 간 곳은 경회루였다. 임금은 육조거리가 보이는 난간 앞에 서서 뒤따라온 문도현에게 말했다.

"궁궐 밖에 무엇이 보이느냐?"

"육조거리와 기와집, 그리고 사람들이옵니다."

"이십 년 전에 아주 큰불이 났었다. 궁궐 밖에 보이던 모든 것들이 불타고 잿더미로 변했느니라."

"소인도 들은 적이 있사옵니다."

문도현의 공손한 대답을 들은 태종이 육조거리를 바라보면서 입을 열었다.

"과인은 최근에 벌어지고 있는 살인과 방화가 그때의 일과 연관이 있다고 믿느니라."

"어떤 점에서 말씀이시옵니까?"

"그걸 찾는 게 너의 일이다. 그러니 과인을 실망시켜서는 아니 된다. 알겠느냐?"

"최선을 다하겠습니다."

허리를 굽힌 문도현의 말에 태종이 가볍게 한숨을 쉬었다.

"시간이 없다. 자고로 나쁜 일은 반드시 징조가 먼저 온다고 했느니라. 그리고 그 틈을 타서 다른 마음을 품은 자들이 하늘의 뜻을 오해하고 설칠 것이 분명하다."

숙소로 돌아온 길우는 저녁을 먹은 후에 군배와 덕창에게 그동안 조사한 내용을 설명했다.

"불의 정령이 화귀를 두려워했고, 화덕 벼락장군을 모신다는 늙은 무당은 곧 재앙이 닥친다고 계속 떠들고 있습니다."

심각한 표정으로 듣고 있던 군배가 조심스럽게 물었다.

"단서는?"

길우는 괴로운 표정으로 고개를 저었다.

"조만간 큰일이 날 것이라는 말밖에는 없습니다."

이야기를 들은 군배가 한숨을 푹 내쉬었다. 두 사람의 이야기를 듣던 덕창이 끼어들었다.

"일단 장비들을 점검하고 순라를 늘려야겠습니다."

"그러는 게 좋겠다."

"그나저나 앉아서 일이 터지기를 기다려야만 하다니 속이 바짝바짝 탈 지경입니다."

두 사람 사이에서 오가는 이야기를 듣던 길우가 물었다.

"화덕 벼락장군을 모셨다는 늙은 무당이 이십 년 전의 큰불보다 더한 재앙이 일어날 것이라 했습니다. 그때 불은 어떻게 난 것입니까?"

그러자 군배와 덕창은 서로의 얼굴을 쳐다보았다. 그러다가 헛기침을 한 군배가 조심스럽게 입을 열었다.

"인왕산에 살던 누르가 가뭄이 심해진 틈을 타서 한양에 불을 낸 것이다. 피곤할 테니 가서 쉬어라."

두 사람을 남겨놓고 밖으로 나온 길우에게 기다리고 있던 달성이 다가왔다. 할 말이 있다는 그의 눈짓에 두 사람은 뒤뜰의 우물가 쪽으로 걸어갔다. 저물어가는 해가 남겨놓은 약한 빛이 긴 그림자들을 만들어냈다. 주변에 아무도 없다는 사실을 확인한 달성이 조심스럽게 입을 열었다.

"다섯 개의 길이라는 거 말이야. 뭔지 대략 알 것 같긴 해."

달성의 이야기를 들은 길우가 물었다.

"그게 뭔데?"

"선사님께서 나보고 한양으로 오기 전에 폐허가 된 길에 새로운 길이 다시 생긴다는 게송(偈頌, 불교의 교리를 담은 한시)을 기억하라고 하셨어."

"그게 무슨 뜻인데?"

길우의 물음에 달성이 조심스럽게 대답했다.

"무슨 일이 있을 때마다 선사님께서는 게송으로 풀어주시곤 하셨어. 무슨 뜻인지 몰랐는데 지금 보니까 이번 일과 연관이 있는 것 같아서 말이야."

심원은 사랑채에 조치곤과 장황서가 도착하자마자 입을 열었다.

"임금께서 나를 의심하기 시작한 것 같다."

"의심할 건더기가 없지 않습니까?"

눈살을 찌푸린 조치곤의 물음에 심원이 마른 웃음을 지었다.

"임금께서는 젊은 시절부터 자신에게 걸림돌이 되는 자들을 잘 골라냈지. 그래서 늘 한발 빨리 움직일 수 있었고 말이야. 지금까지는 그냥 이상하다고 여기고 있지만 이것을 세자 폐위 문제와 연관 짓는 순간에는 우리 모두 끝장일세."

심원의 말이 만들어낸 무거운 침묵이 한동안 사랑채를 휩쓸었다. 조치곤은 구석에서 아무 말도 없이 앉아 있는 김가를 향해 말했다.

"네놈의 어설픈 계획 때문에 일이 이렇게 되었다. 어찌할 것이냐?"

"물러설 수 없다면 앞으로 계속 나아가야 하지요."

조치곤의 말을 슬쩍 넘겨버린 김가가 심원을 향해 말했다.

"오늘 조회에서 기우제 이야기가 나왔다고 들었습니다."

"그렇다네. 아울러 한양에서 괴이한 사건들이 연달아 벌어지고 있다고 나를 질책하셨지."

이미 조회에서 어떤 이야기가 오갔는지 알고 있던 조치곤은 혀가 바짝 탔다. 만에 하나 심원이 물러난다면 후임자가 전임자의 측근인 그를 곱게 봐줄 리 만무했다. 자리 보존조차 어려운 상황이 올까봐 전전긍긍하고 있던 조치곤의 귀에 김가의 목소리가 들렸다.

"그 일들을 가뭄과 연관 지으십시오."

"어떻게 말인가?"

호기심이 담긴 심원의 물음에 김가가 빙그레 웃으면서 말했다.

"안 좋은 일들이 있어서 비가 안 오니까 기우제를 대대적으로 지내야 한다고 말입니다."

그러자 잠자코 듣고 있던 장황서가 끼어들었다.

"그게 우리 일과 무슨 연관이 있단 말이냐?"

"그 기우제를 세자에게 지내게 하는 겁니다. 그런데 기우제를 지낸 후 비가 오지 않는 상황에서 세자의 음행이 탄로 난다면 어찌 되겠습니까?"

김가의 계획을 들은 심원이 무릎을 탁 쳤다.

"그러면 자연스럽게 세자가 덕이 없으니 폐위하자는 이야기가 나오겠지."

"맞습니다. 여론이 자연스럽게 일어나게 되면 임금께서도 누가 주동자인지 찾아낼 수 없을 겁니다."

김가의 자신만만한 이야기에 심원과 장황서가 탄복하면서 말했다.

"안 그래도 연회 때 세자를 만난 이오방이 벌써 붙어 다닌답니다."

"제갈공명이 울고 가겠군."

심원의 칭찬에 김가가 씩 웃었다. 하지만 그 광경을 바라보던 조치곤은 여전히 미심쩍은 마음을 거둘 수가 없었다.

길우가 달성에게 들었던 이야기를 털어놓자 군배가 중얼거렸다.

"한양을 세울 때 화귀들이 오가는 길을 끊기 위해서 몇 가지 조치들을 취했었다."

군배의 이야기를 들은 길우가 눈빛을 반짝거리면서 물었다.

"그게 어디 어딥니까?"

"따라오너라."

힘겹게 몸을 일으킨 군배가 뜰로 나갔다. 그리고 나뭇가지를 하나 집어 들고 이제 막 깔리기 시작한 달빛과 처마에 걸어둔 등불에 의지해 바닥에 그림을 그렸다.

"이게 도성이고 여기가 경복궁이다. 경복궁 뒤쪽에 있는 산이 화귀들의 고향이라고 할 수 있는 인왕산이다. 화귀들은 서로 뭉치고 합해지면서 강력해진다. 따라서 그들을 서로 만나지 못하게 하고 단절시키는 게 싸움의 첫걸음이지."

"어르신한테 들었습니다."

길우의 이야기에 군배가 계속 말을 이어갔다.

"한양은 지세와 풍수가 한 나라의 도읍이 될 만한 곳이지만 늘 인왕산이 문제였다. 거기다 인왕산의 남쪽에 있는 관악산은 화기를 북돋는 역할을 한다. 그래서 그 가운데 있는 한양은 늘 큰불이 날 위험이 있단다. 그래서 처음 터를 잡을 때 인왕산과 관악산의 화기를 끊기로 했단다. 숭례문의 현판을 세로로 걸어서 화기를 눌렀고, 앞에다가 큰 연못을 팠지. 그리고 도성을 동서로 가로지르는 큰 개천도 팠고 말이야. 마지막으로는……"

옛날 생각에 울컥해진 군배가 잠시 숨을 고르고 덧붙였다.

"경복궁 안에도 큰 연못을 만들었단다."

"철저하게 막아놨군요."

길우가 감탄하는 말투로 이야기하자 군배가 희미하게 웃었다.

"이 중에서 숭례문 앞의 연못인 남지는 메워버렸지만 나머지는 아직 건재하단다. 대화재 이후에 크고 작은 불들이 있긴 했지만 화귀들의 소행은 아니었지."

"사라진 게 아니라 조용히 힘을 길렀던 것이군요."

길우의 이야기에 군배가 고개를 끄덕거렸다.

"그래서 두렵단다. 화귀들은 절대로 숨어 지내지 못하거든. 그런데 그 오랜 세월 동안 조용히 힘을 길렀다는 건 분명 엄청난 힘을 지낸 존재가 있다는 뜻이지."

"면주전에서 소환한 불의 정령도 그렇고 화덕 벼락장군을 모셨다는 무당 할머니도 뭔가를 두려워했습니다."

군배가 손에 쥔 나뭇가지를 내던지면서 중얼거렸다.

"한양을 놓고 보면 처음 불이 난 운종가의 면주전은 한가운데고 두 번째로 불이 난 구리개의 초가집은 동쪽이지. 뭔가 의미가 있긴 한데 아직은 부족해."

폐허 위에서

멀리 돈의문의 누각이 보이는 국밥집은 손님들로 북적였다. 돈의문 밖에서 기른 채소를 파는 채소꾼과 산에서 베어낸 장작을 운종가에 공급해주는 나무꾼들이 대부분이었다. 간판 같은 건 없었지만 평상이 놓인 마당 한쪽에 커다란 은행나무가 한 그루 있어서 다들 은행나무 집이라고 불렀다. 욕설이 섞인 와자지껄한 이야기 틈으로 누런 얼굴에 턱수염을 길게 기른 주인이 바쁘게 움직였다. 국밥집에서 일하는 중노미들은 부엌을 드나들면서 국밥이 담긴 뚝배기들을 날랐다. 오늘따라 손님이 많아서 싱글벙글한 주인은 꾸물거리는 중노미들을 다그쳤다.

"뭣들 해! 얼른 손님들한테 국밥 내드리지 않고!"

거나하게 취해서 일어난 나무꾼들에게 또 오라는 인사를 하고 싸리문 밖까지 배웅을 한 주인은 눈앞에 우뚝 선 그림자를 보고 깜짝 놀랐다. 얼굴이 거의 보이지 않을 정도로 푹 눌러쓴 삿갓에 백저포 차림이라는 걸 확인한 주인이 떨떠름한 표정으로 물었다.

"어, 어서 오십시오. 혼자 오셨습니까?"

"국밥 하나 말아주게."

냉담하게 이야기한 사내는 성큼성큼 안으로 걸어 들어와서는 빈 평상에 걸터앉았다. 어쩐지 불길한 기분이 들었지만 들어온 손님을 쫓아낼 수는 없는 법이라고 마음을 다잡은 그는 온종일 밥도 못 먹고 일하느라 어깨가 축 처진 중노미를 다그쳤다.

"손님한테 얼른 국밥 가져다드리지 않고 뭐해!"

애꿎은 중노미에게 화풀이 아닌 화풀이를 하고 부엌으로 들어가려던 그를 방금 들어온 삿갓을 쓴 사내가 붙잡았다. 소매에서 저화 한 장을 꺼내서 건넨 그가 말했다.

"국밥값이네. 측간이 어딘가?"

저화를 받은 국밥집 주인이 부엌 쪽의 뒤뜰을 가리켰다.

"저, 저쪽입니다."

몸을 일으킨 그는 바쁘게 오가는 중노미들과 떠들썩하게 술과 음식을 먹는 손님들 사이를 지나쳐 뒤뜰로 향했다. 모서리에 거적으로 입구를 가린 측간이 보였지만 그는 더는 걷지 않고 발걸음을 멈췄다. 옆으로 고개를 돌린 그는 하얀 연기를 정신없이 토해내고 있는 부엌의 굴뚝을 쳐다보았다. 아래쪽은 흙과 돌을 섞어서 만든 토축이었고 연기가 나오는 곳은 흙으로 빚은 옹기로 만든 오지굴뚝이었다. 초가지붕을 피해 비스듬하게 세워진 굴뚝을 올려다보던 그가 삿갓을 살짝 들췄다. 그러자 붉게 달아오른 눈이 굴뚝을 향했다. 그가 입술을 달싹거리면서 나지막하게 주문을 외우자 오지굴뚝 아래쪽부터 생긴 금이 천천히 위쪽으로 올라갔다. 금이 간 곳으로 연기가 머금어지는 것을 본 그는 흡족한 미소를 지었다. 평상으로 돌아오던 그는 소매에서 부적 몇 장을 꺼내 바닥에 흩뿌렸다. 평상에는 김이 모락모락 피어나는 국밥이 놓여 있었다. 그는 몇 수저 떠서 먹는 시늉만 하고는 곧장 일어났다. 삿갓을 푹 눌러쓴 그가 주인의 인사를 뒤로 하고 어둠 속으로 걸어갈 즈음 바닥에 떨어진 부적들은 때마침 불어온 바람에 떠밀려 싸리 담장에 들러붙었다.

문도현에게 불려온 옥졸은 고개를 들지 못했다. 문도현은 엄한 목소리로 말했다.

"내 분명 궁궐에 다녀올 때까지 아무도 들이지 말라고 일렀거늘……."

"아, 아무도 들어오지 않았습니다."

옥졸의 어설픈 변명에 문도현이 벌컥 화를 냈다.

"그럼 옥에 갇혀 있는 여인이 혼자서 불에 타고 목이 잘렸단 말이냐? 사실대로 고하지 않으면 가만두지 않겠다."

"정말입니다요. 나리께서 가신 이후에 아무도 발을 들이지 않았습니다."

"내가 왕명을 받들고 이번 일을 조사한다는 것을 알고 있느냐? 친히 임금께 고해서 네놈의 죄를 묻겠다."

문도현의 서슬 퍼런 기세에 옥졸은 바닥에 납작 엎드렸다.

"아이고, 제발 살려주십시오."

"살고 싶으면 사실대로 고하여라."

"사, 사실은 나리께서 궁궐로 가시고 딱 한 사람이 오기는 했습니다."

"그것이 누구냐?"

엎드려서 덜덜 떨고 있던 옥졸은 머뭇거리다가 입을 열었다.

"상선 정용진입니다."

"상선?"

옥졸의 입에서 뜻밖의 이름이 나오자 문도현은 눈을 치켜떴다.

"상선이 확실하냐?"

"몇 번 얼굴을 본 적이 있어서 알고 있습죠."

"그자가 왜 감옥에 갇힌 여인을 보러 온 것이냐?"

문도현의 다그침에 옥졸이 고개를 갸웃거렸다.

"소인은 그저 열쇠로 문만 열어줬을 뿐입니다요. 저화를 쥐여주면서 어디 가서 목이나 축이라고 해서 자리를 뜬 게 전부입니다."

"얼마나 자리를 떴느냐?"

"기껏해야 한 시간 정도입니다. 돌아와보니까 이미 자리를 떠서 갔다고 생각하고 도로 옥문을 잠근 게 전부입니다. 저한테는 절대 자기가 왔다 갔다는 말을 하지 말라고 해서 할 수 없이 거짓말을 했습니다. 제발 용서해주십시오."

"알겠다. 물러가거라."

굽실거리던 옥졸이 사라지자 문도현이 중얼거렸다.

'상선, 상선이 왔다 갔다고?'

문도현은 임금 곁에 그림자처럼 붙어 있던 상선 정용진의 기분 나쁜 눈초리를 떠올렸다. 동시에 깊은 의문이 떠올랐다.

'그런데 그자가 어떻게 알고 찾아왔지?'

밤이 깊어갔지만 길우는 손에서 목검을 놓지 않았다. 달빛 아래에서 조용히 목검을 휘두르며 술법 쓰는 법을 연습하고, 지쳐서 쉴 때면 손으로 결계를 치는 수인 맺는 법을 연습했다. 쪽문을 열어놓고 방에서 그 광경을 지켜보던 덕창이 군배에게 말했다.

"처음에는 어린애 같아서 저놈을 믿을 수 있을까 걱정했는데 역시 피는 못 속이나 봅니다."

"어허."

군배의 타박에 덕창이 뒤통수를 긁적거렸다.

"알고 있어요. 그나저나 예언이 들어맞는 거 아닙니까?"

"예언이라니?"

군배가 쳐다보자 덕창이 조심스럽게 말했다.

"태곳적부터 내려온 예언이요. 선택받은 자가 불과의 전쟁을 끝내는 대폭풍을 부른다는 이야기요."

"말도 안 되는 소리 하지 마. 대폭풍이 온다고 화귀들이 사라지는 게 아니잖아."

"그렇긴 해도요. 저는 길환이가 그 예언의 주인공인 줄 알았는데……."

"거참, 입조심 좀 해."

이마를 찌푸린 군배의 말에 덕창이 처마 끝에 걸린 달을 올려다보면서 중얼거렸다.

"나이가 드니까 잡생각이 많아지나 봅니다. 여기 온 게 엊그제 같은데 벌써 이십 년이 지났네요."

"그러게 말이다. 생전에 고향에 돌아갈 수 있으려나 모르겠다."

군배의 이야기를 들은 덕창이 혀를 찼다.

"거참, 마음 단단히 먹으라고 한 게 형님이었수. 형님 아니었으면 우리들은 혀 깨물고 죽고 말았을 겁니다."

군배가 덕창의 어깨를 툭 치면서 말했다.

"죽더라도 고향에 가서 죽어야지. 안 그래?"

"그러게요."

피식 웃은 군배가 대답하는 찰나 종루에서 종소리가 들려왔다. 벌떡 일어난 군배가 쳐다보자 종루의 난간에 기댄 멸화군이 외쳤다.

"서쪽 돈의문 쪽에서 불길이 보입니다."

불이 났다는 외침에 잠자고 있던 멸화군들이 하나둘씩 문을 열고 밖으로 나왔다. 짚신을 신은 덕창이 우렁차게 소리쳤다.

"다들 장비 챙기지 않고 뭣들 해!"

정신을 차린 멸화군들이 출동할 준비를 하는 사이 길우도 녹색 조끼를 입고 부적들을 챙겼다. 대문 앞에 서서 멸화군들을 챙긴 덕창이 깃발을 들고 앞장섰다. 장비가 담긴 손수레를 끌고 멸화군이 흥인문 근처의 국밥집에 도착할 즈음 불은 거의 꺼져가는 중이었다. 부엌문으로 불길이 쏟아져 나오고 있었지만 다른 곳은 불이 꺼져 있거나 옮겨붙지 않은 상태였다. 국밥집에서 일하는 중노미들이 빨리 움직이기도 했고, 불이 옮겨붙는 것을 걱정한 이웃 주민들이 적극적으로 나선 덕분이었다. 바닥에 주저앉은 주인은 연신 망했다는 말을 되풀이하는 가운데 이웃 주민들은 불이 옮겨붙지 않았다고 희희낙락해했다. 불이 남아 있는 부엌을 둘러싼 멸화군들은 물을 뿌리고 물에 적신 보자기로 불길을 잡아갔다. 연기로 가득한 부엌을 들여다본 길우가 달성에게 물었다.

"보여?"

그러자 달성이 눈을 감은 채 부엌 쪽을 한참 바라보다 고개를 저었다.

"안 보여. 하지만 지난번에도 낌새가 없었는데 나타났잖아. 조심하는 게 좋겠어."

고개를 끄덕인 길우가 한 손에 목검을 쥐고 다른 한 손에는 부적을 쥔 채 부엌으로 들어갔다. 국밥집이라 그런지 보통 집보다 부뚜막이 컸고, 아궁이 숫자도 많았다. 조심스럽게 부엌 안을 살핀 길우가 뒤따라 들어온 달성에게 말했다.

"아궁이에 있던 불이 옆에 있는 장작에 옮겨붙었나봐."

달성이 부뚜막 위쪽의 칸칸이 올려져 있는 나무 시렁의 흔적을 보면서 대꾸했다.

"그러게. 그러다가 뚝배기들을 올려놓은 시렁에 옮겨붙은 모양이야. 뚝배기를 닦으려고 놔둔 지푸라기에 먼저 옮겨붙었으니 삽시간에 불이 커졌겠지."

두 사람은 부엌을 살펴봤지만 별다른 점은 보이지 않았다. 두 사람이 밖에 나오자 군배가 말했다.

"이웃 주민 말로는 굴뚝에서 불길이 치솟았다고 하더구나. 저기에서 말이다."

걸음을 멈춘 군배가 부서진 굴뚝을 올려다보면서 말했다. 머리 부분이 깨진 오지굴뚝은 연기에 심하게 그을렸다.

"굴뚝에서 불이 시작됐단 말씀이십니까?"

길우의 물음에 군배가 조용히 대답했다.

"확실한 건 모르지. 하지만 굴뚝같은 경우는 집 전체가 타버려도 멀쩡하게 남는 경우가 대부분이야. 이렇게 굴뚝이 부서지는 일은 거의 없지."

"굴뚝 때문에 불이 나기도 합니까?"

옆에서 듣고 있던 달성의 물음에 군배가 고개를 끄덕였다.

"본래 아궁이의 불은 방의 구들장을 지나서 연도를 따라 굴뚝으로 빠져나간다. 그런데 여긴 아궁이와 굴뚝이 바로 연결되어 있지. 그러니 굴뚝으로 불이 다 빠져나가지 못하면 오히려 아궁이 밖으로 나갈 수도 있지."

"불이 역류했단 말씀이십니까?"

길우가 울고 있는 주인을 힐끔 보면서 묻자 군배가 곤혹스러운 표정을 지었다.

"굴뚝이 먼저 부서져서 불이 연기로 변해 빠져나가지 못했다면 그럴 수도 있지."

덕창은 두 사람과 이야기를 나누고 있던 군배에게 울고 있는 주인을 힐끔 보면서 말했다.

"불씨도 다 잡았습니다. 죽거나 다친 사람도 없고요."

"그럼 돌아가야지. 고생했네."

군배의 이야기를 들은 덕창이 돌아서서 멸화군들을 집합시켰다. 옷에 묻은 재를 털어낸 멸화군들이 차례로 줄을 서자 덕창이 인원을 확인했다. 마지막으로 불이 난 부엌 안팎을 살펴보던 길우의 귀에 덕창의 다급한 목소리가 들렸다.

"한 명이 없습니다."

"누구야?"

군배의 물음에 덕창이 황급히 대답했다.

"새로 들어온 석환이라는 놈입니다."

"흩어져서 찾아. 사람이 비면 판관이 우릴 가만두지 않을 게다."

파랗게 질린 군배의 말에 멸화군들이 주변으로 흩어져서 석환을 찾았다. 김천복과 함께 어두운 골목길을 뒤지던 길우의 귀에 석환의 목소리가 들렸다.

"저리 가! 오지 말란 말이야."

소리가 들린 골목 쪽으로 다가간 길우는 뭔가에 쫓겨 뒷걸음질 치는 석환의 그림자를 보았다. 무슨 일이냐고 외치는 순간 검은 그림자가 석환을 스치고 지나갔다. 움찔한 그의 몸에서 떨어져 나온 머리가 길우의 앞까지 데굴데굴 굴러왔다. 석환의 잘린 목을 본 김천복은 그대로 기절해버리고 말았다. 주변을 살피던 길우의 눈에 골목길 너머로 사라지는 그림자가 보였다. 길우는 목검을 움켜쥔 채 뒤를 쫓았다. 구불구불한 골목길을 한참 달려갔지만 그림자의 끝자락만 겨우 볼 수 있었다. 보통 사람의 발걸음이라고 볼 수 없을 정도의 경쾌함에 길우가 중얼거렸다.

"혹시 화귀?"

손에 부적을 움켜쥔 채 수인을 그린 길우가 외쳤다.

"결!"

화귀는 물론이고 사람도 걸리면 땅바닥에서 발을 떼지 못하는 주술이었지만 그림자는 전혀 영향을 받지 않은 것처럼 보였다. 한양을 가로지르는 큰길에 접어들자 그림자가 삿갓에 백저포 차림이라는 게 보였다. 한참을 달리던 그림자가 허공으로 훌쩍 날아가면서 몸을 뒤트는 게 보였다. 그의 손에서 떠난 뭔가가 달빛에 반짝거리는 걸 본 길우는 옆으로 몸을 날렸다. 아슬아슬하게 그를 스쳐 지나간 것이 길가의 돌에 부딪혀 깨졌다. 길우도 손에 쥐고 있던 부적을 구겨서 허공에 던진 다음 주술을 걸었다.

"빙!"

그러자 부적은 딱딱한 얼음 덩어리로 변했다. 길우가 수인을 그려서 결계가 맺힌 손으로 얼음덩어리를 날렸다. 쏜살같이 날아온 얼음덩어리를 피한 그림자는 돌다리 위에 우뚝 섰다. 길우는 조금 전처럼 부적을 얼리고는 연달아 날렸다. 하지만 그림자는 여유롭게 피하면서 공터 너머의 기와집 지붕에 우뚝 섰다. 주술을 써도 당도하기 어려운 거리를 단숨에 날아간 것을 본 길우는 어안이 벙벙했다. 기와지붕의 용마루에 서서 다리 위에 선 길우를 내려다보던 그림자가 마치 인사라도 하는 것처럼 삿갓의 끝을 살짝 건드렸다. 그러고는 다시 허공에 몸을 솟구쳤다. 너무 빨리 사라져버린 그림자를 멍하게 보고 있던 길우는 발걸음을 되돌렸다. 단서를 잡을 좋은 기회를 눈앞에서 놓친 것이다. 국밥집으로 돌아가던 길우는 아까 그림자가 던진 것이 바위에 꽂혀 있는 것을 보았다. 검처럼 생겼지만 가까이서 보니 표면에 물이 맺혀 있는 것이 보였다.

'쇠로 만든 검이 아니라 얼음으로 만든 검이구나.'

손을 뻗어서 만져보려고 했지만 하얀 연기에 휩싸인 얼음 검은 순식간에 녹고 말았다. 바위에 꽂힐 정도로 단단한 얼음 칼날이었는데 눈 깜짝할 사이에 녹아버린 것이다. 주술이 걸려 있는 게 분명했지만 듣도 보도 못한 것이었다. 골목길을 거슬러가서 국밥집 부근에 도착하자 모여서 멸화군들이 모여서 웅성대는 게 보였다. 군배가 걱정스러운 눈으로 그를 바라보았다.

"다친 데는 없고?"

"네. 그것보다 괴이한 자였습니다."

"그런 것 같아. 그리고 석환이라는 놈도 그렇고 말이야."

무슨 이야기인지 몰라서 어리둥절해하던 길우에게 군배가 길바닥에 뒹굴고 있는 석환의 머리를 가리켰다. 활짝 열린 두 눈동자는 물론 머리 전체가 새까맣게 타버린 상태였다.

"이, 이게 어찌 된 일입니까?"

길우의 물음에 군배가 조용히 고개를 저었다.

"나도 이런 건 처음 본다. 혹시나 해서 술법을 걸어봤는데 화귀는 아니야."

"이자가 화귀였다면 진즉에 우리 숙소를 불태웠겠죠."

"대체 어떤 일이 일어나려고 이런 징조들이 생기는 건지 모르겠다."

그에게 하는 얘긴지 혼잣말인지 모를 군배의 중얼거림이 좁고 어두운 골목길을 울려 퍼졌다.

다음 날 아침, 해가 뜨자마자 들이닥친 조치곤은 멸화군들을 집합시켜놓고 군배에게 물었다.

"대체 누구의 소행이냐?"

"소인들도 그게 궁금합니다."

군배가 억울하다는 표정으로 말했지만 조치곤은 코웃음을 쳤다.

"주민들의 말로는 그자가 죽었을 때 멸화군늘 밖에는 없었나고 들었다."

"설마 우리가 죽였다고 생각하시는 겝니까?"

발끈한 군배의 말에 조치곤이 눈살을 찌푸렸다.

"너희들이 아니면 누가 한밤중에 그자를 죽이겠느냐? 사실대로 고하지 않으면 네놈은 살아남지 못할 것이야."

"지금 소인을 제물 삼아서 이 일을 빠져나가려고 하시는 겝니까? 불길한 사건들이 연이어 터지고 있습니다. 대비하지 않으면 큰일이 터지고 말 겁니다."

"네 이놈!"

의자를 박차고 일어난 조치곤이 군배 앞에 다가와서 삿대질을 했다.

"도성의 불을 진압해야 하는 멸화군의 수장이 불도 제대로 못

꺼서 민심을 어지럽게 해놓고는 무슨 변명을 하느냐? 당장 범인을 내놓지 않으면 네놈을 끌고 가겠다."

"아까도 이야기했지만 우리 중에는 범인이 없습니다."

군배가 단호하게 이야기하자 조치곤이 씨근덕거리면서 눈짓을 했다. 그러자 조치곤을 따라온 군졸들이 군배를 포박하려고 했다. 그때 우렁찬 목소리가 들려왔다.

"멈추십시오."

성큼성큼 앞으로 나온 길우가 군배를 둘러싼 군졸들의 손길을 뿌리쳤다. 조치곤이 호통을 쳤다.

"무슨 짓이냐?"

"죄도 없는 사람을 왜 끌고 가시려고 합니까? 정 끌고 가려거든 우리 모두 끌고 가십시오."

길우의 이야기에 다른 멸화군들이 "옳소"라고 외치자 조치곤이 당황한 표정을 지었다.

"조정 관리에게 반항하고도 무사할 듯싶으냐? 네놈들을 모두 가만두지 않을 것이야."

"어차피 죽는 게 매한가지라면 목숨 걸고 불을 끄고 싶지는 않습니다. 우릴 모두 감옥에 집어넣고 불은 판관 나리께서 서리들과 함께 끄십시오."

길우의 단호한 말에 조치곤의 수염이 파르르 떨렸다. 인정하고 싶진 않았지만 그 말이 맞았다. 자꾸 불이 나는 판국에 멸화군을 몽땅 가둬버리면 불을 끌 사람이 없어져버리고 만다. 그렇다고 아랫것들 앞에서 망신당하는 것은 죽기보다 싫었다. 다행히 눈치 빠른 서리 하나가 얼른 앞으로 나섰다.

"이 사람들이 왜들 이래. 판관 나리가 윗사람들한테 안 좋은 소리를 들어서 그런 거니까 좋게 넘어가자고."

그가 멸화군들을 달래는 사이 다른 서리들은 얼른 조치곤을 대문 밖으로 모시고 나갔다. 가마에 올라탄 조치곤은 멸화군들의 비웃음 소리가 들리는 것 같아서 왈칵 짜증이 났다.

한성부 판관 조치곤이 떠나자 분이 풀리지 않은 길우가 군배에게 말했다.

"왜 고마워하지도 않는 저런 놈 밑에 있는 겁니까? 제가 어르신한테 잘 이야기할 테니까 그냥 고향으로 내려가시죠."

그러자 이야기를 들은 군배가 버럭 화를 냈다.

"우리가 불과 싸우는 것은 누구의 명령을 받는 것이 아니다. 우리가 사라지면 사람들이 목숨을 잃게 될 것이야."

"고마워하지도 않고 감사해하지도 않는 사람들을 위해서 왜 목숨을 거는 겁니까?"

"그게 우리 운명이란다. 좋든 싫든 받아들여야만 해."

운명이라는 군배의 말을 들은 길우의 눈이 이글이글 타올랐다.

"멸화군이 죽었다니? 그게 사실이냐?"

문도현의 물음에 국밥집 주인이 고개를 끄덕였다. 어젯밤 화재가 일어난 돈의문 앞 국밥집에 들른 그는 주인에게 뜻밖의 이야기를 들었다.

"그렇습니다. 멸화군 놈들이 뒤늦게 나타나서 어슬렁대다가 한 명이 없어졌다고 난리를 피우지 뭡니까? 그러고는 흩어져서 찾는데 저기 뒤쪽에서 비명 소리가 들렸습니다. 들리는 말로는 목이 잘렸다고 하더라고요."

"목이 잘렸다고?"

"네. 한 놈이 쫓아갔다가 빈손으로 돌아왔습지요."

"어느 쪽으로 말인가?"

주인이 손을 들어서 뒤쪽의 골목길을 가리켰다. 문도현은 급한 마음에 싸리 담장을 그대로 뛰어넘어갔다. 골목길에 들어선 문도현은 조심스럽게 주변을 살펴보았다. 그러다가 고개를 돌려서 싸리 담장 쪽에서 지켜보던 국밥집 주인에게 물었다.

"시신은 어디에 있었느냐?"

"지금 서 계신 곳에 있었습니다."

"그런데 왜 피가 안 보이느냐? 흙으로 덮은 흔적도 보이지 않는데 말이다."

국밥집 주인은 고개를 갸웃대면서 말했다.

"소인도 워낙 경황이 없어서요. 그놈들이 치우지 않았을까요? 아무튼 그놈들이 일을 제대로 못 한 것이지 절대 소인 탓이 아닙니다요."

문도현은 변명하는 국밥집 주인을 뒤로한 채 골목길을 쭉 걸어갔지만 별다른 흔적을 발견하지는 못하고 돌아왔다.

경복궁 후원의 황낙정 앞에 선 태종은 푸른색 철릭 차림에 공작의 깃으로 장식한 붉은색 전립을 썼다. 그리고 손목을 덮은 가죽으로 된 토시 위에는 눈을 가린 해동청(海東靑, 사냥용 매)을 얹은 상태였다. 저 멀리 갑산의 하늘을 자유롭게 날다가 덫에 걸려서 이곳까지 끌려온 해동청은 구슬프게 울었다. 태종은 옆에 있던 응사(鷹師, 응방에 속한 관리로 매를 잡고 길들이는 일을 했다)가 건넨 말린 쇠고기를 먹었다. 갈고리처럼 휘어진 날카로운 부리로 말린 쇠고기를 쪼아 먹는 해동청의 머리를 쓰다듬은 그가 고개를 끄덕거리자 황낙정 계단 아래에 서 있던 다른 응사가 양손으로 붙잡고 있던 꿩의 눈가리개를 풀고 허공에 날렸다. 푸드덕거리며 날아오르는 꿩의 날갯짓 소리에 해동청이 말린 쇠고기를 쪼아 먹다 말고 머리를 들었다. 곁에 있던 응사가 조심스럽게 고했다.

"이제 날리시지요. 전하."

태종이 눈가리개를 풀자마자 해동청은 날개를 쫙 펼치고 하늘로 날아올랐다. 정자 위를 한 바퀴 돈 해동청은 곧장 꿩을 향해 날아갔다. 허둥거리는 꿩을 향해 쏜살같이 날아간 해동청이 날카로운 발톱으로 낚아챘다. 후원에 흩어져 지켜보던 응사들이 잡았다고 외치면서 뛰어갔다. 잠시 후 태종에게 갈기갈기 찢긴 채 김이 모락모락 피어나는 꿩이 바쳐졌다. 입술과 발톱이 피로 물든 해동청은 아까와는 다른 눈빛으로 응사의 팔뚝에 앉아 있었다. 허리를 굽힌 응사가 물었다.

"꿩을 더 날릴까요?"

"됐다. 매사냥은 그만하고 오랜만에 후원을 산책하겠다."

응사가 해동청과 함께 물러나자 상선 정용진이 종종걸음으로 다가와서 손목의 가죽 토시를 벗겨냈다. 태종은 정자 아래 서서 매사냥이 끝나기만을 기다리던 문도현에게 짧게 말했다.

"따르라."

고개를 숙인 문도현이 계단을 내려가는 태종의 뒤를 따랐다. 정용진은 다른 환관들을 이끌고 몇 걸음 뒤에 따라붙었다. 계단을 내려간 태종은 망우정 쪽으로 걸어갔다. 야트막한 언덕을 넘어가는 동안 아무 말이 없던 태종은 내리막길에 접어들자 입을 열었다.

"어제 또 한양에 불이 났다고?"

"네. 흥인문 근처에 있는 국밥집입니다."

"크게 번지지는 않았고?"

"다행히 이웃 주민들이 일찍 발견해서 불을 끈 덕분에 번지지는 않았습니다. 문제는……."

잠시 말을 끊은 문도현은 뒤따라오던 정용진을 힐끔 쳐다보았다. 고개를 숙인 채 따라오던 정용진이 설핏 웃자 문도현은 얼른 고개를 돌려서 태종에게 고했다.

"불이 난 국밥집 근처에서 멸화군 한 명이 목이 잘려 죽었습니다."

"알고 있느니라. 목이 잘렸는데도 피 한 방울 나지 않았다지."

태종이 느긋하게 이야기하자 문도현은 아랫입술을 지그시 깨물었다. 임금은 대체 어디서 이렇게 빨리 이야기들을 듣는 것일지 궁금했다. 정신을 가다듬은 그가 계속 말했다.

"가뭄은 심해지고 있고, 화재와 괴이한 살인이 연달아 일어나

251

고 있습니다. 철저하게 조사하셔서 민심이 어지러워지는 걸 막아야만 합니다."

걸음을 멈춘 태종이 중얼거렸다.

"민심이라……."

그러고는 뒤따르던 문도현을 향해 물었다.

"너는 민심이 뭐라고 생각하느냐?"

"백성들의 마음 아니겠습니까?"

"틀렸다. 민심은 백성들의 마음에 있는 게 아니라 저 하늘, 하늘에 있는 법이다. 아무리 유능하고 열정적인 군주라고 해도 하늘이 몇 달 동안 비를 내려주지 않을 수도 있다. 그렇다면 그는 덕이 있는 군주겠느냐? 아니겠느냐? 반대로 포악하고 음행을 일삼는 군주에게 하늘이 적절하게 비를 내려주면 좋은 군주라고 할 수 있겠느냐? 없겠느냐?"

임금의 질문에 문도현은 대답할 말을 찾지 못했다. 그러자 태종이 피식 웃었다.

"과인의 말은 사람들의 마음 따위는 믿지 말라는 것이다."

언덕 너머로 정용진과 환관들이 모습을 드러내자 태종은 물러가라는 손짓을 했다. 그리고 문도현을 데리고 망우정으로 향했다. 산에서 흘러오는 작은 개울물 옆에 초가로 지어놓은 작은 정자 쪽으로 걸어가며 태종이 입을 열었다.

"죽은 자와 불탄 곳을 꼼꼼하게 살펴보고 놓친 것은 없는지, 사람들이 숨기고 있는 것은 없는지 파헤쳐보아라. 확실해지기 전까지는 절대 입 밖에 내지 말아야 한다."

쉴 새 없이 지시 사항을 토해내는 태종을 보면서 문도현은 정용진에 관한 이야기를 할까 고민했다. 하지만 확실해지기 전까지는 입 밖에 내지 말라는 태종의 말을 기억해내고 입을 다물기로 했다. 어느 틈에 다가왔는지 상선 정용진이 옆에 서서 태종에게 고했다.

"전하, 석강(夕講, 저녁때 임금과 신하들이 경전을 공부하던 일)시간이 다 되어가고 있사옵니다."

"알겠다."

태종은 문도현을 남겨놓고 돌아갔다. 문도현은 긴 꼬리처럼 이어진 환관들의 행렬을 이끌고 있는 정용진의 뒷모습을 말없이 지켜보았다.

"남지를 살펴보겠다고?"

군배의 물음에 고개를 끄덕거린 길우가 대답했다.

"폐허 위에 새로운 길이 생긴다는 이야기가 사실이라면 남지밖에는 없습니다."

"하긴, 예전에 있다가 사라진 것이라면 남지 밖에는 없지.

"가서 보면 뭔가 나오지 않겠습니까?"

"메워진 지 이십 년이 넘어서 뭐가 나올지는 모르겠구나. 우리야 죄인의 신분이라 바깥출입이 어렵지만 너는 괜찮으니까 다녀오너라."

"그럼 다녀오겠습니다."

인사를 하고 일어나는 길우에게 군배가 말했다.

"혹시 모르니까 무기랑 부적 챙겨 가거라."

"그러겠습니다."

문을 열고 밖으로 나온 길우는 목검과 부적을 챙기고 대문 밖
으로 나갔다. 문밖을 지키고 있던 군졸이 어디 가느냐고 묻자 길
우는 심부름을 가는 길이라고 둘러댔다. 곧장 숭례문으로 간 길
우는 길 가는 행인들과 장사치들에게 숭례문 밖의 연못 자리가
어딘지 물었다. 하지만 다들 고개를 갸웃거리거나 모른다고 대
답할 뿐이었다. 근처에 사는 늙은 할아버지가 숭례문 앞의 빈터
를 손가락질하며 말했다.

"아마 저쯤이었을 거야. 저거 파느라고 몇 날 며칠을 고생했
는데 나중에 또 묻으라고 해서 다들 투덜거렸지."

할아버지가 알려준 곳에서는 아무런 흔적도 찾을 수 없었다.
무수히 오가는 사람들의 발자국과 수레바퀴 자국만이 길게 남
아 있을 뿐이었다. 그러는 사이 해가 떨어질 기미를 보였다. 낭
패감에 젖은 길우는 숙소로 돌아갔다. 그러다가 황토마루에 도
달할 즈음 첫번째로 불이 났던 운종가의 상점이 어떻게 되었는
지 궁금했다. 발걸음을 돌린 길우는 파장 분위기인 운종가로 들
어섰다. 기억을 더듬어서 불이 났던 유기전을 찾아간 그는 여전
히 폐허로 남아 있는 상점을 보고는 고개를 갸웃거렸다. 때마침
바로 옆 포목전 주인이 어린 아들과 함께 있는 것을 본 길우는
조심스럽게 물었다.

"말씀 좀 여쭙겠습니다. 여기 유기전은 어찌 된 겁니까?"

"어찌 되긴? 불이 나서 죄다 타버렸지."

바닥에 침을 탁 뱉은 포목전 주인이 바깥으로 나가려는 아들을 어르면서 대답했다. 다행히 지난번 화재 때 길우의 얼굴을 못 본 모양이었다.

"다시 장사하는 거 아니었나요?"

"장사는 무슨, 불이 나서 물건은 죄다 타버렸잖아. 거기다 물주도 저세상으로 가버렸으니 문을 다시 열 경황이 있겠어?"

"물주라니요?"

길우의 물음에 포목전 주인이 괜히 말했다 싶은 표정으로 말을 돌렸다.

"알아서 뭐하게?"

"제가 물건을 좀 받을 게 있어서요."

"그래? 사실은 말이야."

포목전 주인은 입이 근질거렸는지 쉽게 털어놓았다.

"불탄 유기전의 물주가 기별서리로 일하던 노태보란 사람이거든. 근데 상점에 불이 나고 얼마 안 있어서 노태보가 이렇게 됐어."

손으로 목을 긋는 시늉을 한 포목전 주인의 말에 길우가 눈살을 찌푸렸다.

"죽었다고요? 어떻게요?"

"난들 아나. 들리는 소문에는 길에서 칼을 맞고 목이 뎅겅 잘렸다지, 아마."

목이 잘렸다는 이야기를 들은 길우는 석환의 죽음을 떠올렸다. 어쩌면 물주의 죽음과 불이 어떤 연관이 있는지도 모른다는

데 생각이 미친 길우는 길 위에 서서 골똘히 생각에 잠겼다. 그러다 멍하니 남쪽을 바라보다가 핏빛 석양 너머로 숭례문의 누각을 보았다. 그제야 불이 났던 유기전이 숭례문과 직선으로 연결된 것을 깨달은 길우는 입을 딱 벌렸다. 폐허가 된 길에 다시 새로운 길이 열린다는 게송을 떠올린 그는 뒤도 돌아보지 않고 숭례문 쪽을 향해 뛰었다. 말도 없이 뛰어간 길우의 뒷모습을 본 포목전 주인이 중얼거렸다.

"뭐야?"

습관적으로 바닥에 침을 뱉고 돌아선 포목전 주인은 방금 전까지 상점 앞에서 놀던 아들이 없어진 것을 깨달았다. 너무 어이가 없어서 우두커니 선 포목전 주인은 떨리는 목소리로 아들의 이름을 불렀다.

"스, 승한아?"

한달음에 숭례문까지 뛰어간 길우는 할아버지가 가르쳐준 연못 위에 섰다. 활짝 열린 숭례문 안쪽은 지붕들 때문에 제대로 보이지 않았지만 얼추 불이 난 유기전과 직선으로 이어진 것 같았다. 두근거리는 가슴을 진정시킨 길우는 다시 왔던 길로 돌아갔다. 숭례문에 들어서자마자 길옆에 우물이 있었고, 우물에서 몇십 걸음 떨어진 곳에는 작은 실개천이 흘렀다. 길가를 따라 구불구불하게 이어지던 실개천은 도성을 가로지르는 개천으로 이어져 그 너머까지 연결되었다. 다시 작은 실개천으로 변한 길은 불이 났던 유기전까지 이어졌다. 비로소 게송의 뜻을 이해하게 된 길우는 멸화군 숙소로 뛰어갔다. 인정이 치기 전에 겨우 숙소에 도착한 그는 착 가라앉은 분위기에 어리둥절했다. 눈치 빠른 김천복이 곁으로 다가와 속삭였다.

"지난번 구리개 초가집 기억나? 그 집 며느리를 끌고 간 충용위 놈이 왔다가 방금 갔어."

"문도현인가 하는 자 말인가요? 그자가 왜요?"

"나도 자세한 건 몰라. 부두령이 너 오면 바로 방으로 오라고 하셨으니까 얼른 들어가봐."

"네."

곧장 방으로 들어간 길우가 앉자마자 군배가 걱정하는 빛이 역력한 얼굴로 말했다.

"방금 충용위에 속한 성중애마가 다녀갔다."

"들었습니다. 그자가 왜 온 겁니까?"

"근래 한양에 연쇄적으로 불이 나고 있고, 거기에 맞춰서 살인이 벌어지고 있다는구나."

"살인이요? 석환이 죽은 거 때문이랍니까?"

길우가 묻자 군배가 고개를 저었다.

"석환뿐만이 아니다. 구리개 중턱의 초가집 며느리도 감옥에서 죽었다는구나."

군배의 이야기를 들은 길우는 큰 충격을 받았다.

"석환이처럼 목이 잘려서 죽은 겁니까?"

길우의 물음에 군배가 고개를 끄덕였다.

"그자가 너에 대해서 꼬치꼬치 캐물었다. 대충 둘러대기는 했는데 조만간 또 찾아올 모양이야."

걱정스러워하는 군배에게 길우가 말했다.

"게송의 뜻을 알았어요."

"그게 정말이냐?"

길우가 눈이 번쩍 뜨인 군배에게 다가가서 아까 봤던 것들을 설명했다. 그러자 군배가 눈빛을 반짝거렸다.

"네 말대로 화귀들이 드나드는 새로운 길이 뚫렸다면 도성 안에 출몰하는 게 이해가 가는구나."

"그리고 그게 스승님이 말씀하신 다섯 개의 길 중 하나일 겁니다. 오늘 밤에 은밀히 유기전에 가서 길을 찾아보겠습니다."

"위험하지 않겠느냐? 내가 몸이 좀 나아지면 같이 가는 건 어떻겠느냐?"

군배의 말에 길우가 고개를 저었다.

"시간이 없잖습니까. 서두르는 게 좋겠습니다."

길우의 이야기를 듣고 잠깐 고민하던 군배가 고개를 끄덕거렸다. 그러고는 품에서 붉은색 부적 하나를 꺼냈다.

"화귀들의 거처를 없앨 때 쓰는 멸화부적이다. 화귀가 있는 곳에 이걸 떨어뜨려라."

"알겠습니다."

길우가 부적을 챙기자 군배가 조용히 말했다.

"마침 보름달이 뜨니까 움직이기 좋을 것이야."

물러난 길우는 부적을 챙기고 출발할 준비를 했다. 발목에는 행전을 차고 손에는 토시를 끼웠다. 준비를 마친 그가 방을 나오자 뜰에 달성과 김천복이 서 있는 게 보였다. 공손히 합장한 달성에게 길우가 말했다.

"위험할 수도 있어."

"조선 땅은 중들에게는 늘 위험해."

싱긋 웃은 달성이 소매에 감고 있던 동전채찍을 건넸다.

"부두령이 이걸 쓰라고 하던데. 그리고 무사히 돌아오래."

"괜찮겠어요?"

동전채찍을 건네받은 길우가 옆에 서 있던 김천복에게 물었다. 그러자 누런 이를 드러낸 그가 말했다.

"순라군이라도 마주치면 어떻게 하려고? 자고로 싸움 구경이랑 불구경은 자다가도 봐야 한다고 했어. 망이라도 봐야 할 사람이 있어야 하지 않겠어?"

"고마워요."

"나도 같이 가자."

길우와 김천복이 이야기를 나누는데 굵직한 덕창의 목소리가 끼어들었다. 길우가 고개를 돌리자 북을 둘러매고 조족등을 챙긴 덕창이 보였다.

"아저씨."

"내가 따라가는 게 도움이 되지 않겠어?"

"물론이죠."

활짝 웃은 길우에게 덕창이 말했다.

"따라와. 밤중에 몰래 나갈 수 있는 개구멍이 하나 있어."

길우는 덕창이 알려준 뒤뜰 측간 옆에 난 작은 구멍으로 나갔다. 무릎에 묻은 흙을 털어낸 덕창이 말했다.

"순라군이 돌긴 하지만 골목길로만 가만 괜찮을 거야. 따라오너라."

앞장선 덕창을 따라 일행은 순라군들을 피해 좁은 골목길을 통해 운종가로 향했다. 낮에는 사람들로 북적거리던 운종가는 마치 잠이라도 든 것처럼 고요했다. 불이 난 유기전은 거적으로 대충 둘러놨을 뿐이었다. 주변에 아무도 없는 것을 확인한 일행은 상점 안으로 들어갔다. 김천복이 망을 보는 사이 길우와 두 사람은 조족등으로 주변을 천천히 살폈다. 앞장선 덕창이 물었다.

"불의 정령을 부를 것이냐?"

"지난번에 불러봤을 때는 두려워하기만 했어요. 다시 부른다고 도움이 될 것 같지는 않습니다."

"그럼 우린 뭘 찾아야 하지?"

뒤따르던 달성의 물음에 길우가 침을 꿀꺽 삼킨 채 말했다.

"길의 흔적을 찾아야만 해."

"바닥 말이야?"

달성이 불탄 잔해와 검댕이 쌓여 있는 바닥을 발로 쿵쿵 찍자 삐걱거리는 소리가 들렸다. 소리를 들은 길우가 고개를 갸우뚱거렸다.

"바닥이 나무였네?"

그의 말이 끝나기가 무섭게 나무 바닥이 밑으로 꺼지면서 세 사람은 암흑이 기다리는 바닥으로 떨어졌다.

어둠

"괜찮아?"

제일 먼저 정신을 차린 것은 달성이었다. 눈을 뜬 길우가 주변을 두리번거리면서 말했다.

"여긴 대체……."

부스스 떨어지는 흙먼지가 그의 이야기를 중단시켰다. 고개를 들자 세 사람이 빠진 구멍이 보였다.

"아래쪽에 공간이 있었던 모양이네."

힘겹게 몸을 일으킨 달성이 위쪽을 쳐다보면서 중얼거렸다.

"다들 안 다쳤느냐?"

벽을 짚고 일어난 덕창의 물음에 두 사람 모두 괜찮다고 대꾸했다. 위쪽에서 김천복의 목소리가 들려왔다.

"어이! 살아들 있는 거야?"

길우가 고개를 들고 위를 쳐다보면서 대답했다.

"괜찮아요."

"어휴, 뭐가 무너지는 소리가 나서 상점이 내려앉는 줄 알고 가슴이 철렁했어."

"사다리나 밧줄 같은 걸 좀 찾아봐주세요."

길우의 이야기에 김천복이 주변을 두리번거리다가 이야기했다.

"소리가 나니까 사람들이 몰려들고 있어. 잠깐 피해 있다가 돌아올 테니까 좀만 기다려."

김천복이 사라지고 세 사람은 어둠 속에 남겨졌다. 덕창이 반쯤 부서진 채 옆에서 뒹굴고 있던 조족등을 집어 들고 주술을 걸어서 불을 살렸다. 희미한 등불이 주변의 어둠을 더듬거렸지만 갈피를 잡을 수가 없었다. 불빛을 따라 주변을 살펴보던 길우는 때늦은 추위를 느끼고는 두 팔로 어깨를 감싸 안으면서 주변을 돌아보았다. 그때 덕창의 외침이 들려왔다.

"길우야!"

길우와 달성은 덕창이 조족등으로 가리킨 방향을 쳐다보았다. 다른 곳과는 달리 조족등의 불빛이 길게 뻗어 있는 게 보였다. 입에 야명주를 물고 뚫어지게 바라보던 덕창이 말했다.

"동굴 같아."

"어느 방향입니까?"

길우의 물음에 뒤에 서 있던 달성이 대답했다.

"남쪽이야."

"남쪽이라면……."

덕창이 주춤거리면서 말을 잇지 못하자 나지막한 한숨을 쉰 길우가 이야기했다.

"숭례문 쪽입니다. 지하에 이렇게 동굴이 있을 거라고는 생각도 못 했어요. 가봐야겠어요."

"내가 앞장서마."

바닥에 굴러다니고 있던 북을 챙겨서 둘러맨 덕창이 조족등으로 발밑을 비추면서 앞장섰다.

맨 뒤에 따라오던 달성이 길우에게 말을 붙였다.

"사실 게송은 더 있었어."

"어떤 내용?"

"끝남과 시작이 반복된다. 그리고 다시 만나서 선택을 강요받을 것이라고 했어."

무슨 의미일까 머릿속으로 생각해보던 길우는 앞장선 덕창의 속삭임에 걸음을 멈췄다.

"무슨 소리 들리지 않아?"

귀를 쫑긋 세운 길우는 어둠 저편에서 들려오는 낯선 소리를 느꼈다.

"화귀일까?"

달성의 조심스러운 물음에 덕창이 고개를 저었다.

"화귀는 저런 소리를 내지 않아. 아무튼 내가 앞장설 테니까 조심히 따라와."

긴장한 덕창의 모습을 본 길우가 양손에 동전채찍을 꽉 움켜잡았다. 달성도 목검을 단단히 잡았다. 세 사람이 계속 앞으로 나아가자 소리도 점점 크게 들렸다.

"아기 울음소리 같은데?"

조족등의 희미한 불빛 아래 보인 것은 이제 막 걸음마를 뗀 어린아이였다. 두 눈이 통통 부을 정도로 울고 있는 아이의 뒤로는 작은 연못이 보였다. 뜻밖의 상황에 세 사람은 서로의 얼굴을 쳐다보았다. 어딘가 낯이 익다 싶어서 아이를 뚫어지게 바라보던 길우는 비로소 알아보고는 덕창에게 말했다.

"아까 낮에 봤던 포목전 주인 아들이에요. 저 아이가 왜 여기 와 있는 거죠?"

덕창은 아이에게 다가가려는 길우를 만류했다. 그리고 부적 한 장을 꺼내서 술법을 외운 다음 허공에 띄웠다. 두둥실 뜬 부적이 아이에게 다가가자 북채를 꺼낸 덕창이 부적이 붙은 북을 힘껏 두드렸다. 북소리가 울려 퍼지자 부적은 그대로 불타서 재로 변해버렸다. 그 모습을 본 덕창이 긴장한 표정으로 두 사람에게 말했다.

"저 아이 주변에 불의 결계가 쳐져 있어. 가까이 가면 불이 붙도록 말이야."

"대체 누가 아이에게 저렇게 잔인한 짓을 한 걸까요?"

길우의 이야기가 끝나기가 무섭게 아이 뒤에 있던 연못에서 불길이 확 치솟았다. 그리고 허공에 뜬 불길이 소용돌이치면서 거대한 원을 만들었다. 점점 거대해진 불의 소용돌이에서 네 발 달린 여우 모양의 불덩어리가 튀어나왔다.

"넌!"

지난번 유기전 화재 때 나왔던 불여우였다. 세 사람 앞에 선 불여우는 마치 공작이 꼬리를 펴는 것처럼 아홉 개의 꼬리를 펼쳤다. 길우는 공격하려고 했지만 불여우의 뒤에서 울고 있는 아이 때문에 섣불리 손을 쓰지 못했다. 불여우가 입에서 불을 토해내자 덕창이 북채로 북을 두드렸다. 북소리의 파장이 만들어낸 결계가 불길을 막아냈다. 그사이 달성이 목검을 겨눈 채 앞으로 훌쩍 날아갔지만 불여우가 울고 있는 아이 뒤로 숨어버리는 바람에 어쩌지 못하고 뒤로 물러났다. 기세를 올린 불여우는 연달아 불덩어리를 토해냈고, 벽과 바닥에서도 끊임없이 불을 치솟게 하면서 세 사람을 괴롭혔다. 다행히 덕창이 북을 두드리면서 만들어낸 결계가 불길을 막아냈지만 문제는 밖에 홀로 있는 아이였다. 주변이 뜨거워지자 아이의 울음소리는 더욱 커졌다. 길우가 결계 밖으로 뛰쳐나가서 아이를 구하려고 하자 달성이 만류했다.

"화귀의 노림수야. 나가지 마."

"그렇다고 아무 죄도 없는 아이를 저렇게 놔두란 말이야."

"나가면 너까지 죽는다고!"

두 사람이 말다툼을 벌이자 땀을 뻘뻘 흘리면서 북을 치던 덕창이 이야기했다.

"그 말이 맞아. 결계 밖으로 나가는 순간 불을 이길 수는 없을 거야."

"그럼 저 아이는요?"

"미끼로 쓰는 이상 금방 죽이지는 않을 거다. 일단 물러났다가 다른 방법을 찾아보자."

길우가 울고 있는 아이에게서 눈을 떼지 못하자 달성이 뒤로 잡아끌었다. 세 사람이 물러날 기미를 보이자 불여우는 더 날뛰었다. 동전채찍을 휘둘러서 날아오는 불덩어리를 부순 길우가 이를 갈았다. 그 순간 지글거리며 불이 타들어가는 소리와 결계를 치는 북소리를 뚫고 아이의 울음소리가 들렸다. 길우의 팔을 잡고 있던 달성은 가슴이 찢어지는 것 같았다. 어린 시절 눈 밭에 버려진 자신을 스님이 거둔 이후 부모를 모르고 자랐다. 노스님과 사찰 사람들은 따뜻했지만 부모와 가족이 주는 사랑과는 달랐다. 홀로 울고 있는 아이에게서 자신의 어린 시절을 떠올린 달성은 더는 참지 못했다.

"기다려! 내가 구해줄게."

"안 돼!"

갑자기 뛰쳐나간 달성을 붙잡는 데 실패한 길우는 동전채찍을 휘두르며 뒤따라갔다. 불여우는 기다렸다는 듯 달성에게 불덩어리를 쏘았다. 가지고 있던 목검으로 불덩어리를 쪼개고 동강 낸 달성은 한 발 한 발 아이에게 다가갔다. 가까이 다가갈수록 아이는 어린 시절의 그와 닮아갔다. 어느 순간부터 불덩어리를 막는 것을 포기한 달성은 덤벼드는 열기를 그대로 맞아가면서 아이에게 다가갔다. 낡은 승복이 더는 견디지 못하고 조금씩 바스러져 갔다. 열기가 온몸을 짓누르고 태웠지만 달성은 걸음을 멈추지 않았다. 마침내 아이 앞에 다가간 그는 천천히 손을 내밀었다.

"울지 마라. 내가 옆에 있어줄게."

달성은 마지막 힘을 짜내어 아이에게 손을 뻗었다. 울던 아이가 손을 내미는 순간 불여우가 기다렸다는 듯 큰 불덩어리를 토해냈다. 달성은 아이를 끌어안은 채 외쳤다.

"부디 극락왕생하여라."

먼발치에서 그 광경을 지켜보던 길우가 당장이라도 뛰쳐나가려고 했지만 덕창이 필사적으로 만류했다.

"지금 덤벼봤자 개죽음일 뿐이야. 살아서 다음 기회를 노려야 한다. 그게 죽은 달성이를 위한 길이야."

달성과 아이를 해치운 불여우는 기세를 올리며 두 사람에게 다가왔다. 덕창은 북을 치면서 결계를 끌어올렸지만 불여우가 쏜 불덩어리가 연달아 부딪치자 차츰 몸을 떨었다. 땀을 뻘뻘 흘리며 북을 치던 덕창이 길우에게 말했다.

"더는 버티기가 힘들 것 같아. 여긴 내가 막을 테니까 그 틈을 타서 빠져나가라."

"그럴 순 없습니다."

"넌 우리를 고향으로 데려가야 한다. 반드시 말이다."

"아저씨도 돌아가야죠."

길우가 눈물을 쏟으면서 묻자 덕창은 이를 드러내며 웃었다.

"나는 영혼이 되어서 고향으로 돌아갈게. 그러니까 동료들을 꼭 고향으로 데려가 줘."

숨을 헐떡거린 덕창의 처절한 절규가 불이 으르렁거리던 동굴 안에 울려 퍼졌다. 손등으로 눈물을 훔친 길우는 등을 돌리고 뛰어갔다. 제자리에 털썩 주저앉은 덕창은 다가오는 불여우를 향해 숭얼거렸다.

"마지막 판은 신나게 놀아보자고."

머리의 두건을 풀어서 북채와 손을 묶은 덕창이 북을 힘차게 두드렸다. 불을 뿜으며 기세 좋게 다가오던 불여우는 결계 앞에서 움찔했다. 그 틈을 타서 소매 속의 부적을 허공에 띄운 덕창이 북소리에 맞춰서 부적들을 움직였다. 반짝거리는 얼음덩어리로 변한 부적들이 날아들자 불여우는 이빨을 드러내면서 뒤로 물러났다. 덕창이 그렇게 싸우는 사이 길우는 아까 떨어졌던 구멍까지 도달했다. 하지만 김천복의 모습은 보이지 않았다. 어디 있냐고 소리치던 길우는 문득 달성에게 들었던 나머지 게송의 한 구절이 떠올랐다.

"우리 안의 그들이라는 게 설마……."

그가 모든 일에 끼어들려고 했고, 끊임없이 궁금해했던 점이 의심스러워졌다. 얼음덩어리로 변한 부적들의 공격을 받고 물러나던 불여우는 갑자기 꼬리를 펼치면서 사방으로 열기를 쏘았다. 기세 좋게 다가가던 부적들은 삽시간에 타버리고 말았다. 꼬리를 펼친 여우는 불로 된 혀를 날름거리면서 다가왔다. 불여우가 다가올수록 결계가 허물어지자 덕창은 땀으로 범벅이 된 몸을 가누지 못했다.

"그래. 오래 싸웠지. 오랫동안 싸웠어."

마지막 힘을 짜내며 치던 북채에 불이 붙었다. 그 불은 덕창의 손을 타고 온몸으로 번졌고, 북으로까지 옮겨붙었다. 눈앞이 흐릿해진 덕창은 다가오던 불여우가 던진 거대한 불덩어리를 보고는 눈을 질끈 감았다. 그의 몸은 산산조각 났다. 흩어진 잔해는 바닥에 떨어지기도 전에 재로 변했다. 오직 부적 때문에 불이 덜 붙은 북만이 절반쯤 탄 채 구석에서 힘없이 뒹굴었다.

　덕창의 북소리가 그치자 길우는 고개를 떨어뜨렸다. 그러고는 동전채찍을 단단히 움켜잡았다. 멀리 있던 불빛이 차츰 다가오자 길우는 수인을 그려서 만들어낸 힘을 동전채찍에 실었다. 불덩어리를 막을 결계는 치지 않았다. 둘이나 해치웠으니까 방심하고 있는 틈을 노려서 일격으로 결판을 짓기로 했다. 불여우가 쏜 불덩어리들이 어깨 위를 스쳐 지나갔다. 결계가 없는 것을 확인한 불여우는 거침없이 다가왔다. 일부러 겁을 먹은 척 우두커니 서 있던 길우는 불여우가 다가오는 것을 보고는 앞으로 크게 뛰었다. 단숨에 거리를 좁힌 길우는 동전채찍을 머리 위로 끌어올린 다음에 머리를 노리고 내리쳤다. 놀란 불여우가 뒤로 물러났지만 동전채찍은 정확하게 머리를 강타했다. 머리가 둘로 쪼개진 불여우의 몸통이 옆으로 천천히 넘어졌다. 피처럼 흘린 불꽃이 바닥을 적셨다. 회심의 일격이 성공하고 힘이 모두 빠진 길우는 털썩 쓰러졌다. 그리고 다시는 함께하지 못할 두 사람을 떠올리고는 눈물을 떨어뜨렸다. 울면서 정신을 차린 길우는 비틀거리면서 일어났다. 구멍 아래로 걸어간 길우는 위쪽을 향해 동전채찍을 휘둘렀다. 부러진 기둥이나 뭐라도 걸리라는 심정으로 연거푸 휘두르는데 어딘가에 걸린 것 같았다. 천만다행이라고 생각한 길우는 동전채찍을 단단히 잡고 위로 올라갔다. 하지만 절반쯤 올라갔을 때 갑자기 날아든 불덩어리가 동전채찍을 두 동강 내고 말았다. 바닥으로 떨어진 길우는 어느새 머리가 도로 붙은 불여우를 보았다. 이빨을 드러내며 다가오는 불여우를 본 길우는 자포자기하고 두 눈을 감았다. 그때 위에서 김천복의 목소리가 들렸다.

"어이! 내가 너무 늦었지."

길우가 위를 쳐다보자 김천복이 내린 사다리가 내려오는 게 보였다. 벌떡 일어난 길우는 사다리를 잡고 올라갔다. 불여우가 던진 불길이 사다리를 후려쳤지만 아슬아슬하게 위로 올라오는 데는 성공했다. 온몸이 땀에 젖은 길우가 헐레벌떡 올라와서는 바닥에 벌렁 눕자 김천복이 의아한 얼굴로 구멍 안쪽을 내려다보았다.

"저 아래 뭐가……!"

김천복의 이야기가 끝나기도 전에 아래에서 솟구치는 거대한 불길이 구멍을 뚫고 올라왔다. 치솟는 불길을 보고 놀란 김천복은 엉덩방아를 찧은 채 멍한 눈으로 불기둥을 바라보았다.

"이, 이게 무슨 일이야."

밖으로 나온 화염이 사방으로 흩어지면서 옆에 있던 상점들로 옮겨붙었다. 곧 여기저기서 불이 났다는 고함 소리가 들려왔다. 김천복은 숨을 헐떡거리면서 누워 있던 길우를 일으켜 세웠다.

"여기 있다가는 큰일 나겠어. 얼른 뜨자고."

길우를 부축한 김천복은 서둘러 그곳을 벗어나려고 했지만 맞은편에서 몰려오던 군졸들과 마주치고 말았다. 김천복이 애써 태연한 표정으로 말했다.

"수고가 많으십니다. 야간 순라를 돌던 멸화군들입니다."

군졸들은 대답 대신 들고 있던 육모 방망이로 두 사람을 마구 내리쳤다. 쓰러진 김천복이 손으로 머리를 감싸 안으면서 살려 달라고 외치는 소리를 끝으로 길우의 의식이 끊겨버렸다.

대웅전의 섬돌에 서서 별빛이 반짝거리는 밤하늘을 올려다보던 노스님은 마지막 빛을 발하던 별이 사라지자 괴로운 표정으로 중얼거렸다.

"결국은 그렇게 되고 말았구나."

합장을 한 채 염불을 외운 노스님은 대웅전 쪽을 돌아보았다.

"무동아!"

그러자 대웅전 안에서 백팔 배를 올리고 있던 까까머리 동자 승이 얼른 밖으로 나왔다.

"부르셨습니까. 스님."

"가서 비화를 부르거라."

"비화 누님을요?"

동자승의 반문에 노스님이 애써 푸근한 웃음을 지었다.

"빨리 갔다 오면 나머지 절은 안 해도 된다."

"당장 다녀오겠습니다."

신이 난 동자승이 돌계단을 뛰어 내려가는 것을 본 노스님은 다시 밤하늘을 쳐다보았다. 혹시나 하는 마음이었지만 죽어가던 별빛은 더는 보이지 않았다.

순라군들에게 무참하게 두들겨 맞은 길우와 김천복은 곧장 한성부로 끌려갔다. 억울하다고 애원하다가 기절한 김천복을 옆에서 지켜보던 길우는 아랫입술을 깨물었다. 다음 날 아침, 해가 뜨자마자 두 사람은 끌려 나왔다. 관복을 입고 섬돌 위의 대청에 앉아 있던 조치곤이 길우에게 호통을 쳤다.

"불이 난 곳에 너희 두 놈이 얼쩡거렸다는 보고를 받았다. 불을 끄는 멸화군이 오히려 불을 지르고 다니고 있었던 것이냐?"

"불을 내다니요. 천부당만부당한 말씀이십니다요."

옆에 있던 김천복이 애원조로 이야기했지만 군졸들의 발길질에 말을 끝맺지 못했다. 손에 들고 있던 쥘부채로 길우의 턱을 끌어당긴 조치곤이 이죽거렸다.

"지난번에 반항할 때부터 의심스러웠지. 네놈들이 유기전에 몰래 들어가고 난 이후에 불이 크게 나서 주변의 상점에 옮겨붙었다. 그걸 본 사람들이 한 둘이 아니야. 이런 명백한 물증과 증인이 있는데도 발뺌을 할 셈이냐?"

길우는 어두운 동굴 속에서 죽어간 아이와 달성과 덕창을 떠올렸다. 눈앞에서 이죽거리는 조치곤을 보면서 그들과 함께 죽었어야 한다는 생각이 들었다. 아울러 어두운 동굴 속에서 타오르는 혀를 날름거리면서 동료들과 아이들을 집어삼킨 불여우에 대한 기나긴 증오심도 타올랐다. 길우가 아무 말도 하지 않자 조치곤은 쥘부채를 거두었다.

"네놈들이 매를 맞아야 죄를 뉘우칠 놈들이구나. 뭣들 하느냐! 이 자들을 묶어놓고 당장 매를 쳐라!"

반쯤 기절해 있던 김천복이 이제 죽었다며 우는소리를 했다. 그 이야기를 들은 길우는 퍼뜩 정신을 차렸다. 매를 맞으면 죽을 수도 있었다. 길우는 의자에 묶으려는 군졸들의 손길을 뿌리치면서 소리쳤다.

"모든 죄는 저에게 있습니다. 시키는 대로 죄를 자백할 터이니 저자는 건드리지 마십시오."

그러자 조치곤이 재미있다는 표정을 지었다.

"그래? 그렇다면 네놈이 불을 냈다는 것을 인정하는 것이냐?"

질문을 받은 길우는 김천복을 바라보았다. 그를 살리기 위해서는 조치곤이 원하는 대답을 해줘야 하지만 그랬다가는 멸화군들에게 피해를 줄 수도 있었다. 길우의 고민이 길어지자 조치곤은 어서 묶어놓고 매를 치라는 명령을 내렸다. 정신을 차린 길우는 황급히 입을 열었다.

"제가 한 짓이 맞습니다. 하지만 나머지 멸화군들은 모르는 일입니다."

"나보고 그 말을 믿으라는 말이냐. 아무래도 매를 맞아야 자백할 모양이구나. 김천복이라는 놈부터 묶어내고 쳐라. 죽여도 좋으니까 손에 사정을 두지 말아라."

의자에 묶인 김천복의 살려달라는 애원은 조치곤의 잔혹한 웃음소리에 묻혔다. 매질을 하기 편하게 한쪽 어깨를 드러낸 군졸이 몽둥이를 들고 정강이를 후려치려던 찰나 대문이 부서져나갔다. 그리고 주술을 써서 문을 부순 군배를 필두로 한 멸화군들이 낫과 도끼를 비롯한 장비들을 들고 나타나자 한성부의 군졸들과 서리들이 술렁거렸다. 얼굴이 굳은 조치곤이 버럭 호통을 쳤다.

"감히 여기가 어디라고 난입을 하는 것이냐!"

"순라를 돌던 부하들이 죄도 없이 끌려왔다고 해서 달려왔소이다."

늘 조용하게 이야기하던 군배가 목청을 높이자 조치곤이 당황하는 표정을 지었다.

"이자들이 폐허가 된 유기전 안에 몰래 숨어들어서 불을 냈다는 보고를 받았느니라."

"그곳을 다시 살펴보라는 명령을 내린 건 저였습니다. 제 부하들이 불을 낸 건 본 사람이 있답니까?"

"상인들이 보았다고 했느니라."

조치곤이 애써 태연한 척 대꾸하자 군배가 따졌다.

"그자들을 제 앞에 데려오십시오. 제가 직접 물어보겠습니다."

"지금 나를 겁박하는 것이냐?"

"나리께서 녹봉을 늦게 주는 것도 참았고, 터무니없는 일을 시키는 것도 묵묵히 견뎠습니다. 하지만 죄도 없는 부하들을 잡아다가 매질을 하는 것은 그냥 못 넘어갑니다."

"감히 상관을 능멸하다니, 지난번에 봐줬더니 간이 배 밖으로 나왔구나."

조치곤이 눈짓을 하자 군졸들이 일제히 멸화군들을 둘러쌌다. 일촉즉발의 상황을 본 길우가 군배를 향해 나서지 말라는 뜻으로 고개를 살짝 저었다. 군배가 그럴 수 없다는 표정을 지었지만 그가 먼저 선수를 쳤다.

"보십시오. 멸화군들이 저와 짰다면 이렇게 쳐들어와서 난동을 부릴 리가 없잖습니까? 나리가 미워서 저 혼자 저지른 짓입니다."

길우가 고래고래 소리를 지르자 군배의 얼굴이 일그러졌다. 길우가 필사적으로 참으라는 눈짓을 하자 군배는 주먹을 꽉 움켜쥐었다. 흡족한 표정을 지은 조치곤이 히죽 웃었다.

"그래. 이제야 자백을 하는구나. 지은 죄는 무겁지만 피해가 크게 나지 않았으니까 장 오십 대에 이마에 화자 낙인을 찍는 벌을 내리겠다. 멸화군들은 돌아가서 근신하도록 한다. 떼로 몰려와서 상관을 겁박한 죄로 앞으로 사흘 동안 식량 배급을 끊는다."

길우가 고개를 숙이고 수긍하는 표정을 짓자 군배가 아랫입술을 질끈 깨물었다. 군졸들이 멸화군들을 밖으로 쫓아내고 김천복이 풀려난 의자에 묶인 길우의 정강이에 매질이 가해졌다. 뼈를 통해 머리까지 느껴지는 아득한 아픔 속에서 그는 어제 죽은 사람들에 대한 기억을 잊지 않기 위해 안간힘을 썼다. 매질을 하는 동안 달궈진 화로가 그의 옆에 놓였다. 군졸 하나가 육모방망이로 기진맥진해서 축 늘어진 그의 턱을 끌어올렸다. 땀과 피에 가려진 그의 눈에 시뻘겋게 달궈진 화자 인두가 보였다. 인두를 든 뚱뚱한 군졸이 씩 웃었다.

"눈 감아. 금방 끝낼게."

길우가 눈을 감자 이마에 인두가 찍혔다. 뼛속 깊이 느껴지는 고통이 느꼈지만 길우는 이를 악물고 참았다. 그런 그의 귀에 조치곤의 목소리가 들렸다.

"낙인이 제대로 새겨질 때 까지 사흘간 감옥에 가뒀다가 풀어주어라."

질질 끌려와서 감옥 안에 던져진 길우는 축축한 짚이 깔린 바닥에 등을 대고 누웠다. 굵은 나무 기둥 사이로 구름이 떠다니는 하늘이 보였다. 구름에 숨어 있던 달이 모습을 드러냈을 때 그것은 핏빛으로 물들어 있었다. 길우는 붉은 달을 보면서 미친 듯이 중얼거렸다.

"힘을 다오. 복수할 힘을……."

사흘 후, 수레에 실린 길우가 멸화군 숙소에 도착했다. 거적에 둘둘 싸인 길우가 대문 앞에 던져지자 군배를 비롯한 멸화군들이 달려 나와서 그를 안으로 데리고 들어갔다. 방에 눕혀진 길우를 본 군배의 표정이 어두워졌다. 먼저 풀려난 김천복이 걱정스러운 표정으로 물었다.

"몸이 엉망진창입니다. 살 수 있겠습니까?"

턱없는 한숨을 쉰 군배가 힘없이 대꾸했다.

"지켜보는 수밖에는 없네."

혼절해 있던 길우는 밤이 깊어질 무렵 눈을 떴다. 머리맡에는 미음 한 그릇이 놓여 있었다. 떨리는 손으로 미음 그릇에 담긴 숟가락을 집어 든 길우는 그 끝으로 이마를 긁었다. 뼈가 긁히는 소리와 붉은 피가 이마와 뺨을 타고 흘러내렸다. 피 묻은 숟가락을 내려놓고 일어난 그는 발치에 앉아서 꾸벅꾸벅 졸고 있던 군배를 흘끔 쳐다보았다. 그리고 머리맡에 놓인 부적들과 동전채찍을 챙긴 다음 조용히 문을 열고 밖으로 나갔다. 대청마루에 서서 어둠을 쭉 살펴보던 길우는 맨발로 바닥을 내디뎠다. 그 순간 뒤에서 군배의 목소리가 들려왔다.

"정신이 돌아온 것이냐?"

걸음을 멈춘 길우가 돌아서서 그를 바라보았다. 마치 아무 일이 없었던 것처럼 멀쩡해 보이는 눈빛을 바라본 군배는 손에 들고 있던 활과 화살을 내밀었다.

"가져가거라. 필요할 것이다."

군배가 내민 활과 화살을 바라보던 길우는 동전채찍을 슬쩍 보여주고는 발걸음을 옮겼다. 그리고 지난번 덕창과 함께 나갔던 개구멍으로 기어나가더니 어둠 속으로 뚜벅뚜벅 사라졌다.

길우가 도착한 곳은 며칠 전 달성과 덕창을 잃은 유기전이었다. 여전히 폐허로 남아 있는 유기전 안으로 들어간 길우는 거적으로 대충 가려놓은 구멍 앞에 섰다. 한참 동안 구멍을 내려다보던 그는 구멍 속으로 뛰어내렸다. 부서진 나무 조각과 거적 쪼가리들과 함께 동굴 속으로 떨어진 그는 흐르는 물소리를 따라 연못 쪽으로 뚜벅뚜벅 걸어갔다. 벽과 바닥에서 일어난 불길들이 마치 앞길을 가로막는 것처럼 타올랐지만 그의 기세에 밀려 삽시간에 꺼지고 말았다. 걸음을 멈춘 길우는 움켜쥔 부적 한 장을 바닥에 떨어뜨리고는 살짝 주문을 외웠다. 그러자 타오르던 불길은 그대로 얼음으로 변해버렸다. 그리고 길우가 쏘아보자 얼음으로 변해버린 불은 그대로 깨져서 산산조각이 나고 말았다. 부서진 불을 뒤로하고 계속 걸어간 그의 눈에 지난번처럼 아이가 보였다. 한 명이 아니라 대여섯 명이 한꺼번에 울고 있는 중이었다. 우두커니 서서 아이들을 바라보고 있던 길우는 부적 한 장을 꺼내서 주문을 외운 다음 아이들의 머리 위로 던졌다. 그러고는 손에 쥔 동전채찍으로 부적을 후려쳤다. 채찍을 맞은 부적은 거대한 불길로 변해서 아이들의 머리 위로 쏟아졌다. 울던 아이들은 삽시간에 재로 변해버렸다. 길우는 작은 연못을 향해 중얼거렸다.

"백 명이든 천 명이든 데려와봐. 눈 하나 깜빡하나."

그러자 연못에서 짙은 연기가 피어올랐다. 길우는 남은 부적들을 모두 바닥에 떨어뜨리고는 주문을 외웠다. 그러자 바닥에서 두둥실 떠오른 부적들이 길우의 주변에 희뿌연 결계를 쳤다. 왼쪽 엄지손가락을 살짝 깨물어서 낸 피를 동전채찍에 바르자 작은 가시처럼 생긴 얼음들이 돋아났다. 잿더미로 변한 아이들 위로 살짝 내려앉은 불여우가 불을 토해내면서 덤볐다. 하지만 불길은 길우가 쳐놓은 결계를 뚫지 못했다. 순간적으로 결계를 거둔 길우가 얼음 가시로 덮인 동전채찍을 휘둘렀다. 아슬아슬하게 피한 불여우가 벽을 타고 훌쩍 날아서 머리를 노렸다. 하지만 뒤로 물러난 길우가 다가오던 불여우에게 동전채찍을 휘둘러서 한쪽 귀를 잘랐다. 떨어져나간 귀는 하얗게 얼어붙었다가 산산이 부서지고 말았다.

거리를 띄운 길우가 연거푸 동전채찍을 휘두르자 기세가 눌린 불여우는 피하기 급급했다. 점점 뒤로 밀린 불여우는 이빨을

278

드러내며 으르렁거렸다. 그러다가 연못 앞까지 다가간 길우가 소매에 넣어둔 붉은 부적을 꺼내려는 찰나를 노려서 덤벼들었다. 불여우가 결계를 들이받자 결계는 순식간에 허물어지고 말았다. 결계가 없어진 길우는 날아오는 불덩어리를 동전채찍으로 막아내면서 물러났다. 훌쩍 날아오른 불여우는 길우가 휘두르던 동전채찍을 턱석 물어버렸다. 그리고 팽팽한 힘겨루기가 시작되었다. 동전채찍의 표면을 덮은 얼음 가시들이 녹았다가 다시 생기기를 반복했다. 그러다 결국 얼음 가시들이 야금야금 불여우를 집어삼켰다. 놀란 불여우는 황급히 물고 있던 동전채찍을 뱉어내고 뒤로 물러났지만 기세는 많이 약해졌다. 기세가 누그러진 불여우는 인간의 목소리로 말했다.

"며칠 사이에 실력이 많이 늘었구나. 하지만 이것만으로는 나를 이길 수 없어."

"알아."

짧게 대답한 길우는 들고 있던 동전채찍을 바닥에 내려놨다. 그리고 이마의 두건을 천천히 벗었다. 인두로 찍힌 화자 낙인 위에 숙소에서 나오기 전 이마에 숟가락으로 긁어서 만들어낸 복잡한 멸화 주문이 새겨 있는 걸 본 불여우는 처절한 비명을 질렀다. 부적을 타고 흘러나온 빛이 동굴 안을 가득 메우자 구석으로 도망친 불여우가 절규했다.

"뜨거워! 너무 뜨거워."

몸부림을 치던 불여우는 연못으로 기어갔다. 하지만 바닥에 떨어져 있던 붉은 부적이 허공에 떠오르더니 화살처럼 내리꽂

했다. 등에 부적에 꽂힌 불여우는 마지막 힘을 짜내어 연못 안으로 들어갔다. 잠시 후, 연못의 표면은 반짝거리는 얼음으로 덮였다. 점차 두꺼워진 얼음은 연못 밖으로 빠져나와 주변까지 뻗어나갔고, 급기야는 거대한 기둥처럼 커져서 연못을 완전히 덮어버렸다. 연못 안에서 불여우의 가느다란 비명 소리가 들려왔다. 바닥에 떨어뜨린 동전채찍을 집어 든 길우는 천천히 돌아섰다. 그러다가 발치에 잿더미로 변한 아이의 두개골이 밟혔다. 잠시 주저하던 길우는 그대로 발에 힘을 줘서 두개골을 부숴버렸다. 밖으로 빠져나온 길우는 골목길을 통해서 숙소로 돌아왔다. 그때까지 대청마루에서 기다리고 있던 군배가 어둠 속에서 걸어오는 길우를 바라보았다. 비틀거리며 그의 앞까지 걸어온 길우가 풀썩 주저앉았다. 그리고 군배를 끌어안고 하염없이 울었다.

"제가 어떻게 싸우고 죽이는 법을 알게 된 거죠?"

울고 있던 길우를 한참이나 내려다보던 군배가 작은 목소리로 대답했다.

"운명이란다."

"달성이랑 덕창 아저씨가 보고 싶어요."

오열하는 길우에게 군배가 말했다.

"죽은 사람은 죽은 사람대로, 산 사람은 산 사람대로 할 일이 있는 법이지."

다음 날, 잠에서 깬 멸화군들은 마당을 쓸고 있는 길우를 보고 깜짝 놀랐다. 눈이 휘둥그레진 김천복이 길우를 붙잡고 물었다.

"괜찮아? 어젯밤까지 눈도 못 뜨더니 이게 어찌 된 일이야?"

"한숨 푹 자고 일어났더니 괜찮아졌어요."

믿어지지 않는다는 표정으로 길우의 몸을 이리저리 만져보던 김천복이 두건을 두른 이마를 보고는 한숨을 쉬었다.

"나 때문에 평생 죄인 아닌 죄인으로 살겠네."

"괜찮으니까 걱정 마세요."

활짝 웃은 길우를 둘러싼 멸화군들이 한두 마디의 위로 혹은 격려의 이야기를 건네는 와중에 대문 밖에서 목탁 소리가 들려왔다. 그리고 잠시 후, 삐걱거리는 소리와 함께 대문이 열렸다. 의아한 시선이 모아지는 가운데 낡은 승복에 삿갓을 쓴 스님이 들어섰다. 스님은 어리둥절해하는 김천복의 곁을 스쳐 지나가서는 군배 앞에 섰다.

"오라버니를 찾으러 왔습니다."

"오라버니라니요?"

군배가 의아한 목소리로 묻자 스님은 천천히 삿갓을 벗었다. 그러자 초롱초롱한 눈망울과 붉게 상기된 뺨을 가진 십 대 후반의 여인이 보였다. 하지만 머리는 제법 자란 편이었다.

"비화라고 합니다. 제 오라버니 이름은 달성이고요."

"달성이라면……."

엉거주춤 선 군배가 길우를 바라보았다. 싸리비를 놓고 그녀 앞으로 간 길우가 공손하게 합장을 하면서 말했다.

"며칠 전 극락으로 가셨습니다. 제 불찰입니다."

이야기를 들은 비화가 물었다.

"어떻게요?"

"화귀와 싸우다가 목숨을 잃었습니다."

삿갓을 만지작거리던 비화가 필사적으로 태연한 표정을 지었다.

"고통 없이 돌아가셨나요?"

길우는 대답 대신 고개를 끄덕거렸다. 군배의 방으로 자리를 옮긴 길우는 비화에게 자초지종을 털어놓았다.

"시작하오리까?"

한성판윤이 곧 당도한다는 보고를 받은 예방서리(禮房書吏, 중앙이나 지방 관청에서 의전에 관한 일을 맡은 하급 관리)가 묻자 조치곤은 고개를 끄덕거렸다. 한성부의 솟을대문이 활짝 열리고 대기하고 있던 군졸과 서리들이 밖으로 나가서 길가에 나란히 섰다. 잠시 후 물러가라는 갈도 소리가 들려오자 대문 밖에서 한성판윤이 출근하기만 기다리던 군졸과 서리들이 일제히 바닥에 엎드렸다. 바퀴가 달린 가마인 초헌에서 내린 한성판윤 심원이 한성부 안으로 들어서자 조치곤을 비롯한 낭청(郞廳, 조선 전기에는 정삼품 이하의 품계를 가진 관리들을 지칭했다. 당하관으로도 불렸다)들이 일제히 고개를 숙여서 맞이했다. 고개 숙인 낭청들을 지나친 심원이 대청에 오르자 예방 서리가 뒤따라 올라갔다. 심원이 의자에 앉는 사이 낭청들은 대청 앞에 모였고, 서리와 군졸들은 뜰에 모여 섰다. 대열이 정돈된 것을 본 예방 서리가 목소리를 가다듬은 후에 낭랑하게 말했다.

"낭청례!"

그러자 낭청들은 고개를 숙여서 인사했고, 서리와 군졸들은 무릎을 꿇고 절했다. 조치곤은 몇 번씩이나 고개를 숙이고 절을 하는 이런 의식이 딱 질색이었지만 꾹 참는 수밖에는 없었다. 심원은 몇 마디 이야기를 하고 의자에서 일어나 집무실로 들어갔다. 이제 방아(放衙, 조선시대 관리가 모든 업무를 끝내고 퇴근하는 것을 뜻한다)까지 버틸 일을 생각하니까 눈앞이 깜깜했다. 그런 그에게 예방서리가 종종걸음으로 다가왔다.

"판윤께서 찾으십니다."

올 것이 왔다는 생각에 한숨을 푹 내쉰 조치곤은 집무실 안으로 들어갔다. 의자에 앉아서 방금 도착한 조보를 읽던 심원 옆에는 어느 틈에 왔는지 모르게 김가가 앉아 있었다. 앉은 채로 고개만 까닥거리는 김가의 모습에 조치곤은 심원에게 말했다.

"관청에 빈객을 들이면 사람들 눈에 띄지 않지 않겠습니까?"

그러자 조보를 접은 심원이 대수롭지 않다는 표정으로 말했다.

"그 정도야 문제 될 게 있겠는가? 그나저나 그자가 죽었다고?"

"네. 얼마 전에 흥인문 근처에서 불을 끄다가 목이 잘려서 죽었습니다. 그리고 불을 끄다가 멸화군 두 명이 죽었다고 합니다."

난전을 여는 장사치들을 괴롭히고 다니는 무뢰배인 석환을 멸화군 안에 넣은 건 조치곤의 생각이었다. 하지만 별다른 보고를 받기도 전에 허무하게 죽어버리고 말았다.

"정체가 탄로 나서 다른 멸화군들 손에 죽은 게 아닐까요?"

꼭 자신을 질책하는 것 같은 김가의 말투에 기분이 상한 조치곤이 퉁명스럽게 대꾸했다.

"그런 것 같지는 않네."

심원이 김가에게 물었다.

"이제 멸화군의 동정을 살필 수 없게 되었네. 다른 방도를 찾아야 하지 않겠나?"

"그건 저에게 맡겨주십시오. 이미 손을 써놨습니다."

"역시 자넨 믿을 만해."

김가의 이야기를 듣고 흡족해하는 심원의 모습을 본 조치곤이 입을 열었다.

"죄송하지만 전 아직까지 멸화군을 어떻게 해야 할지 모르겠습니다."

"그들은 나중에 중요한 역할을 할 것입니다. 그러니 미리 준비를 해두어야지요."

넉살 좋게 웃은 김가가 심원 대신 대답했다. 조치곤은 심원을 응시했다. 그러자 헛기침을 한 심원이 입을 열었다.

"당분간 멸화군을 주시하도록 하게."

마지막 이야기를 마친 심원이 나가도 좋다는 눈짓을 보냈다. 의자에서 일어난 조치곤은 고개를 숙여 인사하고는 밖으로 나왔다.

"여기란 말이냐?"

문도현의 물음에 경시서의 서리가 고개를 끄덕거렸다. 한쪽에서는 경시서에 속한 노비들이 불탄 잔해들을 치우는 중이었다.

"그렇습니다요. 저기 맞은편 옹기전 주인이랑 순라군이 이곳에서 불길이 치솟았다고 고하였습니다."

"주변에는 아무도 없었고?"

"멸화군 두 놈이 순라군들에게 붙잡혀서 한성부로 넘겨졌습지요."

"멸화군들이 있었다고?"

"네. 그놈들이 계속 이 근처를 얼쩡대서 이상하다 싶어서 지켜봤는데 갑자기 불길이 치솟고 사방으로 불똥이 튀었답니다."

서리의 대답을 들은 문도현은 주변을 둘러보면서 물었다.

"그 정도로 큰불이었다면 분명 기름이나 화약 같은 걸 써야 했을 텐데……."

"뭐, 그런 것까지는 잘 모르겠습니다요."

서리의 이야기를 들은 문도현은 조심스럽게 구멍 쪽으로 다가갔다. 가까이 다가갈수록 아래에서 올라오는 차가운 바람이 느껴졌다. 고개를 갸웃거린 문도현이 중얼거렸다.

"저 아래에 빙고(氷庫, 얼음 저장고)라도 있는 것이냐? 왜 이리 찬바람이 불어오는 것이냐?"

"그럴 리가 있겠습니까? 워낙 깊이 있어서 그런 게 아닐까 싶습니다. 그나저나 운종가 한복판에 이런 큰 구멍이 있는 줄 누가 알았겠습니까요."

고개를 절레절레 내저은 서리의 말에 문도현은 용기를 내서 구멍 쪽으로 얼굴을 들이밀었다. 그 순간 솟구쳐 올라오는 바람이 그의 귓가를 스치고 지나갔다. 온몸에 퍼지는 것 같은 한기에 문도현은 저도 모르게 뒷걸음질 치고 말았다. 그 바람에 곁에 서 있던 서리가 옆으로 피하다가 발을 헛디뎌서 넘어지고 말았다. 서리의 발이 구멍으로 쑥 빠지자 그의 얼굴이 하얗게 질렸다. 문도현은 발버둥 치는 서리의 목덜미를 잡아서 구석으로 끌고 왔다. 그리고 구멍에 빠졌던 서리의 한쪽 발이 마치 눈에라도 빠진 것처럼 하얗게 얼어붙어 있는 것을 보았다.

"젠장, 종일 일을 시키더니 밤에는 짚신까지 만들라고 하네."
차갑게 식은 꽁보리밥으로 배를 채우고 행랑채에 있는 방으로 들어선 종복이는 지푸라기들이 가득 깔린 바닥에 주저앉으면서 투덜거렸다. 하지만 주인 나리의 명령을 거역했다가는 무슨 날벼락이 떨어질지 몰랐다. 기지개를 켠 종복이는 지푸라기들을 꼬기 시작했다. 종일 일을 하느라 녹초가 된 종복이는 금방 벽에 기댄 채 코를 골았다. 그러다가 무심코 쭉 뻗은 발이 발치에 놓인 등잔불을 걷어찼다. 바닥에 떨어진 불씨는 금세 지푸라기에 옮겨붙었다. 방 안이 연기로 가득 찰 때까지 아무것도 모르던 종복이는 매캐한 연기에 눈을 떴다가 화들짝 놀라고 말았다.
"부, 불이야!"
허둥지둥 방을 빠져나온 종복이는 호들갑을 떨면서 소리를 쳤다. 소리를 듣고 뛰쳐나온 동료들이 불을 뿌리고 옷으로 불을 끄려고 했지만 소용이 없었다. 삽시간에 농과 이불로 옮겨붙은 불은 맹렬한 기세로 방 밖으로까지 번졌다.

"꿈에서 보았다고 했느냐?"

군배의 물음에 길우는 가만히 고개를 끄덕거렸다. 길우는 피가 스며 나오는 두건을 손끝으로 만지작거리면서 힘없이 말했다.

"감옥에 갇혀 있을 때 복수를 하고 싶다고 갈망했거든요. 그리고 잠들었다가 눈을 뜨니까 이마에 부적을 새기는 거랑 어떻게 해야 할지 알게 되었습니다."

"꿈에 누가 나왔더냐?"

조심스러운 군배의 질문에 길우가 어두운 표정으로 말했다.

"얼굴이 기억이 안 나서 누군지 모르겠습니다. 이런 경우가 있었습니까?"

곰곰이 생각하던 군배가 말했다.

"우리는 그걸 각성이라고 부른다. 화귀와 싸우다 심하게 다친 사람이 다음 날 멀쩡하게 눈을 뜨는 것도 모자라서 평소보다 더한 능력을 발휘하지. 물어보면 꿈속에서 배웠다고들 한다. 누구한테 그것이 나타나고 왜 일어나는지는 아무도 모른다. 어르신도 알 수 없다고 하셨고 말이다."

"앞으로 저는 어떻게 되는 건가요?"

길우의 물음에 군배가 대답했다.

"싸워야 하겠지. 그리고 그 끝에 왜 각성하게 되었는지 알 수 있게 될 것이다."

군배의 이야기를 들은 길우는 구석에서 빛을 발하는 등잔불을 물끄러미 바라보았다. 마른 침을 꿀꺽 삼키고 입을 열려는 순간 다급한 김천복의 목소리가 들려왔다.

"불이 났습니다! 북쪽 안국방(安國坊, 한양의 북부에 위치한 행정 구역으로 현재의 안국동과 재동 일부가 속했다) 방향입니다."

문을 박차고 나간 군배가 대문을 열고 밖으로 나가서 불이 난 방향을 살폈다.

"궁궐 근처다. 자칫하다가는 큰일 나겠어. 다들 서둘러!"

아직 해가 완전히 떨어지지 않은 탓에 거리에는 행인들이 적지 않았다. 멸화군들이 손짓하며 비키라고 소리를 쳤지만 다들 제 갈 길을 갈 뿐이었다. 겨우 그들을 헤쳐 나가서 안국방에 도착하자 앞장선 군배가 불길이 치솟는 곳을 보고는 위치를 가늠했다.

"붉은재[지금의 정독도서관 남쪽의 언덕으로, 붉은색 흙으로 덮여 있었기 때문에 붉은재라고 불렀다. 한자로는 홍현(紅峴)이다] 쪽이다."

"거기라면 기와집이 많은 곳인뎁쇼."

길우와 함께 장비가 담긴 수레를 끌고 온 김천복의 말에 군배가 고개를 끄덕거렸다.

"그러게 말이다. 서두르자."

해가 지기 시작한 붉은재에 오르자 구경꾼들이 잔뜩 몰려 있는 게 보였다.

"저긴가 봅니다."

수레를 끌고 언덕을 오르느라 온몸이 땀으로 젖은 길우가 턱으로 앞쪽을 가리키면서 말했다. 구경꾼들을 헤치고 솟을대문 앞에 도착하자 정자관을 쓴 땅딸막한 양반이 호통을 쳤다.

"이놈들, 불이 났으면 얼른얼른 와야지 어디서 노닥거리다 이제 온 것이냐!"

턱없는 비난이었지만 군배는 익숙한 표정으로 미안하다고 이야기하고는 서둘러 불을 끌 준비를 했다. 집 안으로 들어간 군배는 이미 불길에 휩싸인 행랑채와 이제 막 불이 옮겨붙기 시작한 사랑채를 가리키면서 길우에게 말했다.

"화귀들이 있는지 살펴보아라."

길우는 한 손을 이마에 짚고 너울거리는 불길을 노려보았다. 그러고는 천천히 고개를 저었다.

"저 안에는 없습니다. 하지만 안 좋은 기운들이 근처에 퍼져 있어요."

"지난번처럼 무슨 일이 터질지 모른다. 주변을 잘 살펴라."

길우에게 지시를 한 군배가 멸화군들에게 외쳤다.

"행랑채는 포기하고 사랑채 불을 잡는다. 일단 기와들부터 걷어낸다. 빨리빨리 움직여."

사다리가 사랑채의 처마에 걸쳐지고 도끼와 갈고리를 든 멸화군들이 올라가서는 처마 쪽 기와부터 차근차근 걷어냈다. 하지만 작업은 바닥에 떨어진 기와들이 깨지는 소리를 듣고 달려온 주인이 호통을 치는 것으로 끝이 나고 말았다.

"저 기와가 얼마나 비싼데 함부로 다루는 것이냐?"

군배가 짜증 나는 표정으로 대답했다.

"어차피 불이 나서 못 씁니다. 기와를 걷어내지 않으면 안쪽의 적심에 옮겨붙습니다."

"그건 내가 알 바 아니고 기와는 건드리지 마. 안 그러면 한성부에 이야기해서 다들 혼쭐을 낼 테다."

"그러다 불이 커지면 다른 전각까지 옮겨붙는단 말입니다. 여기는 기와집들의 처마가 거의 붙어 있어서 빨리 불길을 잡지 않으면 안 된다고요."

활활 타오르는 불을 앞에 두고 군배가 열심히 설득했지만 주인은 요지부동이었다. 오히려 노비들을 풀어서 멸화군들을 가로막게 했다. 구경꾼들이 멸화군들이 불을 끄게 놔두라는 외침이 들려왔지만 주인은 깡그리 무시해버렸다. 그렇게 옥신각신하는 사이 불길이 집어삼킨 행랑채는 메마른 비명을 지르면서 옆으로 쓰러져버렸다. 자욱한 불길에 주변으로 퍼져나가면서 멸화군과 노비들이 주춤주춤 뒤로 물러났다. 행랑채가 주저앉자 주인은 펄펄 날뛰었다.

"네놈들이 내 행랑채를 잿더미로 만들어버렸어. 얼른 사랑채의 불을 끄지 않으면 가만두지 않을 것이야."

"나리, 제발 불을 끌 수 있게 해주십시오."

참다못한 군배가 애원조로 말했지만 아무 소용이 없었다. 결국 군배가 멸화군들에게 말했다.

"사랑채를 주저앉힌다. 신경 쓰지 말고 일들 해."

군배의 말이 떨어지기가 무섭게 멸화군들이 일사불란하게 움직여서 기둥에 굵은 동아줄을 걸었다. 주인은 군배의 멱살을 잡으면서 그만두라고 펄펄 날뛰었지만 아무도 멈추지 않았다. 수레에서 꺼낸 대나무 다발을 든 멸화군들과 기둥에 동아줄을 건 멸화군들이 다음 명령을 기다렸다.

"오른쪽 행랑채 방향으로 넘어뜨린다. 잘못 넘어지면 불똥이 튈 수 있으니까 다들 정신 바짝 차려."

예전 같았으면 덕창이 구령을 내렸겠지만 이제 그는 떠나고 없었다. 떠나버린 그에 대한 추억에 잠깐 빠져 있던 군배는 준비를 마친 멸화군들에게 외쳤다.

"당겨!"

한패의 멸화군들이 기둥에 걸린 동아줄을 당기자 다른 한패의 멸화군들이 대나무 다발로 기둥 위쪽의 대들보를 들어 올렸다. 손발이 아주 잘 맞지는 않았지만 결국 기둥이 바깥으로 넘어지면서 사랑채는 행랑채 쪽으로 주저앉아버리고 말았다. 주르륵 쏟아진 기와들이 불 속으로 사라졌다. 그 광경을 보고 펄펄 날뛰던 주인은 마당의 한쪽 구석에서 오들오들 떨고 있는 종복이를 발견하고는 고래고래 소리를 질렀다.

"종복이 이놈! 너 때문에 이렇게 됐다. 네놈 때문이야!"

바닥에 납작 엎드린 종복이가 싹싹 빌면서 잘못했다고 했지만 격분한 주인은 발길질을 했다. 또래의 노비가 매를 맞는 모습을 먼발치에서 지켜보던 길우는 참을 수 없는 분노를 느꼈다. 그걸 느꼈는지 군배가 조용히 그의 팔을 잡았다.

"참아라."

뭐라고 대답하려던 길우는 입맛을 다시며 다시 불길을 바라보았다. 다행스럽게도 불이 옮겨붙은 사랑채가 주저앉으면서 더는 불이 번지지 않았다. 멸화군들이 물에 적신 보자기로 흩어진 불길을 정리하는 동안 엎드려서 발길질을 당하던 종복이가 갑자기 벌떡 일어나서는 주인을 떠밀어버렸다. 그러고는 구경꾼들 사이를 헤치고 도망쳐버렸다. 넘어진 주인은 이를 갈면서 일어났다.

"감히 주인을 떠밀어! 저놈을 당장 잡아라!"

하지만 다른 노비들은 멸화군들과 함께 불을 끄는 중이었고, 구경꾼들도 모른 척하자 주인이 노비 한 명을 데리고 직접 뒤를 쫓았다. 한심한 눈으로 주인의 뒷모습을 바라보던 길우의 표정이 굳어졌다. 그러고는 곧장 옆에서 불을 끄는 걸 지켜보던 군배에게 말했다.

"저쪽에서 풍겨오는 기운이 심상찮습니다."

이야기를 들은 군배는 야명주를 입에 물고 그쪽을 바라보다가 고개를 저었다.

"아무것도 안 보여."

그의 말이 채 끝나기도 전에 어둠을 뚫고 비명 소리가 들려왔다. 서로 얼굴을 마주 본 길우와 군배는 대문 쪽으로 뛰어갔다. 앞장선 길우가 군배에게 외쳤다.

"이쪽입니다."

높다란 담장 덕분에 달빛이 비치지 않은 좁은 골목을 달려가던 길우는 중간에서 불쑥 모습을 드러낸 그림자 때문에 걸음을 멈췄다. 주인을 뒤따라갔던 노비였다.

"주, 주인 나리가……."

겁에 질린 표정을 본 길우는 노비를 옆으로 밀치고 뛰어갔다.

종복이를 쫓아갔던 주인은 골목길이 끝나는 곳에 있었다. 길바닥에 누운 주인의 몸통 옆에는 잘린 머리가 보였다. 바로 옆에는 넋이 나간 것 같은 표정의 종복이가 보였다. 목이 잘린 주인의 시신 주변에는 지난번에 흥인문 근처의 국밥집에서 불을 끄다가 목이 잘려서 죽은 석환처럼 피가 보이지 않았다. 그리고 은행나무 뿌리 근처로 굴러간 주인의 머리는 눈에서 붉은빛을 토해 낸 후에 새까맣게 타버렸다.

"지난번이랑 똑같습니다."

길우는 뒤따라온 군배에게 말했다. 굳은 표정의 군배가 말없이 고개를 끄덕거렸다. 주인의 시신을 바라보던 길우는 종복에게 다가갔다. 두 팔로 다리를 끌어안은 그는 가까이 다가온 길우에게 말했다.

"그, 그자 소행이야."

"그자라니?"

길우는 넋이 나간 종복이의 어깨를 흔들면서 물었다. 하지만 종복이는 그자의 소행이라는 말만 되풀이했다. 그러다가 뒤늦게 소식을 듣고 달려온 노비들과 구경꾼들이 길우를 밀쳐내고 종복이를 마구 때리고 짓밟았다. 긴 치맛자락을 움켜쥐고 달려온 부인은 남편의 시신을 보더니 외마디 비명과 함께 혼절하고 말았다. 종복이는 비명을 지르면서도 자기가 죽이지 않았다고 절규했다. 피범벅이 되도록 두들겨 맞은 종복이는 집으로 도로 끌려가서 광에 갇히고 말았다. 길우는 사람들 눈에 피해 뒤로 돌아갔다. 다행히 뒤쪽에는 환기를 위해서 뚫어놓은 작은 봉창이 있었다. 장작더미를 밟고 올라선 길우는 봉창을 통해 광 안에 있던 종복이를 불렀다.

"이봐. 누가 이 집 주인을 죽인 거야?"

그러자 구석에 웅크리고 있던 종복이가 엉금엉금 봉창 아래로 기어왔다.

"몰라. 그냥 지나치려고 하는데 마치 붙잡힌 것처럼 꼼짝도 못 하겠더라고. 그 사람이 삿갓을 살짝 들추고 쳐다보는데 너무 겁이 나서 발이 떨어지질 않았어."

"그자가 주인을 죽인 거야?"

"그렇게 멍하게 서 있는데 주인 나리가 내 뒷덜미를 낚아채서 바닥에 내팽개치고는 마구 짓밟았어. 그런데 그때 갑자기 삿갓을 쓴 사람이 검을 뽑아 들고는 단숨에 주인 나리의 목을 베어버렸어."

끝내 울음을 터트린 종복이가 봉창에 매달려서 필사적으로 말했다.

"나는 주인 나리를 죽이지 않았어. 그자가 죽였다고, 삿갓 쓴 놈 말이야."

"그자는 어디로 갔는데?"

"몰라. 그 뒤로 정신이 없어서 아무것도 못 봤어."

그때 문이 벌컥 열리고 광 안으로 군졸들이 들어왔다. 그러고는 광창에 매달린 종복이를 질질 끌고 갔다. 끌려가지 않으려고 발버둥을 치던 종복이가 외쳤다.

"눈, 눈이 붉은빛이었어."

잔불을 정리하고 허둥지둥 숙소로 돌아온 멸화군들은 곧장 방으로 들어가서 잠을 청했다. 군배가 우두커니 서 있던 길우에게 말했다.

"고생했다. 들어가서 좀 쉬어라."

"불과 살인이 계속 이어지고 있습니다."

기둥에 기대선 길우의 말에 군배가 가만히 고개를 끄덕거렸다. 뭔가 생각이 난 듯 황급히 뜰에 떨어진 나뭇가지를 집어 든 길우가 바닥에 그림을 그리면서 말했다.

"첫번째 불이 도성의 중심인 운종가에서 있었고, 두번째 불은 동쪽인 구리개에서 있었습니다."

그러자 군배가 나뭇가지를 뺏어 들고 서쪽과 북쪽을 짚으면서 입을 열었다.

"세 번째 불은 서쪽 방향인 홍인문 쪽에서 났고, 오늘 불은 북쪽인 안국방이었지."

그림의 남쪽을 손가락으로 짚은 길우가 군배를 바라보면서 말했다.

"남쪽만 남았습니다. 그것까지 합하면 게송에서 이야기한 다섯 개의 길입니다."

"남쪽이라고 해도 너무 넓어. 앉아서 기다릴 수밖에는 없겠구나."

절망스러운 표정을 지은 군배의 말에 길우가 입을 열었다.

"내일 날이 밝는 대로 구리개로 가보겠습니다."

"불이 난 곳 말이냐?"

"네. 부엌에 탱화와 부적들이 붙어 있던 게 신경 쓰입니다."

길우의 말을 들은 군배가 설명했다.

"알겠다."

길우의 등을 부드럽게 쓰다듬어준 군배가 방으로 돌아갔다. 바닥에 그려진 그림을 한동안 들여다보던 그는 낯선 시선을 느꼈다. 고개를 들고 주변을 두리번거리던 길우는 창호문을 열어놓고 이쪽을 바라보고 있던 비화와 눈이 마주쳤다. 길우의 시선을 느낀 비화는 조용히 창호문을 닫았다. 오라버니인 달성의 죽음을 전해 들은 비화는 머물겠다는 뜻을 밝혔다. 군배는 남자들만 있는 곳에 여자가 있으면 이래저래 말들이 나올 것이라면서 난처하다고 말했다. 하지만 비화가 보따리 안에서 각종 약재를 꺼내놓고 다친 멸화군들을 침으로 치료하면서 이야기는 달라졌다. 사찰에서 각종 병을 다스리는 법을 배운 비화는 불을 끄다가 다친 멸화군들에게 큰 도움이 될 수 있었다. 결국 군배는 그녀를 빈방에 머물도록 했다. 달성의 죽음에 대해서 깊게 책임감을 느끼고 있던 길우로서는 그다지 편한 상황은 아니었다. 게다가 비화는 길우를 차가운 눈으로 바라보았다. 그는 그것이 증오인지 아니면 복수심인지 갈피를 잡을 수가 없었다. 용기를 낸 길우가 애써 웃으면서 말을 건넸다.

"밤이 깊었는데 무슨 일이시오?"

"그냥 달을 구경하러 나왔습니다."

차갑게 대꾸한 비화는 서둘러 문을 닫았다.

두 번째 길

다음 날 아침, 길우는 해가 뜨자마자 멸화군 숙소를 빠져나와서 구리개로 향했다. 하지만 폐허로 변해버린 초가집에는 아무도 없었다. 이리저리 살펴보던 길우는 때마침 뒤뜰에 있는 우물에 물을 길으러 온 옆집 아낙네에게 물었다.

"이 집 사람들은 어찌 되었습니까?"

"어찌 되긴, 며느리는 불을 냈다는 죄목으로 감옥에 끌려가서 죽었고 할머니는 신당에서 목이 잘려 죽었지."

혀를 찬 아낙네의 이야기에 길우는 깜짝 놀랐다.

"뭐라고요? 할머니가 죽었다고요?"

"그래. 미친놈인지 도적인지 모르겠지만 할머니의 목을 자르고 불을 확 질렀지 뭐야. 덕분에 아들은 집터가 흉하다면서 남은 재산을 챙겨서 친척들이 있는 시골로 내려갔어."

아낙네의 이야기를 들은 길우는 신당이 있는 구리개 꼭대기로 뛰어갔다. 신당은 온데간데없이 사라져버렸고 불에 탄 잔해들만 보였다. 신당 바로 옆의 샘물에서는 여전히 물이 졸졸 흐르고 있었다. 주변에 아무도 없는 것을 확인한 그는 주머니에서 재를 꺼내 타다 남은 기둥에 살짝 뿌렸다. 그리고 눈을 감고 소환 주문을 외웠다. 그러자 뿌려진 재 위로 희뿌연 연기가 흘러나왔다. 그리고 연기가 뭉쳐지며 신당에서 죽은 만덕 할멈의 모습으로 변했다. 한쪽 무릎을 굽혀서 눈높이를 맞춘 그가 말했다.

"부소의 후손이 불의 정령을 영접합니다."

"난 불의 정령이 아닐세. 그저 섬기는 사람이었을 뿐이지."

마치 살아 있는 사람처럼 깊은 한숨을 내쉰 혼령의 말에 길우가 물었다.

"불이 났을 때 무슨 일이 있었던 겁니까?"

"사실 우리 집은 그냥 평범한 집이 아니었어. 바로 인왕산의 화기를 막으면서 동시에 화덕 벼락장군을 모시는 사당이었지."

"화덕 벼락장군이요?"

길우의 물음에 만덕 할멈의 혼령이 고개를 끄덕거렸다.

"그렇다면 불은 그 화덕 벼락장군이 낸 겁니까?"

만덕 할멈의 혼령은 단호하게 이야기했다.

"아니야. 이무기의 소행이지."

"누르 말인가요?"

"부소의 후손들은 그렇게 부른다고 들은 적이 있지. 안 그래도 요 며칠 하늘이 헝클어지는 것 같아 싸리문에 부적을 붙여서 못 들어오게 했었어. 그런데 그 간교한 이무기 놈이 사람으로 변해서 내 며느리를 속인 다음에 안으로 들어왔어."

"이무기가 사람으로 변했다고요?"

길우가 믿겨지지 않는다는 얼굴로 묻자 만덕 할멈의 혼령이 고개를 끄덕거렸다.

"정확하게는 마음속에 들어앉은 것이지. 불에 정신을 빼앗기면 그때부터는 이무기의 조종을 받게 돼."

이야기를 들은 길우는 석환과 기와집 주인을 해친 삿갓 쓴 사내를 떠올렸다.

"어떻게 하면 그자들을 찾을 수 있습니까?"

"구분은 할 수 없어. 가끔씩 화기가 눈 밖으로 흘러나올 때 눈이 붉어지는 것 빼고는 말이야."

"눈이 붉어진다고요?"

길우는 죽은 석환과 기와집 주인의 잘린 머리가 타들어가기 전 눈에서 붉은빛을 뿜어냈던 것을 기억해냈다.

"그리고 온몸에 피가 다 말라붙어버리지."

"그래서 목이 잘리고도 피 한 방울 안 흘렸군요. 그런데 불이 난 할머니 집이 인왕산의 화기가 지나가는 곳이라고요?"

"맞아. 인왕산의 화기가 한양으로 흘러들어가는 걸 막기 위해 매일 치성을 드리고 뒤뜰에는 우물도 팠지."

만덕 할멈이 자랑스러운 표정으로 말하자 길우가 물었다.

"누르가 화덕 벼락장군을 데려간 이유가 뭡니까?"

"나도 몰라. 내가 그렇게 달래려고 했지만 오히려 날 죽이고 떠났지. 길을 지켜야 한다고 그랬어."

"실을 지켜야 한다는 게 무슨 뜻입니까?"

"그건 자네가 답을 찾아."

"제가 어떻게요?"

길우가 낙담한 표정으로 묻자 만덕 할멈의 혼령이 말했다.

"보아하니 불과 싸워야 할 운명을 지녔군. 지독하군, 지독해."

그 이야기를 끝으로 만덕 할멈의 혼령은 스르르 사라져버렸다. 굽힌 무릎을 편 길우가 중얼거렸다.

"아까 그 집이 두번째 길이군."

무릎에 묻은 흙을 털어버리고 일어나려는 찰나 불타버린 탁자 아래 삐죽 튀어나온 종이가 보였다. 조심스럽게 꺼내서 겉에 붙은 재를 털어내자 족자 형태의 탱화라는 것을 알 수 있었다. 두 눈을 부릅뜬 화덕 벼락장군은 양손에 불을 움켜쥐고 있었다. 한참 동안 족자를 들여다보던 길우는 도로 돌돌 말아서 품속에 쑤셔 넣었다.

멸화군 숙소로 돌아온 길우는 해가 떨어지기만을 기다렸다가 개구멍을 통해서 밖으로 나왔다. 김천복이 따라가겠다고 했지만 길우는 위험하다면서 거절하고 부적과 무기를 챙겨서 혼자 구리개로 향했다. 살던 사람들이 모두 떠나버린 빈집으로 들어간 길우는 집 안 곳곳을 살펴보았다. 하지만 화귀들이 나타나거나 숨어 있을 만한 징조는 나타나지 않았다. 마지막으로 불이 처음 시작된 부엌으로 갔지만 어떤 흔적도 찾지 못했다. 조용히 서서 눈을 감은 채 온 신경을 집중하던 그는 어둠 속에서 들려오는 인기척에 눈을 떴다. 바짝 마른 흙을 조심스럽게 밟는 소리가 부엌문으로 점점 다가왔다. 조심스럽게 몸을 돌린 길우는 동전 채찍을 움켜쥐고 문 뒤로 숨었다. 잠시 후 부엌 안으로 그림자가 쓱 들어왔다. 공격하려고 하던 길우는 낯익은 뒷모습을 보고는 손을 멈췄다. 안으로 들어온 비화는 침착한 표정으로 그를 바라보았다. 손을 내려놓은 길우가 물었다.

"여긴 어쩐 일입니까?"

"오라버니의 죽음에 관해서 알고 싶어서요."

차갑게 대꾸하고 돌아선 비화는 작은 주머니를 손에 쥐고 그 안에서 꺼낸 재를 부뚜막에 골고루 뿌렸다. 그리고 눈을 감고 손을 가볍게 떨면서 주문을 외웠다. 방법이 약간 다르기는 했지만 멸화군들이 쓰는 소환 주문과 흡사했다. 길우가 조용히 지켜보는 가운데 비화는 연거푸 주문을 외웠지만 불의 정령은 소환되지 않았다. 낭패감이 서린 비화에게 길우가 말했다.

"이 안에는 불의 정령이 없는 것 같습니다."

"설마요."

비화가 믿어지지 않는다는 표정으로 돌아보았다. 비록 달빛에 의지해야 했지만 여자 얼굴을 그렇게 가까이서 본 것은 처음이었다. 나지막한 숨소리와 파르르 떨리는 속눈썹, 그리고 홍조를 띤 뺨을 놀랍도록 가까이서 보자 길우는 어쩔 줄을 몰랐다. 비화 역시 마찬가지인 듯 황급히 고개를 돌렸다. 가까스로 정신을 차린 길우가 더듬거리면서 말했다.

"이 집은 원래 화덕 벼락장군을 모시는 곳이었습니다."

이야기를 들은 비화가 믿겨지지 않는다는 듯 고개를 저었다.

"화덕 벼락장군은 함부로 불을 지르지 않아요."

"할머니의 혼령 말로는 이무기가 왔었답니다."

"이무기라면 누르 말인가요?"

고개를 끄덕거린 길우가 할머니의 혼령과 나눴던 이야기들을 들려주었다. 이야기를 들은 비화는 굳은 표정으로 말했다.

"선사님께서 오라버니를 죽인 화귀와의 싸움이 길고 지독해질 것이라고 하셨어요. 그나저나 화귀의 흔적이 없으면 어디서 놈들을 찾죠?"

길우도 난감한 얼굴로 주변을 살펴보았다. 폐허가 된 집에서는 온기조차 사라져버렸고, 불의 정령은 모습을 보이지 않았다. 완벽하게 숨어버린 것이다. 어디든 뚫고 나오고 닥치는 대로 집어삼키는 화귀들의 성격상 있을 수 없는 일이었다. 답답해하던 길우는 머릿속에 스쳐 지나가는 생각에 눈이 커졌다.

"한 군데가 남아 있어요."

부엌문을 박차고 나간 길우는 뒤뜰에 있는 우물가로 다가갔다. 주변을 돌로 쌓은 우물을 본 비화가 말했다.

"설마 우물에 화귀가 있겠어요?"

"남은 곳은 여기 밖에 없어요. 그러니까……."

그녀가 갑자기 길우를 옆으로 떠밀어버렸다. 바닥에 나뒹군 길우는 비로소 우물가에서 뻗어 나온 거대한 불길을 볼 수 있었다. 갈퀴 같은 모양으로 변한 불은 비화를 낚아채고는 순식간에 우물 안으로 사라져버렸다. 놀란 길우가 일어나서 우물을 내려다봤지만 아무것도 보이지 않았다. 다급해진 길우는 심호흡을 하고 곧장 우물 속으로 뛰어들었다. 좁고 어두울 것이라는 예상과는 다르게 우물 속은 넓은 동굴처럼 길게 이어졌다. 야명주를 입에 물고 비화를 찾아서 헤매던 길우의 눈에 재를 넣어두었던 주머니가 팔랑거리며 바닥으로 가라앉는 게 보였다. 호흡을 참고 손과 발로 물을 차면서 앞으로 나갔다. 동굴은 점점 좁아지면서 위로 올라갔다. 숨이 턱턱 막혀왔지만 여전히 출구는 보이지 않았다. 점점 의식이 사라져가는 그의 눈에 한 줄기의 빛이 보였다. 마지막 기운을 쥐어짜 낸 길우는 점점 좁아지는 동굴을 따라 위쪽으로 헤엄쳐갔다. 그리고 마침내 물 밖으로 빠져나왔다. 숨을 헐떡거리면서 주변을 돌아본 길우는 낯익은 풍경이라는 사실을 깨달았다. 야명주를 입에 물고 주변을 돌아보자 불타버린 만덕 할멈의 신당이 보였다.

"동굴과 샘이 연결되어 있었군. 그래서 여기에 신당을 지었겠지."

물에 젖은 지친 몸을 밖으로 끄집어낸 길우는 이마에 달라붙은 머리카락을 쓸어 넘기면서 주변을 살펴보았다. 주변을 조심스럽게 살펴보던 길우는 오른쪽 갈대밭에서 미세하게 풍겨오는 연기 냄새를 맡았다. 야명주를 이용해서 살펴보자 갈댓잎들이 불에 타서 오그라든 것이 보였다. 허리를 낮춘 길우는 갈대밭 안으로 들어갔다. 해가 완전히 저문 밤하늘에는 구름 한 점 없이 초승달만 떠 있었다. 길우는 불에 탄 흔적을 따라서 천천히 갈대밭을 가로질러 갔다. 화덕 벼락 장군은 갈대밭이 끝나고 숲이 시작되는 곳에 서 있었다. 험상궂은 외모에 구척이 훌쩍 넘는 키, 보통 사람의 두 배는 되어 보이는 큰 덩치를 가졌고, 두툼해 보이는 갑옷과 옆구리에 차고 있는 검을 비롯한 몸 전체는 핏빛 불길에 휩싸여 있었다. 팔짱을 낀 채 서 있는 화덕 벼락장군의 옆에는 정신을 잃은 비화가 누워 있었다. 길우를 본 화덕 벼락장군은 기다렸다는 듯이 검을 뽑아 들었다. 검집에서 뽑혀 나온 검역시 이글이글 타오르는 불길로 휩싸여 있었다. 길우는 소매에 둘둘 둘러맸던 동전채찍을 풀어서 손에 움켜쥐었다.

"긴말하지 않겠다. 원래 있던 곳으로 돌아가."

화덕 벼락장군은 대답 대신 검을 휘두르며 덤벼들었다. 커다란 덩치에 어울리지 않는 날렵한 움직임에 길우는 황급히 뒤로 물러났다. 불타는 검에 베인 갈대들이 무더기로 넘어지면서 불타버렸다. 이리저리 피하던 길우는 불의 결계를 깨는 부적을 던졌지만 화덕 벼락장군이 검으로 두 동강을 내버렸다.

"젠장."

불의 결계를 깨지 못하는 이상 공격할 방법이 없었다. 쉴 새없이 쏟아지는 공격을 피하던 길우는 부적을 급하게 꺼내 입에넣어 삼킨 다음 멈췄다. 그러자 기다렸다는 듯 화덕 벼락장군은 머리를 노리며 불타는 검으로 내리쳤다. 짧게 잡은 동전채찍으로 간신히 막아냈지만 엄청난 힘에 밀려서 뒤로 주르륵 밀려났다. 안간힘을 쓰면서 버티는 길우를 향해 화덕 벼락장군의 검이점점 다가왔다. 한쪽 무릎을 꿇고 버티던 길우의 머리 위까지 내려온 검에서 떨어진 불똥이 이마에 두른 두건에 구멍을 냈다. 기세를 잡은 화덕 벼락장군이 끝장을 내기 위해 몸을 기울였다. 그 순간, 길우는 입에 물고 있던 부적을 힘껏 뱉었다. 갑옷에 달라붙은 부적의 냉기가 퍼져나가면서 온몸을 감쌌던 불길이 차츰 가라앉아갔다. 당황한 화덕 벼락장군이 주춤하는 사이 위기에서 벗어난 길우는 왼손을 살짝 깨물어서 낸 피로 동전채찍을 문질렀다. 그러자 채찍의 표면에 얼음 가시들이 돋아났다. 길우는 얼음 가시가 돋친 동전채찍을 휘둘렀다. 불의 결계가 깨진 화덕 벼락장군의 갑옷은 채찍에 맞을 때마다 얼어붙었다. 뒤로 물러난 화덕 벼락장군은 뜨거운 입김으로 얼음을 녹이려고 했지만 역부족이었다. 고통스러운 표정으로 물러나던 화덕 벼락장군은 갑자기 서 있던 나무를 뿌리째 뽑아서는 입김을 불었다. 그러자 나무는 순식간에 불이 붙어버렸다. 화덕 벼락장군은 불붙은 나무를 길우에게 던졌다.

길우는 날아오는 나무를 피해 숲속으로 몸을 숨겼다. 굵은 나무 뒤에 몸을 숨긴 길우는 숨을 헐떡거렸다. 그사이 몸에 덮여 있던 얼음을 손으로 털어낸 화덕 벼락장군이 성큼성큼 다가왔다. 좁은 숲속이라면 승산이 있다고 생각한 길우는 동전채찍을 움켜잡고는 조용히 기다렸다. 하지만 길우가 기다리고 있던 숲 바로 앞까지 다가온 화덕 벼락장군은 걸음을 멈추고 하늘을 올려다보았다. 무슨 일인가 하고 조심스럽게 쳐다보던 길우는 화덕 벼락장군이 하늘을 향해 괴성을 지르는 걸 보았다. 그리고 그 괴성에 응답이라도 하듯 하늘에서 불의 비가 쏟아졌다. 아차 싶어서 피하려던 길우는 화덕 벼락장군에게 걷어차였다. 바닥에 쓰러진 길우에게 다가오던 화덕 벼락장군이 손짓을 했다. 그러자 쓰러진 길우 주변에 둥글게 불길이 돋아났다. 겨우 고개를 든 길우가 중얼거렸다.

"가둬둘 속셈이군."

어떻게든 일어나야 했지만 몸이 말을 듣지 않았다. 화덕 벼락장군의 힘과 민첩성은 지난번에 싸운 불여우와는 상대도 되지 않았다. 마지막이라고 생각하는 순간, 다가오던 화덕 벼락장군이 발걸음을 멈췄다. 의아한 눈으로 자신의 발을 바라보던 화덕 벼락장군이 안간힘을 쓰면서 발을 떼려고 했지만 요지부동이었다. 그때 길우의 귀에 비화의 목소리가 들렸다.

"어서 피하세요."

고개를 돌리자 정신을 차린 비화가 눈을 감고 두 손을 합장한 채 주술을 외우고 있는 게 보였다. 어마어마한 덩치와 힘을 자랑하는 화덕 벼락장군을 상대하려면 엄청난 힘이 필요했다. 가녀린 그녀의 몸은 결의 주문을 지탱하기 위해서인지 끊임없이 흔들렸다. 꼼짝하지 못하게 된 화덕 벼락장군은 허리를 굽혀서 바로 옆에 있던 바위를 집어 들고는 힘껏 던졌다. 길우는 주문을 외우느라 날아드는 바위를 보지 못한 비화를 향해 소리쳤다.

"피해요!"

뒤늦게 눈을 뜬 그녀는 아슬아슬하게 바위를 피했지만 덕분에 주술이 풀리고 말았다. 두 발이 자유로워진 화덕 벼락장군은 다시 길우가 누워 있는 쪽으로 다가갔다. 하지만 조금 전까지 불

속에 누워 있던 길우의 모습은 온데간데없이 사라져버렸다. 화덕벼락 장군은 주변을 두리번거리다가 위에서 부스럭거리는 소리가 들려오자 고개를 들었다. 나무 위에 올라가 몸을 숨기고 있던 길우가 훌쩍 몸을 날린 것이다. 화덕 벼락장군은 손에 들고 있던 불타는 검을 휘둘렀지만 길우가 한발 빨랐다. 길우가 화덕 벼락장군의 이마에 부적을 붙인 것이다. 순식간에 두 눈이 얼어붙어버린 화덕 벼락장군은 불타는 검을 놓치고 비틀거렸다. 땅을 구르면서 몸을 일으킨 길우는 동전채찍으로 다리를 걸어서 넘어뜨렸다. 그러고는 쓰러진 몸통을 채찍으로 내리쳤다. 그때마다 불길이 조금씩 사그라들었다. 거대한 몸을 일으킨 화덕 벼락장군은 두 손으로 길우를 잡으려고 했지만 눈에 낀 얼음 때문에 번번이 실패하고 말았다. 다시 승기를 잡은 길우는 날렵하게 움직이면서 동전채찍으로 화덕 벼락장군을 다시 넘어뜨리는 데 성공했다.

"이번에는 아예 못 일어나게 해주마."

품속에서 꺼낸 부적들을 연거푸 던지면서 채찍으로 후려치자 누워 있던 화덕 벼락장군의 주변으로 얼음 결계가 생겨났다. 하얗게 얼어붙은 땅에서 돋아낸 얼음들이 몸에 들러붙자 누워 있던 그는 몸부림을 치면서 떨치고 일어났다. 그리고 흙을 한 움큼 움켜쥐고는 입김으로 불을 붙여서 눈에 비볐다. 그러자 눈에 낀 얼음들이 녹아내리고 말았다. 힘을 끌어모은 화덕 벼락장군은 주변에서 돌고 있던 부적들을 하나씩 주먹으로 부쉈다. 그렇게 결계를 부순 다음에는 커다란 주먹으로 길우를 후려쳤다. 옆구리를 얻어맞은 그는 붕 떴다가 나무 둥치에 부딪혔다. 입에서 검은 피를 한 움큼 토한 길우는 연거푸 부적을 던졌지만 화덕 벼락장군이 주먹으로 쳐내고 말았다. 그에게 점점 다가가던 화덕 벼락장군의 주변에 염주 알이 박혔다. 정신을 차린 비화가 던진 것이었다. 하지만 화덕 벼락장군은 조금도 두려워하지 않고 여유로운 목소리로 말했다.

"너희 밀교는 화귀라도 함부로 해치지 못한다는 것을 잘 알고 있다."

그러자 비화의 얼굴이 일그러졌다. 다시 염주 알을 던졌지만 화덕 벼락장군은 그대로 무시해버리고 길우에게 다가갔다. 쓰러진 길우의 멱살을 잡아서 번쩍 들어 올린 화덕 벼락장군이 음산한 목소리로 말했다.

"네놈을 이대로 불태워주마."

시커먼 입을 벌리자 이글거리는 불길이 생겨났다. 발버둥 치면서 빠져나오려고 했지만 아무 소용이 없었다. 점차 의식이 사라져가던 길우는 마지막을 각오하고 눈을 감았다. 그때 마음속에서 무언가의 외침이 들려왔다. 눈을 번쩍 뜬 길우는 이마의 두건을 벗었다. 그러자 낙인 위에 칼로 새긴 멸화부적에서 빛이 번져나왔다. 빛은 얼음으로 변해서 화덕 벼락장군이 입에서 뿜어내려던 불을 삼켜버렸다. 부적에서 나온 빛을 본 화덕 벼락장군은 길우를 떨어뜨리고 두 손으로 얼굴을 감싼 채 고통스러운 비명을 질렀다. 하지만 얼굴에서 퍼져나간 얼음은 점차 온몸으로 번졌다. 얼음에 닿은 불길은 삽시간에 꺼져버리면서 온몸이 얼음으로 덮이고 말았다. 가까스로 정신을 차린 길우에게 비화가 한달음에 달려왔다. 그러고는 작은 병을 꺼내서 그의 입에 약을 흘려 넣어주었다. 길우가 의아한 눈으로 쳐다보자 비화가 말했다.

"우리 사찰에서 특별히 만든 약입니다."

그녀의 부축을 받고 몸을 일으킨 길우는 얼어붙은 화덕 벼락장군 곁으로 다가갔다. 그러고는 품에서 불타버린 신당에서 발견한 족자를 꺼내서 펼쳤다. 그러자 얼음으로 변한 화덕 벼락장군의 몸이 조금씩 흔들리며 균열이 생겼다. 균열은 점점 커지다가 결국 조금씩 갈라졌다. 팔과 다리가 부서져나가고 마지막 남은 머리가 바닥에 나뒹굴었다. 그리고 깨진 몸에서 흘러나온 하얀 연기가 족자 안으로 빨려 들어갔다. 연기를 빨아들인 족자를 둘둘 말아버린 길우는 비화의 부축을 받으며 폐허가 된 신당 쪽으로 걸어갔다.

"그런데 어떻게 부적도 안 쓰고 화덕 벼락장군을 얼어붙게 만든 거예요?"

부축해주던 비화의 물음에 길우는 대답 대신 손가락으로 이마를 가리켰다. 그러자 그녀의 표정이 일그러졌다.

"몸에 부적을 새기면 결국은 주술에 지배를 받는다고 들었어요."

"어쩔 수 없었습니다."

말을 더 하려던 비화는 슬픈 표정으로 입을 다물었다. 폐허로 변한 신당 옆의 샘에 도착하자 길우는 걸음을 멈췄다. 그리고 손에 쥔 족자를 샘물 안에 던져 넣은 다음 붉은 부적을 꺼냈다. 눈을 감고 주문을 외운 다음 허공에 던진 부적을 동전채찍으로 힘껏 후려쳤다. 그러자 부서진 부적에서 쏟아져 나온 냉기가 샘물을 뒤덮었다. 마지막 힘을 써버린 길우는 기진맥진한 채 비화에게 말했다.

"이제 돌아갑시다."

부서지고 불탄 흔적들을 본 문도현은 저도 모르게 발길을 멈췄다. 어젯밤에 구리개 고갯길에서 불이 비처럼 내렸다는 이야기를 듣고는 반신반의했다. 하지만 직접 현장을 찾아온 문도현은 할 말을 잊었다.

"전쟁이라도 난 것 같네요."

그를 안내한 한성부의 서리도 고개를 절레절레 흔들면서 말했다. 구리개 정상 근처에 있는 갈대밭과 숲은 군데군데 불에 탄흔적들이 역력했다. 거기다 몇몇 소나무는 뿌리째 뽑혀 있는 상태였다. 아직도 연기를 내뿜고 있는 소나무를 바라보던 문도현은 한성부의 서리에게 물었다.

"무슨 일이 있었는지 본 자가 있더냐?"

"근처에 사는 나무꾼 말이 밤새도록 천둥소리가 들리고 툭탁대는 소리가 들려왔답니다."

"불이 비처럼 쏟아진 것도 두 눈으로 보았다고 하더냐?"

"문을 꼭 닫고 숨어 있다가 잠잠해서 마당에 나와 봤더니 붉은 비가 내렸답니다. 처음에는 흙비인 줄 알았는데 숲과 땅이 타오르고 있어서 자세히 봤더니 불이 내리는 거였답니다. 거참."

한숨을 푹 쉰 한성부의 서리가 뒷짐을 지고는 고개를 절레절레 흔들었다. 이야기를 들은 문도현은 숲속으로 들어갔다. 숲 안쪽은 군데군데 불에 탄 상태였고, 솔잎들도 검게 탄 채 바닥에 흩어져 있었다. 허리를 굽혀서 불에 탄 솔잎을 집어 들던 그는 바닥을 가로지른 불탄 흔적을 발견했다. 마치 줄을 그어 놓은 것처럼 이어진 흔적을 천천히 따라서 걷던 문도현은 피 묻은 두건을 발견했다. 두건을 줍기 위해 걸음을 내디딘 문도현은 발목까지 푹 빠지는 바닥에 당황했다. 간신히 손을 뻗어서 두건을 집은 문도현은 몇 발짝 뒤로 물러나고 나서야 불탄 흔적이 거대한 원형임을 깨달았다. 걸음을 멈춘 그는 원형 가운데가 발목이 잠길 정도의 진흙 수렁으로 되어 있음을 보았다. 불에 탄 솔잎을 그곳에 떨어뜨린 문도현이 중얼거렸다.

"불이 물을 가둔 것 같은데……."

불에 탄 두건에는 검게 말라붙은 피가 묻어 있었다. 억세게 재수 없는 행인이 불의 비를 맞은 것일까? 하지만 주변에는 사람의 흔적이 보이지 않았다. 두건을 뒤집자 흐릿한 흔적이 보였다. 처음에는 피인 줄 알았는데 자세히 보니까 글씨 같기도 하고 무늬 같기도 했다. 무심한 눈길로 피 묻은 두건을 내려다보던 문도현의 귀에 한성부 서리의 비명 소리가 들렸다. 두건을 품속에 쑤셔 넣은 문도현은 허리에 찬 환도를 뽑아들고 한달음에 소리가 난 곳으로 달려갔다. 얼음처럼 굳어버린 한성부 서리는 그에게서 등을 돌린 채 우두커니 서 있었다.

"무슨 일인가?"

어깨를 낚아챈 문도현의 물음에 한성부 서리는 대답 대신 떨리는 손으로 앞을 가리켰다.

"저, 저기 샘이 얼어붙어 있습니다."

"단오가 코앞인데 얼어 있다니?"

말도 안 된다며 코웃음을 친 문도현은 얼어붙은 샘을 보고는 입을 다물지 못했다. 우물 크기의 작은 샘은 하얀 얼음이 끼어 있었다. 혹시나 해서 환도로 살짝 내리쳐봤지만 꿈쩍도 하지 않았다. 녹은 흔적이 보였지만 얼음이 틀림없었다. 환도를 칼집에 집어넣은 문도현이 서리에게 말했다.

"나는 당장 궁궐로 가서 이 사실을 고할 테니까 자네는 이 샘을 덮어버리게."

"덮으라굽쇼?"

눈을 동그랗게 뜬 한성부 서리의 반문에 문도현이 대답했다.

"가뭄이 심하게 들어서 민심이 흉흉한데 이런 일까지 벌어졌다고 하면 어찌 되겠는가? 뭐라도 가져다가 덮어서 사람들 눈에 띄지 말게 하고 자네도 입 다물게."

"알겠습니다."

한성부 서리는 연신 고개를 끄덕였다. 문도현은 손에 쥐고 있던 두건을 품속에 쑤셔 넣고 서둘러 구리개를 내려갔다. 고갯길을 내려가던 그가 중얼거렸다.

"분명 무슨 일이 일어나고 있어. 아무래도 처음부터 다시 살펴봐야겠어."

뭔가 놓치고 있는 게 분명했지만 그것이 무엇인지 감을 잡을 수가 없었다. 한참 고민하던 문도현은 묘안을 떠올렸다.

군배는 걱정스러운 표정으로 길우에게 말했다.

"몸이 아직 완쾌되지 않은 것 같아. 며칠 쉬다가 움직이는 게 좋겠는데 말이야."

"시간이 없습니다."

안간힘을 쓰며 일어난 그는 억지로 웃으면서 말했다. 비화의 부축을 받고 돌아온 길우는 방에 눕혀졌다. 온몸은 상처투성이였지만 비화가 가져온 약초를 닦아내자 부기와 피멍이 가라앉았다. 상처는 하룻밤 사이에 눈에 띄게 아물었지만 움직이기에는 여전히 무리였다. 하지만 길우는 고집을 꺾지 않았다. 결국 비화와 김천복이 따라가기로 했다. 길우가 떠날 채비를 하는 사이 군배가 비화를 살짝 불렀다.

"길우의 몸은 어떠하냐?"

"검은 피를 토할 정도로 내상이 심했는데 하룻밤 만에 거의 나았습니다. 이런 일은 본 적이 없습니다."

비화가 목소리를 낮춰서 이야기했다.

"나도 걱정이다. 네가 잘 돌봐줘야 한다."

"그럴게요."

약이 든 보따리를 챙긴 비화가 군배를 남겨놓고 길우와 김천복의 뒤를 따랐다.

"아이고, 여긴 어쩐 일이십니까? 그 옷차림은 또 뭐고요?"

313

기별청에서 막 나오던 기별서리 조인경은 막 유화문으로 들어서는 문도현을 보고는 아는 척을 했다. 황급히 그를 데리고 기별청 구석으로 끌고 간 문도현이 물었다.

"부탁이 있어서 왔네."

"어휴, 뭔지 모르겠지만 말씀만 하십쇼."

조인경이 호들갑을 떨자 문도현이 입을 열었다.

"초책(草冊, 일종의 속기록으로 승정원에서 만든 초책에는 임금과 대신들 간의 대화 내용을 그대로 수록했다)을 보고 싶네."

소스라치게 놀란 조인경이 되물었다.

"뭐라굽쇼? 초책을요?"

"왕명으로 조사하는 사건에 대해서 알아봐야 하네."

"아무리 그래도 초책을 보시다니요."

"자네가 초책을 쓰는 일을 맡고 있지 않은가? 한 달치만 보여주게."

문도현의 부탁에 조인경은 주변을 둘러보다가 말했다.

"지금은 보는 눈이 많습니다요. 마침 오늘 제가 숙직이니까 밤에 오시면 보여드리겠습니다요. 대신 절대 비밀입니다."

"염려 말게. 그럼 이따 보세나."

찜찜한 얼굴을 하고 있는 조인경의 어깨를 툭 친 문도현이 씩 웃었다.

세번째로 불이 났던 흥인문 부근의 국밥집 주인은 길우를 보자마자 수염을 파르르 떨면서 인상을 구겼다.

"거지 같은 놈들이 무슨 낯짝으로 나타난 거야? 가뜩이나 머리도 아파 죽겠는데 말이야."

"잠깐만 살펴보도록 하겠습니다."

"쓸데없는 소리 하지 말고 내 눈앞에서 썩 꺼져!"

불이 난 부엌은 거적과 천막으로 대충 가리고 뒤뜰에 솥을 걸어놓고 계속 국밥을 팔았지만 예전보다 손님이 눈에 띄게 줄어든 상태였다. 길우가 몇 번이고 주변을 살펴보고 싶다고 부탁했지만 주인은 딱 잘라 거절했다. 안타까운 눈으로 국밥집을 바라보던 길우는 멸화군 숙소로 돌아왔다. 그리고 그대로 쓰러져버렸다. 엄청난 고열이 찾아온 것이다. 온몸이 땀에 젖은 채 이불 위에 누운 길우의 안색이 창백해졌다. 옆에서 지켜보던 비화가 걱정스러운 표정으로 말했다.

"이마에 새긴 부적 때문인 것 같습니다. 힘은 강력해지지만 그것만큼 사람의 혼과 육신을 소모시키니까요."

"죽은 사람들을 위해서는 어쩔 수 없는 일이었습니다."

누워 있던 길우가 힘없이 대답하자 비화가 단호하게 이야기했다.

"이런 식의 복수라면 죽은 사람 그 누구도 원하지 않을 거예요."

"눈앞에서 친구를 잃어 본 적 있습니까?"

분노와 슬픔으로 젖어 있는 길우의 눈빛을 본 비화는 뭐라고 말을 하려다가 입을 다물었다.

해가 떨어지고 궁궐 문이 닫히자 오가던 발걸음이 뚝 끊겼다.

일찌감치 저녁을 먹은 문도현은 궁궐에 들어왔다. 그리고 기별청으로 향했다. 문을 살짝 열어놓고 기다리고 있던 조인경이 황급히 안으로 안내하고는 문을 닫았다. 등잔불이 켜져 있는 탁자로 문도현을 안내한 그는 조용히 종이뭉치들을 앞에 가져다주었다.

"지난달과 이달의 초책입니다. 초서체인데 알아보실 수 있겠습니까?"

"대략은 알고 있네."

의자에 앉으면서 대답한 문도현이 서둘러 첫 장을 넘겼다. 한 장씩 한 장씩 꼼꼼하게 읽던 문도현의 표정이 굳어져갔다. 옆에서 지켜보던 조인경이 물었다.

"뭐, 이상한 점이라도 있습니까?"

"지난 한 달 동안 한양의 화재 사건은 네 건밖에 없었네."

"그거야 좋은 일 아닙니까?"

피식 웃은 그의 말에 문도현이 세차게 고개를 저었다.

"본래 사월에는 불이 자주 났었는데 갑자기 줄었단 말일세. 그리고 불이 난 곳과 연관이 있는 사람들이 목이 잘린 채 죽어나갔고 말이야."

목이 잘렸다는 이야기를 들은 조인경은 노태보의 죽음을 떠올렸다. 조인경의 속마음을 짐작하지 못한 문도현이 계속 말했다.

"거기다 그 죽음들도 아주 괴이해. 얼마 전에 붉은재에서 큰불이 났고, 집주인이 목이 잘려 죽었는데 눈에서 붉은빛이 났다는군. 처음 보는 일이야."

"기억납니다. 조보에 실어야 하나 말아야 하는 문제로 도승지께서 골치깨나 아파하셨거든요."

"뭔가 감추고 있거나 감추고 싶은 게 분명해."

"어디서 말입니까?"

조인경의 질문에 문도현은 딱히 대답할 말이 없었다. 사건을 조사해보라는 명령을 내렸지만 정작 진실에는 별 관심이 없어 보이던 임금과 사건에 관여하고 있는 것이 분명한 상선 정용진의 얼굴이 떠올랐다. 문도현이 생각에 잠겨 있는 동안 그의 어깨 너머로 초책을 들여다보던 조인경이 중얼거렸다.

"사람 눈에서 붉은빛이 났던 적이 예전에 있었긴 했습죠."

"어디서 말인가?"

정신을 차린 문도현의 물음에 조인경이 고개를 갸웃거렸다.

"제가 처음 승정원에 들어왔을 때니까 이십 년 전쯤일 겁니다. 한양에 아주 큰불이 나서 쑥대밭이 된 적이 있었습니다."

"이야기는 나도 들었네. 수천 채 넘게 잿더미가 되었다면서?"

그때를 떠올린 조인경은 고개를 절레절레 흔들었다.

"말도 마십쇼. 제가 열 살 때 일어난 일이었는데 해가 안 보일 정도로 연기가 치솟고 사방에는 어미와 헤어진 아이가 울고 있었죠. 다친 사람만 수백이 될 정도였으니까요."

"그것과 이번 일이 무슨 연관이란 말인가?"

문도현의 물음에 조인경이 조심스럽게 입을 열었다.

"그때 불이 처음 난 지전 주인이 문초를 받으면서 하는 말이 종이를 사러 온 손님이 갑자기 눈에서 붉은빛을 내면서 불덩어

리로 변했다고 고했답니다. 그 불이 크게 번지면서 한양이 쑥대
밭이 된 것이고요."

"사람이 어찌 불로 변한단 말인가?"

믿을 수 없다는 문도현의 말투에 조인경이 맞장구를 쳤다.

"그래서 보고를 받으신 임금께서도 황당한 이야기이니까 사
초(史草, 실록의 원본에 해당되는 것으로 사관이 매일 기록한 원고)에는
적지 말라고 하셨답니다. 저도 직접 본 게 아니고 제 전임 주서
밑에서 일할 때 들은 이야기입니다."

"그래서 사초에는 안 적었는가?"

문도현의 물음에 조인경이 씩 웃었다.

"사관들이 어떤 사람들인지 아시면서 그러십니까? 임금께서
지우라는 어명을 내리셨다는 것까지 기록할 사람들입죠."

"사초를 보면 자세하게 알 수 있겠군."

"어이구, 임금님도 보지 못한다는 사초를 무슨 수로 보시게요."

조인경이 손사래를 치면서 만류했지만 문도현은 요지부동이
었다.

『입시사초』(入侍史草, 예문관 소속의 사관들이 쓴 것으로 후에 실록을
쓸 때 1차 사료에 해당한다)는 어렵다고 해도 당시 『당후일기』(堂後
日記, 『승정원일기』의 다른 말로 승정원의 주서가 쓴 기록이며, 역시 실록의
1차 사료에 해당한다)는 볼 수 있지 않은가? 그거 당후(堂後, 『승정원
일기』를 쓰는 주서의 집무실이 승정원 뒤편에 있기 때문에 당후라고 지칭
한다)에 있지?"

"말도 안 되는 소리 하지 마십시오. 그러다 승지 어르신이 알

면 제 목이 남아나지 않습니다."

울상이 된 조인경이 말했지만 문도현은 들은 척도 하지 않았다.

"자네 다음 숙직이 언제인가?"

"오늘 했으니까 다음 달입니다요."

고개를 떨군 조인경의 이야기에 문도현이 씩 웃었다.

"그런가? 내일 저녁으로 바꾸게."

"아이고, 이러다 제 명에 못 살겠습니다요."

"내가 명대로 살게 해줄 테니까 잔소리 말고 숙직이나 바꾸게. 그나저나 불이 났던 곳에 꼭 사람이 하나씩 목이 잘려서 죽었는데 첫번째로 불이 났던 운종가의 유기전에서는 그렇게 죽은 사람이 없단 말이야."

문도현의 이야기를 들은 조인경의 표정이 살짝 굳었다.

"손이 빠르기로 둘째가라면 서러운 노태보란 기별서리가 있었는뎁쇼. 그자가 유기전의 실질적인 물주였습니다."

"그게 사실인가?"

문도현의 반문에 조인경이 고개를 끄덕였다.

"저한테 몇 번이고 자랑을 해서 잘 알고 있습니다요."

"불이 난 장소 근처에 있거나 혹은 연관이 있는 사람이 목이 잘려 죽어나갔군."

"생각만 해도 으스스합니다."

이야기를 듣던 문도현이 뭔가 생각났다는 듯 물었다.

"며칠 전 붉은재에 있는 기와집에서 불이 났을 때 노비가 주인을 살해한 사건이 있었지? 조보에는 노비가 죽였다고만 나와 있는데 초책에는 정황이 자세하게 나와 있군. 목이 잘린 게 사실인가?"

"네. 노비가 주인을 해친 것이라고 조보에 실을지 말지 고민이 많았습니다."

"검술을 익히지도 않은 노비가 검도 없이 어찌 주인의 목을 단칼에 벨 수 있겠는가?"

문도현의 날카로운 물음에 조인경이 우물쭈물했다.

"소인이야 그저 조보를 편찬하는 주서일 뿐입니다요."

조인경의 대답을 들은 문도현이 초책을 덮고 의자에서 일어났다. 밖으로 나가려는 그에게 조인경이 물었다.

"어, 어디 가십니까?"

"마지막으로 불이 났던 붉은재에 가볼 생각이네. 죽은 사람의 가족에게서 이야기를 들어봐야겠어."

"이, 이 밤중에 말입니까?"

문도현은 눈이 휘둥그레진 조인경을 뒤로 한 채 기별청 밖으로 나갔다.

대결

밤이 깊어 국밥집 손님들이 모두 떠나자 주인도 서둘러 처갓집으로 갔다. 불이 난 이후 알 수 없는 불길함 때문에 그도 이곳에 머물지 않았던 것이다. 엄지손가락으로 관자놀이를 누른 주인이 중얼거렸다.

"어이구, 머리도 아프고 몸도 욱신거리네. 한증소(汗蒸所, 조선 초기 동서활인원에서 운영하던 한증막으로 병자들의 치료에 사용했다)에 가서 몸을 좀 지져볼까?"

주인이 떠난 후 짙고 불길한 어둠이 국밥집에 내려앉았다. 한가롭게 날아다니던 날벌레가 날개를 파드득거리면서 국밥집 안으로 들어왔다. 이리저리 날아다니던 날벌레는 구석의 은행나무 쪽으로 다가갔다. 하지만 날벌레가 은행나무의 가지에 앉으려는 찰나 강렬한 열기가 감싸버렸다. 순식간에 불에 타버린 날벌레는 까맣게 오그라든 채 바닥으로 떨어졌다. 날벌레를 태워버린 은행나무는 때마침 불어온 밤바람에 마치 살아 있는 것처럼 가지를 부르르 떨었다. 그러자 은행나무 안에 몸을 숨기고 있던 반딧불이들이 하나둘씩 날아올랐다. 하지만 다른 반딧불이와는 달리 붉은빛을 꽁무니에 달고 있었다. 허공에 하나둘씩 모인 붉은 반딧불이들은 커다란 해골 모양을 만들어내고는 싸리문 쪽으로 날아갔다. 하지만 언제 나타났는지 모를 삿갓 쓴 사내가 막아선 것을 보고는 멈췄다. 해골 모양으로 뭉친 붉은 반딧불이들이 마치 사람처럼 입을 열었다.

"범상치 않은 기운을 가졌구나. 하지만 내 앞을 가로막으면 오직 죽음과 고통뿐이니라."

삿갓을 살짝 추켜올린 사내는 요지부동인 채로 말했다.

"그럴 수 없다네. 인로골설이여."

인로골설로 불린 붉은 반딧불이들은 아무 말도 없이 사내 쪽으로 날아왔다. 코앞까지 날아올 때까지 가만히 있던 사내는 갑자기 주먹을 쥔 오른손을 머리 위로 올렸다. 불끈 쥔 주먹에서 뿜어 나온 희뿌연 기운이 불길로 변해서 타올랐다. 흠칫 놀란 인로골설들이 뒤로 물러나자 사내는 왼손도 머리 위로 추켜들었다. 쫙 펼친 손바닥에서 서늘한 냉기가 흘러나왔다. 사내는 불을 움켜쥔 오른손을 앞으로 내밀었다. 손끝에서 뻗어나간 불의 기운이 해골 모양으로 뭉쳐 있던 인로골설을 강타했다. 그러자 사방으로 흩어진 인로골설들이 사내에게 날아들었다. 그러자 사내는 왼손에 머금고 있던 냉기를 흩뿌렸다. 기세 좋게 날아오던 인로골설들은 하얗게 얼어붙은 결계에 부딪치자 얼음으로 변한 채 바닥으로 떨어졌다. 그걸 본 인로골설들은 사방으로 흩어져서 도망치려고 했다. 하지만 그가 며칠 전 싸리 담장에 붙여놓은 부적들에게 막혀버렸다. 눈에 보이지 않는 그물에 갇혀버린 인로골설들은 이리저리 날아다니면서 빠져나가려고 했지만 번번이 막혀버리고 말았다. 결국 저항과 도주를 포기한 인로골설들은 바닥에 낮게 내려앉으며 말했다.

"원하는 게 무엇인가?"

삿갓을 쓴 사내가 단호한 목소리로 말했다.

"복종이다."

밤이 깊어 겨우 몸을 일으킨 길우는 비화와 함께 국밥집으로 갈 준비를 했다. 지칠 대로 지친 길우의 모습을 본 군배가 걱정스러운 표정으로 말했다.

"거기서 또 화귀라도 만나면 어쩌려고 그러느냐?"

"아무도 없는 밤에 살펴봐야 하지 않겠습니까? 마음에 걸리는 점도 있고요."

"어떤 게 마음에 걸리느냐?"

"제가 듣기로는 화귀들은 성질이 급해서 일단 날뛰면 아무도 막지 못한다고 들었습니다. 그런데 불여우와 화덕 벼락장군 모두 자기 자리만 지키고 있었습니다."

툇마루에 앉아서 짚신을 신은 길우가 굳은 표정으로 덧붙였다.

"불이 났던 곳이 다섯 개의 길이 확실하다면 화귀들은 그 길을 지키는 파수꾼 역할을 하는 셈입니다."

"무엇을 위해서 그런 것일까?"

군배가 고개를 갸우뚱하면서 의문을 표시하자 힘겹게 몸을 일으킨 길우가 대답했다.

"그걸 알아보려면 직접 돌아다녀야 할 것 같습니다."

"알겠다. 지난번 불이 났던 붉은재의 기와집은 내가 따로 사람을 보내서 알아보도록 하마."

조용히 기다리고 있던 비화가 길우를 부축해주었다. 길우가 희미하게 웃으면서 고맙다고 말하자 비화의 얼굴이 살짝 붉어졌다. 군배는 그런 두 사람의 뒷모습을 물끄러미 바라보았다.

"그게 정말인가?"

활짝 웃은 심원이 장황서에게 거듭 물었다. 장황서는 고개를 끄덕거리면서 몇 번이고 같은 말을 했다.

"사실이다마다요. 아주 푹 빠져 산답니다."

장황서의 이야기를 들은 심원이 흡족한 표정으로 수염을 쓰다듬었다. 두 사람의 이야기를 듣던 김가가 끼어들었다.

"제가 뭐라고 했습니까? 세자가 분명 여색에 빠질 거라 하지 않았습니까?"

"여색도 보통 여색이 아니지. 아무리 어리가 기생이라고 해도 관리인 곽선의 어엿한 후첩이니 말이야."

조치곤은 심원의 사랑채에 앉아서 떠들썩하게 이야기를 주고받는 이들을 못마땅한 눈으로 바라보았다. 너무 위험했다. 지금까지는 잘 풀렸지만 사소한 실수 하나만으로도 목이 달아나고 가문이 멸문당하기에 충분한 일이었다. 장황서는 걸걸한 목소리로 세자가 어리라는 기생에게 빠지게 된 과정을 이야기했다.

"이오방이 세자에게 천하의 미색이라고 소개하자 앞뒤 재지 않고 만나게 해달라고 했답니다. 그래서 이오방이 곽선의 조카사위인 권보에게 줄을 대게 해달라고 했답니다. 권보는 세자의 부탁이라는 말에 자기 첩을 시켜서 어리에게 편지를 전하게 했습니다. 어리가 자기는 남편이 있다면서 완강하게 거절하자 몸이 달아오른 세자가 직접 말을 타고 곽선의 집으로 가서 어리를 취했답니다."

"아무리 세자라고 해도 어엿한 양반집 첩을 건드렸으니 이 일이 알려지면 그냥 넘어가진 않을 것이야. 안 그런가?"

심원의 질문이 날아들자 조치곤은 고개를 끄덕였다.

"주상 전하의 눈 밖에 날 만한 일이기는 합니다. 하지만 잘못했다가는 배후에 우리가 있다는 게 들통 날 수 있습니다."

그러자 김가가 얼른 반박했다.

"죄가 있다면 이오방이나 구종수에게 물을 겁니다. 우리들은 지켜보고 있다가 언제 터트릴 지 고민하면 되는 것이지요."

"김가 말이 맞네. 적당한 시점에서 이 일이 알려지면 나머지는 알아서 굴러갈 것이야."

장황서가 맞장구를 치자 김가가 심원에게 물었다.

"비가 계속 오지 않으면 단오쯤에 기우제를 지낼 것이라는 이야기를 들었습니다."

"정해진 건 아니고 그때까지 오지 않으면 지내야 하지 않겠느냐는 논의가 빈청에서 오고 가는 정도일세."

"기우제를 지내야 한다고 목소리를 높이십시오. 그리하면……."

김가가 잠깐 뜸을 들이자 심원이 몸을 앞으로 굽힌 채 이야기에 귀를 기울였다.

"분명 주상 전하나 세자 저하 둘 중 한 분이 기우제를 지낼 것입니다. 그래도 비가 오지 않게 되었을 때 세자의 음행을 알리는 겁니다."

"옳거니! 기우제를 지냈는데도 비가 오지 않는 이유가 음행이라고 밝혀지면 그동안 있었던 잘못들이 자연스럽게 알려지겠군."

무릎을 친 심원의 대답에 김가가 빙그레 웃었다. 이야기를 듣던 조치곤은 아무래도 아니다 싶어서 나섰나.

"하지만 단오 때까지는 제법 시간이 남았습니다. 그동안 비라도 내린다면 어쩌시려고요."

"비는 내리지 않을 겁니다."

눈을 내리깐 김가의 대답에 다른 두 사람 역시 당연하다는 표정으로 동조했다. 조치곤은 어쩔 수 없이 입을 다물었다. 이상하게 일이 잘 풀리고 있다는 것이 계속 마음에 걸렸다.

어둠에 싸인 국밥집에 도착한 길우는 비화와 함께 조심스럽게 주변을 살폈다. 몇 군데에 재를 뿌려본 비화가 말했다.

"별다른 기운이 느껴지지 않아요."

아무 말 없이 우두커니 서서 둘러보던 길우는 은행나무 쪽으로 다가갔다. 앞에서 멈춰 선 길우는 무성한 나뭇가지를 올려다보면서 중얼거렸다.

"여기에 분명 뭔가가 있었어요."

길우의 이야기를 듣던 비화는 발에 뭔가가 밟히자 고개를 숙였다가 이상한 걸 발견했다. 허리를 굽힌 그녀는 죽은 반딧불이를 집어 들었다. 그리고 믿기지 않는다는 표정으로 말했다.

"반딧불이 같은데 날개랑 몸통이 얼어 있어요."

길우는 대답 대신 그녀의 손목을 쳐서 반딧불이를 쳐냈다. 그리고 부적을 꺼내서 바닥에 떨어진 반딧불이를 향해 던졌다. 부적에 닿은 반딧불이는 순식간에 타버렸다.

"반딧불이처럼 빛을 내기는 하지만 인로골설이라는 화귀입니다. 작은 벌레처럼 날아다니다가 해골 모양으로 뭉치죠. 이놈은 불을 지르는 것 외에도 사람들에게 헛것을 보이게 하고 병을 앓게 만듭니다."

"그럼 여기 머물고 있는 화귀가 인로골설인가요?"

무겁게 고개를 끄덕거린 길우가 부적에 새끼손가락을 깨물어서 낸 피를 뿌렸다. 피가 묻은 부적이 두 사람과 은행나무 사이에 희뿌연 얼음 막 결계를 만들어냈다. 다시 품에서 붉은 부적을 꺼낸 길우가 주술을 외우고는 은행나무를 향해 던졌다. 부적에 맞은 은행나무는 순식간에 시들어버렸다.

"화귀가 다니는 길은 막았으니 일단 물러났다가 다시 군배 아저씨랑 다른 멸화군들이랑 같이 오는 게 좋겠어요."

대문 쪽으로 천천히 뒷걸음질 치던 길우는 등 뒤에서 이상한 소리가 나는 것을 느꼈다. 천천히 고개를 돌리자 대문 쪽 하늘에 인로골설들이 해골 모양으로 모여 있는 것이 보였다. 길우는 아무것도 모른 채 뒷걸음질 치고 있던 비화를 몸으로 감싸면서 외쳤다.

"위험해요!"

인로골설들이 뭉쳐 만든 해골의 입에서 푸른 화염이 쏟아져 나왔다. 비화를 감싼 길우는 화염을 맞고 바닥에 나뒹굴었다. 뒤늦게 상황을 알아챈 비화가 비명을 질렀다. 인로골설은 비화는 무시하고 쓰러진 길우를 향해 날아갔다. 하지만 정신을 차린 비화가 주문을 외우자 쓰러진 길우 앞에 하얀 연기로 된 결계가 쳐졌다. 뒤로 물러난 인로골설들이 한 덩어리로 뭉쳐서 결계에 부딪쳤다. 인로골설들은 결계 주변을 돌면서 푸른 화염을 연거푸 뿜어냈다. 그때마다 결계는 눈에 띄게 약해졌다. 결계가 무너지는 순간 비화는 쓰러져 있는 길우를 감쌌다. 그때 누워 있던 길우의 이마에서 희미한 빛이 번져 나왔다. 두건을 뚫고 나온 빛에 기세 좋게 덤벼들던 인로골설들은 사방으로 흩어져버렸다. 겨우 정신을 차린 비화가 주변을 두리번거렸지만 짙은 어둠뿐이었다.

군배는 동대와 송춘발이라는 이름을 가진 멸화군 두 명과 김천복을 불러서 지난번에 불이 난 붉은재의 기와집을 살펴보라고 지시했다.

"화귀와 싸울 생각은 하지 말고 이상한 점이 있는지만 확인하게. 낌새가 이상하면 바로 빠져나와야 하네."

그렇게 지시를 받은 멸화군 두 명과 김천복은 야행물금첩을 가지고 숙소 밖으로 나왔다. 조족등을 든 김천복이 앞장선 가운데 두 명의 멸화군이 뒤를 따랐다. 둘 다 이십 년 전부터 멸화군 노릇을 했던 터라 벌써 마흔 중반의 나이였다. 앞장서 가던 김천복이 동대에게 물었다.

"그런데 화귀는 어찌 찾아냅니까?"

동대는 손에 든 주머니를 흔들면서 말했다.

"부적을 태운 재를 불이 난 곳에 뿌리면 흔적이 나타나게 되어 있어."

"그다음에는 싸우는 겁니까?"

호기심 어린 김천복의 물음에 뾰족한 턱에 무성한 턱수염을 가진 또 다른 멸화군인 송춘발이 대답했다.

"그다음에는 주술이 걸린 무기나 부적을 가지고 싸우는 거지."

"우와! 정말 대단합니다. 저는 불이 그냥 났다가 꺼지는 줄 알았죠."

김천복의 너스레에 두 사람이 씩 웃었다. 붉은재 중턱에 있던 기와집은 텅 비어 있었다. 빗장이 걸리지 않은 대문을 열고 안으로 들어간 김천복이 조심스럽게 주변을 살폈다.

"아무도 없는데요."

"불도 나고 사람도 죽고 했으니까 더 있고 싶지 않았겠지."

며칠 전 주저앉은 사랑채 쪽으로 걸어간 송춘발이 중얼거렸다. 주머니에서 재를 꺼낸 동대가 주변을 돌아보며 말했다.

"기분이 별로 안 좋아. 얼른 확인하고 돌아가자."

"행랑채부터 할까?"

두 사람이 재를 들고 불이 난 곳을 뿌리면서 주문을 외우는 모습을 지켜보던 김천복은 슬쩍 안채로 들어갔다. 어둠과 적막에 잠긴 안채를 이리저리 살펴보던 김천복은 부스럭거리는 소리에 그대로 굳어버리고 말았다.

"화, 화귀?"

발뒤꿈치를 들고 행랑채 쪽으로 걸어간 김천복이 두 사람에게 낮은 목소리로 안채 쪽에서 소리가 났다고 이야기했다. 그러자 동대는 부적이 붙은 몽둥이를 꺼내 들었고, 송춘발은 나무를 깎아서 만든 작은 단검을 양손에 움켜쥐었다. 앞장서라는 동대의 눈짓에 울상이 된 김천복은 까치발을 한 채 안채로 걸어갔다. 뒤에 바짝 붙은 송춘발이 물었다.

"어디서 소리가 들린 거야?"

"저기 부엌 쪽인 것 같습니다."

그러자 두 사람은 굳게 닫힌 부엌문 양쪽에 바짝 붙어서 몸을 숨겼다. 그러고는 김천복에게 문을 열라는 손짓을 했다. 울상이 된 그가 덜덜 떨면서 문고리를 잡았다. 바로 그 순간, 안쪽에서 문이 벌컥 열리면서 그림자가 뛰쳐나왔다. 바닥에 나뒹군 김천복은 살려달라고 비명을 질렀고, 문 옆에 숨어 있던 두 멸화군은 뛰어나온 그림자를 덮쳤다. 그리고 거의 동시에 코를 싸쥐었다.

"어우, 냄새."

바닥에 누운 채 부들부들 떨던 김천복도 풍겨오는 악취에 못이겨 눈을 떴다. 부엌에서 뛰쳐나온 것은 화귀가 아니라 봉두난발을 한 거지였다. 스무 살쯤 되어 보이는 순박한 얼굴이었지만 오랫동안 씻지 않았는지 악취가 심했다. 세 사람에게 둘러싸인 거지 청년은 연신 고개를 조아렸다.

"잘못했습니다요. 배가 고파서 몰래 들어왔습니다. 한 번만, 한 번만 용서해주십시오."

정신을 차린 김천복이 긴 한숨과 함께 이야기했다.

"어휴, 간 떨어질 뻔했네. 잘못한 걸 알았으면 얼른 네 집으로 돌아가!"

그러자 고개를 숙이고 있던 거지 청년이 음산한 목소리로 말했다.

"싫은데요."

"뭐라고? 왜 가기 싫은데?"

"여기가 바로 제집이니까요."

고개를 든 거지 청년의 두 눈이 이글이글 타올랐다. 코앞에서 그걸 본 김천복은 숨이 턱 막혀왔다. 뒤늦게 심상치 않은 것을 깨달은 송춘발이 품에서 꺼낸 부적을 던졌다. 그사이 동대가 부적이 붙은 막대기를 휘둘렀다. 하지만 거지 청년은 한 손으로 날아오는 부적을 움켜쥐고는 으깨버렸고 다른 한 손으로는 막대기를 낚아챘다. 그러고는 두 손을 뻗어서 멸화군들을 움켜잡았다. 당황한 두 멸화군들은 몸부림을 치다가 온몸이 불에 휩싸였다. 김천복은 방금 전까지 자신과 함께 웃고 떠들던 두 사람이 불길에 녹아내리는 것을 보고는 할 말을 잃었다. 불에 활활 타오르던 두 멸화군의 앙상한 잔해가 바닥에 흩어졌다. 김천복은 눈과 입, 그리고 두 팔에 불길을 두른 거지 청년이 다가오자 비명을 지르며 엉금엉금 기어갔다.

"가, 가까이 오지 마!"

그러다 안채 대문의 문턱에 걸린 김천복은 허둥지둥 일어나려다가 발을 헛디뎌서 도로 주저앉고 말았다. 그때 멈추라는 외침이 들려왔다. 넘어져 있던 김천복이 고개를 들자 붉은색 철릭에 전립을 쓴 젊은 무사가 보였다. 한 손에 들고 있던 사방등을 바닥에 내려놓은 무사는 허리에 차고 있던 환도를 뽑아 들었다.

"감히 요괴 주제에 인간을 해하려고 하다니! 썩 물러가라!"

무사의 호통에 거지 청년은 대답 대신 온몸에 불을 돋우며 다가왔다. 환도를 치켜든 무사는 다가오는 거지 청년의 가슴을 베면서 곁을 스치고 지나갔다. 환도를 고쳐 잡고 돌아선 무사는 뜨거운 열기에 녹아버린 환도의 칼날을 보고는 깜짝 놀랐다. 천천히 돌아선 거지청년이 불이 일렁거리는 손을 뻗었다. 보통 사람의 것보다 더 길게 늘어난 손이 다가오자 무사는 엉겁결에 환도의 칼집을 휘둘렀다. 하지만 손에 붙잡힌 칼집 역시 순식간에 불타버리고 말았다. 빈손이 된 무사는 주춤주춤 물러났다. 양쪽이 싸우는 틈을 타서 도망칠 틈을 노리던 김천복은 안채의 용마루를 딛고 있는 또 다른 그림자를 보고는 비명을 삼켰다. 하늘을 등지고 있던 그림자는 잠시 구름에 달이 가려지면서 어디론가 사라져버렸다. 그리고 거지 청년도 두 사람을 놔두고 온데간데없어져버렸다. 살았다는 생각에 다리에 힘이 풀린 김천복은 그대로 주저앉았다.

멸화군 숙소의 뜰을 불안한 표정으로 서성거리던 군배는 반쯤 정신을 잃은 길우를 부축해서 돌아오는 비화를 보고는 가슴이 철렁했다. 한걸음에 달려간 군배가 길우를 붙잡은 채 비화에게 물었다.

"어찌 된 일이냐?"

"인로골설이라는 화귀에게 당했습니다. 저를 지켜주다가 그만……."

말을 잇지 못한 비화가 고개를 돌리고 눈물을 머금었다. 이야기를 들은 군배의 표정이 어두워졌다.

"인로골설에게 당했다면 고열과 환각에 시달린단다. 일단 들어가서 눕히도록 하자."

두 사람은 조심스럽게 길우를 방에 눕혔다. 입술이 바짝 마른 채 온몸이 땀에 젖은 길우를 내려다본 비화가 군배에게 물었다.

"고칠 방도가 없습니까?"

"인로골설은 보통의 화귀가 아니란다. 사람들의 한과 분노가 모여서 만들어낸 악귀이기 때문에 부적이나 주술이 잘 먹히지가 않아."

고개를 절레절레 흔든 군배에게 비화가 말했다.

"일단 열을 낮추는 약을 만들어보겠습니다."

문을 열고 밖으로 나온 비화에게 군배가 조심스럽게 말했다.

"그 아이 곁에 있어 다오. 그 어떤 약보다도 네가 필요하단다."

겨우 눈물을 참은 비화가 고개를 끄덕거리고 밖으로 나갔다. 비화의 뒷모습을 보면서 한숨을 쉬던 군배는 대문이 열리는 소리를 들었다. 앞장서 들어온 그림자가 비틀거리면서 뜰 가운데 푹 주저앉았다. 소리를 듣고 나온 군배가 말했다.

"천복이 아니냐? 동대랑 춘발이는 어디에 두고 너 혼자 온 것이냐?"

숨을 헐떡거린 김천복을 뒤따라 들어온 젊은 무사가 대신 대답했다.

"그 두 사람은 돌아오지 못할 것이요."

고개를 돌린 군배는 뜰 한복판으로 뚜벅뚜벅 걸어 나오는 젊은 무사를 보고는 깜짝 놀랐다.

"당신은?"

"예전에 찾아왔던 충의위 소속의 문도현이요. 오늘 뜻밖의 일을 겪었는데 이자 말이 여기로 오면 알 수 있다고 해서 찾아왔소이다."

"일단 제 방으로 모시겠습니다."

문도현을 방으로 안내하던 군배는 옆에 서 있던 비화에게 얼른 방문을 닫으라는 눈짓을 했다. 그리고 문도현을 방으로 안내했다. 자리에 앉은 문도현이 오늘 겪은 일을 이야기하자 군배는 옆에서 눈치를 보던 김천복을 쏘아보았다. 그러고는 천천히 문도현에게 시선을 돌렸다.

"이야기 잘 들었습니다. 무엇을 알고 싶으신 겁니까?"

"검에 베여도 죽지 않고 오히려 날붙이를 녹여버리는 그자의 정체, 그리고 그들과 싸운다는 자네들의 정체가 알고 싶네."

"준비는 되셨습니까?"

"어떤 준비 말인가?"

문도현이 반문에 군배가 차분하게 이야기했다.

"진실을 받아들일 준비 말입니다."

문도현이 고개를 끄덕거리자 군배는 그동안 있었던 일들을 대략적으로 설명했다. 이야기가 끝날 때까지 아무 말 없이 지켜보던 문도현이 어이가 없다는 표정으로 말했다.

"오늘 내 환도에 베이고도 멀쩡한 그자를 보지 못했다면 자네 이야기를 귀담아 듣지는 않았을 것이야."

"이건 인간과 불이 함께 살아갈 때 반드시 겪어야 하는 숙명과 같은 겁니다."

"그 화귀라는 자들을 이길 방도가 정녕 없느냐?"

문도현의 물음에 군배가 쓴웃음을 지었다.

"인간이 불을 쓰지 않는다면 이길 수 있습니다. 그러지 못한다면 이길 수 없습니다."

"자네들이 있는데도 말인가?"

"저희는 단지 싸움을 이어가고 균형을 맞추는 정도의 능력밖에는 없습니다. 나머지는 사람들이 결정할 문제입니다."

군배와 문도현이 이야기를 나누는 사이 비화는 길우를 돌보았다. 찬물에 적인 천으로 이마와 얼굴을 닦았지만 펄펄 끓는 열은 좀처럼 가라앉지 않았다. 비화는 의식을 거의 잃어가는 길우를 안타까운 눈으로 쳐다보았다. 그러자 길우는 천을 이마에 놓으려고 하던 그녀의 손을 잡았다.

"너무 자책하지 말아요."

그 이야기를 들은 비화는 누워 있는 길우의 품에 안겨서 엉엉 울었다. 길우는 흐느껴 우는 그녀의 어깨를 토닥거렸다. 그리고 바짝 타들어가는 입술로 물었다.

"고향 이야기를 듣고 싶어요."

"고향이요?"

손등으로 눈물을 훔친 비화가 묻자 대답할 기운조차 남아 있지 않던 길우가 고개를 끄덕거렸다. 고쳐 앉은 비화가 잠깐 생각에 잠겼다가 입을 열었다.

"제가 있던 곳은 저기 남쪽 대우산이라는 곳에 있는 절이에요. 다들 그냥 천년사라고 불러요. 아주 먼 옛날에 멀리 천축에서 배를 타고 오신 스님이 세운 절이라고 들었답니다."

"그 친구 이야기로는 어릴 때 부모에게 버림받고 그곳에서 자랐다고 들었습니다."

"저도 같은 처지였습니다. 가뭄이 들고 전염병이 돌아 부모가 죽고 아이만 남게 되면 선사님께서 거둬주셨습니다. 그리고 저처럼 흉년이 들어 입이 많아서 굶어 죽을 것 같으면 절에 맡기는 경우도 있었고 말이죠. 철이 들기 전부터 외로웠답니다. 달성 오라버니가 많이 챙겨줘서 그나마 덜했지요."

슬픈 얼굴을 한 그녀가 이야기를 이어갔다.

"선사님과 그 밑의 스님들은 거둬들인 아이 중 몇 명에게 주술을 써서 불을 끄는 법을 가르쳐주셨습니다. 왜 배워야 하느냐고 물어보면 게송의 뜻을 따르기 위해서라고 하셨죠. 천년사에서는 그렇게 뽑힌 아이들을 게송을 이행하는 자라고 불렀습니다. 배를 타고 오신 스님께서 이 땅을 둘러보시고 다 좋은데 화기가 너무 많아서 쓸데없는 싸움과 희생이 많아질 것이라고 하셨답니다. 그리고 때가 되면 나서서 싸움을 막아야 하고, 그러기 위해서는 주술을 익혀야 한다고 하셨지요."

"그럼 둘 다……."

"달성오라버니와 저 모두 게송의 뜻을 따르는 자로 뽑혔습니다. 오라버니는 특히 출중하셔서 선사님의 총애를 받았죠. 그리고 얼마 전에 오라버니가 이곳으로 왔고, 저도 뒤따라오게 되었답니다."

"슬픈 운명이군요."

이야기를 들은 길우가 천장을 물끄러미 바라보면서 짧게 이야기하자 비화가 주저하다가 말했다.

"우리 모두요."

그 순간 길우가 기침을 하면서 검은 피를 토했다. 비화가 얼른 천으로 입가의 피를 닦아주었다. 하지만 기침은 멈추지 않았고, 그때마다 많은 피를 토해냈다. 비화는 길우의 입을 천으로 막으면서 울부짖었다.

"제발, 오라버니만으로 족해요. 제발요."

어둠을 걷다

땅거미가 질 무렵 승정원 뒤편에 있는 당후 앞에서 사방등을 든 채 서성거리고 있던 조인경은 멀리서 걸어오는 문도현을 보고는 반색을 했다. 문도현은 가볍게 고개를 끄덕거리고는 안으로 들어갔다. 주변을 살펴본 조인경이 서둘러 당후의 문을 닫았지만 먼발치에서 누군가 지켜보고 있다는 사실을 눈치채지 못했다. 안으로 들어선 문도현을 데리고 서고로 들어간 조인경이 미리 꺼내놓은 『당후일기』 몇 권을 탁자에 내려놨다.

"그때 일을 적어놓은 책입니다."

의자에 앉은 문도현은 천천히 책장을 넘겼다. 조인경은 의자를 가져다놓고 맞은편에 앉아서 지켜보았다. 그러다 문도현이 책장을 넘기지 않고 뚫어지게 처다보는 것을 보고는 조심스럽게 물었다.

"찾으셨습니까?"

"그런 것 같네. 여기 운종가의 지전 주인을 심문한 내용이 있어. 심문관이 왜 불을 냈느냐고 묻자 손님으로 들어온 이가 갑자기 몸에서 연기를 내며 입과 눈에서 불을 토해서 상점 안의 종이들을 태웠다고 하는군."

"사람이 불쏘시개도 아니고 어찌 스스로를 태워서 불을 낼 수 있답니까? 아마 주인이 살기 위해서 거짓을 고했거나 헛것을 본 게 틀림없습니다."

조인경이 침을 튀기면서 이야기했지만 문도현은 진지하게 『당후일기』를 읽어 내려갔다. 몇 번이고 반복해서 읽은 문도현이 중얼거렸다.

"죄를 덜기 위해서라면 다른 핑계를 댔겠지. 이렇게 말도 안 되는 이야기를 하지는 않았을 거야."

"설마 이 이야기를 진짜 믿으시는 건 아니시겠죠?"

"이상한 건 그뿐만이 아니야."

책장을 앞뒤로 넘긴 문도현이 고개를 갸웃거리면서 말했다.

"이렇게 큰 사건인데도 제대로 조사가 이뤄지지 않았어. 한밤중에 친국을 한 번 하고 바로 지전의 주인과 가족들을 멀리 함경도 단천으로 유배를 보내버렸군. 그리고 외지에서 흘러온 떠돌이들을 몇 명 잡다가 불을 냈다는 죄목으로 목을 벤 게 전부야."

문도현의 어깨너머로 『당후일기』를 들여다본 조인경이 대꾸했다.

"민심이 어지러우니까 대충 무마한 게 아닐까요?"

"임금님은 의심스러운 일은 뭐든 끝까지 파헤치시는 분이네."

"그렇긴 하시죠."

"이번 일만 해도 나에게 따로 지시를 내려서 알아보라고 하지 않으셨는가? 그런데 대충 조사한 것은 물론이고 관련 기록들도 모조리 없애버리라는 지시를 내렸어. 분명 뭔가를 감추려고 했던 게 분명해. 그게 아니라면 지전 주인의 말대로 손님의 몸에서 불이 시작되었든지 말이야. 게다가 여기 말이야."

문도현이『당후일기』를 조인경에게 들이밀면서 말했다.

"길환이라는 멸화군이 궁궐에 난입했다는 이야기가 쓰여 있어."

"범궐을 했단 말입니까?"

떨떠름한 표정의 조인경이 묻자 문도현이 말했다.

"맞아. 그런데 이런 중죄를 지은 자가 어찌 되었는지 나와 있지 않아."

"설마 그 말을 진짜 믿으시는 겁니까?"

고개를 갸웃거린 조인경의 말에 문도현이 단호하게 대답했다.

"궁궐의 금위군으로 일하다가 물러난 자들이 벽장동에 많이 머물고 있지?"

"꼭 그렇게까지 하실 필요가 있겠습니까?"

"요즘 한양에 괴이한 일들이 연달아 벌어지고 있네. 나도 내 눈으로 직접 보기 전까지는 믿지 못한 일들이 말이야."

"그게 뭡니까요?"

호기심이 잔뜩 묻어난 조인경의 물음에 문도현은 비밀을 지켜달라는 군배의 이야기를 떠올리고는 쓴웃음을 지었다. 그 순간, 당후의 분합문이 삐걱거리면서 열렸다. 바짝 얼어붙은 두 사람이 서로의 얼굴을 쳐다보는 가운데 발자국 소리의 주인공인 상선 정용진이 모습을 드러냈다. 그리고 입술을 살짝 비틀어 올린 채 문도현에게 물었다.

"이 밤중에 어인 일이시오?"

읽고 있던 『당후일기』를 소매 안으로 살짝 숨긴 문도현이 태연하게 대꾸했다.

"순찰을 돌다가 잠깐 들어와봤습니다. 그러는 상선께서는 늦은 밤에 이곳에는 무슨 일로 찾아왔습니까?"

"궁 안을 살펴보다가 쥐새끼가 돌아다니는 것 같아서 와봤소이다."

"참으로 귀도 밝으십니다. 이 넓은 궁궐에서 쥐가 돌아다니는 소리를 듣고 예까지 찾아오셨으니 말입니다."

의자에서 일어난 문도현은 정용진에게 다가가면서 소매에 숨긴 『당후일기』를 조인경에게 건넸다. 두 사람의 움직임을 아는지 모르는지 정용진은 미소를 지우지 않은 얼굴로 서고를 둘러보았다.

"성중애마께서 책을 좋아하시는 줄은 알고 있지만, 이곳은 드나들어서는 안 되는 곳입니다."

"제가 아니 되면 상선도 들어올 곳이 아니지요. 안 그렇습니까?"

문도현이 대꾸하는 틈에 조인경이 잽싸게 『당후일기』를 움켜쥐고 원래 자리로 꽂아놓기 위해 움직였다. 한숨 돌린 문도현이 쏘아보자 정용진이 허겁지겁 움직이는 조인경의 뒷모습을 물끄러미 바라보다가 말했다.

"전하께서 이 일에서 손을 떼라고 하명하셨습니다."

"제가 직접 알현하고 여쭤보겠습니다."

"전하의 뜻은 바뀌지 않을 겁니다."

비웃는 듯한 그의 말에 문도현은 울컥하고 말았다.

"내게 진실을 밝히라고 명하여놓고 이제 와서 손을 떼라니 대체 무슨 연유입니까?"

"전하께서는 그 누구에게도 어심을 설명하지는 않으십니다. 신하된 자들은 단지 복종하고 따르는 것만이 있을 뿐입니다."

"불알 없는 환관들이나 시키는 대로 하지요. 무조건적인 충성은 군주를 망치고 나라를 어지럽히는 법입니다."

옆에서 듣던 조인경이 조마조마한 표정으로 두 사람을 바라보았다. 하지만 정용진은 태연하게 대꾸했다.

"조선은 조정 대신들과 간관들, 선비들이 올리는 상소문으로만 움직이지는 않습니다."

짧게 혀를 찬 정용진이 당후에서 사라졌다. 몇 발자국 떨어진 곳에서 지켜보던 조인경이 안도의 한숨을 내쉬는 순간, 분에 못 이긴 문도현이 탁자를 주먹으로 마구 내리치면서 화를 냈다.

길우는 피를 토하다가 의식을 잃었고, 옆에서 지켜보던 비화는 퉁퉁 부은 눈으로 벽에 기댄 채 잠이 들었다. 무의식 속에 빠져 있던 길우는 낯선 얼굴을 보았다. 죽은 달성이나 덕창인 줄 알았지만 둘 다 아니었다. 환영을 본 길우는 오른손을 이마로 가져갔다. 그리고 손톱으로 이마 위에 새로운 부적을 새겼다. 겨우 아문 이마의 상처가 터지면서 피가 주르륵 흘러내렸다. 무의식에 지배당한 길우는 알 수 없는 주문을 끊임없이 외우다가 다시 잠이 들었다. 그리고 기나긴 밤을 지나 첫닭이 울 즈음 눈을 떴다. 천장을 향해 눈을 껌뻑거리던 그는 놀랄 정도로 가벼운 몸을 느끼고는 깜짝 놀랐다. 어젯밤까지만 해도 고개조차 들지 못할 정도였던 몸이 깃털처럼 가벼워진 것이다. 손으로 몸을 만져보던 길우는 오른쪽 손목에 묶여 있는 가죽끈과 거기에 달린 작은 쇳조각을 보았다. 벽에 기댄 채 잠깐 눈을 붙이고 있던 비화가 소리를 듣고 눈을 떴다. 길우가 오른 손목에 채워진 가죽끈과 거기에 달린 작은 쇳조각을 뚫어지게 바라보고 있는 것을 보고는 빙그레 웃었다.

"사찰에서 가져온 겁니다. 몇 년 전 사찰 뒷산에 떨어진 운석에서 캐낸 철로 만든 팔찌입니다. 선사님 말씀이 하늘에서 내려온 쇠를 지니고 있으면 부정한 마음을 없애준다고 하더군요."

"이렇게 귀한 걸……."

"매번 괴물과 싸우고 다치고. 그리고 고통받는 게 너무 안쓰러워요."

눈물을 글썽거린 그녀의 말에 길우는 단호하게 말했다.

"내 잘못으로 당신 오라버니가 죽었습니다. 다시는 내 옆에 있는 누군가가 죽거나 다치는 걸 보고 싶지 않아요."

뭔가 말을 하려던 비화는 가볍게 웃고는 헝클어진 그의 이마를 쓰다듬었다. 그때 밖에서 헛기침 소리가 들리면서 군배가 방으로 들어왔다. 문이 열리는 소리에 비화는 얼른 손을 뗐다. 둘이 함께 있는 것을 본 군배가 씩 웃자 얼굴이 빨개진 비화가 황급히 밖으로 나갔다. 길우가 난처한 표정으로 말했다.

"밤새 간호를 해주고 있었습니다."

"그래서 인로골설에게 그렇게 당하고도 몸이 멀쩡한 것이냐?"

머리맡에 앉은 군배가 웃는 얼굴로 이야기했다.

"그러게요. 처음에는 어지럽고 메스꺼웠는데 한숨 푹 자고 일어났더니 괜찮아졌습니다. 비화가 지어준 약이 효과를 봤나 봅니다."

길우가 멀쩡해진 몸을 만져보면서 대답하자 군배가 고개를 끄덕였다.

"기이한 일이지만 이것도 다 조상님의 뜻이겠지."

"비화한테 들었습니다. 멸화군 둘이……."

길우가 말을 끝맺지 못하자 군배도 침통한 얼굴로 대꾸했다.

"조심하라고 일렀는데 너무 오랫동안 화귀와 싸우지 않아서 방심한 모양일세. 그나마 김천복이 살아왔으니 다행이지."

"사람 모양의 화귀라고 들었습니다."

"지귀심화인 모양인데 나도 이야기만 들었지 실제로 본 적은 없었다."

"오늘 밤에 제가 처리하겠습니다."

길우의 이야기를 들은 군배가 무거운 표정으로 바라보았다.

"너에게 너무 무거운 짐을 짊어지게 한 것 같구나."

"저 때문에 죽거나 다친 사람이 한둘이 아닙니다. 어떻게든 일을 끝내고 싶습니다."

"문도현이라는 젊은 관리가 그 광경을 봤는데 다행히 말이 통하더구나. 당분간 비밀을 지켜주기로 했다. 잘하면 그자를 통해서 청동용을 경회루 연못에 도로 가져다놓는 문제가 해결될 듯싶다."

"그럼 다섯 개의 길을 찾고 화귀들을 막는 것만 해결하면 되겠네요."

길우의 말에 군배가 고개를 끄덕였다.

"그래. 어제부터 야간에 순라를 돌 때 남쪽을 집중적으로 살피라고 일러뒀다. 어찌 됐건 끝이 보이고 있어."

"제가 싸웠던 화귀들 말입니다."

잠깐 고민하던 길우가 말을 이어갔다.

"좀 이상했습니다."

"어떤 면에서 말이냐?"

"첫번째 만난 불여우도 도망치는 저를 쫓지 않았고, 화덕 벼락장군이나 인로골설들도 그냥 길을 지키는 것 같았습니다."

"지귀심화도 멸화군들을 쫓아낸 게 끝이더구나. 이렇게 조용한 게 더욱더 불안해. 분명 뭔가를 꾸미고 있는 게 분명한데 말이다."

답답한 얼굴로 이야기한 군배가 길우의 이마를 힐끔 바라보았다.

"이마에서 피가 배어 나오는 것 같구나."

"아문 지 얼마 안 되서 그러는 모양입니다. 이따가 붉은재에 다녀오겠습니다."

"내가 따라가마."

군배의 이야기에 길우가 딱 잘라 대답했다.

"천복 아저씨랑 비화를 데리고 다녀오겠습니다."

잠시 두 사람의 눈빛이 엉켰다. 그러다 군배가 고개를 끄덕였다.

"그렇게 하려무나."

어색한 침묵이 흐르고 군배가 일어나려는 찰나 길우가 물었다.

"화귀가 나타났던 장소에서 죽었던 사람들 말입니다. 하나같이 목이 잘렸고, 잘린 목에서는 불을 토해내면서 온몸이 불에 타버렸습니다. 왜 그런 겁니까?"

"불에 감염되었기 때문이다."

"지배당한다는 뜻인가요?"

길우의 반문에 군배는 나지막한 한숨을 쉬었다.

"불은 인간의 욕망을 건드린단다. 약한 자, 증오를 품은 자들을 유혹하지."

"무엇으로 말입니까?"

"스스로를 태워서 자신을 무시하는 세상을 송두리째 잿더미로 만들어버리는 것으로 말이다."

"그럼 죽은 석환도……."

군배는 대답 대신 고개를 끄덕였다. 침을 꿀꺽 삼킨 길우가 물었다.

"불이 난 것과는 별개로 누군가가 불에 감염된 자들의 목을 베었습니다."

"나도 알고 있다. 어쩌면 그렇게 처리된 덕분에 더 큰 화를 막을 수 있었는지도 모른다."

"그게 무슨 말씀이십니까?"

길우의 물음에 군배가 심각한 얼굴로 말했다.

"지금까지 불이 난 곳에 화귀가 있었고, 불쏘시개가 될 감염된 사람들도 있었다. 만약……."

길우가 군배의 말을 가로챘다.

"한꺼번에 터졌다면 걷잡을 수 없었겠군요."

"이십 년 전에 불에 감염된 자가 운종가에서 불을 일으켰다. 그때 수천 채가 넘는 집과 관청들이 타고 수백 명이 죽음을 당했다. 우리 멸화군들도 그때 열 명 넘게 죽거나 다쳤다. 다섯 명이 다섯 방향에서 동시에 불을 냈다면 우리는 한양이 불바다가 되는 것을 결코 막을 수가 없었을 것이야."

"목을 자른 자가 누굴까요?"

길우의 이야기에 군배가 고개를 저었다.

"모르겠다. 우리는 화귀의 목을 베지는 않는단다. 비화를 보낸 곳에서도 근본적으로 살생을 막아야 하는 불가의 사람들이라 그런 수법은 쓰지 않고 말이다."

"우리가 모르는 누군가가 따로 움직인다는 말씀이시군요."

"맞다. 그게 누군지는 알 수 없지만 제발 우리 편이기를 바라는 수밖에는 없겠지."

신무문을 나서서 후원으로 걸어가던 태종은 뒤따르던 상선 정용진의 보고를 받고 한동안 생각에 잠겨 있다가 말했다. 정용진이 조심스럽게 아뢰었다.

　"더 깊이 파고들기 전에 이쯤에서 그만두게 하시는 것이 좋을 듯싶습니다."

　"과인이 알아서 하겠다."

　곤룡포 차림의 태종은 후원의 꽃과 나무들을 보면서 눈살을 찌푸렸다. 계속된 가뭄에 후원의 꽃과 나무들도 시들어버린 것이다. 태종의 눈치를 살핀 정용진이 입을 열었다.

　"아랫것들을 시켜서 물을 충분히 주라고 이르겠습니다."

　"됐다. 사람이 마시고 곡식에 줄 물도 부족한데 어찌 내 눈을 즐겁게 하자고 물을 낭비할 수 있겠느냐."

　"황공하옵니다."

　꽃과 나무들이 호위병처럼 늘어선 구불구불한 후원의 길을 따라 걷던 태종은 취병에 둘러싸인 전각에 도착했다. 주변을 지키고 있던 환관들이 고개를 숙여서 인사를 하고는 옆으로 물러났다. 소매에서 열쇠를 꺼내면서 문 옆에 난 작은 구멍을 통해 안을 살폈다. 이상 없는 것을 확인한 그는 열쇠로 문을 열고 문가에 놓인 사방등을 들고 안으로 들어섰다. 태종은 정용진을 뒤따라 안으로 들어갔다. 사방이 모두 막힌 전각 안의 흐리고 혼탁한 어둠이 눈에 익숙해지기까지는 제법 시간이 걸렸다. 철가면이 씌워진 채 쇠사슬에 묶여 있던 사내는 불빛과 소리를 듣고는 고개를 들었다. 사내는 눈앞에 선 태종을 보고는 둔탁하게 웃었다.

"한양에 계속 안 좋은 일이 있나 봅니다."

"징조와 징표들이 나타나고 있다. 지금까지는 잘 막았지만 과인이 모르는 것이 또 있느냐?"

철가면이 씌워진 사내는 고개를 쭉 내밀어서 태종의 눈을 들여다보았다. 그러고는 낮은 목소리로 말했다.

"모든 징조가 가리키는 건 하나요. 지금이라도 늦지 않았으니 한양을 떠나시오. 그러면 당신과 당신 가족들의 목숨은 건질 수 있을 거요."

"한양을 버리느니 차라리 과인의 손으로 다 태워버릴 것이야. 그러니 막을 수 있는 방도를 내놓아라."

한동안 침묵이 이어졌다. 그러다가 결국 철가면이 먼저 입을 열었다.

"화귀들은 다섯 개의 길에서 불에 감염된 자들을 한꺼번에 태워버릴 속셈이었소. 다섯 군데에서 한꺼번에 불이 나면 멸화군이 수백이라고 해도 막을 수가 없을 테니까 말이오."

"그건 과인이 막았다."

태종이 이야기하자 철가면은 쓴웃음을 지었다.

"화귀를 너무 얕잡아보지 마시오. 어쩌면 이건 당신과 나, 그리고 막고자 하는 모든 자를 농락하려는 수작일지도 모르니까 말이오."

이야기를 하던 철가면이 갑자기 몸부림을 쳤다. 놀란 정용진이 얼른 다가와서 앞으로 가로막았다. 고통스러운 신음 소리를 내던 철가면이 느린 목소리로 말했다.

"비를 방패 삼아 다가올 것이다. 비를 방패 삼아……."

"비? 불과 물은 상극인데 어찌 비를 이용한단 말이냐?"

태종이 연거푸 물었지만 철가면은 의식을 잃은 것처럼 고개를 떨구었다. 태종이 눈짓을 하자 정용진이 환도를 뽑아 들고 철가면의 어깨를 찔렀다. 치익 하는 소리와 함께 연기가 피어나고 물이 피처럼 바닥에 뚝뚝 떨어졌다. 철가면이 고통에 못 이겨 깨어나자 태종이 다시 물었다.

"그놈이 원하는 게 대체 무엇이냐? 한양? 아니면……."

분에 못 이겨 말을 잇지 못하는 태종에게 철가면이 말했다.

"화귀들이 태우는 건 집과 건물들이 아니오. 그걸 짓고 살고 있는 사람들의 마음이지. 불은 증오와 두려움, 그리고 자포자기가 섞여 있는 인간의 마음을 밑거름 삼아서 세력을 키운다오."

"사람들의 마음을 태운다는 말이렷다."

"그렇소이다. 그것이 불과 사람의 운명이라오."

"어쨌든 과인은 아버지가 세운 이 나라를 자식에게 물려줄 의무가 있다. 화귀 따위가 날뛰는 걸 두고 볼 수는 없느니라."

태종이 강한 어조로 이야기하자 철가면은 비꼬는 말투로 이야기했다.

"어쩌면 불은 당신에게 선택을 강요할지도 모르겠소이다."

이야기를 한 철가면은 어둠이 울릴 정도로 크게 웃어댔다. 어금니를 질끈 깨문 태종은 철가면에게서 몸을 돌려 밖으로 나왔다. 자물쇠가 굳게 채워지는 소리를 들은 태종이 참았던 한숨을 내쉬었다.

볕이 잘 드는 담장 아래 거적을 깔아놓고 앉아 있던 노인은 눈 앞에 드리워진 그림자를 보고는 힘겹게 고개를 들었다.

"이십 년 전에 궁궐에서 금위군을 복무한 임철주가 맞습니 까?"

그림자의 물음에 오른쪽 눈에 가죽 안대를 한 임철주는 힘겹 게 고개를 끄덕거리면서 입을 열었다.

"코가 뾰족한 목화를 신고 철릭에 전립 차림인 걸 보니 성중 애마군."

"충용위의 문도현이라고 합니다. 여쭤볼 게 있어서 수소문을 했더니 저기 술도가에서 알려주었습니다."

"술지게미를 얻어먹으면서 몇 마디 말했더니 용케 기억하고 있구먼. 지금이야 집을 사고파는 걸 중매해주는 집주릅 노릇을 하고 있지만 젊은 시절에는 용력깨나 쓰는 금위군이었지."

임철주가 이가 몽땅 빠진 입을 오물거리며 대답하자 문도현 이 한쪽 무릎을 꿇고 눈을 마주쳤다.

"이십 년 전에 한양에서 큰불이 났을 때를 기억하십니까?"

"암, 그날을 어찌 잊겠나?"

그날의 기억을 떠올린 임철주가 하나밖에 안 남은 눈을 껌뻑 거렸다.

"그때 멸화군으로 일하는 길환이라는 자가 범궐을 했다 들었 습니다."

"이 눈이랑 신세가 망가진 날이었지."

"그때 일을 들려주십시오."

"알아서 뭐하게?"

그의 물음에 문도현이 가만히 쳐다보았다. 흔들리지 않는 그의 눈빛을 바라본 임철주가 너털웃음을 지었다.

"눈이 참 맑구먼. 알겠네. 술도가에 가서 어제 내린 술을 두어 병 받아오면 원하는 이야기를 들려줌세."

한성부에서 일을 마친 조치곤은 몸이 아프다는 핑계로 심원의 초대를 거절하고는 작은 공주골(태종의 둘째 딸인 경정공주의 저택이 있어서 이런 지명이 붙었다. 한자명으로 소공동이라고 표시되기도 한다)에 있는 집으로 돌아왔다. 심원과 장황서와 김가는 하루가 멀다 하고 모여서 일을 꾸미는 중이었다. 발을 빼기에는 너무 늦었다는 걸 잘 알고 있었지만 함께 어울리기에는 어쩐지 꺼림칙했다. 시원한 모시로 된 바지와 저고리로 갈아입고 사랑채로 들어간 그는 뒤따르던 청지기에게 지시했다.

"얼음을 띄운 오미자차를 가져오너라."

유난히 더위를 타는 그는 나라에서 관리들에게 나눠주는 얼음만으로는 성이 차지 않았다. 그래서 뒤뜰의 그늘진 곳에 자그마한 빙고를 만들어두고 장사치들에게 사들인 얼음을 보관했다. 시원한 오미자차를 마시면서 여유를 찾으려던 그는 퇴침에 기댄 채 오미자차를 기다렸다. 하지만 기다리던 차는 오지 않고 개 짖는 소리만 들려왔다. 금방 멈출 줄 알았던 개 짖는 소리가 잠깐 잦아들었다가 계속 이어지면서 조치곤은 왈칵 짜증을 냈다. 참다못한 그는 대청과 연결된 작은 지게문을 열어젖혔다. 그리고 그대로 얼어붙어버렸다.

해가 떨어지자 길우는 김천복과 비화와 함께 야간순라를 돈다는 핑계로 붉은재로 향했다. 지난번 일로 잔뜩 겁에 질린 김천복은 조족등을 들고 앞장서 가다가 물었다.

"그런데 지귀심화라는 놈은 대체 정체가 뭐야?"

"원래는 사람이었다가 불에 감염된 화귀입니다. 평상시에는 사람의 모습으로 다니다가 때가 되면 온몸을 불태워서 사방을 불태우고 다니는 놈이죠."

"사람이 화귀로도 변하는 거야?"

김천복의 물음에 길우가 가볍게 고개를 저었다.

"보통은 그 정도까지는 아니에요. 사람과 화귀는 워낙 다르니까요. 그런데 원한이나 갈망이 너무 큰 경우에는 간혹 그렇게 되기도 합니다. 사람과 화귀의 중간에 있는 셈이죠. 아주 옛날에 신라라는 나라를 다스리던 선덕여왕을 사모하던 젊은 사내가 열정에 못 이겨 온몸에 불이 났다는 이야기를 들은 적이 있어요."

"그놈이 아직 거기 있겠지?"

창백한 달빛을 슬쩍 올려다본 김천복이 걱정스러운 얼굴로 말했다. 멀리서 달을 보고 개들이 컹컹 짖는 소리가 들려왔다. 어둠과 적막에 싸인 기와집 앞에 선 김천복의 다리가 후들후들 떨렸다. 그걸 본 길우가 말했다.

"겁이 나면 여기 계세요. 저랑 비화만 들어갔다 나올게요."

"아이고, 여기 혼자 있는 게 더 무섭겠다. 얼른 앞장서."

울상이 된 김천복의 말에 길우는 천천히 집 안으로 들어갔다. 이마에 부적을 새긴 이후에는 야명주를 물지 않아도 밤이 낮처럼 환하게 보였다. 귀를 쫑긋 세운 채 집 안으로 들어가던 길우의 귀에 흐느껴 우는 소리가 들려왔다. 바짝 뒤따라오던 비화가 낮은 목소리로 말했다.

"안채 쪽이에요."

가볍게 고개를 끄덕거린 길우는 동전채찍을 움켜쥐고 안채 쪽으로 들어갔다. 반쯤 열린 안채의 대문을 열고 들어서자 짙은 어둠 건너편에서 울음소리의 주인공이 보였다. 대청마루의 대들보에 흰 천을 걸어놓은 여인이 슬피 울면서 목을 매는 중이었다. 길우의 어깨너머로 그 광경을 본 김천복이 말했다.

"저, 지난번에 목이 잘려 죽은 양반의 부인 아닌가?"

목침을 세워놓고 그 위에 올라선 여인은 두런거리는 말소리를 듣고는 그들이 있는 쪽으로 고개를 돌렸다.

"남편이 그렇게 죽고 첩년이 하인들이랑 짜고 전 재산을 가지고 도망쳤지 뭡니까? 빈털터리로 살다 죽느니 남편의 뒤를 따르겠어요."

단호한 그녀의 말에 비화가 놀라서 외쳤다.

"그렇다고 그리 함부로 목숨을 끊으시면 안 됩니다."

"말리지 말아요. 남편도 잃고 다 잃었어요."

대들보에 매달린 천에 목을 건 여인이 목침을 걷어차면서 허공에 대롱대롱 매달렸다. 그 광경을 본 비화가 비명을 지르면서 뛰쳐나가려고 했다. 그런 그녀를 막은 것은 다름 아닌 길우였다.

354

"뭐하는 거예요. 늦으면 위험해요."

길우는 대답 대신 손에서 꺼낸 부적을 손가락으로 힘껏 구긴 다음 주술을 외우면서 던졌다. 어둠을 가로지르며 날아간 부적은 여인의 목을 맨 흰 천에 달라붙어서 불로 변했다. 천이 불에 타면서 버둥거리던 그녀의 몸은 대청마루에 쿵 소리를 내며 떨어졌다. 그리고 서서히 온몸에 번져나가는 불길과 함께 일어섰다. 길우의 뒤에서 지켜보던 김천복이 비명을 질렀다.

"저놈이야! 멸화군들을 태워 죽인 놈 말이야!"

"알고 있었나요?"

그의 팔을 잡은 비화가 묻자 길우는 고개를 끄덕거렸다. 그러는 사이 대청마루를 터벅터벅 걸어 내려온 지귀심화가 끈적한 목소리로 말했다.

"지난번처럼 감쪽같이 속여 넘길 줄 알았는데 아니었군."

두 팔을 앞으로 내민 지귀심화가 달려오자 길우는 손으로 수인을 그리면서 외쳤다.

"결!"

그러자 기세 좋게 달려오던 지귀심화는 안채의 마당 한가운데서 꼼짝 못 하고 말았다. 당황한 지귀심화가 두 발을 땅바닥에서 떼기 위해 안간힘을 썼지만 요지부동이었다. 손가락을 깨물어서 낸 피를 동전채찍에 바른 길우가 지귀심화에게 다가갔다. 두 발이 땅바닥에 붙어버리자 지귀심화가 입에서 푸른 불을 토해냈지만 길우는 동전채찍으로 쳐냈다. 그리고 그를 움켜잡기 위해서 뻗은 지귀심화의 오른손을 동전채찍으로 감아버린 다음

뚝 잘라버렸다. 잘려버린 오른손은 바닥에 떨어지기도 전에 얼음으로 변해버렸다. 잘린 팔뚝에서 불을 뚝뚝 흘린 지귀심화가 날카로운 비명을 질렀다. 몇 발자국 물러난 길우가 동전채찍을 휘둘러서 지귀심화의 왼발을 감았다. 동전채찍이 감긴 부분부터 서서히 불이 꺼지고 얼음이 생겨났다. 한 손으로 동전채찍을 팽팽하게 당긴 길우가 물었다.

"왜 밖으로 나가서 불을 지르고 다니지 않고 여기에만 있는 거지? 길을 지키기 위해서냐?"

지귀심화가 아무 대답도 하지 않고 울부짖기만 하자 길우는 동전채찍을 쥔 손에 힘을 주고 잡아당겼다. 그러자 얼어붙어버린 왼쪽 발의 장딴지가 떨어져나가면서 불이 콸콸 쏟아졌다. 그리고 아까보다 더 고통스러운 비명을 지른 지귀심화에게 다가가 속삭였다.

"묻는 말에 제대로 대답하지 않으면 손가락이랑 발가락을 하나씩 얼음으로 만들어버릴 거야. 뭘 지키기 위해서 여기에 있는 거지?"

냉혹한 길우의 목소리에 지귀심화는 떨리는 목소리로 말했다.
"그를 지키기 위해서였다."
"그라니? 길을 지키는 게 아니고?"
"길? 그분이 말씀하신 것은 이 집 주인을 지키라는 것이었어."
"그분이라면 누르를 가리키는 거야?"

길우의 질문에 지귀심화는 불타는 눈동자를 이리저리 굴렸다. 그러고는 갈라지는 목소리로 말했다.

"그분의 이름을 함부로 말할 수는 없지."

지귀심화는 괴성을 지르며 온몸을 불태웠다. 길우는 품에서 꺼낸 부적을 그의 몸에 붙이고 주술을 외웠다.

"빙!"

그렇지만 불은 부적까지 집어삼켰다. 놀란 길우가 동전채찍을 풀고 뒤로 물러났다. 지귀심화는 천천히 불 속에서 녹아버렸다. 길우는 연기로 변해서 어두운 밤하늘로 흩어진 지귀심화를 보면서 중얼거렸다.

"스스로를 태워버렸어."

지게문 밖 뜰에는 집채만 한 개가 서 있었다. 다리가 짧고 머리가 큰 개는 온몸에 털 대신 불을 둘렀다. 활짝 벌린 입으로 침 대신 불을 뚝뚝 흘렸다. 머리끝이 쭈뼛 선 조치곤은 행랑채에 있는 아랫것들을 불러서 눈앞의 괴물을 쫓아내고 싶었지만 그랬다가는 당장 덤벼들 것만 같았다. 조치곤은 불타는 개가 갑자기 덤벼들자 기겁을 하면서 지게문을 닫았다. 불타는 개는 머리로 지게문을 부수고 들어오려고 했지만 어깨에 걸려서 더는 들어오지 못하고 몸부림을 쳤다. 그러자 사랑방 안으로 불이 옮겨붙었다. 뒤쪽 쪽마루와 연결된 분합문을 열어젖히고 버선발로 사랑방을 빠져나온 조치곤은 고래고래 소리를 질렀다.

"살려다오! 미친개가 나타났다!"

그의 목소리를 들은 행랑채의 하인들이 모습을 드러냈지만 어느 누구도 집채만 한 크기의 불타는 개를 막을 생각을 하지 못했다. 대문을 빠져나온 그는 어두운 길을 버선발로 날리면서 비명을 질렀다. 큰길로 가서 순라군을 만나든지 경수소로 몸을 피해야겠다고 생각하면서 달리던 그는 앞을 가로막는 그림자를 보았다. 순라군인가 싶어서 반색을 했지만 삿갓을 쓴 행인이었다. 알 수 없는 불길함에 걸음을 멈춘 그는 삿갓을 쓴 사내가 손에 쥔 지팡이에서 뭔가를 뽑아 드는 게 보였다.

"카, 칼!"

번뜩이는 흰빛을 보면서 돌아서려는 찰나 삿갓 쓴 사내는 번개처럼 움직여 그의 목을 단숨에 잘랐다. 머리를 잃은 몸통은 길 위에 털썩 쓰러졌고, 머리는 길을 따라 한참을 굴러가다가 담장 아래에서야 겨우 멈췄다. 입을 떡 벌린 채 멈춘 조치곤의 눈에서 붉은빛이 불꽃처럼 타들어가다가 사라졌다. 조치곤의 목을 벤 사내는 머리를 들어서 그의 집을 바라보았다. 불타는 개는 조치군의 사랑채 지붕 위에 올라서서 우왕좌왕하는 사람들을 내려다보는 중이었다.

지귀심화를 없애고 멸화군 숙소로 돌아오던 일행은 숙소 앞에서 한참 수레에 장비를 싣는 모습을 보았다. 길우가 한걸음에 뛰어가서 막 출발하려고 하던 군배에게 물었다.

"어딥니까?"

"작은 공주골이다. 한성부 판관 조치곤의 집이라는구나."

머뭇거리던 군배가 조심스럽게 덧붙였다.

"남쪽이다."

"같이 가시죠."

길우의 이야기에 군배가 고개를 저으면서 말했다.

"너는 여기 있어라. 내가 가서 둘러보고 오마. 소식을 전한 순라군이 얘기하길 불타는 개가 나타났다는구나."

"불타는 개라면 화귀가 틀림없습니다."

"아마 동루천구(東樓天狗)인 듯싶다. 금방 갔다 올 테니까 들어가서 쉬어라."

길우에게 어서 들어가라고 손짓한 군배가 멸화군들을 이끌고 남쪽으로 향했다.

불을 끄러 갔던 멸화군들은 새벽 해가 뜰 때에야 녹초가 된 채 돌아왔다. 어깨를 축 늘어뜨린 군배가 기다리고 있던 길우에게 말했다.

"조치곤이 죽었다."

"동루천구에게 목숨을 잃은 겁니까?"

길우의 물음에 군배가 고개를 저었다.

"동루천구에게 쫓겨서 도망치다가 목이 잘렸단다. 잘린 머리를 봤는데 새까맣게 타버렸어."

"그럼 그자가 불에 전염되었다는 뜻인데요."

"그러게 말이다."

"제가 해 뜨는 대로 가서 살펴보겠습니다."

길우의 이야기에 군배가 손사래를 쳤다.

"아서라. 높은 양반이 죽어서 그런지 난리도 아니다. 잠잠해지기를 기다렸다가 가보는 게 좋겠다. 지귀심화는?"

"없앴습니다. 죽이기 전에 물어봤는데 어떤 존재를 무서워하
는 것 같았습니다."

"어떤 존재? 누르 말이냐?"

"누르랑 다른 놈일지도 모르겠습니다. 입에 담는 것조차 두려
워하더군요."

길우의 이야기를 들은 군배가 한숨을 푹 내쉬었다.

"누르보다 더할지도 모르는 놈이라니, 눈앞이 깜깜하구나."

이야기를 마친 길우는 방으로 돌아왔다. 벽에 기대앉은 채 한
참을 고민하던 그는 베개 밑에 넣어두었던 칼을 꺼내 들었다. 검
게 말라붙은 피가 아직 남아 있는 칼날을 바라보던 그는 몸을 일
으켜서 밖으로 나갔다. 뒤뜰에 선 그는 한참을 서 있다가 천천히
이마의 두건을 풀었다. 낙인이 찍힌 이마에는 칼과 손톱으로 만
들어놓은 문신들이 뒤엉켜 있었다. 길우가 천천히 칼끝을 이마
에 가져가는 찰나, 뒤에서 비화의 목소리가 들려왔다.

"안 돼요!"

한달음에 달려온 그녀는 길우의 손에서 칼을 낚아챘다.

"선사님께서 문신을 몸에 새기면 그 힘에 지배당한다고 그러
셨어요."

"이렇게 하지 않으면 점점 강해지는 화귀들과 싸울 수가 없어
요."

"무엇을 위해서요? 그렇게 하다가는 결국 아무것도 남지 않
습니다."

"당신 오라버니."

착 가라앉은 길우의 이야기에 비화의 손길이 멎었다.

"그리고 덕창 아저씨랑 지귀심화에게 죽은 두 멸화군이 매일 꿈에 보입니다. 그들을 위해서 싸울 겁니다."

"우리 오라버니는……."

그녀가 터져 나오는 울음을 겨우 참으면서 말을 이어갔다.

"자기 친구가 스스로를 희생해가면서 복수하기를 원하지 않을 겁니다."

울고 있는 그녀의 모습을 본 길우는 칼을 도로 소매에 집어넣었다.

"더는 문신을 새기지 않을게요."

돌아선 그녀가 환하게 웃으면서 다가왔다. 길우가 두 팔을 벌려서 안으려는 찰나 그녀의 미소가 사라졌다. 길우가 등지고 서 있던 숙소 지붕에서 불이 기와를 타고 뚝뚝 흘러내렸기 때문이다. 지붕을 박차고 뛰어내린 동루천구는 방 안에 있던 비화를 텁석 물었다. 그러고는 가볍게 몸을 날려서 지붕으로 올라갔다. 소리를 듣고 밖으로 나온 군배가 지붕 위에 올라선 동루천구를 보고는 부적을 날렸다. 하지만 동루천구는 비화를 물고 있는 상태에서도 가볍게 몸을 날려서 피했다. 다른 멸화군들이 무기를 챙겨서 나오는 것을 본 길우가 손을 휘저으면서 막았다.

"안 돼요. 비화가 잡혀 있어요."

무기를 들고 뜰로 나온 멸화군들이 노려보는 가운데 숙소 지붕의 용마루에 올라간 동루천구는 유유히 몸을 날려서 지붕들을 밟고 숙소 밖에 있는 종루의 누각 위로 올라갔다. 입에 물린 비화는 의식을 잃었는지 축 늘어져 있었다. 방으로 뛰어들어가서 동전채찍을 가지고 나온 길우는 땅을 박차고 날아서 지붕으로 올라갔다. 그리고 연달아 뛰어서 종루의 지붕 위에 내려앉았다. 조심스럽게 용마루로 올라선 길우는 동전채찍을 움켜쥔 채 동루천구를 노려보았다. 그러자 동루천구는 입을 벌려서 물고 있던 비화를 내려놓았다. 의식이 없던 그녀의 몸은 기와를 타고 주르륵 아래로 떨어졌다. 놀란 길우는 동전채찍으로 그녀의 팔을 감아서 미끄러지는 것을 겨우 막았다. 축 늘어진 그녀를 지탱하기 위해 양손으로 동전채찍을 잡고 버티고 있는 그에게 동루천구가 이슬렁거리며 다가왔다. 그러고는 땀을 삘삘 흘리면서 버티고 있던 그의 귓가에 속삭였다.

"시련을 견딜 준비가 되어 있느냐?"

그러고는 커다란 입으로 동전채찍을 잡고 있던 길우의 팔을 힘껏 물었다. 온몸이 타오를 것 같은 고통을 견디던 길우는 결국 손을 놓고 말았다. 그녀가 종루의 처마 아래로 떨어지는 모습을 본 길우는 이성을 잃고 덤벼들었다. 하지만 동루천구는 덤벼드는 길우를 거대한 머리로 들이받아버렸다. 비화처럼 아래로 굴러떨어지던 길우는 한 손으로 겨우 처마 끝을 붙잡았다. 간신히 버티고 있던 그에게 동루천구가 다가왔다. 마지막이라고 생각한 순간, 군배의 목소리가 들려왔다.

"받아라!"

아래를 내려다보자 종루 아래로 선 군배가 동전채찍을 훌쩍 던지는 게 보였다. 속으로 주술을 외운 길우는 동전채찍을 움켜 쥐자마자 동루천구를 향해 휘둘렀다. 느긋하게 다가오던 동루천구의 목에 동전채찍이 휘감겼다. 그러자 동루천구의 몸을 휘감고 있던 불은 차츰 약해졌다. 고통스러워하던 동루천구가 뒷걸음질을 치자 길우는 지붕 위로 끌려 올라갔다. 목에 감긴 동전채찍을 물어서 끊으려고 하던 동루천구는 동루천구 뜻대로 되지 않자 괴성을 지르면서 허공에 몸을 날렸다. 함께 몸을 날린 길우는 길 위에 떨어지면서 피를 토하고 의식을 잃었다. 고통에 못 이겨 몸부림치던 동루천구는 결국 이빨로 목에 감긴 동전채찍을 끊어버렸다. 그리고 뒷다리를 절룩거리며 혼절해 있는 길우에게 다가갔다. 그때 어둠 속에서 부적이 날아왔다. 입으로 불을 토해서 부적을 불태워버린 동루천구는 멀리서 달려오는 군배를 비롯한 멸화군들을 보고는 그대로 사라져버렸다. 한달음에 달려온 군배는 엎드려 있는 길우를 조심스럽게 뒤집고는 가슴팍에 귀를 가져다 댔다.

"아직, 아직 숨이 붙어 있으니까 조심스럽게 옮겨."

멸화군들이 길우를 번쩍 들어서 옮기는데 피범벅이 된 팔이 군배의 어깨를 잡았다.

"비, 비화는요?"

"그게, 바닥에 떨어지면서 의식을 잃었다."

군배의 이야기를 들은 길우는 주먹을 불끈 쥐었다. 방으로 실려 온 길우는 이불 위에 눕혀졌다. 이불 위에 누운 길우는 군배를 비롯한 멸화군에게 말했다.

"혼자 있고 싶습니까."

주저하던 군배는 문을 열고 밖으로 나갔다. 홀로 있게 된 길우는 떨리는 손으로 소매에서 칼을 꺼냈다. 그리고 주저 없이 이마에 가져다 댔다. 흥건한 피가 이마와 뺨을 타고 흘러내렸다.

한성부에 출근하자마자 집무실로 김가를 부른 심원이 왈칵 짜증을 냈다.

"조치곤이 어제 집 근처에서 죽었다는군. 집은 불에 타버렸고 말이야."

"들어서 알고 있습니다."

김가가 담담한 말투로 이야기하자 심원은 목소리를 높였다.

"한양에서 연거푸 불이 나고 사람이 죽는 것도 모자라 관리도 처참하게 죽고 말았네. 오늘 당장 주상 전하가 나를 파직시켜도 이상하지 않단 말일세. 내가 물러나면 내 측근인 장황서도 쫓겨날 것이고, 그럼 우리는 조정이 어찌 돌아가는지 모르는 까막눈이 된다 이 말일세."

"오늘 입궐하셔서 사직 상소를 올리십시오."

"어허, 내 이야기가 무슨 뜻인지 모르겠는가?"

얼굴이 상기된 심원이 화를 냈지만 김가는 태연했다.

"어차피 지금부터는 대감께서 개입할 수 있는 것들이 없습니다. 오히려 민감한 시기에 조정에 남아 있으면 운신의 폭이 좁아지지 않겠습니까?"

"그럼 어찌하란 말인가? 자네만 믿고 여기까지 왔단 말일세."

심원의 목소리가 다소 누그러졌다. 김가가 조용한 눈빛으로 물었다.

"조정의 공론이 단오 즈음에 기우제를 지내는 것으로 기울어졌다 들었습니다."

"맞네. 그런 이야기들이 오가고 있지."

"사직 상소를 올리면서 비가 내리지 않아서 민심이 어지러우니 기우제를 운종가에서 지내자고 하십시오. 백성들이 직접 볼 수 있게 말입니다."

"좋은 생각이긴 하지만 그게 우리 일과 무슨 연관이 있단 말인가?"

"그 기우제를 주상 전하 대신 세자마마가 주관해서 치르는 것으로 하십시오."

"세자에게 기우제를 맡기라고?"

심원이 미심쩍다는 듯 묻자 김가가 낮은 목소리로 말했다.

"그렇습니다. 세자가 기우제를 지내는데 비가 오지 않는 건 둘째치고 큰 변고가 생기면 자연스럽게 책임져야 한다는 이야기가 나오지 않겠습니까? 그때 공부는 멀리하고 여색에 빠져 있다는 사실이 밝혀질 겁니다."

설명을 들은 심원이 흡족한 표정을 지었다.

"옳거니, 그렇게 되면 남의 첩인 기생 어리를 강제로 뺏어다가 취했다는 것도 자연스럽게 알려지겠지."

"만약 이런 시기에 대감께서 관직에 계신다면 여러모로 뒷말들이 나올 수 있지 않겠습니까?"

"그렇겠군. 자네 말을 의심해서 미안하네. 그럼 난 입궐해서 사직 상소를 올리도록 하겠네."

자리에서 일어난 심원이 집무실 밖으로 나가는 것을 지켜보면서 입술을 비틀어 웃던 김가의 눈가에서 불길이 살짝 일렁거렸다가 사라졌다.

이번에도 회복은 빨랐다. 다음 날 아침 방으로 들어온 군배는 멀쩡해진 길우를 보고는 기쁘면서도 한편으로는 서글펐다.

"지난번에 왔던 젊은 무사가 찾아왔다. 할 이야기가 있다고 하는데 움직일 수 있겠느냐?"

밤새 성마른 눈빛으로 변한 길우는 고개를 끄덕였다. 한숨을 쉬면서 일어난 군배는 잠시 후 길우 또래의 젊은이와 함께 들어왔다. 지난번 지귀심화에게서 김천복을 구해준 문도현이라는 무사였다. 이불을 걷고 앉은 길우가 가볍게 눈인사를 했다. 전립을 벗고 바닥에 앉은 문도현이 입을 열었다.

"근래 한양에 연달아 불이 나고 사람이 죽은 일을 조사 중인데 자네들 도움이 필요할 것 같아서 찾아왔네."

문도현과 서로 얼굴을 마주 본 군배가 입을 열었다.

"지난번 보셨다시피 화귀들이 준동을 하고 있는 건 사실입니다. 그걸 막는 게 또한 우리들의 일이고요."

"일이 단순하지가 않네."

문도현은 품에서 꺼낸 한양 지도를 꺼내어 펼쳤다. 지도에는 그가 먹으로 점을 찍은 곳들이 보였다.

"대략 지난 한 달 동안 한양에서 불이 났던 장소들이네. 조보를 뒤져봤는데 재작년과 작년에는 같은 기간 동안 대략 열다섯 번이 넘게 불이 났는데 올해는 어제 작은 공주골에서 난 불까지 합해도 다섯 번에 불과하네."

문도현의 이야기를 들은 군배가 나지막하게 대답했다.

"못해도 열 번은 날 텐데 절반밖에 나지 않았군요."

"거기에다 불이 난 곳마다 사람들이 목이 잘린 채 죽었는데 눈과 입에서 불을 토하고 까맣게 타버렸다는군."

"불에 감염된 자들입니다. 욕심과 탐욕에 눈이 멀어서 불의 지배를 받아들인 것이죠."

군배가 조심스럽게 말하자 침을 꿀걱 삼킨 문도현이 물었다.

"이십 년 전에 한양을 쑥대밭으로 만든 화재의 시작도 불에 감염된 자의 짓인 것 같네."

"그걸 어찌?"

군배는 차가운 눈으로 문도현을 바라보았다. 두 사람의 반응을 살핀 문도현이 『당후일기』에서 본 내용과 금위군이었던 임철주에게 들은 이야기를 들려주었다.

"처형장으로 끌려가던 멸화군 두령 길환이 갑자기 궁궐로 들어왔다네. 그것도 빈손으로 무슨 술법을 부려서 문을 부서뜨렸고, 온몸에 화살을 맞고 심지어 월도에 베였는데도 끄떡하지 않았다고 하더군."

이야기를 듣던 군배의 표정이 어두워졌다.

"그러고는 경회루 안으로 몸을 날렸는데 잠시 후에 연못의 물이 피처럼 붉어졌다가 거대한 빛이 하늘로 올라갔다고 했네. 그 빛이 불러온 비가 한양의 불을 잠재웠고 말이야. 길환을 막지 못한 금위군들은 모두 파직당하면서 함구할 것을 명받았다네. 관련 기록들도 모두 없어져서 나도 겨우 찾아냈다네.”

묵묵히 듣고 있던 군배가 고개를 들고 이야기했다.

“길환이 우리 멸화군의 두령이었던 것은 사실입니다. 그때 모종의 역모 사건에 휘말려서 불행한 최후를 맞이했지요.”

군배의 이야기를 들은 문도현이 고개를 갸웃거렸다.

“그리고 스스로를 불태운 그 남자 말일세. 누구인지 정체가 밝혀지지 않았어. 하다못해 용모파기라도 돌려서 정체를 알아내려고도 하지 않았다 이 말일세.”

“소인도 익히 알고 있던 사실입니다. 하지만 불에 감염된 자들은 예로부터 쭉 있어 왔습니다. 이십 년 만에 다시 나타난 것이 놀랄 만한 일은 아닙니다.”

“한 놈 때문에 한양의 절반 가까이가 잿더미가 되었네. 그런데 확인된 것만 벌써 넷, 아니 얼마 전에 죽은 한성부 판관 조치곤까지 포함하면 다섯일세. 그들이 한꺼번에 각각 다른 장소에서 불로 변했다면 어찌 되었겠는가?”

문도현의 말을 듣고 있던 군배가 입을 열었다.

“어찌 되었건 큰불을 내기 전에 모두 없앴습니다. 화귀들도 더는 움직임이 없고 말이죠.”

두 사람의 이야기를 들은 문도현은 고민에 빠진 얼굴로 말했다.

“나를 좀 도와주게. 한양이 불바다가 되는 건 막아야 하지 않겠는가?"

군배는 대답 대신 이마에 두른 두건을 풀었다. 그리고 흰 머리가 듬성듬성 섞인 헝클어진 머리카락을 쓸어 올려서 아직도 역력한 이마의 낙인을 보여주었다.

"이십 년 전에도 그런 이야기를 듣고 열심히 불을 껐지만 돌아온 건 이거였습니다. 사람들은 눈에 보이는 것, 그중에서도 보고 싶은 것만 봅니다. 우리를 이해해주고 거리낌 없이 받아준 것은 고맙게 생각하지만 더 깊이 엮이는 것은 서로에게 좋지 않을 듯합니다."

문도현은 군배의 이야기 속에서 깊은 분노와 좌절, 그리고 배신감을 읽었다.

"내 마음을 알아줬으면 좋겠네. 자네들만으로는 이 일을 막기가 어려워."

"생각할 시간을 주십시오."

길우가 내내 침묵을 지키는 동안 군배가 말을 이어갔다. 두꺼운 불신의 벽을 느낀 문도현이 자리에서 일어났다.

"불편하게 해서 미안하네. 이만 가보겠네."

밖으로 나온 문도현이 대문 쪽으로 걸어가는데 등 뒤에서 길우가 부르는 소리가 들렸다.

"가봐야 할 곳이 있는데 도움이 필요합니다."

사정전에서 차대(次對, 매달 여섯 번씩 조정 관리가 돌아가면서 임금에게 정무를 보고하는 것을 말한다)를 기다리던 태종은 정용진의 보고를 받고는 한동안 침묵을 지키다가 입을 열었다.

"조치곤이 죽었다고?"

"그러하옵니다. 정체불명의 괴한에게 목이 잘렸고, 사랑채는 불에 타버렸다 하옵니다. 아랫것들 말로는 온몸에 불을 두른 큰 개가 나타났다가 사라졌답니다."

태종이 아무 말도 하지 않자 정용진이 조심스럽게 덧붙였다.

"어쨌든 이것으로 다섯 길에서 불이 나서 한양을 불바다로 만들 것이라는 예언은 막았습니다."

"끝이지만 시작일 수 있다는 것이 남아 있지 않느냐. 마음 놓지 마라."

"그리하겠습니다. 앞으로 어찌하실 것이온지요?"

"아까 한성판윤 심원의 사직 상소가 올라왔다. 이번 일들에 대한 책임을 지고 물러나겠다고 하는구나."

정용진이 고개를 조아리며 대답했다.

"당연한 일 아니겠습니까? 진즉에 상소를 올렸어도 모자랐는데 말입니다."

"그런데 상소문의 말미에 운종가에서 기우제를 열어서 민심을 다독거리자고 하는군. 세자로 하여금 주관하게 해서 말이야."

피식 웃은 태종의 말에 정용진이 맞장구를 쳤다.

"무슨 꿍꿍이속이 있는 게 틀림없사옵니다."

"당연하지 않겠느냐? 이제 윤대관(輪對官, 임금을 만나서 국정을 보고하는 관리)들이 기우제를 지내자고 한목소리로 이야기를 하겠지."

"지켜보실 작정이시옵니까?"

"사특한 마음은 한번 들면 가시지 않는 법. 판윤과 한패거리가 되는 자들이 누구인지 확인하는 것도 나쁘지 않을 것이야."

턱수염을 만지작거리면서 이야기한 태종이 잔혹하게 웃었다.

문도현과 이야기를 나누고 돌아선 길우에게 군배가 말했다.

"그자를 너무 믿어서는 안 된다."

"큰 도움이 될 수도 있지 않겠습니까?"

길우의 반문에 군배가 고개를 저었다.

"우리가 사람을 믿고 나서 얻은 것은 배신감과 상처뿐이었다."

이야기가 지루하게 이어질 것 같은 기미를 보이자 길우는 화제를 돌렸다.

"그런데 아까 길환이라는 멸화군 두령의 이야기는 무엇입니까?"

올 것이 왔다고 속으로 생각한 군배는 대수롭지 않다는 투로 말했다.

"예전에 우리를 세상 밖으로 데리고 나온 사람이다. 권력투쟁에 잘못 끼어들었다가 목숨을 잃었고, 우리는 모두 죄인이 되었지."

"길환이라는 멸화군이 쓴 주술은 대폭풍이 아닙니까? 어르신조차 쓰지 못하는 주술이라고 알고 있는데요."

"그때는 모든 게 혼란스러웠다. 어떤 일이 일어나도 이상하지 않을 때였지. 나중에 때가 되면 차차 알려주마."

"알겠습니다. 그럼 다녀오겠습니다."

인사를 하고 방에서 나온 길우는 기다리고 있던 문도현과 함께 밖으로 나왔다. 나란히 길을 걷던 두 사람 중 먼저 입을 연 것은 문도현이었다.

"정말 다섯 개의 길을 막고 청동용을 제자리에 가져다놓으면 화귀의 준동을 막을 수 있겠느냐?"

"화귀를 영원히 막는 건 불가능합니다. 단지 잠깐 멈추게 할 뿐이죠."

길우가 담담하게 말하자 문도현이 지나가는 행인들과 길가에서 노는 아이들을 바라보면서 중얼거렸다.

"저 사람들은 자신들의 운명이 얼마나 경각에 달려 있는지 꿈에도 모르겠지."

길우는 아무 말도 하지 않고 손목에 묶인 팔찌를 내려다보았다. 작은 공주골에 있는 조치곤의 집은 멀리서부터 알아볼 수 있었다. 용마루가 푹 주저앉아버린 사랑채 앞에는 문상객들을 위한 천막이 세워져 있었고, 여항(閭巷, 일반 백성들이 사는 거리를 뜻한다)에서 불러 모은 곡비(哭婢, 장례식장에서 곡을 하는 노비라는 뜻으로 시중에서 불러 모은 여인들로 대신하는 경우도 있었다)들의 울음소리가 좋은 길잡이가 되어주었다. 대문 주변에는 상복을 입은 조치곤의 가족들이 드나들었다. 철릭에 전립 차림의 문도현은 조문을 온 사람처럼 들어갔고, 길우는 따르는 하인처럼 뒤따랐다. 다행히 아무도 두 사람을 눈여겨보지는 않았다. 흉측하게 불타버린 사랑채는 천막을 세워서 가려놓았다. 천막 안에 앉은 문상

372

객들은 내오는 술과 음식을 먹으면서 이런저런 이야기로 입씨름을 벌였다. 측간을 찾는 척하면서 남의 눈에 띄지 않는 사랑채 뒤쪽으로 돌아간 문도현이 길우에게 말했다.

"자네 부탁대로 들어오게 해주었네. 이제 뭘 할 건가?"

길우는 소매에서 작은 주머니를 꺼내서 그 안에 든 재를 불탄 사랑채 주변에 뿌렸다. 그 광경을 지켜보던 문도현이 물었다.

"화귀를 찾는 건가?"

"부적을 태운 재를 뿌리면 징후가 나타나지요. 그러면 어떤 화귀가 분탕질을 쳤는지 알 수 있고, 아니면 불의 혼령을 불러서 이야기를 나눠볼 수도 있습니다."

"정녕 불에도 혼령이 있는가?"

호기심 어린 물음에 기둥 밑부분에 재를 뿌리고 있던 길우가 대답했다.

"불 뿐이겠습니까? 길가의 풀과 나무, 지저귀는 새들 모두 혼령이 있습니다. 단지 사람들이 그걸 무시할 뿐이지요."

"그나저나 화귀들은 왜 사람들을 그리 못살게 구는 건가? 무슨 원한이 있는 것도 아닌데 말이야."

문도현의 이야기를 들은 길우가 고개를 절레절레 내저었다.

"화귀들은 원래 인간이었습니다. 자신들은 육신이 사라지고 오직 불 속에서만 연명할 수 있는데 인간들은 살아가면서 온갖 희로애락을 즐기기 때문이지요."

"인간이 사라지지 않는 한 불의 증오는 계속되겠군."

"아마도요."

남은 재를 모두 불탄 사랑채에 뿌린 길우가 고개를 갸웃거렸다. 그 모습을 본 문도현이 물었다.

"왜 그런가?"

"이 근처가 분명한데 보이지가 않습니다."

심각한 표정의 길우가 주변을 두리번거리다가 담장 아래에서 시선이 멈췄다. 그쪽으로 성큼성큼 걸어간 그는 발로 바닥을 눌러보다가 소리가 이상한 곳을 발견하고는 바닥에 쌓인 흙과 낙엽을 걷어냈다. 그러자 문고리가 달린 두꺼운 널빤지가 보였다. 주변을 돌아보던 문도현이 물었다.

"거긴가?"

"저 좀 도와주십시오."

길우의 부탁에 문도현이 함께 힘을 합해서 나무를 들어 올렸다. 나무 아래를 들여다본 문도현이 말했다.

"이엉들이 쌓여 있는 걸 보면 얼음을 넣어두는 빙고인 모양이야."

길우와 문도현이 이엉들을 걷어내자 이끼에 둘러싸인 얼음들이 차곡차곡 쌓여 있는 것이 보였다. 길우는 그곳에 남은 재를 뿌리고는 그에게 말했다.

"뒤로 물러나세요."

긴장한 문도현이 물러나자 길우는 품에서 붉은 부적을 꺼내서 주술을 외우고는 안에 던져 넣었다. 얼음 사이의 바닥으로 팔랑거리며 떨어진 부적은 순식간에 얼음으로 변했다. 그리고 가지를 뻗는 것처럼 차츰 주변을 얼렸다. 부적이 얼음으로 변한 것을 본 길우는 나무를 도로 덮었다. 마치 물이 흘러넘치는 것처럼 나무 틈으로 얼음이 새어나와서 굳어버렸다. 문도현이 길우를 바라보았다.

"끝난 건가?"

"그렇습니다."

뜻밖에 담담한 길우의 모습에 어쩔 줄 몰라 하던 문도현은 대문 쪽에서 들려오는 소리에 고개를 돌렸다. 사랑채 구석에서 슬쩍 고개를 내밀고 대문 쪽을 쳐다본 문도현은 서둘러 길우의 팔을 잡아당겼다.

"얼른 떠야겠네."

"왜 그러십니까?"

"얼굴을 보면 좀 곤란한 사람이 와서 말이야."

전립을 푹 눌러써서 얼굴을 가린 문도현은 문상객들이 몰려든 틈을 타서 얼른 대문으로 빠져나갔다. 길우도 뒤를 따라 허겁지겁 조치곤의 집을 나섰다. 나란히 타고 온 가마에서 이제 막 내린 심원과 장황서는 주변에 몰려든 문상객들과 조치곤의 가족들에게 둘러싸여서 인사를 나눴다. 그러다가 문상객들 사이에서 모습을 드러낸 상선 정용진을 보고는 희미하게 웃었다.

"여긴 어쩐 일인가?"

"나라를 위해 일하던 조정 관리가 흉사를 당했으니 가서 위로해주라는 어명이 있었습니다."

공손한 정용진의 대답을 들은 심원이 가만히 고개를 끄덕였다.

"가족들에게 큰 위로가 되겠군."

헛기침을 하면서 안으로 들어간 심원과 뒤를 따르는 장황서를 바라보던 정용진의 눈매가 매서웠다.

눈도장을 찍으려는 문상객들에게 한참을 시달린 후에야 심원과 장황서는 안채로 들어갈 수 있었다. 제사상에 절하고 유족들에게 몇 마디 위로의 말을 건넨 후에야 조용한 별채로 안내될 수 있었다. 술과 음식이 담긴 상이 뒤따라 들어오자 문상객으로 끼어 있던 김가가 안으로 들어와서 자리를 차지했다. 술잔이 한 번 돌고 나자 심원이 코웃음을 치면서 말했다.

"주상께서 나의 사직을 단번에 받아들이셨네."

"그럼 조만간 제 차례가 오겠군요."

장황서가 걸걸한 목소리로 말하자 김가가 술잔을 내려놓으면서 입을 열었다.

"모든 것이 우리 뜻대로 돌아가고 있습니다. 조치곤이 이렇게 죽은 것이 마음에 걸리지만 애초부터 우리 일에 그다지 열의가 없었던 편이라 큰 문제는 아닙니다."

그러자 심원이 고개를 끄덕거리면서 말했다.

"머리는 좋았지만 생각이 너무 많았지. 조만간 기우제 이야기가 나올 걸세."

"이제 준비가 다 끝났으니까 불씨를 던질 준비만 하면 되겠습니다그려."

김가가 자신만만하게 말하자 두 사람도 의미심장한 미소를 지었다. 장황서가 물었다.

"그래, 지금까지 자네 말이 신통할 정도로 잘 맞아떨어졌네. 이제 불씨는 어떻게 던질 셈인가?"

"두 분 휘하의 아랫것들 중에서 입이 무겁고 몸이 날랜 자들을 다섯 명씩만 뽑아서 저에게 맡겨주십시오."

"그리하면?"

심원이 묻자 김가가 낮은 목소리로 대답했다.

"세자를 집어삼켜버릴 만한 불씨를 만들어드리겠습니다."

조치곤의 집에서 한참 떨어진 광통교까지 한달음에 걸어온 문도현에게 길우가 말했다.

"어찌 되었건 마지막으로 해야 할 일은 궁 안에 있는 경회루 연못에 청동용을 다시 넣어야 합니다. 도와주실 수 있으십니까?"

"그걸 넣으면 화귀들의 준동을 막을 수 있는 것이냐?"

문도현의 질문에 길우가 고개를 저었다.

"고향의 어르신이 그렇게 이야기하기는 했지만 장담할 수는 없습니다."

"궁 안에 잡물을 들여놓은 것을 알면 대신들이 들고일어날 걸세. 거기다 요즘 가뭄이 심해져서 신경들이 곤두서 있어."

"아까는 백성들의 운명이 어쩌고 하더니 결국은 거짓말이었군요."

길우가 그럴 줄 알았다는 투로 이야기하자 문도현이 발끈했다.

"안 된다는 게 아닐세. 기다려보자는 거지."

"언제까지 말입니까?"

"단옷날에 맞춰서 운종가에서 기우제를 지내자는 이야기가 나오고 있네. 만약 그렇게 되면 궁 안이 한가해질 것이니 조금만 참게."

"그러지요."

침묵이 이어졌다. 두 사람 모두 거대한 실타래처럼 엉켜 있는 이 사건들이 가리키는 것을 이해하기 위해서 안간힘을 썼다. 고민에 잠겨 있던 문도현에게 길우가 조심스럽게 입을 열었다.

"부탁이 하나 더 있습니다."

"말해보게."

"아까 이야기한 길환이라는 멸화군 두령 말입니다. 그 사람에 대해서 좀 더 알아봐주실 수 있습니까?"

"그 사람은 왜?"

문도현이 묻자 길우는 주저하다가 입을 열었다.

"고향에서 부모님이 그 사람의 이름을 이야기하는 걸 엿들은 적이 있습니다."

"알아보겠네."

대답을 들은 길우는 고개를 숙여 인사를 하고는 숙소로 돌아 갔다.

대문을 열고 들어온 길우는 초조하게 기다리고 있던 군배에 게 말했다.

"길을 찾아서 막았습니다."

"수고했다."

"비화는 어디 있습니까?"

"방에 있다. 의원이 와 있으니까 들어가 보아라."

인사를 한 길우는 곧장 비화가 누워 있는 방으로 들어갔다. 동루천구의 이빨에 물린 옆구리는 물론 지붕에서 떨어지면서 온몸에 피멍이 든 상태였다. 때마침 왕진을 온 의원에게 물었다.

"상태가 어떻습니까?"

"몸 안에 죽은 피가 많이 뭉쳐 있네. 약을 처방하기는 했지만 쉽게 깨어나지는 못할 거야. 방을 따뜻하게 하게."

보퉁이를 옆구리에 낀 의원이 젊은 처자가 어쩌다가 이렇게 된 것이냐며 혀를 차면서 밖으로 사라졌다. 의식을 잃고 누워 있는 비화의 머리맡에 앉은 길우는 다정했던 그녀의 모습을 떠올리며 눈물을 애써 참았다. 결국 눈물을 참지 못한 그는 밖으로 나와 뒤뜰이 보이는 쪽마루에 걸터앉아서 시간을 보냈다. 동전채찍을 목에 걸고 부적들을 옆에 쌓아놓은 채 해가 완전히 지고 달이 뜰 때까지 기다렸다. 어둠조차 잠잠해졌을 무렵 마침내 고개를 든 그가 말했다.

"시련을 견딜 준비가 되어 있느냐고 물었지?"

뒤뜰 한복판에 서 있던 동루천구는 불을 뚝뚝 흘리며 길우를 바라보았다. 천천히 일어난 길우는 동전채찍을 양손에 움켜쥐었다.

"시련 따위는 아무것도 아니었어. 사랑하는 사람이 눈앞에서 다치는 것에 비교하면 말이야."

독백 같이 중얼거린 길우는 손에 쥔 동전채찍을 바닥에 늘어뜨렸다. 이미 피가 발라져 있던 동전채찍이 바닥에 닿자 작은 울림이 생겼다. 그리고 동전채찍 주변의 땅들이 하얗게 얼면서 쩍쩍 갈라졌다. 놀란 동루천구가 훌쩍 뛰어서 지붕으로 날아가려고 하자 길우는 동전채찍을 휘둘러서 뒷다리를 감고 바닥에 내동댕이쳤다. 얼어붙은 바닥에 떨어진 동루천구는 천천히 몸을 일으키면서 부르르 떨었다. 몸에서 떨어져 나온 불들이 얼음 바닥에 닿자 하얀 수증기들이 피어나면서 동루천구의 모습이 가려졌다. 길우는 동전채찍을 잡아당겨서 수증기 밖으로 끌고나오려고 했지만 동루천구가 버티면서 팽팽한 힘 싸움이 이어졌다. 그러다 갑자기 동루천구가 수증기 밖으로 뛰쳐나왔다. 동전채찍이 느슨해지는 것을 눈치챈 길우가 옆으로 몸을 날리면서 불로 된 이빨이 아슬아슬하게 스쳐 지나갔다. 뒷다리를 감은 동전채찍을 풀어버린 동루천구는 날렵하게 움직이면서 길우의 목덜미를 노렸다. 몸을 날려서 아슬아슬하게 피한 길우는 짧게 잡은 동전채찍을 휘두르면서 반격의 기회를 노렸다. 몇 번의 공격이 실패로 돌아가자 동루천구는 적당히 거리를 두고 물러났다. 달빛이 평온하게 내리쬐는 가운데 길우는 한 걸음씩 앞으로 다가갔다. 그러면서 품에서 부적들을 한 장씩 꺼내서 허공에 던졌다. 공중에서 멈춘 부적이 강한 빛을 내면서 그대로 결계를 형성해버렸다. 동루천구는 이빨을 드러내며 덤벼들었지만 결계를 깨지는 못했다. 그러자 뒤로 물러난 동루천구는 있는 힘껏 내달려서 결계에 부딪쳤다. 결계에 금이 가는 것을 본 동루천구는 다시 뒤로 물러났다가 달려왔다. 길우가 정신을 집중해서 버티려는 순간, 예상보다 높이 뛰어오른 동루천구는 지붕을 딛고 결계가 쳐지지 않은 머리 위로 떨어졌다.

예상치 못한 움직임에 미처 피하지 못한 길우는 어깨를 강하게 얻어맞고 나뒹굴었다. 그리고 목덜미를 노리는 동루천구의 이빨을 짧게 잡은 동전채찍으로 겨우 막았다. 동전채찍을 물고 있던 동루천구의 입에서 불이 뚝뚝 떨어지면서 저고리와 얼굴을 태웠다. 안간힘을 쓰면서 막았지만 위에서 누르는 힘을 이기지 못한 동전채찍은 조금씩 아래로 내려왔다. 얼굴에 떨어지던 불이 이마에 떨어지면서 두건을 태웠다. 불에 탄 구멍 사이로 이마에 새긴 문신이 희미한 빛을 토해내자 동루천구는 비명을 지르면서 입을 떼고 물러났다. 그 틈을 타서 몸을 일으킨 길우는 주춤주춤 물러나는 동루천구의 목에 동전채찍을 감았다. 그리고 있는 힘껏 허공에 들었다가 내리쳤다. 바닥에 떨어진 충격으로 채찍에 감긴 동루천구의 목이 떨어져나갔다. 머리를 잃은 몸통은 옆으로 넘어졌다가 사라져버렸다. 아직 채찍에 붙어 있던 머리는 눈을 껌뻑거리면서 입을 움직였다. 길우가 채찍을 든 손에 부적을 붙이고 주술을 외우자 손등에서부터 시작된 냉기가 채찍을 타고 흘러갔다. 냉기가 닿은 동루천구의 머리는 순식간에 얼어붙었다가 산산조각이 났다. 부서지고 불타버린 동루천구를 바라보는 길우의 눈이 붉게 달아올랐다가 눈물로 변했다. 손등으로 눈물을 훔치고 돌아선 길우는 군배를 비롯한 멸화군들이 나와서 지켜보고 있다는 사실을 깨달았다. 천천히 다가온 군배가 떨리는 목소리로 물었다.

"없앴느냐?"

길우는 눈을 내리깔고 고개를 끄덕거렸다. 멸화군들이 하나둘씩 그의 곁에 모여들었다. 그리고 약속이나 한 것처럼 서럽게 울었다. 군배는 울고 있는 멸화군들에게 말했다.

"울지들 마. 아직 끝나지 않았어."

그렇게 이야기하는 군배 역시 눈물의 행렬에 동참했다. 분위기에 휩쓸린 김천복도 눈시울이 붉어졌다. 길우는 울고 있는 멸화군들을 두고 비화의 방으로 들어갔다. 여전히 의식이 없는 그녀의 머리맡에 앉은 길우는 참았던 눈물을 쏟았다.

"어느 날, 내가 다른 사람들과 다르다는 사실을 알고 나자 외로움이 찾아왔답니다. 어머니는 그런 나를 다독이셨죠. 어르신은 늘 내가 선택받은 사람이라고, 밖에서 고통받고 있는 마을 사람들을 위해서 큰일을 해야 한다고 하셨답니다. 하지만 난 그런 것들이 모두 싫었습니다. 그저 가족이랑 같이 오순도순 살고 싶었어요. 어머니는, 어머니는 그게 바로 삶이라고 하셨어요. 그러니 제발 눈을 떠요. 나와 같이 우리 고향으로 가요."

징후

가뭄은 계속 이어졌다. 비화는 여전히 깨어나지 못한 가운데 문도현은 멸화군 숙소를 찾아와서 길우와 이야기를 나눴다.

"돌아오는 단옷날에 운종가에서 기우제를 지내기로 결정되었다네. 세자마마께서 기우제를 주관하실 것이고 나는 호위하기로 결정되었지."

"그럼 기우제를 지내는 동안 궁궐 안으로는 못 들어가는 겁니까?"

며칠 사이 눈에 띄게 마르고 어두워진 길우의 물음에 문도현이 가볍게 고개를 끄덕거렸다.

"아마도 그럴 듯싶네. 어차피 멸화군도 기우제를 지낼 때 옆에 있어야 하니까 움직이기는 힘들 걸세. 내가 따로 궁궐로 들어갈 방법을 찾아보겠네."

"알겠습니다."

길우가 담담하게 대답하자 문도현이 조심스럽게 물었다.

"청동용을 연못에 집어넣게 되면 멸화군들은 어찌할 건가?"

"고향으로 돌아갈 것입니다."

"그렇게 된다면 한양의 불은 누가 막는단 말인가?"

문도현의 속마음을 눈치챈 길우가 코웃음을 쳤다.

"죄인에, 노비 취급에, 저희에게 그렇게 해놓고 무슨 염치로 도와달라고 하는 겁니까?"

"그렇긴 하네만……."

"어떻게 보면 인간들은 화귀들보다 더 잔인한 존재들인 것 같습니다. 오직 자기밖에 모르고 다른 존재들은 우습게 여기니까요."

분위기가 어색해지자 문도현이 자리에서 일어나면서 말했다.

"기우제 때 보세."

단옷날이 되자 운종가 한복판이라고 할 수 있는 황토마루 앞에는 기우제를 위한 제단과 천막이 세워졌다. 그 주변으로 구경꾼들이 하나둘씩 모여들었다. 바짝 긴장한 채 자리를 지키던 문도현은 황토마루 쪽을 힐끔거렸다. 그곳에는 혹시 있을지 모를 화재를 막기 위해서 멸화군들이 미리 대기하는 중이었다. 길우는 군배 옆에 무료정하게 서 있었다. 멀리 경복궁 쪽에서 임금과 세자가 타는 가마인 연(輦)이 다가와 멈췄다. 바닥에 내려진 연에서 제례복을 입은 세자와 기우제에 참석할 관리들이 모습을 드러냈다. 그러자 악공들이 자리를 펴고 앉아서 음악을 연주했

다. 그러자 푸른 저고리와 바지를 입고 줄지어 서 있던 어린 사
내아이들이 버드나무 가지를 들고 제단 쪽으로 걸어갔다. 제사
상 옆을 지나친 아이들은 제단 위에 놓인 커다란 청동 항아리 주
변에 둥그렇게 모여 섰다. 그리고 버드나무 가지로 항아리를 치
면서 일제히 외쳤다.

"도마뱀아! 도마뱀아! 구름을 불러와서 비를 내리게 해주면
너를 놓아주리라."

석척기우제(蜥蜴祈雨祭, 용과 닮은 도마뱀을 잡아다가 비가 내리기를
기원하는 제사)가 시작되었지만 하늘은 여전히 쨍쨍했다.

구경꾼들 틈에서 기우제를 지켜보던 심원은 오른손에 쥐고
있던 붉은색 부채집에서 쥘부채를 꺼내 천천히 펼쳤다. 그러자
구경꾼 틈에 섞여 있던 아랫것들이 하나둘씩 움직이는 것이 보
였다. 병조판서의 자격으로 기우제에 참석 중이던 장황서가 아
랫것들에게 움직이라는 신호를 보내는 게 보였다. 입이 무겁고
몸이 날랜 아랫것들은 기우제가 한참인 와중에 한양 곳곳으로
흩어져서 불을 놓을 것이다. 환한 대낮이긴 했지만 상당수의 백
성이 기우제를 구경하느라 자리를 비운 상태였다. 거기다 더운
날이 계속되어서 불이 금방 옮겨붙을 게 뻔했다. 불을 지른 아랫
것들은 미리 챙겨둔 재물을 가지고 지방으로 내려가서 자취를
감출 것이다. 위험하긴 하지만 성공한다면 세자를 단번에 궁지
에 몰아넣을 수 있게 된다. 심원은 부채질을 하면서 아랫것들이
흩어지는 모습을 응시했다.

미지근한 바람이 사람들과 땅이 만들어낸 열기를 어느 정도 식혀주었다. 장비를 실은 수레를 끌고 황토마루 앞에서 대기하고 있던 길우는 파리 떼처럼 몰려든 구경꾼들을 천천히 들여다보면서 고민에 잠겼다. 곁에 있던 군배가 옆구리를 툭 치면서 물었다.

"무슨 고민을 그렇게 해?"

"다섯 개의 길은 모두 막혔고, 그 장소를 지키던 화귀들과 불에 감염된 이들도 모두 소멸되거나 죽었습니다. 이제 청동용만 제자리에 가져다놓으면 됩니다."

"맞아. 그러면 어르신이 돌아와도 좋다고 허락하셨으니까 여길 떠나서 고향으로 돌아가면 돼."

군배는 며칠 새 얼굴이 활짝 편 멸화군들을 살펴보면서 들뜬 목소리로 말했다.

"그런데 끝났다는 느낌이 들지 않습니다."

"뭔가가 더 있다는 말이냐?"

군배의 물음에 길우가 곰곰이 생각하다가 입을 열었다.

"달성이 들려준 게송 중에 끝남과 시작이 반복된다는 것 기억하십니까?"

"스님들은 늘 그런 이야기를 한단다. 너무 신경 쓰지 마라."

분위기가 무거워지자 군배는 화제를 다른 곳으로 돌리기 위해서 주변을 휘휘 둘러보았다.

"그나저나 이 난리를 치는데 비나 좀 내렸으면 좋겠다. 이런 가뭄은 한양에서 지낸 이래 처음인데 말이야."

뿔뿔이 흩어진 심원의 하인 중 한 명은 운종가로 향했다. 빠른 걸음으로 운종가를 가로지른 하인은 모전교 건너편에 있는 작은 창고로 들어갔다. 개천 주변에 사는 장인들이 물건을 넣어두는 창고 겸 작업장으로 쓰는 곳인데 얼마 전에 심원이 집주릅을 통해서 은밀히 사들였다. 주변을 살핀 하인은 소매에서 꺼낸 열쇠로 자물쇠를 풀고 안으로 들어갔다. 광창을 미리 널빤지로 못질해서 막아놓은 덕분에 창고 안은 한밤중처럼 어두웠다. 문가의 사방등에 불을 밝힌 하인은 소매에 감아놓은 심지를 풀었다. 그러고는 한쪽 끝을 등잔불에 조심스럽게 올려놓고 반대쪽을 기름을 뿌려놓은 짚더미에 가져다 댔다. 염초에 담가놓은 심지라 천천히 타들어갈 것이라서 한양 밖으로 빠져나갈 여유가 충분했다. 홀가분해진 하인은 서둘러 창고 밖으로 나왔다. 그리고 주변을 둘러싼 그림자들을 보고는 움찔했다. 뾰족한 턱수염을 가진 사내가 소매에서 육모 방망이를 꺼내면서 외쳤다.

"꼼짝 마라."

그제야 일이 잘못되어가고 있다는 사실을 눈치챈 하인은 빈틈을 찾아서 도망치려고 했다. 하지만 사내가 한발 빨리 앞을 가로막고는 육모 방망이로 무릎을 내리쳤다. 고통을 이기지 못하고 땅바닥에 쓰러진 하인에게 거친 손길이 덮쳐왔다.

제관이 축문을 다 읽고 물러나자 세자를 비롯해서 제사에 참석한 관리들이 일제히 절을 했다. 아직도 연기가 오르지 않자 초조해진 심원은 두리번거리다가 문득 사방이 어두워지는 것을 느꼈다.

"설마……."

심원이 고개를 들자 방금 전까지 햇볕이 내리쬐던 하늘에 먹구름이 속속들이 몰려드는 것이 보였다. 다른 구경꾼들도 하나둘씩 하늘을 바라보았다.

"머, 먹구름이야."

"비가 내리려나봐."

사람들이 웅성대는 가운데 심원은 신경질적으로 부채를 접었다. 만약 비가 내린다면 기우제를 지낸 세자를 칭송하게 되는 것은 물론 불이 크게 번지지 않을 것이 뻔했다. 준비해온 일이 단숨에 무너지는 것을 눈앞에서 본 심원은 아직도 불길이 오르지 않고 있다는 것을 알아챘다. 불을 지른 하인들이 도망칠 시간을 벌기 위해서 심지를 사용하도록 했지만 지금이라면 불이 나고도 남을 시간이었다. 뭔가 잘못되어간다고 느낀 심원은 서둘러 초헌이 있는 곳으로 돌아왔다. 기다리고 있던 청지기가 고개를 숙여 인사했지만 그의 옆에는 있어야 할 사람이 보이지 않았다.

"김가는 어디 있느냐?"

다급한 그의 물음에 청지기가 고개를 갸우뚱거렸다.

"아까 주인 나리를 만나러 간다고 갔습니다요. 못 만나셨습니까?"

뭔가 잘못 돌아가고 있다는 생각이 들었지만 애써 태연한 표정을 지은 그는 서둘러 초헌에 오르며 말했다.

"아니다. 어서 집으로 돌아가자. 서두르거라."

청지기들이 가마꾼을 재촉해서 막 출발하려는 찰나 한 무리의 군졸들이 우르르 몰려와서 앞을 가로막았다. 청지기가 수염을 부르르 떨면서 호통을 쳤다.

"감히 뉘 앞을 가로막는 것이냐? 썩 물러나지 못할까!"

군졸들은 물러나는 대신 호통을 친 청지기의 머리와 어깨를 육모 방망이로 난타하고는 초헌을 빈틈없이 포위했다. 비명을 지르며 꼬꾸라진 청지기를 본 가마꾼들은 꼼짝도 하지 못했다. 잠시 후 군졸들을 제치고 누군가 모습을 드러냈다. 그가 왜 거기 있어야 하는지 알아차리지 못한 심원은 아무 말도 하지 못했다.

고개를 든 문도현은 하늘을 올려다보았다. 아까보다 더 짙어진 먹구름이 하늘을 완전히 뒤덮었다. 기우제를 구경하러 온 백성들의 얼굴에도 희망이 깃들었다. 기나긴 가뭄이 끝나간다는 생각에 한숨을 돌리던 문도현은 무심코 고개를 돌렸다가 한 무리의 군졸들이 오랏줄에 묶인 심원을 끌고 가는 것을 보았다. 뜻밖의 광경에 놀란 그는 한달음에 달려가 앞을 가로막았다.

"대체 무슨 일이냐?"

"물러서라. 대역죄를 지은 자를 끌고 가는 중이다."

의기양양한 군졸들의 외침에 문도현은 고개를 숙인 채 끌려가던 심원에게 외쳤다.

"이게 어찌 된 일입니까?"

"제가 사위를 볼 낯이 없습니다."

체념한 것 같은 심원의 이야기에 문도현은 갈피를 잡지 못했다. 그런 그의 앞에 장황서가 모습을 드러냈다.

"관여하지 않는 것이 대군께도 좋으실 겁니다."

"관여하지 말라니? 설마 군졸들의 이야기가 사실이란 말이냐?"

그의 물음에 장황서가 무겁게 고개를 끄덕거렸다.

"세자 저하가 기우제를 지내는 동안 한양에 불을 지를 모의를 했습니다. 신은 역모에 가담한 척하면서 그 전모를 파악해서 오늘에야 잡아 들인 겁니다."

의기양양한 장황서의 말에 문도현은 심원에게 거듭 캐물었다.

"한양에 불을 지르다니? 장인께서 정녕 그런 일을 꾸미셨단 말인가?"

"제가 주변 사람의 꼬임에 넘어가서 헛된 꿈을 꾸었던 모양입니다. 죄를 달게 받을 터이니 이만 물러나소서. 자칫 세자 저하께서 휘말리지는 않을까 걱정이옵니다."

침통한 얼굴로 이야기한 심원의 말을 들은 문도현은 더는 막아설 수 없었다. 옆으로 물러난 그는 장황서에게 물었다.

"어디로 데려갈 것이냐?"

"궁으로 끌고 오라는 주상 전하의 분부가 계셨습니다."

침통한 심경으로 끌려가는 장인의 뒷모습을 보던 그는 나란히 걷는 두 사람의 모습에서 뭔가를 발견하고는 그대로 얼어붙었다.

"공고상(公故床, 궁궐에서 숙직하는 주인에게 노비가 음식을 가져다줄 때 쓰는 상) 들어갑니다요!"

기름종이를 덮은 공고상을 머리에 이고 옷고름에 수저집을 찬 채 영추문 앞에 도착한 하인이 우렁차게 외치자 금위군은 허리춤에 찬 출입패를 확인하고는 들어가라는 손짓을 했다. 궁궐 안으로 들어온 하인은 궐내각사 쪽으로 걸어가다가 금위군이 자신을 쳐다보지 않는 것을 확인하고는 재빨리 방향을 바꿔서 사정전 쪽으로 향했다. 남들 눈에 띄지 않는 곳에 조용히 공고상을 내려놓고 기름종이를 걷어내자 음식 대신에 잘 포개놓은 옷가지들이 보였다. 하인인 척 꾸미고 들어온 김가는 능숙한 솜씨로 옷을 갈아입고 후원에 공고상을 숨겼다. 그리고 태연한 표정으로 줄지어 지나가던 다른 내관들과 눈인사를 나누고는 유유히 신무문 쪽으로 걸어갔다.

경회루에서는 기우제를 지내는 운종가 쪽이 보이지 않았지만 태종의 시선은 그쪽 방향에서 떨어질 줄 몰랐다. 짙은 먹구름이 드리워지는 것을 본 그는 복잡한 심경으로 하늘을 바라보았다. 곁에 있던 정용진이 조심스럽게 말했다.

"전하. 드디어 비가 내릴 모양입니다."

"반갑긴 하다만……"

말을 채 잇지 못한 태종은 운종가 쪽을 바라보았다.

"지금쯤 정리가 되었겠지?"

"아까 붙잡았다는 연락을 받았습니다. 불을 지르려던 하인 놈들도 모조리 체포되었답니다."

"왕실과 나라를 위한 일이기는 하지만 다시 피를 보는 게 마음에 걸리는구나."

"모든 것이 이 나라를 반석에 올리고자 하는 전하의 깊은 뜻이 아니오니까? 너무 괘념치 마시옵소서."

정용진의 이야기에 태종은 무겁게 고개를 끄덕거렸다.

"피 묻은 손에 또 피를 묻히는 게 낫겠지. 아까 이른 대로 의금부에 가두어라. 과인이 친히 친국하겠느니라."

기우제를 지내는 모습을 지켜보던 길우는 헐레벌떡 달려온 문도현을 보았다.

"자네가 예전에 불에 마음을 빼앗기면 입과 눈가에 불길이 일렁거린다고 하였지?"

문도현의 물음에 길우가 고개를 끄덕거렸다.

"맞습니다."

"장인과 병조판서 두 사람 모두 불에 감염되었네."

"그게 사실입니까?"

길우의 물음에 문도현이 고개를 끄덕거렸다.

"내 눈으로 똑똑히 보았네. 지금 두 사람 다 궁궐로 들어가고 있어."

문도현이 떨리는 목소리로 대답하자 옆에서 듣던 군배가 말했다.

"하나도 아니고 둘이라면 궁궐을 불바다로 만들고도 남을 것이야."

군배의 이야기를 들은 길우가 고개를 절레절레 저었다.

"지금까지 일들은 모두 눈속임이었던 것 같습니다. 다 끝났다고 안심하게 해놓고는 궁궐을 불바다로 만들 속셈이었나 봅니다."

길우의 이야기를 들은 군배가 갈라진 목소리로 말했다.

"궁궐이 잿더미가 되면 인왕산과 관악산 사이의 화기를 막아주는 가장 중요한 방패가 사라지는 셈이다. 무슨 수를 써서라도 막아야 한다."

군배의 말에 문도현이 재촉했다.

"이럴 시간이 없네. 어서 멸화군들을 데리고 궁으로 가세."

그러자 군배가 침통한 표정으로 대답했다.

"우리는 궁궐로 들어갈 수 없습니다. 길우와 가십시오. 여기에도 화귀나 불에 감염된 자가 있을지 모르니까 이곳을 지키겠습니다."

"알겠네."

문도현이 수긍하자 군배는 길우를 불러서 동전채찍과 부적을 챙기라고 지시했다. 그리고 보따리를 슬쩍 건넸다.

"청동용이다. 등에 메고 있다가 적당할 때 경회루 연못에 빠뜨려라."

"알겠습니다."

춘생문을 지키고 있던 금위군 수문장은 한 무리의 군졸들이 오라에 꽁꽁 묶인 사내를 데리고 몰려오는 것을 보고는 기겁을 했다.

"멈춰라! 어디서 오는 자들이냐?"

그러자 군졸들 사이에서 있던 장황서가 앞으로 나섰다.

"나는 병조판서 장황서다. 기우제를 틈타 역모를 꾸민 전 한성판윤 심원을 체포해서 임금님께 데려가는 길이다."

기세등등한 장황서의 말에 기가 눌린 수문장이 주춤거리면서 대답했다.

"잠시 기다려주시면 사람을 보내서 사정을 고하고 지시를 받겠습니다."

"어허! 역모라고 하지 않았느냐? 한시라도 빨리 고해야 하거늘 어찌 앞을 가로막는단 말이냐?"

장황서가 목청을 높이자 수문장은 짐을 꿀꺽 삼켰다.

"정 그러시다면 병조판서 나리와 역적만 들어가소서. 제 부하들이 호위하겠나이다. 궁 안에 잡인을 들이지 말라는 엄명이 있었습니다."

수문장의 이야기를 들은 장황서는 할 수 없다는 표정으로 군졸들에게 기다리라고 말하고는 심원을 끌고 수문장 앞에 섰다. 수문장이 돌아서서 부하들을 부르는데 갑자기 장황서가 어깨에 손을 올렸다. 고개를 돌린 수문장이 마지막으로 본 것은 활짝 벌린 장황서의 입과 그 안에서 솟구쳐 나오는 화염이었다. 불을 뒤집어쓴 수문장은 그대로 녹아버렸다. 장황서와 심원은 입에서 불을 뿜어내면서 우왕좌왕하던 금위군들을 불태워버렸다. 몸에 묶은 포승을 불로 끊어버린 심원이 으르렁거리면서 말했다.

"임금은 경회루에 있다. 가자."

그러자 심원과 장황서처럼 입과 눈에서 불을 뚝뚝 흘리는 군졸들이 괴성을 지르며 궁궐 안으로 들어왔다. 앞장서 걷던 심원이 고개를 돌려서 턱을 움직이자 제일 뒤에서 따라오던 군졸 둘이 걸음을 멈췄다.

부적과 동전채찍을 챙긴 길우는 서두르는 문도현의 뒤를 따라 궁궐로 향했다. 조용히 물었다.

"그런데 아까 한성판윤 심원을 보고 장인이라고 하지 않으셨습니까?"

"그, 그랬던가?"

겸연쩍어하던 문도현이 입을 다물자 길우가 재차 입을 열었다.

"한성판윤이면 정이품 관직으로 알고 있는데 성중애마와 격이 맞지 않는 것 같습니다."

길우의 물음에 문도현이 난처한 표정으로 말했다.

"사실 나는 한성판윤의 사위이자 아까 기우제를 지낸 세자마마의 둘째 동생인 충녕대군이라네. 성중애마 노릇을 한 것은 조사하기 위함이었네."

"무슨 조사 말입니까?"

"한양 여기저기에서 불이 나고 괴이한 살인 사건이 나는 것 말일세. 아바마마께서 은밀히 부르셔서 조사를 하라 이르셨네. 그래서 돌아다니기 좋도록 성중애마로 꾸민 것일세."

문도현, 아니 충녕대군의 이야기를 들은 길우가 고개를 갸웃거렸다.

"그렇다면 궁궐에서도 이 일을 진작부터 알고 있었단 얘깁니까?"

"자세한 건 나도 모르네. 아바마마는 어떤 일이든 속 시원하게 알려주지 않으시거든."

길우가 앞장서 걷던 충녕대군의 어깨를 잡았다.

"잠시만 멈추십시오."

걸음을 멈춘 충녕대군은 길우가 눈짓으로 가리킨 궁문을 보고는 고개를 갸웃거렸다.

"춘생문을 지키는 수문장과 금위군이 다 어디로 갔지?"

"타는 냄새가 납니다. 제 뒤로 오십시오."

소매에 감고 있던 동전채찍을 풀어서 손에 움켜쥔 길우가 조심스럽게 다가갔다. 길우의 뒤에 바짝 붙어오던 충녕대군은 춘생문 주변에서 잿더미가 되어버린 시신들을 보고는 코를 감싸쥐고 헛구역질을 했다. 토할 곳을 찾아서 두리번거리던 충녕대군은 문설주 쪽으로 비틀거리며 다가갔다. 그때 시커멓게 타버린 손이 불쑥 튀어나와서 그의 발목을 잡았다.

"제, 제발 살려주십시오. 몸이 뜨겁습니다."

기겁을 하고 물러났던 충녕대군은 문설주 뒤에 숨어 있던 금위군을 발견했다. 머리부터 발끝까지 불에 탄 금위군은 신음 소리도 제대로 내지 못했다. 충녕대군은 또 다른 부상당한 금위군을 바라보고 있던 길우에게 소리쳤다.

"여기 다친 금위군이 있네. 나를 좀 도와주게."

"물러서십시오."

서릿발 같은 목소리로 이야기한 길우는 동전채찍으로 쓰러져 있던 금위군의 발목을 휘감았다. 그 광경을 보고 놀란 충녕대군이 외쳤다.

"이게 무슨 짓인가? 당장 채찍을 풀게."

그의 말이 끝나기가 무섭게 누워 있던 금위군이 벌떡 일어났다. 온몸이 불로 뒤덮인 그는 두 팔을 뻗어서 충녕대군을 붙잡으려고 했다. 하지만 길우가 발목을 휘감고 있던 동전채찍을 확 잡아당기자 균형을 잃고 쓰러져서 그대로 불타버렸다. 멍한 눈으로 바라보던 충녕대군에게 길우가 말했다.

"불에 감염된 놈입니다."

"뒤를 조심하게!"

충녕대군의 외침에 길우는 그대로 몸을 날렸다. 문 뒤에 숨어 있던 또 다른 금위군이 벌떡 일어나서 입에서 불을 토했다. 아슬아슬하게 불을 피한 길우는 동전채찍을 휘둘렀다. 발목이 잘린 금위군은 짐승 같은 소리를 내면서 옆으로 넘어졌다. 몸을 일으킨 길우는 동전채찍으로 내리쳐서 금위군의 몸을 두 동강 냈다. 동전채찍을 거둔 길우가 충녕대군에게 외쳤다.

"괜찮습니까?"

놀란 충녕대군이 고개를 끄덕거리는데 멀리서 "불이야" 하는 외침이 들려왔다.

온몸에 불을 두른 심원과 장황서와 군졸들은 앞을 가로막는 금위군들과 내관들에게 불을 뿜어대면서 경회루로 접근했다.

앞을 막아선 금위군들은 어찌할 바를 모르고 속수무책으로 당했다. 결국 경회루까지 도달한 두 사람은 군졸들에게 주변을 지키라고 명령하고는 계단을 밟고 위로 올라갔다. 경회루 누각 위에는 태종과 정용진이 있었다.

내관으로 변장한 김가는 종종걸음으로 신무문을 지나 후원으로 향했다. 한 번도 와보지는 않았지만 특유의 냄새 때문에 어렵지 않게 찾아갈 수 있었다. 취병에 둘러싸인 전각 쪽이 틀림없었다. 숲속에 숨어서 지켜보던 김가가 다가가는데 갑작스러운 호통 소리가 들려왔다.

"웬 놈이냐!"

놀란 그가 주변을 두리번거리자 언제 나타났는지 모를 젊은 내관 넷이 주변을 둘러쌌다. 하나같이 환도를 찬 채 쏘아보았다. 김가는 일부러 겁을 먹은 것처럼 보이도록 손사래를 치면서 말했다.

"상선 나리, 심부름을 왔다가 길을 잃었지 뭡니까?"

"내관 복장을 하고 있기는 한데 처음 보는 얼굴이다. 어디 소속된 놈이냐!"

여전히 포위를 풀지 않은 젊은 내관들의 물음에 김가는 난감한 표정으로 이야기했다.

"제가 무슨 죄인도 아니고……."

겁먹은 척하던 김가는 손을 뻗어서 오른쪽에 있던 젊은 내관의 팔을 잡았다. 순식간에 생겨난 불이 온몸을 휘감자 젊은 내관은 비명을 지르며 몸을 비틀었다. 갑작스러운 공격이었지만 다른 내관들은 당황하지 않고 환도를 뽑아 들었다. 몸을 숙여서 칼날을 피한 김가는 팔꿈치에 뜨끔한 느낌을 받고는 주춤했다.

"칼날이 얼음이로군."

심원과 장황서는 구석에 서 있던 정용진과 태종에게 다가갔다. 정용진이 태종의 앞을 가로막은 채 소리쳤다.

"정체를 밝혀라."

"우리는 이 땅의 진정한 주인을 섬기고 있다."

거의 동시에 이야기한 심원과 장황서의 몸에서 피부가 껍질처럼 녹아버리며 온몸에 불길이 일어났다.

"오늘, 이곳이 누구의 것인지 알게 될 것이다."

화귀로 변한 두 사람이 한 걸음씩 옮길 때마다 떨어진 불들이 경회루 누각의 바닥을 태웠다. 활줄이 튕기는 소리와 함께 화귀의 가슴에 몇 개의 화살들이 박혔다.

"이따위 화살로 우리를 막을 수 있을 것이라……."

장황서가 변한 화귀가 코웃음을 치다가 중얼거렸다.

"얼음으로 만든 화살촉이로군."

거의 동시에 경회루 주변을 둘러싸고 있던 화귀들도 허공에서 날아온 화살과 창에 맞고 쓰러졌다.

"화살촉뿐이겠느냐?"

코웃음을 치며 대꾸한 정용진이 환도를 뽑아 들었다. 하나의 칼집 아래 두 자루의 환도가 들어 있어서 양손에 하나씩 쥐게 되었다.

"내가 가진 환도들과 이들이 가진 창과 도끼, 모두 얼음으로 만들었지."

지붕 위에 있던 젊은 내관들이 하나둘씩 경회루 누각에 내려서서 화귀들을 둘러쌌다. 다들 얼음으로 된 창과 도끼, 환도로 무장한 상태였다. 정용진이 눈짓을 하자 내관들은 조금씩 포위망을 좁혔다. 가슴에 박힌 화살들을 뽑아낸 두 화귀들은 괴성을 지르면서 사방으로 불을 뿜어댔다.

세 명의 내관들은 노련한 움직임으로 공격하며 김가의 배에 얼음 날로 된 환도를 쑤셔 넣었다. 엄청난 수증기가 뿜어져 나오며 칼날들이 김가의 몸속에 틀어박혔다. 고통에 몸부림치던 김가가 세 명의 내관들에게 불을 뿜었다. 순식간에 불을 뒤집어쓴 내관들은 환도를 놓아버린 채 바닥을 뒹굴었다. 김가는 고통스러워하는 그들을 뒤로한 채 후원의 전각으로 향했다. 문에 채워진 굵은 자물쇠를 본 김가는 한 발짝 뒤로 물러나서 입에서 불을 토했다. 녹아버린 자물쇠가 떨어져나가자 김가는 발로 문을 걷어찼다. 불이 붙은 문짝은 힘없이 안쪽으로 넘어져버렸다. 어두컴컴한 전각 안으로 들어간 김가는 곧장 쇠사슬에 묶여 있던 철가면에게 다가갔다. 소리를 들은 철가면이 고개를 들었다. 철가면 앞에 선 김가가 쇠사슬에 손을 뻗으려다가 움찔했다. 그러자 철가면이 탁한 목소리로 말했다.

"쇠사슬이 걸려 있는 기둥의 아래쪽에 부적들이 붙어 있다.

제거하려면 한 가지 방법밖에는 없다."

고개를 끄덕인 김가는 두 팔을 활짝 벌리고 괴성을 질렀다. 그러다가 결국 굉음과 함께 터져나가면서 전각 안을 불바다로 만들어버렸다.

얼음으로 된 도끼날로 오른쪽 어깨를 찍힌 장황서는 왼손으로 도끼질을 한 내관의 목덜미를 움켜잡았다. 그러고는 경회루 누각 밖으로 던져버렸다. 처절한 비명을 지른 내관이 땅에 떨어지면서 으스러지는 소리가 들려왔다. 그 소리를 들은 내관들이 움찔하자 정용진이 소리쳤다.

"겁먹지 마라! 목숨을 걸고 주상 전하를 지켜야 한다!"

앞으로 나선 정용진은 양손에 든 환도를 다가오던 두 화귀의 가슴에 꽂았다. 뒤로 밀려날 것 같던 화귀들은 갑자기 정용진을 움켜잡았다. 몸에 불이 붙자 환도 손잡이를 놓친 그는 몸을 띄워서 두 발로 화귀들을 걷어찼다. 그리고 옆에 있던 다른 내관에게 건네받은 얼음 도끼로 화귀로 변한 장황서의 머리를 두 동강 냈다. 머리가 쪼개진 화귀는 그대로 녹아내렸다. 화귀로 변한 심원은 다른 내관들이 집중 공격을 받고 비틀거렸지만 두 팔을 휘저어서 막아냈다. 기세에 놀란 내관들이 주춤주춤 물러서자 심원은 그 틈을 노려서 태종에게 덤벼들었다. 심원이 난간까지 밀려난 태종의 코앞까지 다가간 순간, 바람을 가르는 소리와 함께 날아온 채찍이 화귀의 목을 휘감았다. 한 손으로 동전채찍을 잡은 길우는 다른 한 손으로 부적을 꺼내서 던졌다. 날아가면서 얼음으로 변한 부적이 등에 달라붙자 심원은 괴성을 지르며 몸부림 치다가 서서히 녹아내렸다. 정신을 차린 내관들이 경회루 곳곳에 붙은 불을 껐다. 길우를 뒤따라왔던 충녕대군은 태종을 보고는 한달음에 달려갔다.

"아바마마. 옥체는 무사하시옵니까?"

"호들갑 떨 것 없다."

굳은 표정을 풀지 않은 태종이 대답했다. 그사이 몸에 붙은 불을 끈 정용진이 태종 앞에 무릎을 꿇었다.

"신이 부족해서 전하의 옥체를 위험 속에 몰아넣었나이다. 죽여주소서."

"아직 일이 끝나지 않았으니 그런 말을 삼가라. 속히 금위군을 보내서 세자를 호위하고 궁궐의 안팎을 엄히 경계하라."

한 치의 흔들림이 없는 태종의 지시를 받은 정용진이 내관들에게 전달했다. 정용진에게 받은 지시를 전달하기 위해 경회루의 계단을 내려가던 내관 한 명이 뭔가를 보고는 걸음을 멈추었다. 주저하던 그는 불붙은 쇠사슬에 맞아 두 동강이 나버리고 말았다. 계단을 밟고 경회루에 올라선 것은 쇠사슬을 온몸에 두른 철가면이었다. 그를 본 태종의 표정이 굳어졌다.

"풀려났느냐?"

"나는 누구한테도 붙잡혀 있었던 적이 없었다. 단지 기다리고 있었을 뿐이지."

철가면이 이야기를 할 때마다 입과 눈에 뚫어놓은 구멍에서 불길이 흘러나왔다. 살아남은 내관들이 앞을 가로막자 철가면은 양손의 쇠사슬을 휘둘러서 한 번에 쓸어버렸다. 그러자 얼음으로 만든 환도를 양손에 움켜쥔 정용진이 몸을 날려서 덤벼들었다. 그러자 철가면은 쇠사슬을 양팔의 손목에 토시처럼 감고는 날아드는 환도의 얼음 칼날을 막아내다가 빈틈을 노려서 주먹을 휘둘렀다. 아랫배를 얻어맞고 주르륵 미끄러진 정용진은 외마디 비명과 함께 난간을 부수며 아래로 떨어졌다. 그 광경을 본 충녕대군이 길우에게 말했다.

"아바마마를 지켜주게. 어서!"

그 이야기를 들은 철가면이 고개를 돌렸다. 그러자 길우가 조용히 대답했다.

"화귀와 싸우는 게 제 일이니까 그리하겠습니다. 하지만 이 일이 끝나면 저와 멸화군들은 떠날 겁니다."

동전채찍을 짧게 움켜쥔 길우는 품에서 꺼낸 부적을 띄운 다음 주술을 걸었다. 그러자 희미한 빛과 함께 주변에 결계가 쳐졌다. 그 광경을 본 철가면은 손목에 감긴 쇠사슬을 풀어서 휘둘렀다. 쇠사슬이 결계에 닿을 때마다 요란한 파열음을 냈지만 잘 버텨냈다. 거리를 좁힌 길우는 동전채찍을 휘두르는 척하다가 소매에 숨겨둔 부적들을 날렸다. 얼음으로 변한 부적들에 연거푸 맞은 철가면은 고통에 못 이겨 몸부림을 쳤다. 그사이 결계를 푼 길우는 동전채찍으로 철가면을 공격했다. 기세등등하던 방금 전까지와는 달리 철가면은 속수무책으로 밀려났다. 거의 구석까지 밀어붙인 길우가 쐐기를 박기 위해서 숨을 고르는 사이 철가면이 자신의 손으로 얼굴을 드러냈다. 그리고 담담하게 말했다.

"잘 컸구나. 오늘이 오기를 기다렸다."

마지막 공격을 하려던 길우는 알 수 없는 분위기에 눌려서 멈칫하고 말았다. 철가면을 벗은 그는 한 손을 길우에게 내밀면서 말했다.

"아들아."

아들이라는 소리에 깜짝 놀란 길우가 얼어붙은 것처럼 서 있자 그가 천천히 다가왔다. 그러다가 걸음을 멈추고 가슴을 뚫고 나온 얼음 칼날을 내려다보았다. 아래로 떨어진 줄 알았던 정용진은 천천히 칼날을 쑤셔 넣었다. 그는 들고 있던 철가면을 떨어뜨리고는 연못이 보이는 난간 쪽으로 다가갔다. 그리고 길우에게 소리쳤다.

"이제 나를 따르라. 물과 불, 멸화와 화귀들을 초월하는 존재로 만들어주마."

그 이야기를 들은 길우는 죽은 달성이 들려준 게송을 중얼거렸다.

"다시 만나서 선택을 강요받을 것이다."

이야기를 마친 그는 난간에 발을 디디고 몸을 날렸다. 그러자 정신을 차린 내관들이 일제히 화살을 쏘아댔다. 얼음 촉으로 된 화살을 맞고 고슴도치처럼 된 그는 그대로 경회루의 연못 속으로 빠지고 말았다. 그 광경을 말없이 지켜보던 태종에게 충녕대군이 무릎을 꿇고 물었다.

"아바마마 이게 대체 어찌 된 일입니까?"

그러자 태종이 경회루의 연못을 내려다보면서 말했다.

"지금으로부터 이십 년 전, 화귀가 한양을 잿더미로 만들어버린 적이 있었지."

"소자도 들어서 알고 있습니다."

"그때 역모죄로 사형 판결을 받은 멸화군이 큰 폭풍을 불러들여서 겨우 끌 수 있었다. 그 이후 그런 일이 또 벌어지는 것을 막기 위해서 손을 쓰기로 결심했지. 그래서 경회루의 연못에서 끌어낸 그자가 숨이 붙어 있다는 이야기를 듣고 곁에 두기로 결심했다."

"그자라 하오시면?"

충녕대군의 물음에 태종이 차갑게 대답했다.

"길환이라는 멸화군 두령 말이다. 그자를 잡아다가 후원의 은밀한 곳에 가두고 지켜보았다. 혹시 알아보는 자가 있을까봐 얼굴에 철가면도 씌웠고 말이다."

"멸화군이라 하셨는데 아까 보니까 불을 사용했습니다."

충녕대군의 거듭된 물음에 태종이 경회루 주변에 몰려드는 금위군들을 바라보면서 말했다.

"그자는 감옥에 갇혀 있을 때 불에 감염되었다."

잠자코 듣고 있던 길우가 버럭 소리를 질렀다.

"멸화군은 불에 감염되지 않습니다."

"보통이라면 그러겠지. 하지만 그자는 원한을 품었고 불이 그 틈을 노리고 들어왔느니라. 형장에 끌려가기 전날 불에 감염되었던 자가 찾아와서 유혹하자 거기에 넘어간 것이고 말이야. 복

405

수를 하기 위해 화귀와 손을 잡은 것이다. 아니, 어쩌면 복수가 저자를 집어삼켰다고 해야 할지도 모르겠구나."

"어떻게 그런 일이……."

길우가 믿기지 않는다는 듯 중얼거리자 태종이 무거운 표정으로 말했다.

"그래서 그자를 후원에 가뒀다. 화귀가 다시 나타나는 것을 미리 알기 위해서 말이다."

"그럼 처음부터 이 일의 진상을 알고 계셨습니까?"

충녕대군이 떨리는 목소리로 태종에게 물었다.

"화귀는 지난번에 한 명으로 불을 냈다가 실패하자 이번에는 아예 다섯 명을 동시에 불태우려고 했단다. 화귀늘이 나올 수 있는 길에서 말이다."

"다섯 개의 길."

조용히 듣고 있던 길우가 중얼거리자 충녕대군이 다시 물었다.

"현장에 나타나서 불에 감염된 자들을 처단한 것이 아바마마셨습니까?"

"상선이 손을 썼지. 길환에게서 징조를 들으면 상선이 그걸 해석했으니까 말이다."

"상선이 말입니까?"

충녕대군은 무표정한 얼굴로 서 있는 정용진을 바라보면서 물었다.

"상선은 원래 금위군이었다가 그자와 싸우느라 불에 감염되었다. 하지만 다행스럽게도 정신까지는 빼앗기지 않아서 과인의 오른팔 노릇을 할 수 있었다. 화귀와 싸울 수 있도록 젊은 내관들을 훈련시킨 것도 저자였다. 한성판윤이 불에 감염된 것을 알아채기도 했고말이다. 물론 과인이 파놓은 함정을 역이용할 것이라고는 미처 예상하지 못했지만 말이다."

태종의 이야기를 들은 충녕대군이 부들부들 떨면서 물었다.

"꼭 그렇게까지 하셔야만 했습니까?"

"언제나 일이 터진 다음에 막는 것은 너무 늦고 위험하다. 조선을 위협할 만한 존재를 뿌리 뽑는 것이 과인이 할 일이 아니겠느냐? 그러기 위해서 이십 년 동안 가장 위험한 적을 바로 눈앞에 가둬두었다. 이 나라가 얼마나 큰 위협에 처해 있는지 긴장의 끈을 놓지 않기 위해서 말이다."

두 사람의 대화를 듣던 길우는 여전히 정신을 차리지 못했다. 충녕대군은 여전히 의문을 거두지 않았다.

"하오나 길환은 주술로 대화재를 막지 않았습니까?"

"과인도 그런 줄 알고 있었다. 하지만 오늘 보니까 은밀히 움직이면서 더 큰일을 꾸미는 중이었구나. 불에 감염된 자들을 이용해서 자기 손으로 직접 이 땅을 불태울 작정이었던 게야."

충녕대군이 믿기지 않는다는 얼굴로 바라보자 태종이 단호하게 말했다.

"과인에게 더 크나큰 좌절과 고통을 안겨줄 속셈이었던 것이지."

자랑스러워하는 아버지 앞에서 충녕대군은 아무 말도 하지 못했다. 경회루 근처로 금위군들이 속속 모여들고 정용진이 젊은 내관들과 함께 누각 위로 올라오자 태종은 우두커니 서 있던 길우를 향해 소리쳤다.

"함부로 궁 안에 들어온 저놈을 포박하라!"

그 이야기를 들은 충녕대군이 사색이 되었다.

"이자는 제가 도와달라고 해서 함께 들어온 것입니다."

"화귀들이 끝장났으니 이제 멸화군들도 쓸모가 없다. 술법을 부리는 자들은 나라를 어지럽게 만들고 사특한 자들에게 이용당할 수 있느니라! 황토마루에 나가 있는 멸화군들도 모두 체포하라고 진즉에 일러놓았다."

"아바마마! 제발 이러지 마시옵소서. 멸화군들도 백성들이옵니다."

충녕대군이 엎드려서 읍소하는 사이 길우가 분노를 터트렸다.

"우리의 소원은 그저 고향에 돌아가는 것뿐이었습니다. 우리가 대체 무슨 죄를 지었기에 이리도 핍박을 하시는 겁니까?"

"남다른 능력을 가진 자들은 고분고분 말을 듣지 않는 편이지."

태종이 눈짓하자 정용진과 내관들이 무기를 뽑아 들고 다가왔다. 청동용이 든 보따리를 어깨에 멘 길우는 충녕대군에게 속삭였다.

"군배 아저씨한테 제가 청동용을 제자리에 가져다 놓았다고 전해주세요. 그리고 그 사람들을 도와주십시오."

충녕대군이 뭐라고 대답할 틈도 없이 길우는 난간 쪽으로 달려갔다. 그걸 본 정용진이 외쳤다.

"놓치지 마라!"

내관들이 달려들어서 그를 붙잡으려고 했지만 충녕대군이 앞으로 가로막는 바람에 실패하고 말았다. 길환이 그랬던 것처럼 난간을 딛고 허공으로 몸을 날린 길우는 그대로 연못 속에 빠졌다. 혀를 찬 태종이 정용진에게 지시했다.

"금위군과 내관들을 동원해서 찾아라. 연못의 물을 모두 퍼내는 한이 있어도 말이야."

"아바마마! 제발 저자를 살려주시옵소서. 어찌 그리 핍박을 하십니까?"

충녕대군이 곤룡포의 소매를 붙잡고 간청하자 태종은 더없이 냉정한 얼굴로 대꾸했다.

"군주가 허약하고 흔들리면 나라가 위태로워진다. 곧 나라 전체가 위험에 처한다는 말이다. 과인은 이 나라를 굳건하게 만들기 위해서라면 그 누구의 목숨도 아깝지 않다. 과인은 피를 뿌리면서 이 자리에 올라왔다. 그러니 너는 온화함으로 나라를 다스려야 한다."

아버지의 이야기가 무슨 뜻인지 눈치챈 충녕대군이 떨리는 목소리로 대답했다.

"저는 셋째입니다. 아바마마."

"과인도 첫째는 아니었느니라. 이리 오너라."

다정하게 충녕대군을 부른 태종은 운종가가 보이는 난간에 나란히 서서 말했다.

"삼천리의 땅과 천만 명의 백성, 삼십만 명의 군사들, 이백만 결의 농토, 사천 명의 관리들이다. 너의 눈물이 백성들의 피눈물

이 될 것이고, 너의 고통은 곧 그들의 죽음이 될 것이다. 잘 다스
려야 한다."

그리고 아직도 충격에서 벗어나지 못한 충녕대군에게 덧붙
였다.

"근정전으로 갈 것이다. 따르라."

엉겁결에 대답한 충녕대군은 당장이라도 비를 내릴 것처럼
보였던 먹구름들이 서서히 물러나는 것을 보았다.

근정전의 옥좌에 앉은 태종은 아무 말도 없이 기다렸다. 신하
들이 다 모이자 옥좌 아래 서 있는 도승지를 바라보았다.

"도승지는 지금 전교를 받으라. 세자가 음행을 일삼고 학업에
정진하지 않으니 폐하고 충녕대군을 세자로 삼는다."

태종의 말을 들은 근정전 안은 정적이 흘렀다. 심지어 도승지
조차 굳어버렸다. 제일 먼저 입을 연 것은 충녕대군이었다.

"아바마마! 어찌 그런 말씀을 하십니까? 당장 거두어주시옵
소서."

충녕대군의 이야기를 시작으로 대신들 모두 입을 모아서 거
두어달라는 말을 했다. 같은 시각, 먹구름들이 사라지면서 낙담
한 백성들이 뿔뿔이 흩어지는 가운데 금위군들이 황토마루 중
턱에 있던 멸화군들을 붙잡았다. 다른 금위군들이 멸화군 숙소
로 쳐들어와서는 남아 있던 몇 사람을 마저 끌고 갔다. 의식을
잃고 누워 있던 비화는 영문도 모른 채 남겨졌다.

물속에 떨어지면서 감았던 눈을 뜨자 붉은 빛으로 물든 물이 보였다. 그것이 물속에 흐르는 피라는 것을 느끼게 될 무렵 등이 바닥에 닿았다. 길우는 손을 어깨로 돌려서 보따리에 든 청동용을 꺼냈다. 묵직한 청동용이 바닥에 천천히 내려앉는 것을 본 그는 무거운 짐을 내려놓은 기분이 들었다. 그런데 어디선가 그를 부르는 소리가 들려왔다. 고개를 돌리자 아까 철가면을 벗고 자신에게 아들이라고 불렀던 남자의 모습이 보였다. 자신처럼 바닥에 등을 대고 누운 그의 가슴에는 아직도 가슴에 화살이 박혀 있었다. 물속의 피도 그의 몸에서 흘러나온 것이었다. 고개를 돌린 그는 부드러운 목소리로 말했다.

"나랑 같이 이 빌어먹을 세상을 태워버리지 않겠느냐?"

"저는 불을 끄고 화귀와 싸우는 일을 합니다."

길우가 담담하게 대꾸하자 그는 호탕하게 웃었다.

"인간은 끝끝내 불을 버리지는 못할 것이다. 불이 나고 타 죽는 것 역시 스스로 감당해야 할 일들이지. 왜 고마워하지도 않는 자들을 위해서 희생을 해야 하느냐?"

얼마 전부터 가슴속에 품어왔던 의문이라서 딱히 반박할 수가 없었다. 길우가 입을 다물고 있자 그가 말했다.

"속세의 인간들, 특히 권력을 가진 자들은 우리의 능력을 끊임없이 시기하고 두려워한단다. 아들아, 나와 함께 세상을 바꿔보자꾸나. 우리의 능력이라면 더는 죄인처럼 숨어 살지 않아도 된단다."

"제가 뭘 어떻게 해야 할지 모르겠습니다."

길우가 고개를 섯자 그는 고개를 희미하게 웃었다.

"이미 다 알고 있지 않느냐?"

"그, 그럼……."

"그 모든 것들은 너를 단련시키고 준비하기 위한 것이었다."

그 이야기를 들은 길우의 머릿속에는 화귀들과 싸웠던 기억이 주르륵 스쳐 지나갔다. 싸울 때마다 상처를 입고 강해지면서 그만큼 감정이 무뎌져 갔다. 비로소 지나온 일들이 이해된 길우가 물었다.

"어떻게 멸화군이 화귀와 손을 잡을 수 있습니까?"

"태초에 불과 물이 존재하고, 균형을 이룬 것은 인간을 이롭게 하기 위한 것이었다. 하지만 인간이 탐욕스러워지면서 그 균형이 깨지게 되었지. 나는 인간들에게 그들이 얼마나 미약한 존재인지 깨닫게 해줄 생각이다."

"당신은 누굽니까?"

길우의 물음에 그는 광기를 번뜩이며 대답했다.

"너의 아버지 길환이다."

길환이라고 스스로를 이야기한 남자가 손을 내밀었다. 길우가 손을 뻗어서 조심스럽게 맞잡자 이십 년 전의 길환이 겪었던 일과 그 속에 달라붙은 엄청난 감정들이 머릿속으로 흘러들어 왔다. 그러자 그가 왜 자신을 아들이라고 했는지, 그리고 세상을 증오하는지 이해가 되었다. 길우가 받아들이는 모습을 보이자 길환은 흡족한 미소를 지었다. 하지만 길우의 손을 잡은 그의 얼굴에 깃들었던 미소는 요란한 거품과 함께 사라졌다. 길우가 온몸의 공력을 끌어모아서 주술을 건 것이다.

"어째서!"

분노한 길환이 거칠게 묻자 길우가 대답했다.

"저를 단련시키기 위해서 너무 많이 죽이셨습니다. 아버지."

아버지가 내뿜은 모든 감정의 끝자락에 달성과 덕창이 보였다. 그리고 비화가 손목에 감아준 부적이 저항하기로 결심하게 만들어주었다. 길우의 뜻을 느낀 길환은 굳은 표정으로 연못 위로 박차고 올라갔다.

"밤이 되기 전에 찾아야 하느니라. 서둘러라!"

정용진이 고래고래 소리를 지르며 내관들을 독려했다. 그러자 나룻배를 띄우고 바닥을 향해 그물을 던지던 내관들의 손놀림이 빨라졌다. 경회루 연못 주변은 금위군들이 빈틈없이 둘러쌌고, 배에 올라탄 내관들이 그물을 던지고 장대로 바닥을 쑤시는 중이었다. 그때 그물을 잡아당기던 내관이 외쳤다.

"여기 뭔가 있습니다."

그러자 바닥에서부터 물거품이 올라오는 것이 보였다. 부글거리던 거품이 마치 폭발이라도 하는 것처럼 터져버리자 모여 있던 배들이 뒤집히고 밀려났다. 거품을 박차고 나온 붉은 이무기는 크게 포효했다. 정용진은 우두커니 금위군의 활을 빼앗아 들고는 얼음 촉이 달린 화살을 쐈다. 하지만 붉은 이무기는 날아오는 화살을 무시하고는 근정전 쪽으로 날아갔다.

해가 떨어질 기미를 보였지만 근정전 안은 여전히 안 된다는 대신들과 바꾸겠다는 태종이 맞서는 중이었다. 중간에 낀 충녕대군은 이러지도 저러지도 못하고 옥좌 아래에서 땀을 뻘뻘 흘렸다. 늙은 영의정이 태종에게 반대의 뜻을 밝히려는 순간, 근정전의 지붕에서 쿵 하는 소리가 들려왔다. 진동과 함께 단청이 칠해지고 용이 조각된 지붕이 부서지자 대신들은 비명을 지르면서 구석으로 몸을 피했다. 마침내 용이 조각된 부분이 깨지면서 붉은 이무기가 모습을 드러냈다. 놀란 대신들은 뿔뿔이 흩어져버렸고, 옥좌 아래 있던 충녕대군조차 허둥지둥 사라져버렸다. 남은 것은 오직 옥좌에 앉아 있던 태종뿐이었다. 근정전 안으로 들어온 붉은 이무기는 불을 뚝뚝 흘리면서 옥좌로 다가갔다. 몸을 일으킨 태종은 다가오는 붉은 이무기를 쏘아보았다.

"감히 요괴 따위가 왕의 정전에 들어오다니 무엄하다!"

그러자 붉은 이무기는 옥좌 앞에 내려앉으면서 길환으로 변했다.

"이 순간을 꿈꿔왔소이다. 당신을 옥좌와 함께 불태워버리는 것 말이외다."

길환의 눈과 입에서 붉은 섬광이 터져 나오려는 순간 뒤에서 날아온 화살이 어깨에 꽂혔다. 길환이 돌아보자 분합문 앞에서 활을 겨누고 있던 충녕대군이 울고 있었다.

"아버지의 잘못은 내가 대신 사과하겠네. 분을 풀고 이해해주게나."

그러자 길환은 한 손으로 화살을 뽑아버리면서 분노했다.

414

"이해? 고작 이해라니? 아버지나 아들이나 똑같구나."

미친 듯이 웃으면서 다가오는 길환에게 충녕대군이 연거푸 화살을 날렸다. 하지만 길환은 아무렇지도 않게 그의 앞에 다가와서는 손을 내밀었다.

"네가 스스로를 희생한다면 여기서 물러나마. 손을 내밀 수 있겠느냐?"

충녕대군이 활을 내려놓자 태종이 외쳤다.

"아니 된다!"

하지만 잠시 고민하던 충녕대군은 한쪽 손을 내밀었다. 둘의 손끝이 닿기 직전, 뒤에서 날아온 동전채찍이 길환의 팔을 휘감았다. 동전채찍의 냉기가 길환의 팔을 휘감아버렸다. 동전채찍을 던진 것이 길우라는 사실을 알아챈 길환은 크게 분노했다. 길우는 근정전 안으로 들어오며 말했다.

"인간을 미워하는 건 이해하지만 모든 인간을 미워하는 건 용서할 수 없습니다."

"어리석구나. 그 결정을 후회할 날이 올 것이다."

입에서 불을 뿜어내서 팔목에 감긴 동전채찍을 끊어버린 길환은 붉은 이무기로 변해서 구멍 난 근정전의 천장으로 빠져나갔다. 그러자 부서진 기왓조각들이 안으로 쏟아져 들어왔다. 길우와 충녕대군은 근정전 밖으로 나와서 붉은 이무기가 날아가는 방향을 바라보았다. 경복궁 하늘 위를 맴돌던 붉은 이무기는 인왕산 방향으로 날아갔다. 근정전 주위에 몰려 있던 대신들과 금위군들은 아무 말도 하지 못하고 그 모습을 지켜보았다. 잠시 후 인왕산 하늘에 피처럼 붉은 구름이 몰려들었다. 늙은 영의정이 변괴가 일어났다고 중얼거리는데 태종이 근정전 밖으로 모습을 드러냈다. 영의정을 비롯한 대신들과 금위군들이 일제히 무릎을 꿇고 고개를 조아리는 가운데 태종이 충녕대군을 꾸짖었다.

"한 나라를 이끌 군주가 될 몸이다! 어찌 아끼지 않는 것이냐!"

"어찌 아바마마가 위험에 처한 것을 모른 척할 수 있겠습니까? 용서해주소서."

두 사람의 대화를 듣고 있던 길우는 고개를 돌려서 인왕산을 바라보았다. 붉은 구름에 둘러싸인 인왕산 곳곳에서 불길이 꽃저럼 피어났다.

불타는 산

　시간이 지나면서 인왕산의 화기는 점점 강력해져갔다. 산에 있는 나무와 집들은 모두 불에 타버려서 보기 흉한 민둥산이 되어버렸다. 인왕산이 불타는 모습을 본 한양의 백성들은 겁에 질린 채 피난길에 올랐다. 조정 대신 중에서도 자취를 감추는 이들이 많아졌다. 지붕이 부서진 근정전 대신 사정전으로 자리를 옮긴 태종은 영의정에게서 백성들이 피난을 떠난다는 보고를 받고는 호통을 쳤다.

　"막을 방도를 찾지 않고 뭘 하는 게냐!"

　"불을 끄러 올려 보낸 병사들이 돌아오지 못하면서 흉흉한 소문들이 더 커지고 있사옵니다. 통촉하여주시옵소서."

　영의정의 이야기를 들은 태종은 호통을 치려다가 입을 다물고 말았다. 윽박지르거나 화를 낸다고 해결될 만한 문제는 아니었다. 영의정이 물러나자 밖에서 기다리고 있던 충녕대군이 들

417

어왔다. 붉은 이무기로 인해 인왕산이 불바다가 되면서 충녕대군에게 세자 자리를 물려주는 일도 자연스럽게 흐지부지 되고 말았다. 하지만 태종은 세자를 궁 밖으로 쫓아내어 자신의 뜻이 충녕대군에게 있음을 공공연하게 드러냈다.

"아바마마. 이번 일을 해결할 방안이 있사옵니다."

"어떻게 말이냐?"

태종의 물음에 충녕대군 대신 입구에 서 있던 길우가 대답했다.

"경회루의 연못에 빠졌을 때 아버지의 손을 잡았다가 생각을 읽었습니다."

"그자가 앞으로 어떻게 할지 말이냐?"

무겁게 고개를 끄덕거린 길우가 대답했다.

"인왕산에 자리를 잡고 화귀들을 불러 모을 생각입니다. 그렇게 되면 한양은 예전처럼 사람이 가까이할 수 없는 불의 땅이 될 겁니다."

"무슨 수를 써서라도 그걸 막을 것이다. 지금 지방에 있는 모든 군대를 한양으로 집결시키라 명했느니라."

"보셨다시피 사람의 힘으로 막을 수 있는 존재가 아닙니다. 막을 수 있는 길은 단 하나뿐입니다."

길우의 이야기를 들은 태종이 짧은 침묵 끝에 물었다.

"무엇이냐?"

"인왕산 중턱에는 동굴이 하나 있습니다. 20여 년 전, 전하의 아버지와 제 아버지가 그곳에 있는 누르를 없앤 적이 있습니다."

"들은 적이 있느니라."

"동굴 안에는 작은 연못이 있는데 그곳이 바로 인왕산의 화기가 시작되는 곳입니다. 그곳에 청동용을 넣어서 화기를 잠재우면 모든 게 끝이 납니다."

잠자코 이야기를 들은 태종이 길우에게 물었다.

"그자는 네 아비다. 자식으로서 아비를 핍박할 수 있겠느냐?"

"자식으로서는 할 수 없지만 멸화군으로서는 할 수 있습니다."

"만약 과인이 수락한다면 직접 가겠느냐?"

"그리하겠습니다. 대신 조건이 있습니다. 이 일이 성공하면 저를 비롯한 멸화군들을 모두 풀어주시고 가족들과 함께 자유롭게 떠날 수 있도록 허락해주시옵소서."

길우가 이야기를 마치자 충녕대군이 조심스럽게 끼어들었다.

"소자의 생각으로는 이자의 말대로 해보는 것도 나쁘지 않을 듯싶습니다."

아들의 간절한 눈빛을 읽은 태종이 길우에게 물었다.

"청동용을 만드는데 얼마나 시간이 걸리겠느냐?"

"사흘 정도 걸립니다."

"그 안에 출발 준비를 마치거라."

"이무기를 없애고 돌아오면 가족들과 함께 떠나게 해주신다는 약조를 먼저 해주십시오. 그렇지 않으면 멸화군들을 설득할 수 없습니다."

길우의 말에 태종이 찌푸린 얼굴로 말했다.

"그리하마."

감옥 문이 열리자 눈을 감고 있던 군배는 눈을 떴다. 잠깐 졸면서 이십 년 전의 일을 악몽으로 꾸었던 탓인지 온몸이 땀으로 젖어 있었다. 잠에서 깬 그의 귓가에 낯익은 목소리가 들렸다.

"아저씨."

그가 고개를 들자 옥졸과 함께 온 길우가 보였다.

"어찌 된 것이냐?"

"할 이야기가 많습니다. 일단 숙소로 돌아가시죠."

"돌아가다니? 우리가 풀려난단 말이냐?"

"자세한 건 밖에서 말씀드릴게요."

어리둥절한 군배가 밖으로 나오자 다른 멸화군들도 뒤따라 나왔다. 옥졸들이 아무런 제지도 하지 않는 가운데 멸화군들은 숙소로 돌아갈 수 있었다. 텅 빈 거리와 불타는 인왕산을 본 군배의 표정이 어두워졌다. 숙소로 도착하자마자 길우는 군배를 비롯한 멸화군들을 모아놓고 임금과 나눴던 이야기들을 들려줬다. 이야기를 들은 멸화군 중 한 명이 지친 얼굴로 물었다.

"그러니까 우리가 인왕산에 올라가서 이무기와 싸워야 한다는 말이지."

"그렇습니다. 만약 우리가 이무기를 물리치면 고향으로 돌아갈 수 있게 해준다고 했습니다.

"나는 도대체 그자 말을 못 믿겠더구나."

군배가 고개를 절레절레 저으며 말하자 다른 멸화군들도 이구동성으로 같은 생각임을 드러냈다. 그러자 길우가 말했다.

"저 역시 마찬가지입니다."

길우의 이야기를 들은 군배가 물었다.

"그런데도 위험을 무릅쓰자는 말이냐?"

"그렇게 하지 않으면 아무것도 얻지 못하니까요."

길우의 이야기를 들은 군배가 마지못해 고개를 끄덕거렸다. 그리고 모여든 멸화군들에게 말했다.

"이야기 들었지? 가족들을 만나고 고향으로 돌아가려면 이 방법밖에 없어. 그러니까 다들 정신 바짝 차려. 시간이 없으니까 서둘러서 움직여. 일단 노에 불을 지피고, 부적들 넉넉하게 만들어놔."

몸을 일으킨 군배가 이것저것 지시를 내리자 멸화군들이 흩어져서 준비를 했다. 오랫동안 쓰지 않았던 노에 불이 지펴지는 모습을 지켜보던 길우에게 군배가 물었다.

"길환이 아버지라는 것은 언제 알았느냐?"

"물속에 누워 있었을 때 손을 잡은 적이 있습니다. 그때 그분의 기억들을 모두 느낄 수 있었습니다."

"아버지와 싸울 수 있겠느냐?"

그의 물음에 길우는 고개를 돌려 아직도 불타고 있는 인왕산을 보았다.

"어릴 때 실수를 해서 아버지에게 심하게 매를 맞은 적이 있습니다. 그때 뒷산에 올라가서 종일 울다가 걱정이 돼서 저를 찾아온 어머니에게 다른 아버지가 있었으면 좋겠다고 말한 적이 있었죠. 그때 어머니는 아무 말 없이 제 머리를 쓰다듬어주기만 했습니다. 그때 저는 깨달았습니다. 누군가 다른 존재가 있다고 말입니다. 하지만 제가 원하는 아버지는 복수에 미쳐서 스스로를 괴물로 만들어버린 이무기가 아닙니까."

놀랍도록 담담하게 이야기하던 길우는 벌겋게 달아오르는 노를 바라보았다. 그 모습을 지켜본 군배가 이빨을 드러내며 서글프게 웃었다.

"덕창이가 있었다면 좋았을 것을 말이야. 풀무질은 그 친구를 따라갈 멸화군이 없었거든."

"이틀 후입니다. 그곳에 가서 결판을 내고 내려와서 아저씨랑 멸화군들과 함께 이곳을 떠날 겁니다."

단호하고도 단단한 길우의 이야기에 군배가 말했다.

"분노하되 분노에 집어삼켜지지 말거라."

다음 날 새벽이 되어서야 청동용이 완성되었다. 진흙으로 만든 틀을 부수자 벌겋게 달아오른 청동용이 보였다. 군배가 작은 칼로 엄지손가락을 찔러서 낸 피를 떨어뜨리기 시작했다. 그러자 멸화군들이 한 명씩 피를 떨어뜨렸다. 피를 빨아들인 청동용은 한층 더 붉게 달아올랐다. 마지막으로 칼을 넘겨받은 길우는 심호흡을 하고 손가락을 찔러서 피를 떨어뜨렸다. 그리고 군배가 부적들을 위에서 떨어뜨려서 태우는 것으로 의식을 마무리했다. 군배가 떨리는 목소리로 길우와 멸화군들에게 말했다.

"우리 중에 누가 살아남을지 모르겠다. 하지만 이것만 명심해라. 단 한 명이 살아서 고향으로 돌아간다면 우리 모두가 돌아가는 것이다. 우리의 육신은 비록 불에 타 없어질지라도 마음만큼은 훨훨 날아서 고향으로 돌아가게 될 것이다."

고향이라는 이야기가 나오자 멸화군들은 한두 명씩 눈물을 보였다. 그때 부엌에서 술병과 수육이 담긴 상을 들고나온 김천복이 외쳤다.

"일할 때 일하더라도 배는 채우고 합시다! 부엌에 더 있으니까 어서 가지고 나오십시오!"

환성을 지른 멸화군들이 술상 주변에 모여들었다. 떠들썩하게 웃고 떠드는 그들을 보고 있던 길우는 낯선 시선을 느꼈다. 고개를 돌리자 기둥을 짚고 서 있는 그녀가 보였다. 길우가 웃자 그녀가 따라 웃었다. 현기증을 느끼는 듯 그녀가 한 손을 머리에 대고 휘청거리자 그가 얼른 다가가서 부축해주었다.

"괜찮아요?"

"제가 며칠 동안 누워 있었던 건가요?"

그녀의 물음에 길우는 담담하게 대답했다.

"며칠 안 되었지만 나에게는 천년 같았습니다."

"해야 할 일이 있다는 이야기를 듣는 꿈을 꿨어요."

"아마 일어나라는 암시였나 봅니다."

두 사람의 대화는 왁자지껄한 멸화군들의 웃음소리에 묻혀버렸다. 그 광경을 본 길우가 그녀에게 말했다.

"배고프지 않아요?"

"조금요."

"그럼 얼른 우리도 낍시다. 늦으면 손가락만 빨지도 몰라요."

농담을 건넨 그가 손을 내밀자 그녀가 조심스럽게 맞잡았다.

다음 날, 멸화군 숙소는 때아닌 눈물바다를 이뤘다. 멸화군들에게 죄인의 낙인이 찍히면서 강제로 관노로 끌려갔던 가족들이 돌아온 것이다. 가까운 경기도에 사는 가족들만 먼저 돌아온 터라 먼 지방에 가족들이 있던 멸화군들은 부러운 눈길로 눈물의 상봉을 지켜봐야만 했다. 한참 떠들썩한 멸화군 숙소로 철릭 차림의 충녕대군이 들어섰다. 그는 곧장 길우에게 다가와 말했다.

"멀리 있는 가족들도 오고 있는 중일세. 조금만 기다려주게."

"인질로 잡아두실 속셈이시군요."

팔짱을 낀 길우의 이야기에 충녕대군의 얼굴이 어두워졌다.

"이해해주게나. 내가 할 수 있는 게 별로 없다네."

"어쨌든 우리는 할 일을 하겠습니다. 그러니 약속을 꼭 지켜주십시오."

"내일 아침이면 준비가 끝나겠는가? 아바마마의 심려가 크다네."

충녕대군의 물음에 길우가 대장간에서 한참 마무리 중인 청동용을 슬쩍 쳐다보면서 말했다.

"오늘 저녁에 마무리됩니다."

"나와 정용진, 그리고 그가 뽑은 내관들이 함께 갈 것이네."

길우가 의아한 눈으로 바라보자 충녕대군이 이야기했다.

"그런 눈으로 보지 말게나. 나는 직접 보고 싶을 뿐일세."

두 사람의 대화는 인왕산 쪽에서 들려오는 우르릉거리는 소리에 그쳐졌다. 고개를 돌려 바라보자 인왕산의 꼭대기에 거대한 화염이 몰려드는 것이 보였다. 그 모습을 본 충녕대군이 침울한 얼굴로 말했다.

"인왕산의 불길이 시시각각 거세지고 있네. 쉬쉬하고는 있지만 조정 관리 중에서 사직 상소만 올리고 자취를 감춘 이들이 많아. 거기다 인왕산 쪽의 웃대(경복궁 서쪽부터 인왕산 기슭에 걸쳐 있는 지역으로 현재의 종로구 필운동과 통인동, 옥인동 일대)는 서리들이 모여 사는 곳인데 거기까지 불이 번지면서 다들 출근을 하지 않고 있다네."

이것저것 챙겨주던 충녕대군이 돌아가자 군배는 길우를 조용히 방으로 불렀다. 그리고 종이에 쌓인 환약 같은 것을 건넸다.

"뭡니까? 이게."

"소멸환이라는 거다. 예전에는 많이 썼던 거지. 화귀의 힘이 약해졌을 때 이걸 쓰면 확실하게 없앨 수가 있단다."

길우가 아무 말 없이 소멸환을 챙기자 군배는 염려스러운 눈길로 바라보았다.

"내일 인왕산으로 가는 멸화군 중에 몇 명이나 살아남을지는 모르겠다. 그들을 반드시 고향으로 데려가다오."

"아저씨도 같이 가셔야죠."

길우의 이야기에 군배는 가만히 웃었다.

해가 떠오르자 장비와 부적을 챙긴 멸화군들이 하나둘씩 모여서 떠날 채비를 했다. 가족들이 대문 밖까지 따라 나와 배웅을 하려다가 밖에서 진을 치고 있던 금위군들에게 제지를 당했다.

경복궁으로 향하는 행렬에 저고리와 바지 차림의 비화가 끼어 있는 것을 본 길우가 걱정스러운 표정으로 말했다.

"산에서 무슨 일이 벌어질지 모릅니다. 여기서 기다려요."

"결계를 칠 줄 아는 사람이 하나라도 있어야지 도움이 되지 않겠어요? 너무 걱정하지 말아요."

비장한 그녀의 말에 길우는 더는 만류하지 못했다. 지붕이 부서진 경복궁의 근정전 앞에는 스무 명의 내관들과 정용진이 보였다. 모두 얼음으로 만든 창과 환도를 지니고 있었고, 얼음으로 된 화살촉도 지녔다. 얼음으로 된 무기들은 녹지 않도록 두툼한 이끼로 둘러싸여 있었다. 그리고 충녕대군도 철릭에 환도, 활과 화살이 든 동개를 어깨에 누른 채 기다리고 있었다. 멸화군과 내관들이 모두 모이자 근정전의 월대 앞에 곤룡포와 익선관 차림의 태종이 모습을 드러냈다. 정용진이 길게 구령을 붙이자 내관들이 고개를 숙였고, 멸화군들도 어설프게 따라 했다. 월대에 선 태종은 우렁찬 목소리로 말했다.

"불의 요괴가 인왕산에 똬리를 튼 지가 벌써 사흘째다. 저놈은 우리가 겁을 먹고 물러나기를 바라고 있지만 과인은 절대로 물러나지 않을 것이다. 가서 이무기를 쫓아내고 이 땅의 진정한 주인이 누구인지 알려주어라!"

태종의 이야기를 뒤로하고 길우와 멸화군들, 그리고 정용진과 내관들은 인왕산으로 향했다. 먼저 정용진이 이끄는 내관들이 앞장서고 멸화군들이 뒤를 따랐다. 인왕산 위쪽 하늘에는 붉은 구름이 모여 있었고, 가까워질수록 열기가 심해졌다. 인왕산 기슭의 빈집들은 산에서 날아온 재를 뒤집어써서 흉물스러운 모습이었다. 뜨거운 열기와 더불어 재가 날아다니는 바람에 산에 올라갈수록 숨쉬기도 어려웠다.

"중턱에도 다다르지 못했는데 이 지경이면 꼭대기는 아주 찜통이겠구먼."

혀를 빼물고 숨을 헐떡거리던 김천복이 중얼거렸다. 길우는 걸음을 멈추고 김천복을 불러 세웠다.

"아저씨는 올라가지 않으셔도 됩니다."

"하, 하긴 별 도움이 안 되겠지?"

안도감이 서린 말투로 이야기한 김천복이 한숨을 쉬었다. 길우는 그의 팔을 붙잡았다.

"대신 비화도 데리고 내려가주세요."

"아까 보니까 자네 옆에서 떨어지지 않으려고 하는 것 같은데 말이야."

비화를 힐끔 쳐다본 김천복의 이야기에 길우가 살짝 귓속말을 했다. 잠시 후 슬슬 뒤처지던 김천복이 갑자기 발을 헛디디는 척하면서 주저앉아서는 고래고래 소리를 질렀다.

"아이고! 다리가 부러진 것 같아."

그러자 길우가 얼른 다가가서 다리를 살펴보는 척하다가 비화를 불렀다.

"천복이 아저씨가 심하게 다친 것 같아. 데리고 내려가줘요."

"하지만……"

길우는 머뭇거리는 그녀의 두 손을 꼭 잡았다.

"밑에서 기다려요. 그럼 꼭 돌아갈게요."

한숨을 쉰 그녀가 김천복의 어깨를 부축하고는 인왕산을 내려갔다. 멀어져가는 그녀를 보던 길우가 걸음을 옮기려는데 충녕대군이 김천복에게 뭔가 이야기를 하는 모습이 보였다. 굽실거린 김천복이 비화의 부축을 받고 내려갔고, 지체되었던 행렬은 다시 움직였다. 나란히 걷게 된 충녕대군이 조용히 물었다.

"자네 아버지가 저리 변한 것은 배신당했다는 분노 때문인가?"

길우는 고개를 저었다.

"분노가 아니라 혼란 때문입니다. 고마움도 모르고 배신을 일삼는 인간을 놉는 일이 과연 옳은 일인가에 대한 회한과 분노 말입니다."

"그렇다면 자네는 그런 혼란을 느끼지 않나?"

"처음 한양에 와서 멸화군들을 봤을 때는 이해할 수 없었습니다. 이런 홀대와 수모를 당하면서도 묵묵히 일하는 것을 보면서 말이죠. 하지만 인간들이 우리를 어떻게 대하든 그들을 지켜야 하는 것이 우리의 운명이라는 생각이 들었습니다."

묵묵히 이야기를 들은 충녕대군이 조용히 말했다.

"만약, 만약 내가 왕위에 오른다면 다른 사람을 위해 희생하고 고통받는 건 왕 한 명으로 족한 세상을 만들겠네."

길우는 가볍게 미소만 지을 뿐이었다. 대화를 끝내고 얼마 못 가서 행렬이 정지했다. 웅성대는 멸화군들을 앞질러간 두 사람은 군배에게 다가가서 물었다.

"무슨 일입니까?"

이마에 흐르는 땀을 닦아낸 군배가 대답했다.

"앞서가던 내관들이 뭘 발견한 모양이다."

"화귀일까요?"

"글쎄다."

두 사람은 고개를 갸웃거리는 군배를 뒤로하고 앞쪽으로 나아
갔다. 녹는 것을 막기 위해 이끼로 감쌌던 무기들을 꺼낸 내관들
은 긴장한 표정으로 산기슭의 바위를 노려보는 중이었다. 길우는
긴장한 표정으로 얼음 창을 움켜잡고 있던 내관에게 물었다.

"뭡니까?"

"상선이 바위 뒤편에 앉아 있는 사람을 보셨다."

"사람을요?"

"그래. 그래서 화귀인 줄 알고 화살을 쐈더니 바위 뒤에 숨어
버려서 부하들 둘을 데리고 잡으러 가셨네."

잠시 후, 바위 뒤에서 상선과 내관들이 덥수룩한 수염과 커다
란 덩치를 가진 누군가를 데리고 나왔다. 그를 본 길우가 깜짝
놀라서 외쳤다.

"아버지!"

태우는 길우를 알아보고 활짝 웃었다.

"네 어미가 어쩌나 걱정하는지, 내가 직접 왔다."

충녕대군과 정용진에게 상황을 설명한 길우는 멸화군이 있는
곳으로 태우를 데리고 왔다. 그를 본 군배와 멸화군들은 다들 입

을 다물지 못했다.

"자네가 어찌?"

"어르신이 고향으로 잘 데려오라고 하셨습니다."

아까와는 다른 묵직한 목소리로 이야기한 태우가 군배를 와락 끌어안으면서 말했다.

"너무 늦게 와서 죄송합니다."

"아닐세. 아니야. 살다 보니 이렇게 자네를 만나는군."

눈물을 글썽거리는 군배를 태우의 등을 토닥거렸다. 태우의 갑작스러운 등장으로 잠시 멈췄던 행렬은 다시 움직였다.

염려했던 화귀들은 나타나지 않았지만 인왕산의 정상으로 올라갈수록 열기는 점점 심해졌다. 드디어 동굴 앞에 도달하자 지칠 대로 지친 일행들은 대나무 물통에 넣어온 물을 나눠 마시며 휴식을 취했다. 길우는 정용진에게 다가가서 말했다.

"동굴 안에는 저희만 들어가겠습니다."

"멸화군들만 들여보내지 말라는 명이 있었다."

"동굴이 너무 좁아서 많은 사람이 들어갈수록 방해만 될 뿐입니다."

"그럼 들어가는 멸화군 숫자를 줄이든지."

두 사람의 입씨름이 길어지자 결국 충녕대군이 나섰다.

"내관들과 멸화군들의 인원수를 같은 숫자로 해서 나와 함께 동굴로 들어가고 나머지는 여기서 대기하도록 한다."

결국 길우와 군배, 태우를 비롯한 멸화군 세 명과 정용진과 내관 두 명이 들어가기로 했다. 내관들이 무기를 꺼내는 사이 멸화군들도 부적과 장비를 챙겼다. 군배에게 청동용이 든 보따리를 넘겨받은 길우는 충녕대군에게 물었다.

"진짜 들어가실 겁니까?"

"피하고 싶은 생각은 없네."

단호하게 이야기한 충녕대군이 출발 신호를 내렸다. 동굴 안은 바깥보다 몇 배나 뜨거웠다. 긴장한 정용진이 이마의 땀을 손등으로 닦는 것이 보였다. 안쪽으로 조금 더 들어가자 검게 탄 해골들이 보였다. 비좁던 동굴은 안으로 들어갈수록 넓어졌다. 동굴 안으로 들어가자 정용진은 부하들을 이끌고 앞장섰고, 멸화군들은 부적을 이용해서 결계를 치고 이동했다. 길우는 동굴 안을 걷는 동안 태우에게 그동안 한양에서 있었던 일들을 들려줬다. 묵묵히 듣고 있던 태우가 말했다.

"너를 속이려고 했던 것은 아니었다. 네가 받아들이기는 너무 커다란 일이어서 말이야."

"이해해요."

길우가 짧게 대답하자 뭔가 말을 하려던 태우는 입을 다물었다. 그리고 잠시 후 조심스럽게 입을 열었다.

"길환이가 나타나면 내가 먼저 이야기해보마."

이런저런 이야기를 나누며 긴장을 놓지 않았지만 연못에 도달할 때까지 화귀나 길환은 나타나지 않았다. 땀을 비 오듯 흘린 정용진이 길우에게 말했다.

"앞쪽을 살펴보고 오마. 여기서 기다리고 있거라."

"위험합니다."

길우가 만류했지만 정용진은 코웃음을 쳤다.

"그러니까 우리가 앞장서는 거다. 애송아."

그러고는 충녕대군에게 말했다.

"그럼 다녀오겠습니다."

충녕대군은 땀으로 범벅이 된 얼굴을 끄덕거렸다.

"몸조심하게."

정용진과 내관들이 연못 쪽으로 걸어가는 뒷모습을 보던 충
녕대군은 턱에서 땀을 뚝뚝 떨어뜨리면서 중얼거렸다.

"일이 너무 쉽게 풀리는데."

동굴 안을 둘러보던 태우가 길우에게 물었다.

"그런데 말이다. 불에 감염된 자들이 한양 곳곳에 흩어져 있
었다고 그랬지?"

"네."

"사람을 불에 감염시키려면 누르 정도 되는 화귀여야 한다. 그
리고 그렇게 감염된 자는 감염시킨 자의 명령대로만 움직이지."

"저도 그렇게 들었습니다."

길우가 고개를 끄덕거리면서 대답하자 태우가 한쪽 눈을 찡
그렸다.

"하지만 길환은 지난 이십 년간 경복궁의 후원에 있는 전각에
갇혀 있다고 하지 않았느냐? 그런데 어찌 사람들에게 감염을 시
킬 수 있었을까?"

"그렇다면 또 다른 감염자가 있다는 얘깁니까?"

불안한 표정의 길우가 묻자 태우가 고개를 저었다.

"화귀들은 모르겠지만 누르는 하나의 땅에 하나만 존재할 수 있단다. 분명 다른 감염자를 통해서 감염을 시켰을 거야."

"하지만 내내 전각에 있었다고 들었네."

두 사람의 이야기를 듣던 충녕대군이 끼어들자 태우가 대답했다.

"그렇다면 거기서 누군가를 감염시켰을 겁니다."

"어림도 없는 소리네. 거긴 아바마마와……."

충녕대군의 이야기는 앞쪽에서 들려온 비명 소리에 지워져버렸다. 정용진이 함께 있던 내관들을 양손에 든 얼음 환도로 찌르고 베는 것이 보였다. 순식간에 부하들을 쓰러뜨린 그가 멸화군들을 향해 돌아섰다. 입과 눈에서 흘러나온 붉은 화염이 온몸을 뒤덮었다. 양손의 얼음 환도도 불길에 휘감기면서 불타는 검으로 변했다. 고개를 좌우로 꺾으면서 다가온 그는 징그러운 웃음을 지었다.

"이런, 아들과 친구가 나를 죽이러 왔군. 인간들이 과연 그럴 가치가 있을까?"

어느덧 길환으로 변한 정용진은 중간에 쳐놓은 결계를 단숨에 깨뜨리고 다가왔다. 길우는 동전채찍을, 군배는 부적을 꿴 갈퀴를 움켜쥐었다. 태우는 벼락 맞은 대추나무로 만든 목검을 꺼내 들었다. 충녕대군도 얼음 촉으로 된 화살을 꺼내서 시위를 당겼다. 군배가 서글픈 목소리로 말했다.

"자네를 이렇게 만나게 될 줄은 몰랐네."

"동정 따위는 필요 없소."

거칠게 대꾸한 길환이 불의 검을 휘두르면서 덤벼들었다. 충녕대군이 얼음 촉 화살을 쏘았지만 몸에 닿기도 전에 녹아버리고 말았다. 태우와 군배가 나란히 맞섰지만 역부족이었다. 밀려난 태우가 길우에게 말했다.

"어마어마하게 강해졌어."

기세를 올리며 다가오는 길환 앞에 얼음 기둥들이 세워졌다. 동굴 입구에 선 비화가 공력을 모아서 만든 것이었다. 비화를 쳐다본 길환이 으르렁거렸다.

"네년은 제일 마지막에 처리해주마."

온몸의 불을 키운 길환이 얼음 기둥을 하나씩 녹여버렸다. 마지막 남은 얼음 기둥을 녹여버린 길환이 길우에게 손을 내밀었다.

"아직 늦지 않았다. 아들아, 나와 손잡고 오만한 인간들을 심판하자."

길우는 대답 대신 동전채찍을 휘둘렀다. 손에 채찍을 맞은 길환은 분노의 고함을 질렀다. 그러자 동굴 곳곳에서 불길이 터져나왔다. 충녕대군이 연거푸 얼음 촉 화살을 쏘지만 별 효과가 없었다. 길우의 팔을 붙잡은 태우가 외쳤다.

"너무 강해졌다. 일단 물러나야겠다."

그사이 일행에 합류한 비화가 주술을 걸자 다가오던 길환의 발이 동굴 바닥에 들러붙었다.

"오래 못 버틸 것 같아요. 어서 피해요."

비화가 다급하게 외치자 일행은 동굴 입구로 뛰었다. 잠시 후,

발을 떼어낸 길환이 도망치는 그들을 향해 불덩어리를 쏘면서 거리를 좁혔다. 그러자 제일 뒤에 있던 태우가 걸음을 멈추고 돌아서서는 날아드는 불덩어리들을 대추나무 목검으로 쳐냈다. 하지만 부서진 불덩어리들이 이리저리 튀면서 팔과 다리에 옮겨붙었다. 그러자 군배가 부적을 던져서 태우의 몸에 붙은 불을 꺼주었다.

"제가 막을 테니까 어서 나가십시오."

히죽 웃은 군배가 대답했다.

"자네 혼자서는 못 막아. 같이 해보세."

"그럼 제가 앞에 서겠습니다."

"눈이 침침해서 자네 등짝을 보면서 싸우기는 싫다네."

농담 아닌 농담에 태우도 이를 드러내며 웃었다.

"기회는 한 번뿐입니다."

"알겠네. 내가 막아볼 테니까 그 틈을 노려."

군배는 태우가 채 대답하기도 전에 몇 개의 부적을 꺼내 던지면서 몸을 날렸다. 다가오는 군배를 본 길환이 거대한 화염을 쏘았다. 군배가 온몸으로 그 화염을 막았지만 순식간에 불에 삼켜지고 말았다. 군배가 몸으로 화염을 막는 사이 훌쩍 날아오른 태우가 대추나무 목검을 길환의 가슴에 쑤셔 넣었다. 갑작스러운 공격에 길환이 주춤거리자 칼자루를 쥔 태우가 회한의 눈물을 흘렸다.

"정말 미안하네. 정말 미안해."

그러자 길환은 소름 끼치는 웃음과 함께 가슴에 박힌 목검을 잡았다. 그의 손에서 퍼진 불이 손잡이까지 흘러가면서 태우의 손이 녹아내렸다.

"겨우 이 정도로 나를 없앨 수 있다고 생각했느냐?"

태우는 이를 악물고 주술을 외우면서 버텼다. 그러는 사이 손에 붙은 불은 팔을 타고 어깨까지 옮겨붙었다.

"포기해. 그러면 고통 없이 죽여주마."

길환의 이죽거림에도 개의치 않고 고통을 참으며 주술을 외우던 태우는 마지막 순간 길환을 와락 끌어안았다. 그리고 조용히 속삭였다.

"네가 강한 줄은 이미 알고 있었어."

온몸에 퍼진 불이 태우의 바지와 저고리를 태워버렸다. 그러자 그의 온몸에 새겨진 문신이 드러났다. 그것을 본 길환이 몸을 빼내려고 했지만 태우는 온몸이 불타는 와중에도 붙잡은 두 손을 놓지 않았다. 문신에서 새하얀 빛이 터져 나오는 순간 엄청난 화염과 굉음이 동굴 안을 뒤흔들었다.

정신없이 도망치던 길우와 비화, 그리고 충녕대군은 뒤에서 밀려온 충격에 떠밀려 넘어지고 말았다. 쓰러진 다음에야 군배와 태우가 보이지 않는다는 사실을 깨달은 길우는 아랫입술을 깨물었다. 함께 쓰러졌다가 겨우 정신을 차린 충녕대군이 동굴 천장을 쳐다보고는 다급하게 말했다.

"금이 가는 소리가 들리는 걸 보니 조만간 무너질 것 같아. 서둘러 나가세."

하지만 길우는 두 사람의 등을 떠밀면서 말했다.

"두 사람이 안 보입니다. 제가 찾아볼 것이니 비화를 데리고 먼저 나가십시오."

충녕대군의 손에 이끌려 동굴 밖으로 나가던 비화는 손을 뿌리치고 다시 안으로 들어왔다. 그걸 본 길우가 버럭 소리를 질렀다.

"어서 나가요. 위험하다고요."

그의 이야기가 채 끝나기도 전에 동굴 입구의 천장이 무너져 내렸다. 길우는 비명을 지르는 비화를 힘껏 끌어안았다. 진동이 가라앉자 길우가 비화에게 물었다.

"왜 나가지 않았습니까?"

"할 일이 남았으니까요. 그리고 당신과 떨어지고 싶지 않았습니다."

"어디 다친 곳은 없어요?"

길우가 묻자 비화는 괜찮다는 듯 고개를 끄덕거렸다. 길우는 천장에서 떨어진 바위 때문에 동굴 입구가 완전히 막혀버린 것을 보고는 크게 낙담했다. 그러자 비화가 조심스럽게 말했다.

"혹시 반대쪽에도 입구가 있지 않을까요?"

"군배 아저씨랑 아버지를 찾아야 하니까 안으로 들어가봅시다."

동굴 천장이 무너지기 직전, 겨우 빠져나온 충녕대군은 바깥의 풍경을 보고 할 말을 잊었다. 동굴 밖에는 수백의 군사들과 함께 갑옷 차림의 태종이 보였다. 구석에 몰려 있던 멸화군들은 모두 결박당한 채 금위군 손에 붙잡혀서 끌려 내려가는 중이었다. 충녕대군을 본 태종이 크게 꾸짖었다.

"절대 동굴 안으로는 들어가지 말라고 일렀거늘 어찌 과인의 말을 가볍게 여기느냐?"

얼떨떨해진 충녕대군이 고개를 조아리자 태종이 한숨을 쉬었다.

"어디 다친 곳은 없느냐?"

대답을 하려던 충녕대군은 태종 옆에 서 있던 김천복을 발견했다. 능글맞게 웃는 그를 본 충녕대군이 소리쳤다.

"네놈이 왜 거기 있는 것이냐?"

"죄송합니다. 세자마마. 소인은 오래전부터 주상 전하를 모시던 몸이었지요."

허탈한 표정을 지은 그는 군사들이 동굴 입구에 가마니를 쌓는 것을 보았다.

"저것이 무엇이옵니까? 아바마마."

"화약이니라."

그제야 아버지의 속마음을 눈치챈 충녕대군이 사색이 되었다.

"그럼 동굴 안에 들어간 이들은 모두 미끼였던 겁니까? 아바마마."

"큰일을 위해서라면 작은 일의 희생은 어쩔 수 없는 법. 너도 옥좌에 오르거든 과인의 말을 잊지 말거라. 뭣들 하느냐! 어서 서둘러라."

태종의 불호령에 화약을 쌓는 군사들의 손길이 빨라졌다. 태종 앞으로 다가온 충녕대군이 말했다.

"아직 안에 길우와 비화가 남아 있습니다."

"고작 두 놈 때문에 일을 망칠 수는 없느니라. 내금위는 세자를 모셔라."

그러는 사이 동굴 입구에 화약을 쌓는 일이 끝났다. 길게 늘인 심지에 불을 붙인 군사들이 바위 뒤로 숨었고, 충녕대군도 내금위 군사들에게 이끌려 바위 뒤로 몸을 숨겨야만 했다.

동굴 안쪽으로 조심스럽게 들어가던 길우는 온몸에 화상을 입은 채 바닥에 쓰러져 신음하는 태우를 발견했다. 태우 옆에는 형체도 알아볼 수 없을 정도로 타버린 시신이 하나 더 보였다. 발자국 소리를 들은 태우가 고개를 들고 손을 내밀었다. 길우는 내민 손을 꼭 움켜잡고 말했다.

"괜찮아요?"

태우는 아무 말 없이 길우의 손을 꽉 움켜잡았다. 심상치 않은 분위기를 느낀 길우가 손을 빼려고 했지만 태우는 껄껄 웃으면서 길환으로 변해버렸다.

"미련한 놈인 줄은 알았지만 자기 몸을 미끼로 쓸 줄은 몰랐어. 힘은 다했지만 내 생각을 너에게 옮겨주마. 인간을 지키는 것이 과연 옳은 일인지 고민해보려무나. 아들아."

길우는 손을 빼려고 했지만 길환은 붙잡은 손을 놓지 않았다. 손을 붙잡힌 길우는 고통에 못 이겨 몸부림을 쳤지만 손을 뿌리칠 수는 없었다. 그러면서 점점 눈이 붉어져갔다. 그때 비화가 품에서 멸화 부적이 새겨진 단검을 꺼냈다. 그 모습을 본 길환이 비웃었다.

"밀교에서 살생을 금하고 있는 걸 잘 알고 있다."

그러자 비화가 힘없이 대답했다.

"맞습니다. 하지만 딱 한 가지 예외가 있습니다."

그러고는 단검으로 길환의 가슴을 힘껏 찔렀다.

"악이 선을 이기려 할 때는 살생을 허락하지요."

가슴이 찔린 길환은 괴성을 지르며 비화에게 불을 쏘았다. 무방비 상태로 불을 맞은 그녀는 벽에 부딪히고는 힘없이 쓰러졌다. 그때, 동굴 입구에서부터 거대한 파열음이 들려오면서 천장이 무너져 내렸다. 길환은 허탈하게 웃으면서 말했다.

"우리는 세상을 바꿀 수 있었다."

"저는 그 바뀐 세상이 두렵습니다."

그러자 길환이 괴성을 지르면서 길우를 연못으로 집어 던졌다.

"연못 바닥에 또 다른 동굴이 있을 것이다. 거길 따라가면 빛을 볼 수 있을 것이야. 가서 인간을 돕는 것이 과연 올바른 일인지 계속 고민해보아라. 그리고 네 어미에게 내가 진정 사랑했었다고 전해다오."

"같이 나가요. 아버지."

허우적거리던 길우의 외침에 길환은 쩍쩍 금이 갈라지는 동굴의 천장을 올려다보았다.

"나는 너무 오래 살았다."

씁쓸하게 이야기한 그는 쓰러진 비화를 일으켜 세워서 연못으로 던졌다.

심지가 다 타들어가자 동굴 입구에 쌓아둔 화약은 어마어마한 굉음과 함께 터져나갔다. 부서진 바위 조각들이 그들이 숨어 있는 곳까지 날아왔고, 뒤이어 자욱한 먼지가 서서히 퍼져나갔다. 먼지가 어느 정도 가라앉자 군사 한 명이 동굴 쪽으로 달려나가서 상태를 살폈다. 그러고는 돌아서서 외쳤다.

"동굴이 완전히 무너졌습니다."

흡족한 표정을 지은 태종이 바로 옆에 있던 충녕대군에게 말했다.

"드디어 일을 마무리 지었구나."

충녕대군은 아무 말 없이 무너진 동굴을 바라보았다. 곁에 있던 금위군 대장이 하늘을 올려다보았다.

"붉은 구름이 사라지고 있습니다."

그의 말대로 핏빛 구름이 점점 사라져가면서 그 자리를 먹구름이 채워갔다. 태종을 비롯한 금위군들은 꼼짝 않고 다가오는 먹구름을 바라보았다. 마침내 기다리던 비가 쏟아졌다. 인왕산의 발아래에 있던 한양에도 비가 뿌려지는 것을 본 태종의 얼굴에 안도감이 서렸다. 그걸 지켜보던 충녕대군이 조용히 말했다.

"마침내 비가 내립니다. 아바마마."

"수많은 사람이 죽고 다쳤다. 그러니 이건 비가 아니라 피나 다름없느니라."

"그럴 겁니다."

충녕대군은 무너져 내린 동굴 입구를 바라보면서 힘없이 대꾸했다. 그러자 태종은 내금위장을 불렀다.

"즉시 사람을 보내서 앞서 내려간 멸화군들을 모두 참하도록 하라."

"아바마마!"

격분한 충녕대군의 외침에 태종이 냉혹하게 대답했다.

"절대 후환을 남겨놔서는 안 되는 법이니라."

명령을 받은 내금위장이 부하 한 명을 부르더니 명령을 내린다는 표식인 병부를 건넸다. 옆에서 지켜보던 김천복이 능글맞게 웃으면서 말했다.

"소인도 따라 내려가면 안 되겠습니까?"

옆에 있던 김천복이 재빨리 나서자 태종이 고개를 끄덕거렸다. 반으로 쪼개진 병부를 챙긴 내금위 병사와 김천복이 산 아래로 내려갔다.

연못으로 들어간 길우는 거추장스러워진 청동용을 물속에 버리고 비화의 손을 움켜잡았다. 천장에서 떨어진 집채만 한 돌들이 물속으로 하나둘씩 떨어지는 가운데 비화가 구석에 있는 작은 동굴 입구를 발견하고는 손짓했다. 한 사람이 겨우 들어갈만 한 곳으로 들어가자 급류처럼 거센 물살이 두 사람을 잡아당겼다.

몇 달 만에 비를 본 백성들은 맨발로 거리에 나와서 덩실덩실 춤을 췄다. 인왕산에서 내려온 태종은 충녕대군과 함께 경복궁으로 돌아와서 축하하기 위해 모여든 조정 대신들과 이야기를 주고받았다. 그때 도승지가 황급히 다가왔다.

"전하."

"무슨 일이냐?"

고개를 돌린 태종의 물음에 우물쭈물하던 도승지가 말했다.

"멸화군들이 모두 사라졌다 하옵니다."

"그자들이 어떻게 사라졌단 말이냐?"

"그, 그것이 그자들을 풀어주라는 전하의 명령이 받았다고 하옵니다."

"뭐라고? 과인이 분명 없애라는 명령을 내렸다."

잔뜩 움츠린 도승지가 떨리는 목소리로 보고했다.

"병부를 가져온 김천복이라는 자가 같이 오던 내금위 군사를 혼절시키고 병부를 탈취한 후에 거짓 명령을 전달한 것 같습니다."

태종과 도승지의 이야기를 듣던 충녕대군은 슬며시 미소를 지었다.

비가 온 며칠 후, 살곶이벌에서 강무(講武, 조선시대에 국왕이 직접 참관한 사냥 대회)가 열렸다. 수백 명의 금위군 군사들이 임금을 따라 나서는 행렬은 장관이어서 많은 백성이 구경을 했다. 사냥을 위한 몰이꾼들도 수백 명이 동원되었다. 임금이 금위군과 함께 사냥감을 찾으러 말을 달리는 것을 본 충녕대군은 반대쪽으로 말을 몰았다. 말을 이리저리 몰자 따르는 자들과 몰이꾼들이 차츰 떨어져나갔고, 결국에는 한 명만 남았다. 으슥한 골짜기로 들어선 충녕대군은 고삐를 당겨서 말을 멈추게 했다. 그리고 숨을 헐떡거리면서 뒤따라온 몰이꾼에게 말했다.

"아바마마를 대신해서 사과하겠네."

"세자 저하의 잘못은 아니지 않습니까?"

"앞으로 나라를 잘 다스려서 멸화군이건 누구건 아픈 일을 겪지 않도록 하겠네."

"꼭 그러십시오."

푹 눌러쓴 두건을 벗은 길우가 담담하게 대답하자 충녕대군은 안장에 묶어둔 주머니를 건넸다.

"호패랑 문서들일세. 나루터나 역참에서 관원들이 묻거든 지방에 내려가는 궁차(宮差, 조선시대에 왕실 소유 토지의 소작료를 징수하기 위해 파견된 하급 관리)와 관노들이라고 하고 이걸 보여주게. 그럼 의심하지 않을 것이야."

"감사합니다."

주머니를 건네받은 길우는 숲속으로 사라졌다. 길우의 뒷모습을 바라보던 충녕대군은 말머리를 돌려서 사냥터로 돌아갔다. 숲속으로 들어간 길우는 오순도순 모여서 기다리고 있던 멸화군과 그 가족들, 그리고 비화와 만났다. 김천복이 씩 웃으면서 말했다.

"숨소리도 참고 지내느라 힘들었어."

"도와주셔서 고맙습니다."

"가끔은 좋은 일도 하고 살아야지."

길우는 멸화군과 그 가족들에게 어떻게 처신해야 하는지 간단히 설명하고 출발할 준비를 했다. 이제 막 걸음마를 뗀 사내아이가 갑자기 울음을 터트리자 어머니가 황급히 끌어안고 다독거렸다. 길우가 뭉클한 표정으로 어머니가 아이를 달래는 걸 바라보자 비화가 가만히 다가와 손을 잡아주었다. 어머니가 사랑한다는 말을 하면서 토닥거리자 아이는 금방 울음을 멈췄다. 출발 준비가 끝나자 보따리를 짊어진 김천복이 쾌활한 목소리로 말했다.

"우리는 여기서 헤어지세."

"수배령이 내린 상태라고 합니다. 저희랑 같이 가시죠."

길우의 이야기에 김천복은 고개를 저었다.

"가만히 있으면 좀이 쑤시는 성격이라서 말이야. 저 남쪽에 동래에나 좀 가볼 생각이네."

보따리를 짊어진 김천복이 손을 흔들고 사라졌다. 길우가 멸화군들과 그 가족들에게 말했다.

"이제 고향으로 돌아가요."

고향이라는 말이 잔잔한 파도처럼 멸화군들을 스치고 지나갔다. 오솔길을 걷던 길우는 걸음을 멈추고 뒤를 돌아보았다. 숲으로 뚫고 들어온 햇살 너머에 군배와 태우, 덕창을 비롯한 죽은 멸화군들이 따라오는 모습이 아련하게 보였다. 애써 눈물을 참은 길우는 비화의 손을 잡은 채 오솔길을 걸어갔다.

또 다른 시작

"여깁니다. 호장(戶長, 조선시대 지방 관아 아전들의 우두머리)어르신."

앞장선 염간(鹽干, 조선시대에 소금을 굽던 사람들로 양인의 신분이었지만 천한 일을 하던 신량역천의 계층이었다) 갈금이 연거푸 손짓하자 호장은 숨을 헐떡거리면서 말했다.

"얼마나 더 가야 하느냐?"

"저 바위 뒤쪽입니다."

턱으로 해안가의 큰 바위를 가리킨 갈금이 맨발로 작은 바위를 딛고 모래사장으로 내려섰다. 호장과 십여 명의 군졸들도 갈금을 따라 모래사장에 발을 디뎠다. 아침에 수령을 맞이하느라 정신이 없는 관아로 헐레벌떡 달려온 갈금이 해안가에 이상한 배가 떠내려왔다고 고했다. 그 이야기를 들은 수령은 왜구가 아니냐고 털컥 겁을 냈다. 하지만 빈 배라는 말에 호장을 불러서 가보라고 지시했다. 모래사장에 뱃머리를 걸친 배 앞에는 갈금의 동료 염간들이 옹기종기 모여 있었다. 호장은 일제히 달려와 고개를 숙인 염간들에게 물었다.

"언제 떠내려온 배냐?"

"오늘 새벽에 조개를 잡으러 나왔다가 봤습니다요."

키가 큰 염간이 굽실거리면서 대답했다. 호장은 배 앞으로 다가가면서 입을 열었다.

"배 안에 사람이 없다고?"

"안에 아무도 없냐고 소리를 질러보고 돌을 던져봤는데 기척이 없는 걸 보니 그런 것 같습니다요."

배를 살펴본 호장이 고개를 갸웃거렸다.

"우리나라 배는 아닌 것 같은데?"

"황당선(荒唐船, 조선시대 해안가에 나타난 외국배의 통칭)이 틀림없습니다요."

갈금이 아는 척을 하자 호장이 눈살을 찌푸렸다.

"누가 그걸 모른단 말이냐? 일단 안을 살펴봐야겠으니 너희들이 앞장을 서거라."

"소인들이 말입니까?"

울상이 된 염간들을 다그쳐서 배 위에 오르게 한 호장은 군졸 몇 명을 딸려 보냈다. 모래사장에서 기다리던 호장이 목청을 높였다.

"안에 뭐가 있느냐?"

"사람은 없고 죄다 불탄 흔적들 뿐입니다."

살금의 이야기를 들은 호장이 재차 물었다.

"불탄 흔적이라니? 바깥은 멀쩡한데 어찌 안이 불에 탔단 말이냐?"

갈금이 뭐라고 대답을 하려는 찰나, 갑자기 배의 꼬리 부분에서 불길이 확 치솟았다. 놀란 염간들과 군졸들이 비명을 지르면서 배 위에서 뛰어내렸다. 삽시간에 타오른 불길이 배를 삼켜버렸다. 호장과 염간들, 그리고 군졸들은 뿔뿔이 흩어져서 도망쳤다. 다들 정신없이 도망치느라 배를 집어삼킨 불길이 사람의 얼굴 모양으로 타오르는 것을 미처 보지 못했다.

불은 인류가 문명을 일구는데 결정적인 역할을 했습니다. 불을 통해서 어둠을 쫓아냈고, 무기와 농기구가 될 철광석을 녹였으며, 음식 조리를 가능하게 하여 생계를 잇는 데 일조했습니다. 동시에 불은 인간에게 커다란 재앙이기도 했습니다. 우리의 보금자리를 한순간에 잿더미로 만들어버리기도 했기 때문입니다.

이처럼 불은 인간에게 고마운 존재이기도 하지만 한편으로는 두려움의 대상이기도 합니다. 그래서일까요? 조선시대 여인들은 불을 피우는 부뚜막에 조왕신이 살고 있다고 믿었습니다. 부뚜막에 매일 깨끗한 물을 올렸고, 함부로 걸터앉거나 그 앞에서 속된 말을 하지 않았습니다.

그럼에도 불구하고 조선시대에는 몇 차례 큰 화재가 발생합니다. 그때마다 적지 않은 피해를 입지요. 특히, 1426년에는 한양에서 대화재가 일어나 막대한 인명과 재산 피해를 입었습니다. 세종대왕은 화재를 전담으로 진압하는 조직을 창설하라고 지시했습니다. 그것이 조선 최초의 상설 소방 조직인 멸화군입니다. 이후 조선에서는 눈에 띄는 큰 화재가 발생하지 않습니다. 멸화군이 활동한 덕분입니다. 하지만 역설적이게도 화재가 잠잠해진 탓에 멸화군은 쇠퇴하고 맙니다.

한말과 일제의 식민지하를 거치면서 멸화군에 대한 기억은 사라집니다. 그리고 광복 후에 새로운 형태의 소방대가 탄생합니다. 멸화군은 자취를 감췄지만 우리들이 오랫동안 불과 싸워왔다는 것은 충분히 기억하고 자부할 일입니다.

이 멸화군을 모티프로 『멸화군 불의 연인』을 완성했습니다. 『멸화군 불의 연인』은 역사소설이면서 판타지이며, 로맨스입니다. 다양한 등장인물들이 겪는 운명은 불처럼 뜨겁고 파멸적입니다. 그들은 야망을 위해 스스로를 불태우기도 하고 사랑을 지키기 위해 불덩어리에 몸을 던지기도 합니다. 이들의 엇갈린 운명을 통해 인생과 불이 얼마나 비슷한지에 대해서 생각해봤습니다. 그 과정 속에서 저는 이 이야기가 얼마나 달콤하고 매력적인지 새삼 깨달았습니다.

저는 밤을 사랑합니다. 세상이 잠들고 이야기가 눈을 뜨는 시간이라고 믿기 때문이지요. 제가 쓴 대부분의 책들은 어스름한 저녁이나 깊은 어둠의 시간대에 탄생했습니다. 이 작품 역시 마찬가지였습니다. 정확하게 기억나지는 않지만 해가 사라진 시간대에 초고를 완성했습니다. 세상이 잠들었을 때 만들어진 또한 편의 제 작품, 『멸화군 불의 연인』이 아무쪼록 많은 독자에게 사랑받기를 조용히 기원합니다.

정명섭

멸화군 불의 연인

ⓒ 정명섭, 2017

초판 1쇄 인쇄일 2018년 1월 4일
초판 1쇄 발행일 2018년 1월 11일

지은이   정명섭
펴낸이   정은영
주간   배주영
편집   유지서
마케팅   이경훈 한승훈 윤혜은 황은진
디자인   배현정 서은영 김혜원
제작   이재욱 박규태

펴낸곳   (주)자음과모음
출판등록   2001년 11월 28일 제2001-000259호
주소   04047 서울시 마포구 양화로 6길 49
전화   편집부 (02)324-2347, 경영지원부 (02)325-6047
팩스   편집부 (02)324-2348, 경영지원부 (02)2648-1311
이메일   neofiction@jamobook.com

ISBN 978-89-544-3823-0 (03810)

이 도서의 국립중앙도서관 출판시도서목록(CIP)은 서지정보유통지원시스템 홈페이지
(http://seoji.nl.go.kr)와 국가자료공동목록시스템(http://www.nl.go.kr/kolisnet)에서
이용하실 수 있습니다.(CIP제어번호: CIP2017034996)